TABLEAU

DES LITTÉRATURES

ANCIENNES ET MODERNES

I

(C.)

Paris. — Imprimé chez Bonaventure et Ducessois, 55, quai des Augustins.

TABLEAU

DES

LITTÉRATURES

ANCIENNES ET MODERNES

ou

HISTOIRE

DES OPINIONS LITTÉRAIRES

CHEZ LES ANCIENS ET LES MODERNES

PAR M. A. THÉRY,

RECTEUR DE L'ACADÉMIE DE CLERMONT-FERRAND.

—

TOME I

PARIS

DEZOBRY, E. MAGDELEINE ET Cie, LIB.-ÉDITEURS,

RUE DU CLOITRE-SAINT-BENOIT, 10

(Quartier de la Sorbonne).

1856

AVERTISSEMENT.

Depuis la première publication de cet ouvrage, les doctrines littéraires en France, redevenues d'abord toutes favorables aux anciennes idées classiques, sont aujourd'hui impartiales jusqu'à l'indifférence. L'action fougueuse du romantique, qui avait jeté l'esprit hors de toutes les bornes, d'abord par le théâtre, puis par le roman en volumes, enfin par le roman en feuilleton, a provoqué une réaction plus courageuse que décisive. L'abus du romantique avait soulevé des dégoûts; le pastiche classique a fait naître l'ennui. Aujourd'hui, ces noms de partis littéraires sont vieillis et presque hors d'usage; il faut s'en féliciter. La querelle n'est plus qu'entre le bon et le mauvais goût, la littérature saine et la littérature corrompue, et, sur ce terrain, il y a place pour tout système large, élevé, fondé sur la nature, vivifié par l'imagination, avoué par le jugement.

Si donc la revue historique et critique de toutes les opinions littéraires n'a plus l'intérêt présent de la lutte, si nos conclusions en faveur d'une doctrine généreuse, où domine, ainsi que dans l'homme même, la loi de l'esprit, ne sont plus une condamnation de l'intolérance des diverses Ecoles, aujourd'hui endormies, elles serviront toujours au triomphe de la vérité. C'est à l'histoire d'éclairer la théorie; la succession des systèmes n'est pas fortuite; quelque divers, quelque indépendants l'un de l'autre qu'ils paraissent, ils se tiennent par des liens cachés, ils se rattachent à un très-petit nombre d'idées-mères, qui président au mouvement général de l'humanité. Or, si après une étude attentive de cette longue suite d'opinions de tous les siècles, réduites aux vues de génie de quelques hommes, nous déterminons sans hésiter les principes éternels, les règles de convention, les caractères accidentels de la littérature, nous aurons fait une œuvre utile. L'*Histoire des opinions littéraires* est un chapitre de l'*Histoire de l'Esprit humain.*

PRÉFACE

J'offre au jugement du public une œuvre de conscience, à défaut d'une œuvre de talent.

S'il suffit d'avoir été dominé par une conviction forte, d'avoir recherché avec persévérance, et parmi des loisirs bien interrompus, tout ce qui pouvait contrarier, modifier ou affermir une idée première, enfin, d'avoir exclu toute spéculation et toute impatience d'une entreprise envisagée comme un devoir, cet ouvrage ne sera pas indigne de quelque attention.

Je me suis placé au point de vue platonicien. Toutes mes études m'ont persuadé de plus en plus que c'est de là que la vérité se découvre.

Aujourd'hui qu'on remue les fondements de toutes les questions littéraires, on ne verra peut-être pas sans curiosité et sans fruit l'inventaire des opinions littéraires de toutes les nations et de tous les âges, l'examen indépendant de toutes les doctrines esthétiques, et la théorie sortant de l'histoire, le regard tourné vers l'avenir.

Je sens mieux que personne combien ce dessein était au-dessus de mes forces. Je prévois que la critique, si elle s'arrête un moment devant moi, me reprochera bien des lacunes et bien des erreurs. Je ne me suis pas découragé cependant, parce que j'ai eu la conscience de l'unité dans la pensée de mon ouvrage, et des ressources nombreuses qui s'offraient à moi pour l'exécution.

Voué par goût et par choix d'études à la philosophie appliquée aux lettres, je donne aujourd'hui à mes idées la forme spéciale de l'histoire et de la critique littéraires, sans renoncer à en varier plus tard l'expression. C'est une tente que je dresse, et sous l'abri de laquelle, si ce n'est pas trop présumer de ma faiblesse, je me préparerai à d'autres luttes en faveur du spiritualisme dans les lettres et dans les arts.

RÉFLEXIONS PRÉLIMINAIRES.

Deux principes se partagent le monde. Base essentielle des réalités, raison nécessaire des théories, ils permettent seuls de comprendre les œuvres de Dieu, les magnificences de la nature, les produits de l'esprit humain.

Epuisez toutes les combinaisons; variez les observations et les conjectures; regardez en vous, autour de vous, au-dessus de vous; votre œil ne découvrira rien autre chose que la sphère des sens et la sphère des idées, ou, en d'autres termes, rien que l'esprit, la matière, et, dans l'homme, la miraculeuse union de la matière et de l'esprit.

Une science vraie doit refléter cette nature des choses. Certaines sciences, dont les limites sont bien déterminées, s'attachent à l'un des deux éléments universels; telles s'enferment dans l'exploration des secrets de la nature matérielle, telles autres dans l'étude des lois de l'esprit. Celles qui s'occupent, non pas de la matière inerte, non pas de la nature purement spirituelle, mais de l'homme, sont trop souvent tentées d'exclure un élément au profit de l'autre. Ainsi, la médecine est facilement emportée vers le matérialisme, parce que l'étude patiente et circonscrite des corps offusque parfois la lumière de l'esprit; la psychologie penche fréquemment vers l'idéalisme, parce que les abstractions de l'esprit peuvent conduire à méconnaître le rôle assigné à la matière : pour être dans le vrai, il faut que la médecine touche au spiritualisme, et la psychologie aux réalités sensibles.

Mais une autre condition, condition grave et capitale, doit être remplie. L'homme comprend deux éléments dans sa nature, deux éléments unis, mais inégaux en force et en grandeur. Il y a trouble, écart, déviation de la destinée humaine, toutes les fois que la matière se préfère, ou seulement se compare à l'esprit. Au principe matériel, sa réalité, son rang; au principe spirituel, l'empire. Il en est de même dans toute science relative à l'homme. Elle est double; elle a en elle les deux éléments qui constituent l'humanité, et, pour qu'elle soit fondée sur la base immuable du vrai, il faut qu'elle donne au principe matériel toute sa portée, mais qu'elle fasse planer au-dessus, et de toute sa sublimité, le principe souverain, le principe spirituel.

En appliquant ces idées à l'étude de la science littéraire, une des sciences qui intéressent l'homme tout entier, on l'assied sur un fondement nécessaire, on la met à l'abri des doctrines exclusives comme des théories déréglées.

Cependant, il faut se défier d'une exposition pure et abstraite de critique littéraire. On se complaît facilement dans sa pensée, et la pierre de touche de l'histoire peut seule éprouver le titre des opinions personnelles. Mais comment n'arriverions-nous pas à une conviction entière, après avoir vu se dérouler devant nous les annales des inspirations littéraires et de la littérature réfléchie de tous les temps et de tous les lieux? En passant cette longue revue des plus nobles produits de l'esprit humain, rien dans la littérature, dans les arts, dans la critique, rien ne nous apparaît qui ne s'explique et ne se règle par les conditions des phénomènes sensibles et par les lois intellectuelles, dans leur opposition ou dans leur accord.

A ce point de vue, la querelle littéraire qui s'est formulée de nos jours sous les titres ennemis de classique et de romantique, mais que l'histoire des Lettres reproduit fréquemment sous des noms divers, prend un sens et reçoit une solution.

De ce point de vue aussi, on peut être juste envers tous les systèmes, car les systèmes incomplets ne sont pas absurdes par cela seul qu'ils sont incomplets; pour en juger un préférable entre tous, on n'acquiert pas le droit de nier les autres; tout principe sérieux a son expression.

Tolérance donc pour tous les cultes littéraires, mais préférence hautement avouée pour celui qui fait prédominer le principe spirituel; justice rendue à ces littératures de l'Orient, toutes d'imagination et d'impressions sensibles; hommages à ces littératures de l'antiquité grecque et romaine, où triomphe l'alliance, quelquefois trop fraternelle, de l'esprit et de la matière; sympathie et pressentiments d'un nouvel avenir pour cette littérature du spiritualisme, qui resplendit dans les Ecritures, qui brille souvent dans les philosophes et les poètes de la Grèce et de Rome, dont les rayons illuminent les écrits des Pères de l'Eglise, les œuvres des grands poètes du moyen-âge, qui a enrichi les trois âges suivants de plusieurs éclatants génies, et dont les représentants les plus illustres au dix-neuvième siècle se sont appelés Byron, Goethe, Lamartine, Chateaubriand.

Deux choses nous ont paru hors de doute; l'une: c'est que le principe spirituel et le principe sensible, isolés ou réunis, sont les seules origines de ce qu'on pourrait nommer le droit littéraire; l'autre, que, dans la littérature, comme dans l'univers et dans l'homme, il doit y avoir place pour le principe sensible, prééminence pour le principe spirituel.

Or, que voyons-nous aujourd'hui, à cette époque sévèrement jugée par ceux qui regardent à la surface, mais plus favorable qu'ils ne le pensent aux doctrines du spiritualisme? Il semble que le monde européen subisse une transformation complète. La force passe du côté de la pensée. La société s'affranchit des entraves purement matérielles, et une âme reprend possession du corps social. La cupidité a ses honteux accès de fièvre; l'industrie, surexcitée, a eu ses tristes martyrs; mais ce sont là des accidents de la vie moderne; cette vie même a de plus nobles caractères. L'esclavage s'éteint dans les colonies, la barbarie dans les Codes, l'esprit de guerre et de conquête

dans les gouvernements. Le peuple confie ses épargnes à
la prévoyance publique. La tempérance fonde des asso-
ciations puissantes. Une moralité un peu raisonneuse,
mais qui est un bienfait après le cynisme des mœurs, a
pénétré dans les familles. Si la foi chrétienne, violemment
ébranlée par le dix-huitième siècle, n'a pas ressaisi toute
sa vieille puissance, la philosophie sensualiste n'hérite pas
d'elle, et la religion, reconstruisant par degrés son empire,
a profité des succès d'une philosophie qui part de Dieu et
arrive à Dieu.

La littérature est emportée dans ce mouvement. L'histoire n'est plus un simple drame, une chronique naïve, ou
une longue moquerie. L'historien, à travers les faits, recherche l'esprit des temps ; il aspire à l'unité de l'œuvre
par l'unité de la pensée. Dans la poésie règne un sentiment
profond de l'infini. Le soin consacré à la forme poétique
n'attirerait point les suffrages, si l'on ne sentait remuer
sous cette forme l'idée, qui est le principe de vie. Le roman
même, dont quelques talents fourvoyés abusent encore
avec audace, ne se borne plus à l'observation extérieure
des mœurs, ou à la peinture sensuelle des passions. Il a son
école spiritualiste, et ce n'est ni la moins brillante ni la
moins populaire. L'avenir achèvera la démonstration.

La littérature et l'art peuvent et doivent donc se ramener aux principes qui gouvernent la vie. Il appartient à la
critique d'invoquer les mêmes règles que la morale. Nous
professons cette ferme croyance, et nous reconnaissons
que toute expression du génie de l'homme, aussi bien que
tout acte de la liberté humaine, trouve dans la nature
même de l'homme son titre et sa loi.

HISTOIRE

DES OPINIONS

LITTÉRAIRES

CHEZ LES PEUPLES ANCIENS ET MODERNES.

LIVRE I.

MÉTHODE.

—

1. — Droits et devoirs de la critique.

Une vérité, reconnue en Angleterre, populaire en
Allemagne, s'est fait jour aussi parmi nous. La critique littéraire française s'est lassée d'être, avant
tout, la science des détails et la loi des petites choses.
Sans dédaigner l'analyse des ouvrages, elle a enfin
aspiré à l'étude des principes. Il ne lui suffit plus
d'être une timide et élégante copie de la critique
ancienne, un piquant examen du mécanisme des
idées et des mots; elle réclame à son tour la dignité
de science, et à juste titre, car, ainsi que toutes les

sciences vraies, elle a ses racines vivantes dans la nature des choses et de l'esprit humain.

Nous n'ignorons pas qu'on reproche quelquefois à notre siècle la manie du pédantisme philosophique. On se récrie sur ce qu'il n'est point de littérateur, même de bas étage, qui n'ait au moins la prétention de voir de haut et de loin. Nous pourrions convenir de ce travers; mais qu'importe? La tentation générale de l'abus prouve le besoin de l'usage. Il nous paraît évident qu'aujourd'hui le caractère philosophique s'impose comme de lui-même aux productions de l'esprit. Que l'on y consente ou non, ce fait remarquable existe; il reçoit chaque jour la sanction du temps.

Passons en revue ceux qui contestent les titres d'une méthode si légitime, et qui semblent embarrassés de trouver pour la combattre assez de dérision et de mépris.

Nous apercevons d'abord ces fanatiques de la routine, qui acceptent les vues philosophiques pourvu qu'elles soient transcrites d'Aristote, et qui n'y trouvent plus rien à redire si elles ont passé heureusement du grec en latin et du latin en français, sous le patronage d'Horace et de Boileau. Ils ont beau répéter que ce qu'ils approuvent leur plait comme règle du bon sens, et non pas comme tradition de tel ou tel maître. S'il en était ainsi, on les verrait tenir compte des différences de temps, de société, de croyance. Ils appuieraient de nouveaux arguments ces inviolables doctrines. Au lieu de repasser avec précaution sur les traces à demi effacées de leurs mo-

dèles, ils marcheraient rapidement à côté d'eux dans
la même voie. Ils retrouveraient leurs découvertes,
au lieu de les proclamer infaillibles. Telle n'est pas
la méthode de ces arbitres du bon goût. Envisager
les questions en face serait dangereux, car une semblable hardiesse ferait tomber plus d'une admiration
de collége. Il est plus sûr de se traîner à la suite des
noms propres, et de déclarer que, depuis l'an 320
avant notre ère[1], la philosophie de la littérature n'a
pas fait et n'a pu faire un seul pas.

Viennent ensuite ces singuliers littérateurs qui
pensent que la littérature est indépendante de la
philosophie. La métaphysique les épouvante ; la psychologie est pour eux une étude creuse et sans valeur ;
la logique n'est pas à leur usage, et ils se moquent
de ceux qui parlent d'employer au profit des théories, et même des applications littéraires, des sciences
où ils ne voient, eux, que des folies rédigées en système. Parfaitement clairs dans leurs trivialités, ils
reprochent au littérateur philosophe ses rêveries et
ses nuages. Au nom du sens commun, ils protestent
contre tout sérieux exercice de la raison. Les surfaces
leur conviennent ; ils semblent craindre de disparaître à une certaine profondeur. A la vérité, ces
juges frivoles du beau littéraire perdent chaque jour
de leur influence ; les esprits, plus désireux de connaître les causes, se détournent de ceux dont le regard
timide ne s'attache qu'aux effets. Ces littérateurs de
salon et de boudoir n'auraient plus la puissance d'ar-

---

[1] Aristote, mort l'an 322 avant J.-C.

rêter le mouvement imprimé à la critique par la philosophie. Ceux, au contraire, qui se rallient de
confiance au nom d'Aristote, et qui, à tort ou à raison, s'arrogent le titre exclusif et mal compris de
classiques, peuvent exercer encore une action sur les
intelligences. Ce sont eux qu'il faudrait convaincre
d'une réserve dégénérée en servilité.

A Dieu ne plaise cependant que nous nous pré-
sentions pour soutenir à tout prix ces doctrines aven-
turières qui, sous le titre équivoque de *romantique*,
fatiguent même la curiosité. Le dédain de cette portion d'école pour le classique nous paraît aussi dé-
raisonnable que le courroux de l'école classique contre le romantisme. Nous essaierons plus tard de jeter
quelque lumière sur les deux points obscurs de cette
discussion.

Mais que prétendons-nous? approuver également
l'erreur et la vérité? rêver un rapprochement impossible? Le mélange de deux doctrines doit produire
une doctrine sans couleur! Il faut se décider, il faut
trancher! Les partisans de l'école classique et ceux
de l'école romantique sont irréconciliables; quiconque n'est pas avec eux est contre eux.

Eh quoi! est-ce notre faute si, dans toutes les situations où s'exerce l'activité humaine, un juste tempérament est la mesure de la vérité? Est-ce notre faute
s'il en ést de la littérature comme de la politique et
de la morale? Un système qui saurait concilier tous
les faits au lieu d'en nier une partie ne jetterait pas
sans doute le vif éclat des faux systèmes. Il serait
moins piquant, et, par suite, moins populaire. Mais,

s'il est vrai, la durée lui appartient; il peut attendre.
Las des exigences mesquines du *genre* qui s'intitule
classique et des folies du *genre* qui se prétend *romantique*,
le bon sens public ne s'informera plus si chacun d'eux,
pris à part, a plus de couleur que la vérité. Il exami-
nera, il interrogera les opinions de tous les temps, et sa
conviction renversera l'échafaudage de la vieille et de
la nouvelle routine. C'est dans cette voie que nous
tâcherons de nous avancer.

2. — Aristote.

On peut s'expliquer le long règne d'Aristote sur
la philosophie, la littérature, et la plupart des formes
que l'esprit humain donne à la pensée. Aristote, en
général, ne professe pas d'erreurs; il donne plutôt
des bornes à la vérité. Ce vigoureux génie agita d'une
même secousse tous les objets de nos connaissances,
plongea un regard pénétrant au fond de notre nature,
puis la brisa en mille fragments, auxquels il assigna
leur place et leurs limites. Son analyse hardie étonna
la réflexion et soulagea la faiblesse; on crut sentir et
toucher les bornes de la nature, de l'éloquence et de
la poésie. Les catégories du maître étaient si nettement tracées, et ses lois si fermes, si précises, qu'on
prit un système clair pour un système complet. Les
intelligences qui aiment l'ordre se reposèrent dans
une doctrine où tout paraît classé et circonscrit. Vint
la scolastique, ombre et parodie de cette doctrine
impérieuse [1]. Les subdivisions s'accrurent, les clas-

---

[1] Nous ne prétendons pas que la scolastique n'ait été consacrée qu'au

sifications s'embrouillèrent. L'action du temps, le progrès des esprits, le ridicule, tuèrent cette forme; qui n'est plus guère qu'un souvenir. Mais la gloire d'Aristote a survécu, seulement l'empire lui échappe : ce qu'il a de juste, de large et de vrai, conserve sa puissance; mais, dans leur ensemble, sa philosophie, sa critique, ne répondent plus au besoin des esprits.

3. — Platon.

Épurées et sanctionnées par le christianisme, les doctrines platoniciennes réclament un héritage, autrefois le leur, et depuis longtemps attendu. La protestation que faisaient entendre par intervalles, à travers les siècles, des hommes éminents par le génie, un Augustin, un Fénelon, a pour elle aujourd'hui, outre la force de la vérité, la secrète disposition des âmes. Nous avons appris à regarder au-dessus de nos têtes, et nous voyons rayonner dans une sphère toute divine les impérissables idées de l'infini, de l'éternel, du vrai et du beau. L'homme ne produit pas ces idées ; il les contemple : c'est un magnifique spectacle qui frappe les regards de son intelligence ; les

---

développement des doctrines d'Aristote, car Platon eut beaucoup de partisans dans le moyen-âge. Mais, en définitive, Aristote sortit triomphant de la lutte, et surtout les adversaires des deux partis se servaient exclusivement de la méthode des péripatéticiens. « Ce qu'on ne peut alléguer de la philosophie d'Aristote proprement dite est vrai en ce qui concerne sa dialectique ; elle présida dès l'origine, elle présida constamment aux études du moyen-âge ; elle en devint le pivot, à mesure que leur cercle s'étendit ; elle en détermina l'esprit, elle en marqua les formes, et cette circonstance est peut-être le caractère le plus général et le plus constant de la philosophie scolastique. » (De Gérando, *Hist. comp. des systèmes de Philosophie.* chap. 26.)

apercevoir plus ou moins douteuses, plus ou moins
voilées de nuages, est une loi de sa nature : son essor
naturel le porte vers ces hauteurs.

Or, le génie de Platon n'est que le génie de ces
grandes idées, obscures si on les regarde du côté du
temps et du changement, lumineuses pour les esprits
qui tendent à remonter vers leur origine. L'apôtre
anticipé du christianisme, sans dédaigner les idées
positives et pratiques, ne reste point asservi aux réalités. Il touche aux questions politiques et sociales,
aux problèmes littéraires; mais rarement il détaille
ses préceptes : c'est un grand mouvement qu'il imprime, et non pas une matière qu'il épuise. L'esprit
amoureux des catégories ne se plaira pas à la lecture
de Platon. A une certaine élévation, les divisions et
subdivisions disparaissent; l'action des lois générales
apparaît dans sa simple majesté. Elles sont puissantes,
ces lois, car elles gouvernent la réalité tout entière.
Mais le philosophe, comptant sur la sympathie des
intelligences, qui sont sœurs, craint de rétrécir et de
transformer par les scrupules de l'analyse ce qu'une
synthèse féconde a consacré. Il tient élevé le flambeau qui éclaire les profondeurs de la science, et
s'inquiète peu d'en secouer les étincelles sur chacune
de ses ombres les plus légères. Platon n'est pas seulement un artiste admirable, et ses ouvrages sont
mieux qu'une galerie de monuments sublimes. Par
la spéculation, il crée, il dicte les lois de la pratique;
mais ce moraliste est inspiré, ce critique est un poëte,
ce législateur est un interprète des lois éternelles. Une
page de Platon laissera peu de ces souvenirs qui se

gravent comme des chiffres et se jettent en formules comme des équations ; mais elle ne sera pas facilement oubliée ; elle agitera l'âme, elle troublera le sommeil de l'homme studieux et de bonne foi. Comme ces nuages qui recèlent les éclairs, elle pèsera quelque temps sur sa pensée, et tout-à-coup jaillira une vive lumière, et se prolongera aux regards de l'intelligence une éclatante perspective de vérité.

Si les intelligences aiment l'ordre, il leur est plus naturel encore d'aimer l'élévation. C'est d'en haut, elles le savent, que leur vient la lumière. L'ordre soulage leur faiblesse, mais l'élévation répond à leur nature propre et intime. De là l'empire qu'exercent sur elles les principes généraux : ils ne versent pas dans les intelligences une instruction aussi précise, aussi positive que les catégories; mais ils les préparent à tout connaître et à tout juger avec cette haute indépendance que donne la conscience de la vérité. Les catégories sont utiles comme auxiliaires ; si l'on veut s'y borner, on s'enferme dans un cercle étroit, et on se charge de liens qui compriment tout essor de la pensée. Les principes généraux, moins clairs à la première vue, parce qu'ils supposent et gouvernent une multitude de rapports, deviennent, à la réflexion et dans la pratique, une source intarissable d'évidence. Enfin, les principes ont l'immense avantage de n'apprendre à chacun que ce que déjà recélait obscurément sa propre nature, tandis que, dans les catégories, quelque habilement qu'on les arrange, il y a presque toujours quelque chose de factice et de conventionnel. L'école de Platon est surtout celle des

principes généraux; l'école d'Aristote celle des catégories; et voilà, selon nous, pourquoi la première
grandit chaque jour et accroît son influence, tandis que la seconde n'est plus qu'une ruine encore
debout.

Tout est donc prêt aujourd'hui pour le retour aux
doctrines de Platon. On commence à trouver stériles
ces ingénieux laboratoires de la pensée où s'évapore
tout ce qu'il y a en nous de mystérieux et de sublime.
Si un prosateur, si un poëte obtient l'ascendant du
génie, c'est lorsque son génie s'est retrempé aux
sources de l'immortelle Beauté.

Sans doute, le système aristotélique, comme toutes les forces à demi vaincues, reconnaîtra le plus
tard possible la chute non interrompue de son pouvoir. Campé sur quelques hauteurs littéraires, can-
tonné dans quelques sociétés savantes, il combat
pour ses autels et ses foyers. Il reste encore des ad-
mirations pour ses œuvres, et les sympathies de son
public l'aveuglent sur le nombre de ses adversaires.
Il se trompe néanmoins. Un vif et universel désir de
rajeunissement a saisi la génération actuelle. La
lutte n'est pas finie, mais elle se détermine et se caractérise chaque jour davantage. Il règne des incer-
titudes dans les jugements, et l'approbation peut
s'attacher à des œuvres dont tout le mérite est de
ne pas ressembler à ce qu'on approuvait autrefois.
Mais, quand ces œuvres, même ingénieuses, ne parlent qu'aux sens et ne nous entretiennent que de
la matière, accueillies comme des jouets, elles sont
bientôt brisées de même. C'est pour celles que le spi-

ritualisme inspire et colore que nous professons une durable estime ; c'est pour elles qu'au-delà de la vogue présente nous concevons un avenir.

Et cependant, au milieu de ce mouvement encore un peu timide des intelligences, la société ne laisse pas languir les forces matérielles destinées à la servir. L'invention agite et féconde l'industrie ; par elle le bien-être descend et descendra de plus en plus des palais dans les cabanes ; la science étend ses conquêtes sur la nature, assainit ces métiers qui dévoraient nos populations laborieuses, ouvre des communications rapides et merveilleuses entre les villes, entre les nations, dévoile et asservit à l'homme des agents dont nul siècle n'avait soupçonné les miracles ; la vie physique s'améliore, s'enrichit de ressources, se complète chaque jour ; comme si la Providence voulait montrer que l'élévation dans les doctrines n'exclut pas l'activité et la puissance dans la pratique, et qu'on ne devient pas un peuple de rêveurs mystiques parce qu'on rattache quelques anneaux brisés de la chaîne qui lie la terre au ciel.

4. — Lutte et accord des deux systèmes.

Aristote ! Platon ! pourquoi ces deux noms viennent-ils s'offrir toujours en même temps, et avant tous les autres noms, lorsqu'on interroge les systèmes ? est-ce par droit d'antiquité ? est-ce par droit de génie ? non ; c'est, comme on l'a déjà dit, que ces deux noms représentent les deux seules idées qui puissent servir à fonder un système philosophique :

l'idée des vérités absolues, indépendantes et souve-
raines de l'espace et du temps, et l'idée des faits que
nous enseigne l'expérience, et qui n'ont d'immuable
que leur perpétuelle mobilité. La spéculation et l'empirisme, telles sont les deux méthodes, non pas exclusives l'une de l'autre, mais opposées dans leur nature, leur marche et leurs résultats, qui se partagent
toute science. Elles seraient seules possibles, s'il fallait renoncer à les concilier et à faire sortir de cet accord une troisième méthode qui réunirait les avantages de l'une et de l'autre. Or, nous concevons que
cet accord est praticable. La vérité aspire à être complète ; essayer d'atteindre un tel résultat importe à
la philosophie, à la société. L'éclectisme, annoncé de
nos jours comme la seule méthode qui puisse hériter
de celle de Platon et d'Aristote, comme une nécessité
de notre siècle, dont il forme pour ainsi dire le caractère, l'éclectisme est aussi le vœu de la raison. Nous
ajouterons seulement que, dans cette fusion de deux
doctrines opposées, la plus large part doit rester à
celle qui s'est personnifiée sous les traits de Platon.
Pourquoi? c'est que les principes vraiment dignes
de ce nom, vraiment généraux, sont de l'essence
même du platonisme, et que si, pour en faire l'application, on doit consulter les enseignements de
l'expérience, il n'y en a pas moins entre les uns et les
autres toute la distance d'une loi suprême à des
conventions plus ou moins arbitraires. Le platonisme
doit dominer le système d'Aristote, lors même qu'ils
se prêtent un mutuel secours, par la raison qui donne
à la partie intelligente et libre de notre nature un

empire légitime sur la partie aveugle et sensible.
Ainsi, le spiritualisme imprimera son cachet sur la
philosophie. Comme elle saura ne rien dédaigner,
enrichie des découvertes dues aux travaux d'Aristote
et de ses successeurs, tout inspirée du génie de Platon et de ses disciples, elle grandira, s'appuyant tour-
à-tour sur les deux écoles, sans jurer sur la parole
d'aucun maître, mais tenant rassemblées en un seul
faisceau des vérités qui semblaient contradictoires,
tandis qu'elles n'étaient qu'affaiblies par leur isole-
ment.

S'il doit ressortir une vérité de cet ouvrage, c'est
qu'il n'y a réellement aucun homme qui puisse prétendre à nommer un système, car les principes de
tout système ont une existence propre et indépendante. L'homme met en œuvre ; il applique et ne
crée pas. Il ne faudrait donc pas s'imaginer que les
règles étroites nous parussent l'œuvre personnelle d'un philosophe appelé Aristote, et les principes élevés le résultat des méditations individuelles
d'un autre philosophe nommé Platon. Telle ne saurait être notre pensée. Si nous nous arrêtons à ces
deux hommes, c'est parce qu'ils ont, plus complètement que d'autres, exprimé et résumé les deux ordres de faits et de principes qui gouvernent l'humanité. Nous n'ignorons pas que leurs doctrines
elles-mêmes sont des formes, et non pas des types
premiers ; mais, une fois cette déclaration faite, nous
sortons des abstractions pures, et nous adoptons les
noms de Platon et d'Aristote pour donner un corps
à nos idées ; nous répétons sans crainte que le plato-

nisme, c'est-à-dire, la plus complète expression
connue de la doctrine spiritualiste, rapprochant de
lui l'aristotélisme, c'est-à-dire, l'expression la plus
fidèle de la doctrine des sens, le fera servir à son
triomphe.

Nous savons qu'il y a beaucoup de points communs entre les systèmes de Platon et d'Aristote, et
que ce dernier philosophe, par accident, par exception, est quelquefois spiritualiste. Les points de
départ, et par conséquent les résultats sérieux, sont
diamétralement opposés; mais l'involontaire analogie
des résultats secondaires rend plus facile un rapprochement déjà essayé, et qui devait échouer toutes
les fois qu'on attribuait une égale autorité aux principes fondamentaux.

5. — Régénération de la critique.

Cette révolution, ou plutôt cette régénération des
doctrines philosophiques, ne peut avoir lieu sans
ébranler et sans raffermir du même coup toutes les
doctrines littéraires. D'où vient le pédantisme, d'où
viennent les vues étroites en littérature, sinon de
l'engouement pour une seule école, de la superstition
pour un seul système? Dès que la critique ne sera
plus exclusive, dès que le beau et le vrai seront bien
accueillis de quelque part qu'ils viennent, les lettres
à leur tour profiteront du traité conclu entre le
Lycée et l'Académie. Et il n'en peut être autrement.
Qui jamais a conçu la parole sans la pensée, la forme
sans le fond, l'expression sans la chose exprimée?

Que serait la littérature, qui est la plus haute science de l'expression, si elle ne reposait pas sur la philosophie, qui est essentiellement la science de la pensée? Il est impossible que la seconde se transforme sans que la première se modifie. La critique littéraire a donc un rôle à remplir; c'est de tracer une voie large et sûre pour arriver au but marqué. Elle doit être philosophique, théologique même, en ce sens que la raison dernière de tout n'est et ne peut être que Dieu. Ce n'est pas à dire qu'elle doive s'entourer de triples voiles, ni affecter l'obscurité et le néologisme. « Je ne sais pas le moyen d'être clair, a dit un grand écrivain, pour qui ne veut pas être attentif[1].» Là, en effet, est la difficulté. Rien de plus clair, sans doute, rien de plus transparent que la critique superficielle. La critique plus profonde réclame une sérieuse attention.

Et cependant, il n'est pas vrai que les idées les plus hautes soient en même temps les plus vagues, les plus insaisissables. Ce qui est vague, avec une apparence de précision, ce sont les principes relatifs, qui ne s'appuient que sur une base toujours chancelante; ce qui est insaisissable, avec les dehors d'une réalité toute sensible, ce sont les règles qui vacillent au gré des circonstances, des lieux et des temps.

---

[1] J.-J. Rousseau, *Contrat social*.

« Les ignorants traitent d'*obscur* tout ce qui demande plus de méditation qu'ils n'en ont apporté aux choses qu'ils ont apprises; et de *clair* ce qui n'en exige pas davantage. Mais que ne disent-ils plutôt? Ceci me parait aisé, je trouve cela difficile, parce que cela m'est étranger, et que ceci m'est connu. » Wolff, *Logique*, chap. x.

Tout ce qui est de l'homme peut être observé par
l'homme, et les principes absolus sont gravés en lui
d'une manière trop ineffaçable pour qu'il les mécon-
naisse, dès qu'il y attache ses regards.

L'étude de l'homme, voilà donc le titre de la
vraie critique littéraire. Cette étude, · la seule qui
nous soit immédiatement permise, ne nous fait pas
connaître seulement la nature et le jeu de nos facultés; elle déploie à nos yeux les magnifiques attributs
de l'essence divine; elle nous découvre les rapports
qui nous unissent et au créateur du monde, et au
monde créé qui nous enveloppe. Faits et principes,
vérités d'expérience et vérités éternelles, tout se révèle à l'observateur dans l'étude de l'esprit humain.
Munie de ces ressources, la critique littéraire a le
droit de s'ériger en législatrice, car ses lois ne sont
plus alors que les lois mêmes de l'humanité. Elle peut
dire à ceux qui cultivent les lettres : Si vous voulez
remplir dignement votre mission, tenez compte de
tous les faits dont l'âme humaine vous aura paru le
théâtre. Des observations incomplètes vous suggé-
reraient des vues étroites, des systèmes qui ne seraient pas toute la vérité. Soit qu'un amour effréné
de la vogue vous conseille le bizarre et le monstrueux,
soit qu'un vasselage volontaire vous interdise toute
conception libre et originale, vous tomberez dans le
faux, parce que vous aurez négligé ce qui rend le
faux impossible. Connaissez tout l'homme, et vous
saurez quelles combinaisons réclame, quelles allian-
ces justifie la nature humaine. Tout système exclusif est hors de la vérité, parce qu'il suppose un élé-

ment unique là où se rencontrent nécessairement des éléments divers.

Jetons un coup-d'œil rapide sur cette étude, avant d'en essayer l'application.

6. — Aperçus psychologiques.

Je suppose qu'un homme simple et droit, dont l'esprit n'a pas été gâté par les subtiles distinctions des sophistes, veuille descendre en lui-même, et y reconnaître les instincts primitifs et les facultés natives de l'homme. Sa méthode ne sera pas savante, mais elle ne pourra l'égarer, car il se contentera de regarder, et de noter ce qu'il aura vu. Ignorant les querelles des écoles, il ne se trouve lié par aucun préjugé, et ne sert sous aucun drapeau. Il ne veut ni torturer ni répudier les faits, et, par cela seul qu'un fait existe, il le juge digne d'un sérieux examen.

Le premier phénomène qui le frappe, sans qu'il ait besoin d'arriver à cette découverte par les détours de l'analyse, c'est que l'homme se compose de deux natures : l'une spirituelle, l'autre sensible. Il aperçoit que ces deux natures sont vraiment distinctes, et qu'elles sont pourtant liées par d'intimes rapports. Ne voir que la partie spirituelle, c'est élever l'homme au-dessus de sa nature propre : c'est donc s'exposer à de graves erreurs. Tout rapporter à la partie sensible, c'est se jeter dans des erreurs plus funestes encore, ravaler l'homme, et calomnier Dieu.

L'observateur de bonne foi dont nous parlons se

voit en relation avec le monde matériel par le moyen
des sens. Il n'est pas d'instant où quelqu'un de ses
organes, comme un écho mystérieux, ne renvoie à
son âme le son qui l'a frappé. Certes, il ne lui vien-
drait pas à la pensée d'imiter cette folie des scepti-
ques, qui ont contesté l'existence des corps. Elle est
à ses yeux un fait, qu'il adopte à ce titre, et les sensations qui la révèlent lui paraissent un premier et
important objet de méditation.

Il poursuit sa recherche ; et l'étude des sensations,
qui lui explique à merveille le monde sensible, reste
impuissante pour lui expliquer d'autres faits non
moins irrécusables. Le sentiment, ou plutôt la loi du
devoir, qui lui apparaît en opposition avec le penchant aux plaisirs sensibles ; l'honnête, toujours utile
sans doute dans le sens le plus relevé de ce mot, mais
dont l'idée se distingue parfaitement de celle de
l'utile ; les idées de l'infini en durée, en espace, en
puissance, en beauté, en vérité ; la pensée de Dieu,
qui résume toutes les autres pensées : voilà un autre
monde, bien différent du premier. L'observateur,
qui en reconnaît l'existence, remarque aussi que
l'homme ne crée aucune de ces idées absolues. Elles
ne sont pas, si l'on veut, innées dans son esprit ; ce
qui est inné, c'est l'invincible disposition à les saisir
dès que l'œil de l'intelligence est ouvert. L'homme
est alors comme un voyageur qui serait conduit, un
bandeau sur les yeux, au pied de la Jungfrau ou du
mont Pilate, et dont les regards mesureraient tout-à-
coup les neiges éternelles au-dessous desquelles gron-
dent les orages. Ces grandes scènes de la nature

I.   2

n'existeraient pas moins quand nul regard mortel n'en admirerait les merveilles; mais ce regard les proclame : elles deviennent un spectacle dès qu'il y a un spectateur.

L'observateur dont nous retraçons la marche aurait donc aperçu, d'une part, des idées absolues et immuables, qui ne sont autre chose que celles des attributs mêmes de Dieu, et, de l'autre, des faits réels, mais variables et relatifs, qui arrivent à notre âme par l'intermédiaire des sens. Il a compris que ces deux sphères sont en rapport constant avec l'intelligence humaine; mais l'homme même ne lui est pas encore apparu.

C'est alors que le fait le plus intime à notre nature, la liberté, découvre à ses yeux un nouvel ordre de phénomènes. Autour du libre arbitre, il voit se grouper toutes les facultés dont la volonté de l'homme comprime ou lâche le ressort, toutes les passions qu'elle excite ou qu'elle enchaîne. Il distingue le pouvoir de délibérer et de choisir, seul et inébranlable fondement de la morale, unique solution du grand problème de la vie, véritable titre du genre humain. Entre la conscience des faits sensibles et la conscience des idées absolues vient se placer la réflexion. L'attention est le premier éveil de cette faculté puissante, la mémoire est son auxiliaire, le jugement son exercice, le raisonnement son action continuée. D'un côté, elle fait jaillir la lumière du chaos de nos pensées; de l'autre, elle offre au choix libre de notre âme les motifs qu'elle éclaire de son flambeau. Elle distingue ce que la conscience a confondu, elle sanctionne ce que la conscience a révélé.

La mémoire, l'imagination, l'attention même, ont le double caractère d'être tantôt spontanées et involontaires dans leur action, tantôt réglées par l'influence réfléchie de la volonté. Naturellement, et par instinct, l'homme se souvient, imagine, est attentif; mais, seul parmi les êtres créés, il peut imprimer à ses facultés un mouvement volontaire. Seul, par conséquent, il se décide entre le bien et le mal, et comprend qu'un avenir de peines ou de récompenses lui est réservé.

Quant aux passions qui l'assiégent, comme elles sont en dehors de cette force qui constitue essentiellement l'homme, il se retranche pour les combattre dans la volonté, librement sujette du devoir. Quelque soit l'événement de cette lutte, il sent que sa victoire ou sa défaite ne sont pas l'œuvre nécessaire d'une puissance extérieure à lui, et que l'exercice plus ou moins énergique de sa liberté est ce qui l'a sauvé ou perdu.

Ainsi pressé entre deux forces qui se disputent sa résolution comme un gage de bataille, l'homme cède à l'autorité des principes par une soumission éclairée, ou se laisse imposer le joug des passions. Mais sa volonté, même conquise et déchue, se distingue toujours des forces extérieures à elle-même qui ont triomphé d'elle. Elle n'abdique pas à jamais, et cette faculté de retour est l'homme tout entier.

Ordre de principes coéternels avec Dieu, et que l'intelligence aperçoit en vertu de sa nature, comme l'œil aperçoit la lumière; ordre de faits extérieurs,

mais en relation avec l'intérieur de l'homme, comme
les phénomènes naturels ; ou intérieurs, mais qui,
dans l'origine, se fondent sur d'autres faits transmis
du dehors par la sensation ; enfin, ordre de faits, non-
seulement intérieurs, mais intimes, et qui s'accom-
plissent comme dans le sanctuaire de l'esprit humain : telle est l'étude vaste et imposante qui doit
fixer d'abord les regards de l'observateur.

Cette base est évidemment la seule sur laquelle
on puisse fonder une étude générale de la littérature
et une critique universelle, puisqu'elle est la seule
qui ne puisse changer. Ancien ou moderne, Européen ou Asiatique, l'homme est toujours l'homme,
et l'observation le découvre sous le vêtement de
peaux du sauvage, comme sous les broderies du
grand seigneur. Mais les circonstances sont puissantes ; elles nous retiennent dans la voie de la vocation humaine, ou elles nous en écartent. L'influence du climat, l'empire des lois, des coutumes et
des préjugés, le génie des croyances plus ou moins
épurées, l'action nécessaire ou prématurée des grands
hommes, forment une autre étude, subordonnée à la
première, et qui est cependant la condition de son
utilité.

L'homme en lui-même, l'homme environné du
monde extérieur, et en relation avec ses semblables,
voilà le champ de l'observation.

Et qu'on ne nous accuse pas d'étendre indéfini-
ment son domaine, et de le rendre impossible à parcourir. Il n'est pas question de scruter tous les détours, de déterminer tous les accidents. Nous disons

seulement à l'auteur et au critique que, pour aborder un genre, pour juger une littérature, il ne suffit
pas de s'en rapporter à l'instinct. Le goût peut n'être
que de la routine, l'inspiration que du souvenir. La
connaissance de la nature humaine et des circonstances physiques ou sociales recule les bornes de
l'horizon. C'est une source de sentiments et d'idées
pour celui qui compose ; c'est une règle large et impartiale pour celui qui juge. Les exemples à l'appui
de cette assertion se présentent en foule ; mais nous
venons d'indiquer seulement les principes, nous suivrons plus tard les détails de l'application.

Bien que cet ouvrage soit consacré spécialement
aux théories et aux opinions littéraires, nous avertis-
sons que, dans notre pensée, les maximes hautes et
générales ne doivent pas moins convenir aux beaux-
arts, et même à toute expression de la pensée, qu'à
ce qu'on appelle la littérature. Les Allemands se servent d'un terme encore un peu bizarre pour nous,
mais qui se naturalisera dans notre langue par droit
de justesse. Ce qu'ils appellent *esthétique* comprend
toute critique élevée sans être purement abstraite,
applicable aux réalités sans être particulière et mes-
quine. Cette science, déjà parvenue à des progrès
fort remarquables, a occupé leurs premiers écrivains.
Elle délassait Schiller d'une tragédie, et Kant, illus-
tré par sa *Critique de la Raison pure*, jetait les bases de
l'esthétique dans sa *Critique du Jugement.*

Autant que nous le permettra notre faiblesse, nous
essaierons d'appliquer aux doctrines esthétiques en
général, et surtout aux théories littéraires, les prin-

cipes de la science de l'homme. Nous examinerons
tour-à-tour la question du *Beau*, qui est proprement
la seule question dans les arts et en littérature ; celle
de la *Poésie*, qui est la forme première du Beau ; et
celle de l'*Eloquence*, qui nous paraît en être la forme
secondaire. Mais d'abord il semble naturel de retracer les vicissitudes des principes littéraires. Le point
de départ, la route déjà suivie, nous enseigneront le
but. Dans cette histoire des esprits, nous raconterons
les idées, comme dans l'histoire des faits on raconte
les actions. Nous mêlerons l'examen des croyances
à la revue chronologique des écrivains qui ont traité
des lois du goût. Lorsque ensuite nous exposerons
notre opinion, indépendamment de tout système,
nos propres doctrines deviendront plus sensibles par
le souvenir des doctrines anciennes et modernes que
nous aurons rejetées, admises ou modifiées. Nous
resterons fidèle dans cette dernière partie à l'ordre
des sujets, que nous devons subordonner dans la première à l'ordre des temps.

Remarquons bien, avant d'entrer dans l'étude du
passé, que l'histoire des idées littéraires se développe
surtout par l'examen des doctrines écrites, parce que
ces doctrines portent l'empreinte de la littérature en
même temps qu'elles prétendent la régler : c'est
donc l'examen des doctrines écrites qui tiendra le
plus de place dans ce livre. Néanmoins nous savons
que toute la vérité sur une époque littéraire n'est pas
dans les théories qu'on y professe, et nous nous sou-
viendrons, tout en faisant l'histoire de la critique,
qu'elle doit être accompagnée et soutenue de l'ob-

servation de tous les faits dont l'influence touche à
l'expression de la pensée.

L'histoire de la critique commence nécessairement beaucoup plus tard que celle de la littérature.
Il est même rare qu'un bon ouvrage de critique précède l'époque où une littérature donnée, longtemps
mise en œuvre par le génie, a produit toutes ses
beautés et trahi tous ses défauts. Ce n'est pas seulement, comme on l'a dit quelquefois, parce que les
préceptes sont empruntés aux modèles, car les modèles eux-mêmes ne peuvent fournir que l'application de préceptes qu'ils ont devinés par un instinct
juste et puissant. Il serait donc rigoureusement possible que les règles fussent posées avant d'être réali-
sées dans les ouvrages, puisque, loin de consacrer
les caprices d'un écrivain, elles expriment les lois
mêmes que tout écrivain doit respecter. Mais un
ouvrage de critique suppose une raison déjà cultivée,
et la jeunesse, pour les peuples comme pour les individus, est l'âge de l'imagination. Les littératures, du
moins celles qui sont originales, se forment et s'ac-
croissent par des essais dont chacun ajoute toujours
quelque heureuse innovation à celui qui le précède.
Quant aux littératures imitatrices, elles rencontrent
un obstacle dans l'imitation même. La route paraît
aplanie, mais on avance peu. Viennent cependant
quelques hommes de génie qui précipitent l'action
du temps, et fécondent l'imitation par l'originalité
qui leur est propre. Ces deux sortes de littérature,
arrivées à leur point de maturité, s'arrêtent et se
jugent elles-mêmes : c'est alors que le rôle de la cri-

tique commence. On examine les principes qu'on a suivis, on en fait un corps de doctrine, et, comme on se sent de la force et des droits, on impose cette doctrine à ses successeurs. D'ordinaire, ce sont les grands écrivains qui sont les premiers critiques; plus tard, des hommes de goût élargissent la carrière ouverte par les hommes de génie : ils éclaircissent, ils coordonnent, ils complètent. Les traités se multiplient; tels critiques forment comme une barrière contre l'aveugle amour de nouveauté qui pousse les littératures à leur ruine; tels autres essaient de conquérir une position pour quelque nouvelle puissance, et réveillent les esprits engourdis par une vieille et exigeante domination.

Il serait cependant inutile de dissimuler que la critique littéraire conserve bien plus souvent qu'elle n'inspire. Gardienne établie à la porte du sanctuaire, elle empêche les profanations. Quand le siècle des grands talents a brillé, elle en formule les modèles; mais, presque toujours, elle marque le point où les calculs de l'art remplacent le pouvoir de l'instinct. Il est bien rare qu'elle prépare une carrière nouvelle à l'imagination [1]. Fille du jugement, ce sont les œuvres du jugement qui gagnent surtout à ses conquêtes. Nous excepterons pourtant de cet arrêt, confirmé par l'histoire, les littératures que l'imitation, et non l'impuissance, a sevrées d'originalité. La critique, lors-

[1] Un critique illustre de nos jours est plus sévère ; il appelle la critique « une occupation des littératures vieillies, qui les termine et les résume, plus souvent qu'elle ne les rajeunit. » (M. VILLEMAIN, *Cours de Littérature française*, 23º leçon.)

qu'elle apparaît pour signaler un tel suicide, et qu'elle
appuie ses nouveautés sur des principes et sur des
faits, peut donner aux esprits un ébranlement salutaire, changer la combinaison des idées, et arracher
le voile qui couvrait le génie national. Alors s'établit
une lutte active ; mais cette lutte n'est pas un signe
de décadence : elle peut être le seul moyen de rani-
mer une littérature presque épuisée. Des transac-
tions imprévues se font d'elles-mêmes entre les systèmes : tandis que les partisans d'opinions contraires
se harcèlent d'arguments et de railleries, ils ne s'a-
perçoivent pas que le bon sens, plus fort que les
répugnances de l'habitude, les pousse sur le domaine
les uns des autres, et qu'ils sont bien près de sacrifier
aux mêmes dieux.

7. — Monuments de la critique.

Telle est la marche, tels sont les effets de la critique. Si maintenant nous la considérons dans les
monuments qui nous restent d'elle, nous serons forcés de reconnaître que l'antiquité nous en a laissé
bien peu, en comparaison de ceux qu'ont élevés les
temps modernes. Il est vrai de dire qu'un grand
nombre de ces derniers, même parmi ceux qui ont
eu des succès de vogue, n'ont rien ajouté ni changé
à la science. En outre, dans l'absence de l'imprimerie, des traités dignes de mémoire ont pu se perdre,
frappés d'un injuste dédain. Comme le goût éclairé,
la barbarie a ses préférences : elle consacre l'absurde,
et détruit le bon qu'elle ne comprend pas. Quoi qu'il
en soit, il reste assez d'ouvrages de critique pour nous

permettre de juger le système littéraire des divérses époques de l'histoire ancienne chez les peuples les plus civilisés. Ceux qui ont échappé au naufrage sont principalement et devaient être ceux qui ont exercé une influence réelle. Plusieurs ont été sauvés comme accessoires d'ouvrages historiques, philosophiques ou religieux. Quelques-uns ont une véritable importance. D'autres n'intéressent pas par le mérite qu'ils possèdent, mais par le mérite qu'on leur trouvait. Enfin, il en est sans doute de bien médiocres, qui firent peu de bruit à leur naissance, et qu'un caprice du sort a conservés, tandis qu'un autre caprice a mutilé les chefs-d'œuvre d'un Sophocle, d'un Euripide, d'un Tite-Live et d'un Tacite.

L'antiquité, pour nous, ce sont les deux peuples qui, presque seuls, la remplissent de leur présence ; ce sont les Grecs et les Romains. Et pourtant, cette grande civilisation asiatique, la Chine, l'Assyrie, la Perse, cette Chaldée au génie observateur, cette miraculeuse Judée, les Indes, où les sages de l'occident allaient chercher une plus haute sagesse, l'Égypte, justement fière de ses monuments et de ses sciences, n'ont-elles pas aussi leurs droits ? Combien il serait curieux d'étudier leurs littératures, d'en toucher, pour ainsi dire, les ressorts, et de reconnaître si les productions du génie étaient là toutes spontanées, ou si des principes littéraires convenus, soit fondés en raison, soit arbitraires, consignés dans des ouvrages didactiques, influaient sur la composition ! Malheureusement, nos ressources à cet égard sont nulles pour plusieurs de ces littératures, et bien faibles pour

plusieurs autres. Nous devons cependant les mentionner. Il s'agit bien moins ici d'être complet sous
le rapport historique, que de fortifier, par tous les
accessoires dont la ressource nous est offerte, la
preuve des principes auxquels suffirait d'ailleurs
l'étude philosophique des monuments européens.

Les ouvrages de critique font eux-mêmes partie
de la littérature d'un pays. Ils la réfléchissent bien
souvent, en même temps qu'ils exercent un contrôle
sur elle. Par une sorte de réciprocité, les œuvres littéraires portent aussi l'empreinte des ouvrages de
critique qui les ont sanctionnées ou provoquées.
C'est communément l'esprit du même temps qui les
inspire. Il n'est donc pas impossible, lorsque ces ouvrages manquent, de surprendre, dans les œuvres
littéraires proprement dites, le caractère de la critique chez une nation. Il faut en excepter cependant
les productions antérieures à la maturité d'une littérature : car, ainsi que nous l'avons dit plus haut, il
est rare que la critique puisse se produire avant ce
temps, ou du moins qu'elle exerce une véritable
influence.

Nous devons songer d'ailleurs que, s'il importe de
connaître la critique d'une époque, c'est pour constater l'esprit littéraire de cette époque, et que, dans
une telle vue, l'examen des théories ne peut se séparer de l'étude des monuments.

Outre les monuments littéraires, nous pourrons
consulter accessoirement ceux des arts. Ne perdons
pas de vue que si, pour fixer nos idées et pour atteindre notre but principal, nous employons le mot

de littérature, nous n'entendons pas nous interdire les observations communes aux lettres et aux beaux-arts. Leur nature est trop analogue pour que nous n'appelions pas souvent les derniers au secours des premières, et, comme nous les verrons se réunir sous l'empire des mêmes principes généraux, nous verrons aussi leurs productions se servir de preuves et d'autorités mutuelles.

LIVRE II.

ASIE.

—

1. — Chine.

Recherchons d'abord les opinions littéraires d'un peuple assez récemment exploré, déjà moins imparfaitement connu, et que ses invariables habitudes, perpétuées à travers les siècles, nous permettent de suivre et de caractériser sans effort : nous voulons parler du peuple chinois. Ce qui nous engage à commencer par lui, ce n'est pas seulement sa position géographique ou son origine perdue dans la nuit des âges ; c'est qu'il dure encore aujourd'hui avec presque tous les traits de la race primitive, et que cette longue interdiction de l'esprit humain, qui a séparé si nettement en Europe l'antiquité et les temps modernes, n'a pas existé pour lui. Cette littérature d'un seul trait fait une classe à part, et peut d'abord être

détachée du tableau général que nous nous efforce-
rons de tracer.

2. — Caractère de la littérature chinoise.

Ce qui nous frappe avant tout quand nous considérons l'empire chinois sous le rapport littéraire,
c'est que la littérature y semble incorporée avec le
gouvernement. Pour être digne d'occuper des fonctions politiques, il faut qu'un Chinois subisse des
examens et prenne des grades. Parmi les emplois qui
peuvent tenter l'ambition, les plus élevés sont conquis par la science. Les mandarins civils, les ministres, c'est dans la classe des Lettrés que va les
chercher la munificence impériale. L'empereur lui-
même brigue ordinairement la gloire d'être compté
parmi les plus instruits de son empire. Distinctions,
faveurs, autorité, tout est pour ceux qui ont le plus
noblement exercé leur esprit [1]. On a vu un empereur, Kien-Long, élever à l'éminente dignité de
Grand-Maître de la doctrine, et au poste de ministre
d'État, un homme tiré de l'obscurité des écoles, en
qui l'on avait remarqué un goût délicat et une éru-
tion profonde, et, quand il mourut, ordonner qu'il
fût enseveli avec presque autant de pompe qu'un
prince de la famille régnante. Des tribunaux littéraires sont institués pour régler, suivant les désirs de
l'empereur, non-seulement la composition de certains ouvrages, le choix et les extraits à faire des
livres déjà publiés, mais les détails même de l'éti-

[1] AMIOT, *Lettres.*

quette et du cérémonial de la cour. Le premier de ces tribunaux, celui des Han-Lin, est une puissance. Enfin il semble que la Chine, au milieu des peuples barbares qui l'avoisinent, conserve le culte des lettres comme un dépôt national et sacré.

Mais remarquons soigneusement quel est le caractère de ce culte rendu par les Chinois à la science. Nous n'adoptons pas aveuglément les éloges d'enthousiasme que leur ont accordés d'honorables préventions. Nous ne leur refusons pas ceux qui reposent sur des preuves de fait, et sur des matériaux préparés de bonne foi pour l'histoire.

Nation aux idées graves et positives, les Chinois ne demandent pas aux lettres le pur agrément, ou le mérite du Beau en lui-même. Ce qui les touche, c'est l'Utile; l'Utile, voilà ce qu'ils veulent trouver dans les hommes et dans les livres. La réalité leur est si chère qu'ils la reproduisent même dans les ouvrages de luxe, comme on peut le voir dans les descriptions de leurs jardins [1]. De même, ils n'attachent que peu d'importance à toute œuvre du génie qui ne flatterait que l'imagination. C'est du réel et du substantiel qu'il leur faut [2]. La poésie même, nous le verrons plus tard, porte cette invariable marque. Les auteurs de poésies légères, les romanciers, les auteurs dramatiques, sont rejetés au dernier rang de la littérature [3], tandis que de simples

[1] Description du jardin de Yuen-Ming-Yuen; jardin de Sée-Ma-Kouang, etc. *Mémoires sur la Chine.*

[2] AMIOT, *Antiquité des Chinois.*

[3] A. DE RÉMUSAT, *Mélanges asiatiques.*

chansons, si elles peuvent servir à connaître l'esprit
du peuple, et rendre plus facile la marche du gouvernement, excitent puissamment l'intérêt [1].

Les études qui peuvent déterminer un résultat
pratique sont donc les seules qui soient encouragées
à la Chine; mais aussi rien ne semble négligé pour
leur assurer une influence grande et salutaire. On
pourrait même accuser la surabondance d'ouvrages
moraux, et historiques qui surchargent les rares,
mais immenses, bibliothèques chinoises. Bien que
la langue en elle-même soit énergique et concise, le
scrupule des détails force les écrivains chinois à
étendre en d'innombrables volumes ce qu'un goût
plus sûr leur ferait resserrer en quelques-uns. C'est
pour renfermer dans de justes bornes ce qu'ils appellent eux-mêmes *une mer de livres*, que, sous chaque
règne, les tribunaux littéraires sont chargés de faire
un triage et une laborieuse révision.

Au reste, les ouvrages de ce genre, surtout les
livres historiques, sont rarement écrits par un seul
homme : ce sont des travaux faits en commun par
un certain nombre de lettrés, comme les savants
ouvrages de nos Bénédictins, l'Encyclopédie, la Biographie universelle. L'auteur des *Remarques sur un
écrit de M. de Paw* cite un ouvrage publié en 1700, et
qui est divisé en 450 livres. Il est vrai que le ciel et
la terre, les lois, la personne de l'empereur, la société,
les arts, la littérature proprement dite, la philosophie, la religion, la politique, y sont examinés dans
tous leurs détails.

[1] Amiot, *Antiquité des Chinois.*

Ce qui contribue à donner aux livres chinois plus d'étendue, c'est un mode de critique qui engage les auteurs à rapporter des traditions et des opinions diverses ou opposées, en laissant le lecteur juger par lui-même du degré de confiance que chacune doit obtenir. Le même auteur nous parle d'un livre de ce genre que six cents lettrés de toutes les provinces préparaient de son temps dans le palais impérial, et qui ne devait paraître qu'à une époque éloignée. Une telle impartialité entraîne bien des longueurs.

Habitués à composer ensemble de grands ouvrages, les lettrés chinois ne peuvent guère prétendre à la gloire personnelle, comme nous l'entendons, et comme on la recherche en Europe. Leur gloire est collective la plupart du temps, et ils ne se pressent jamais pour l'atteindre, parce que les chefs-d'œuvre officiels que l'empereur leur commande ont besoin d'être longtemps et patiemment élaborés.

De cette impulsion uniforme donnée à la littérature des Chinois doit résulter, nous le craignons, malgré l'opinion d'un juge éclairé [1], une certaine monotonie. Les productions les moins estimées parmi eux sont les seules où la faculté d'imaginer puisse se déployer librement; pour tous les ouvrages importants, c'est-à-dire desquels l'État peut retirer une utilité présente, les souvenirs de l'antiquité, les instructions du prince, le fait seul de travailler en commun, effacent toute couleur individuelle. Il n'y a point de journaux littéraires, point de critique indé-

---

[1] A. DE REMUSAT, Mélanges asiatiques.

pendante qui avertisse un écrivain de ses défauts et
applaudisse à ses beautés [1]. Les femmes, enfermées
dans leurs appartements, loin de cultiver la littérature, n'apprennent pas même à lire. Le marchand
ne connaît que son commerce, l'artisan que son
métier. L'homme de guerre ne s'occupe que de la
guerre. Ceux qui ont commencé à suivre la carrière
des lettres, s'ils ne réussissent pas, rentrent dans la
classe où ils ont pris naissance. Réussissent-ils, de
longues et difficiles épreuves leur ouvrent seules le
chemin des grands emplois. Nul n'est dispensé de
mérite par le mérite de son père, et le fils d'un ministre, s'il est ignorant, va s'asseoir dans une bou-
tique ou diriger la charrue.

Toutes ces circonstances, tandis qu'elles donnent
aux lettrés chinois une position très-élevée, en res-
treignent beaucoup le nombre, et impriment à ceux
qui portent ce titre un caractère uniforme et régulier.
L'originalité leur est comme interdite, et l'absence
d'originalité doit produire la monotonie. C'est aussi,
nous le croyons, le reproche qu'on peut faire à cette
littérature calme et imposante, dont nous allons passer en revue quelques monuments.

3. — Principaux monuments littéraires anciens de la Chine.

En général, l'origine de la littérature chez un
peuple se confond avec celle de la philosophie, et on
pourrait dire avec celle de la théologie. L'antiquité
lègue à-la-fois aux siècles suivants des poésies, des

---

[1] Amiot, *Antiquités de la Chine.*

sentences et des prières. Il se trouve des sages qui
veillent sur le berceau des nations, des hommes dont
la philosophie est toute religieuse, et la religion toute
poétique. Rien n'est plus naturel ; car les premiers
besoins d'une société qui se forme sont la religion et
la morale, et l'expression naïve et spontanée de l'une
et de l'autre est déjà de la littérature. On ne sait pas
toujours les noms de ces hommes, mais on reconnaît,
dans les premiers essais littéraires, leur mystérieuse
inspiration. Prophètes dans la Judée, Mages dans
l'Assyrie, la Chaldée, la Perse, Pandits dans l'Inde,
Poëtes ou Philosophes dans la Grèce, Bardes ou
Scaldes dans le Nord, Druides chez nos ancêtres,
Pères de l'Église dans la société régénérée par le
christianisme, tous ont laissé ou du moins préparé,
par leur action sur le goût général, les premières
traditions en littérature.

Il en a été de même des lettrés chinois. Les plus
anciens livres de cette nation sont des ouvrages de
piété et de morale. Nous voulons parler de ceux
qu'on appelle les King, vestiges de l'antique littérature chinoise, restaurés et revus, au commencement
du Ve siècle avant J.-C., par le célèbre Confucius [1].
Celui que l'on cite ordinairement le premier, l'Y-
King, est un livre mystique rempli d'emblèmes et
d'allégories de tout genre, où les lettrés enthousiastes
voient le dernier mot des arts et des sciences. Le second, qu'on appelle le Chou-King, est d'une plus
haute et d'une plus incontestable antiquité. C'est un

---

[1] Ko, *Antiquité des Chinois.*

extrait des grandes annales, rédigé par Confucius ; il
se compose de faits, de harangues et de sentences.
Toutes les parties de cet ouvrage sont isolées ; on n'y
trouve aucune trace d'un plan suivi, mais il paraît
que les discours y sont pleins d'une éloquence solide
et profonde, et que le style en est remarquable par
son laconisme et sa simplicité. Cette langue chinoise, toute pittoresque, puisque les mots y représentent directement les idées et non pas les sons,
s'élève dans le Chou-King au véritable sublime. Il a
prodigieusement exercé les critiques chinois, puisque, s'il faut en croire Tchin-Tsée, cité par Amiot,
les lettrés de la dynastie des Han ont écrit plus de
trente mille caractères pour expliquer les deux premiers mots de ce livre. Ces puériles discussions nous
rappellent nos querelles littéraires du moyen-âge.
Nous n'étions guère plus raisonnables, lorsque nous
disputions sur la prononciation d'une lettre [1] ; nous
l'étions moins, ce semble, puisque notre babil scolastique n'avait pas même, comme le verbiage chinois, la prétention d'éclaircir des idées, et que nous
nous battions pour moins que des mots.

Le Li-Ki, recueil de fragments sur la religion, la
morale et la politique, a peu d'authenticité. Le Yo-
King, qui traitait de la musique, et surtout de la musique religieuse, est perdu ; il en reste quelques morceaux dans le Li-Ki, et ces morceaux ont de l'élévation

---

[1] On se rappelle qu'au seizième siècle, en France, il s'éleva une querelle
très-vive entre ceux qui prétendaient qu'on devait prononcer *kiskis*,
kankàm, et ceux qui soutenaient qu'il fallait dire *quisquis* et *quanquam.*
Le parlement de Paris fut un instant saisi de l'affaire.

et de la poésie. Le Tchun-Tsieou est un livre d'histoire où Confucius a laissé la trace d'un génie à-la-fois naïf et profond. Si les éloges que donne le P. Amiot à cet ouvrage ne sont pas exagérés, c'est de l'histoire à la manière de Bossuet : narration vive et rapide, style laconique et pittoresque, beaucoup d'idées sous peu de paroles.

Nous n'avons pas encore parlé du Chi-King, que l'on place ordinairement le troisième parmi ces vénérables monuments de la littérature chinoise. Sous le rapport littéraire, il nous paraît le plus important. Le Chi-King est un recueil de trois cents pièces de vers, extraites par Confucius de la grande collection qu'on gardait dans la bibliothèque impériale des Tcheou. Ce recueil est divisé en trois parties, dont la première contient des poésies et chansons, la seconde des odes, des chansons, des cantiques, des élégies, des satires, des épithalames, et la troisième enfin renferme des cantiques et des hymnes seulement. Les pièces qui composent la première partie offrent des matériaux historiques bien précieux. Ce sont les chansons qui avaient cours parmi le peuple, et que les empereurs ordonnaient de recueillir pour juger, par cette lecture, des mœurs publiques et des dispositions des provinces [1]. Singulier et ingénieux recensement, qui cherchait dans l'expression libre et franche des sentiments populaires la règle de conduite du gouvernement.

Les poésies contenues dans le Chi-King sont très-

[1] Ko, *Antiquité des Chinois.*

variées; on y trouve celles du monarque et celles du
berger. Beaucoup de peintures de mœurs, une harmonie pleine de richesse, un style qui plaît par son
caractère naïf et sublime, tels sont les traits sous lesquels on nous représente un livre où les historiens
chinois ont puisé leurs traditions les moins suspectes,
et que la critique doit regretter de ne pouvoir juger
que sur une traduction plus ou moins fidèle, c'est-à-
dire sans autorité [1].

Ces cinq ouvrages, ou grands King, ne sont pas
tout ce qui reste de l'ancienne littérature. On place
au second rang des espèces de manuels d'étiquette,
des commentaires, un livre sur la piété filiale, un
dictionnaire de l'ancien langage.

Une troisième classe comprend les ouvrages dont
plusieurs passages ont été interpolés, altérés ou changés. Enfin, dans la quatrième, on range ceux qu'on
suppose apocryphes et rédigés après l'incendie com-
mandé par Tsin-Chi-Hoang, persécuteur des lettres
et des lettrés, ou les ouvrages purement romanesques
et fabuleux.

4. — Beaux-arts en Chine.

Voilà pour les livres anciens. Quant aux médailles,
inscriptions ou statues, un assez grand nombre fut
détruit dans l'incendie que nous venons de rappeler,
et d'ailleurs les Chinois, soit haine du luxe, soit absence d'enthousiasme, ont toujours été peu curieux

---

[1] Voyez, à la fin du vol., sous la lettre A, la traduction de quelques
fragments du Chi-King.

de cette sorte de monuments. Leur architecture, qui
n'est pas sans élégance, et qui prévoit les dispositions
commodes, manque de grandiose. Ils ne savent gré
aux beaux-arts que de ce qu'ils peuvent procurer
d'avantages réels dans les habitudes de la vie, ou du
moins ils subordonnent l'idée du Beau en lui-même
à celle de la convenance d'un objet à sa fin. Voilà
sans doute pourquoi, dans le palais de Pe-King, tout
s'embellit à mesure qu'on se rapproche des appartements de l'empereur, c'est-à-dire à mesure qu'on
se retire des extrémités vers le centre. Le péristyle
du Louvre, suivant l'auteur des *Remarques*, serait
un morceau postiche et déplacé au jugement des
Chinois.

Ce peuple calculateur, si nous en croyons le
P. Amiot, cité par de la Borde, a fait de la musique
une science plutôt qu'un art. Il ne lui suffirait pas
que le cœur fût charmé; il faut encore et surtout
que l'esprit soit éclairé par une sorte d'évidence ma-
thématique. Les Chinois prétendent que leur système
est fondé sur les lois immuables de l'harmonie universelle, et ces lois, appliquées par une nation géo-
mètre, ont donné lieu, en Chine, à d'immenses calculs sur toutes les combinaisons des sons [1]. Ce sont
moins des impressions qu'ils en retirent que *des
démonstrations exactement déduites des principes qui posent*

---

[1] Et cependant, comme c'est l'inspiration qui imprime le mouvement aux
arts, et non la science, la musique chinoise, très-savante, est très-peu variée.
« Quelquefois, dit Careri, cité par Stafford, on entend cent musiciens chanter la même note sans jamais changer de ton. » Voy. l'*Hist. de la Musique*
par Stafford, trad. par Mme Fétis.

sur l'incontestable vérité, suivant l'expression du missionnaire. Ainsi, dans la musique comme dans les autres arts, la Chine veut le positif; elle l'associe aux jeux de l'imagination; elle ne permet pas à l'instinct de la passion de rencontrer une cadence; il faut que le calcul l'ait découverte et que la science y ait passé [1].

5. — Monuments de la littérature chinoise depuis les King.

Les ouvrages littéraires en tout genre, composés depuis les King jusqu'à ce jour, au milieu du contraste des genres et de la diversité des talents, conservent ce caractère positif, commun à tous. Dans les livres sacrés, il n'est pas effacé par le mysticisme des traditions antiques et la naïveté patriarcale du style. Dans les ouvrages poétiques [2], il se révèle encore sous l'obscurité des allégories. A son aise dans l'histoire, il se manifeste par des réflexions fréquentes et par les applications tirées du récit des faits. Les fictions déplaisent à ce peuple sérieux. Il dédaigne le théâtre, et n'a pas de poëme épique [3].

---

[1] DE LA BORDE, *Essai sur la musique ancienne et moderne*,

[2] Nous citons, à la fin du volume, lettre B, deux exemples de ces poésies raisonnables.

DAVIS, traducteur de plusieurs ouvrages chinois, ne partage pas cette opinion sur la poésie en Chine.

[3] A. de Rémusat, dans le second volume de ses *Mélanges asiatiques*, donne de curieux détails sur le drame chinois. Il analyse la pièce intitulée *le Vieillard à qui il naît un fils*, traduite ou plutôt imitée en anglais par Davis, et en français par Bruguière de Sorsum. Il nous apprend que les représentations théâtrales, toutes dédaignées qu'elles sont par le sentiment national, et en théorie, sont pourtant assez suivies dans la pratique. Seu-

Seulement les événements d'une haute importance sont quelquefois racontés en vers [1]; mais ces vers historiques composent une gazette plus ou moins ornée, et non pas un poëme. L'éloquence en Chine, du moins celle qui est estimée, rejette les ornements qui ne sont que des ornements. De la dignité, de l'ordre, de la solidité, voilà ce qu'on y trouve, et ces qualités sont en effet celles qui conviennent le plus aux genres que les orateurs chinois peuvent cultiver. Par exception, les missionnaires, au nom d'un culte nouveau, reçu avec défiance, s'armèrent d'une éloquence véhémente et pathétique; mais, dans l'usage

lement, et pour ce motif même que le sens y paraît habituellement sacrifié à l'harmonie, on les méprise en s'y divertissant. (Davis, préface de la traduction du drame les Trois Étages.)

Quant à la mise en scène, elle n'est pas savante. Selon le même écrivain, « la construction des théâtres n'entraîne pas à de grands frais : c'est ordinairement la troupe elle-même qui en construit un. En moins de deux heures, on a planté des piliers de bambous qui soutiennent à six ou sept pieds de terre un toit fait avec des nattes. Des pièces de toile peintes ferment la scène de trois côtés, et les spectateurs se placent en face du quatrième, qui reste ouvert. Rien n'indique le changement de scène : un général reçoit l'ordre de se rendre dans une province éloignée ; il monte sur un bâton, fait claquer un fouet, ou prend à la main une bride, et saute en faisant trois ou quatre fois le tour du théâtre, au bruit des tambours et des trompettes ; puis il s'arrête tout court, et apprend aux spectateurs le nom du lieu où il est arrivé. Pour représenter une ville prise d'assaut, trois ou quatre soldats se couchent l'un sur l'autre, et figurent la muraille. » A. Rémusat ajoute que ces formes étranges ne doivent inspirer aucune prévention, que la pompe du spectacle n'a rien de commun avec les véritables secrets de l'art ; enfin, qu'il n'y a pas très-longtemps que la scénique est perfectionnée même en Europe. Nous citons cette opinion d'un savant illustre, quoiqu'elle nous paraisse susceptible de plus d'une sérieuse objection.

[1] Mémoires sur les Chinois. Conquête du royaume des Eleuths par l'empereur Kien-Long.

commun, rien n'autorise les mouvements subits, les inspirations passionnées. Point de tribune politique, point d'arène judiciaire ; seulement de graves remontrances rédigées avec mesure par les censeurs de l'empire; de sérieuses discussions de procès, où les gestes de nos avocats auraient passé pour des convulsions ou des grimaces, et leurs éclats de voix dramatique pour des cris de fureur [1].

Il ne faut pas croire cependant que cette éloquence solide et sensée, cette éloquence des choses, appartienne sans exception à tous les orateurs chinois. On trouve, même chez eux, des arrangeurs de paroles, qui flattent l'oreille au détriment de la pensée. C'est principalement dans les pièces académiques composées par les lettrés, lorsqu'ils veulent être admis aux grades, que l'affectation se fait sentir. Mais on ne doit pas juger sur des exceptions de cette nature, et les bons lettrés eux-mêmes les flétrissent, en donnant à ceux qui prostituent ainsi la dignité oratoire le sobriquet de *bouche d'or, langue de bois.*

6. — Critique chinoise.

Nous avons embrassé d'une vue générale l'ensemble de la littérature chinoise, littérature qui a subi quelques révolutions sans doute, mais à laquelle ses accidents les plus graves ont laissé la même physionomie qu'elle avait au temps de sa jeunesse et de sa vigueur.

Demandons-nous maintenant si la Chine a des

[1] *Essai sur la langue des Chinois.*

doctrines littéraires, professées dans des ouvrages didactiques? Nous ne pouvons en douter, car, outre que les savants en conviennent, il est impossible qu'une littérature immense, fruit des travaux de quarante siècles, chez un peuple naturellement grave, n'ait pas franchi le point où toute littérature tourne ses regards sur elle-même et interroge ses propres lois. Mais les applications sont toujours plus populaires que les théories, et le public saisira plus avidement le singulier roman d'*Yu-Kiao-Li*, *ou les deux Cousines*, que la rhétorique ou la poétique la plus renommée du lettré le plus habile de Pe-King. Notre Europe est d'ailleurs trop fière de ses richesses littéraires et des règles qu'elle a reçues ou qu'elle s'est données, pour attacher une grande importance aux préceptes des rhéteurs chinois; leurs ouvrages ne sont pas traduits.

Heureusement nous trouvons quelques lumières sur ce point dans les relations de plusieurs doctes missionnaires, et les profondes recherches d'Abel Rémusat et de quelques autres savants nous seront d'un très-grand secours.

Nous pourrions deviner avec assez d'exactitude les théories littéraires de la Chine à la seule inspection de sa littérature, et dans l'absence même de tout renseignement spécial à cet égard. Le ton habituel de la critique chinoise doit être sage et circonspect; elle doit traiter la littérature comme une affaire plutôt encore que comme un noble exercice de l'intelligence : elle a sans doute cette allure officielle, cette odeur d'étiquette, qui annoncent un interprète et un auxiliaire du pouvoir. Ses plus grandes témérités consisteraient peut-être à recommander quelques fleurs du langage, à énerver par un luxe de mots le laconisme naturel d'un idiôme sévère. Mais, à coup sûr, elle ne s'aviserait pas d'emprunter à l'étude libre de l'âme humaine des projets d'innovation ou de réforme. Elle peut avoir de l'élévation et assez de largeur dans les vues, parce qu'elle doit se régler religieusement sur les traditions des plus anciens écrivains chinois, et que ceux-ci ont un caractère remarquable de pénétration et de noblesse; mais probablement elle reste fort incomplète. Absolue et formaliste, elle impose la symétrie, et fait meilleur marché de l'inspiration. D'ailleurs, judicieuse observatrice dans les limites que nous lui supposons, elle aurait de nombreuses analogies avec notre vieille critique européenne. Seulement la patience du génie chinois lui permettrait de pousser l'analyse plus loin encore, et d'ajouter aux préceptes généraux une immense variété de détails.

Les fragments de rhétorique et de poétique chinoises que nous avons trouvés dans l'*Essai sur la langue des Chinois* et dans les notes de ce savant ouvrage confirment nos réflexions. Il importe peu de citer ici les noms des rhéteurs à qui le docte missionnaire a emprunté ces fragments, puisqu'il ne les dispose pas dans l'ordre chronologique. Contentons-nous de faire connaître les doctrines qu'ils expriment, par un examen sommaire et quelques citations.

Ce qui est fort remarquable, c'est que, dans la langue chinoise, il y a quatre dialectes différents,

dont chacun ne convient guère que pour exprimer un
certain ordre d'idées. Le kou-ouen est le langage des
King et des autres ouvrages de l'antiquité : sa concision sublime paraît être surtout propre à l'expression
des hautes pensées religieuses; le kouan-hoa est la
langue parlée dans tout l'empire : il est abondant et
flexible, et se prête à tous les sujets; le ouen-tchang
tient de l'un et de l'autre : c'est le dialecte réservé
pour la composition [1]; histoire, morale, éloquence,
poésie, tout est du ressort de ce langage varié, riche,
jamais trivial, quelquefois sublime; enfin le hiang-
tan n'est qu'un patois sans valeur.

7. — Rhétorique chinoise.

Les préceptes des rhéteurs chinois ne sont guère
relatifs qu'au ouen-tchang. Cependant le kouan-
hoa est le dialecte adopté généralement en Chine
pour l'éloquence de la chaire, et plusieurs ouvrages
très-estimés sont composés dans un style qui tient le
milieu entre ces deux langages principaux.

Il ne semble pas que la critique chinoise se soit
occupée de théories sur le Beau. Cependant, si nous

---

[1] Il y a trois genres de composition sur lesquels on examine les candi-
dats littéraires dans les concours : 1° le Ouen-Tchang ou beau style ; 2° la
poésie; 3° et les Tse, plans ou projets relatifs à des matières politiques ou
administratives. Ces projets doivent offrir la solution de questions telles que
celles-ci : Comment doit-on réprimer des brigands ou des pirates? Comment
peut-on prévenir des inondations locales? etc.

Le premier est considéré comme le plus important. Dans les morceaux de
cette espèce, on a égard aux sentiments et au style. C'est toujours l'amplification d'un texte pris dans les King. (Voyez le 4e vol. de la 1re série du
Journal asiatique, article de M. FULGENCE FRESNEL.)

en croyons les savantes analyses du P. Cibot [1], elle
se rapproche de ces vues générales, en considérant
de haut la question de l'éloquence. « Toutes les
études qui servent à mûrir et à développer l'éloquence naturelle, dit le missionnaire en parlant de
la rhétorique chinoise, sont du ressort de ses réflexions
et de ses préceptes. La philosophie ne saurait la dés-
avouer sur la manière dont elle veut que les jeunes
gens lisent et étudient pour se remplir d'idées et de
connaissances oratoires. Est-ce nous qui nous trom-
pons en resserrant l'art oratoire dans les discours
faits pour être prononcés ou lus en public? Sont-ce
les Chinois qui confondent les idées en étendant les
règles de l'éloquence à tous les genres d'écrire? Ce
n'est pas ici où cette question doit se décider. Obser-
vons seulement que les préceptes de leur rhétorique
sur tous les ouvrages qui tiennent à la littérature ou
au gouvernement sont clairs, précis, naturels, assor-
tis et de fort bon goût. Qui les a lus avec réflexion
connaît quel est le ton, le style et la diction qui convient à un commentaire, à un dialogue, à des pensées détachées, à un mémoire, à une préface, à des
raisonnements philosophiques, à une dissertation,
etc., et il le connaît d'autant plus sûrement, qu'on
ne lui dit rien que d'après les chefs-d'œuvre des
grands maîtres et les remarques des plus habiles critiques. »

Il y a certainement de l'élévation et du sens dans
cette manière de considérer les questions littéraires.

[1] *Mémoires sur la Chine*, tome VIII, note 57.

Reconnaître que l'éloquence n'est pas bornée aux discours publics, et que ses applications innombrables peuvent être réglées par des préceptes aussi bien que la partie oratoire proprement dite, c'est donner une large et sûre base à l'étude de l'éloquence. Mais le goût des détails, le désir de tourner promptement la théorie à la pratique, jettent aussitôt les rhéteurs chinois dans une foule de minutieuses observations. « On ne saurait croire au-delà des mers, dit encore le même écrivain, combien leur rhétorique a trouvé de biais pour entamer un sujet, en saisir le vrai point de vue, y assortir les raisonnements oratoires, les serrer, les lier, les détourner, les replier, les rapprocher, les concentrer, selon la fin que l'orateur se propose. »

Rendons justice cependant à la méthode chinoise. Elle puise ordinairement ses subdivisions non dans une lettre morte, dans une simple forme, mais dans la nature des choses. Veut-elle diviser en espèces l'interrogation oratoire, elle admet celle de la crainte et du respect, celle de la surprise et de l'étonnement, celle du doute et de l'incertitude, celle de la persuasion et de la confiance; est-il question des différentes espèces d'éloquence, elle reconnaît l'éloquence des choses, l'éloquence de sentiment et de conviction, d'enchaînement et de combinaison, de merveilleux et d'inouï, d'abondance et de rapidité, d'élégance et de beauté, l'éloquence d'état, et vingt autres espèces, dont quelques-unes sont blâmées, mais que l'on cite parce qu'un goût moins pur y cherche quelquefois ses inspirations. Le grand défaut de cet inventaire est de ne pouvoir être complet avec la prétention de l'être ; c'est l'écueil d'une analyse dont les matériaux restent dispersés si la puissance de la synthèse ne les saisit et ne les rassemble.

Le rhéteur cité par le P. Cibot, sans doute parce qu'il fait autorité dans sa patrie, dresse une liste des différents styles, parallèle à celle des diverses espèces d'éloquence. Il passe en revue le style onctueux et insinuant, aigre ou caustique, mou et voluptueux, coulant et naturel, etc., etc. Mieux placés et plus utiles dans l'étude de l'élocution que dans celle de l'éloquence, ces détails ont cependant le double défaut de se confondre quelquefois par les nuances, et de présenter aussi comme complétement écrite une science que modifient sans cesse le jour nouveau des circonstances et l'instinct précieux du moment [1].

Un sage conseil, donné par un des premiers rhéteurs chinois, qui examine comment on peut s'instruire et se former par la lecture, s'applique non moins justement à la composition : « Si on a en vue d'approfondir l'art oratoire, dit-il, on n'y réussira qu'autant qu'on aura d'abord médité à fond le sujet du discours qu'on veut lire, de manière à en connaître le fort et le faible. Mais, quand on lit, il faut se laisser entraîner à l'attrait de la curiosité, suivre la rapidité de l'orateur, se livrer à tous les senti-

---

[1] Nous rejetons à la fin de ce volume, lettre D, l'analyse curieuse et détaillée d'une rhétorique chinoise, que nous trouvons dans le *Journal asiatique* (vol. 4, première série) et qui est due à la plume savante de M. FULGENCE FRESNEL. Cette analyse confirme les réflexions que nous venons de présenter.

ments qu'il inspire. » Il pouvait ajouter que ce double soin : méditer à fond un sujet, se livrer en le
traitant au feu de la composition, est tout le secret
de l'éloquence cultivée.

8. — Poétique chinoise.

La poétique chinoise est plus restreinte que la rhétorique, et les poëtes sont chargés de bien d'autres
entraves que les orateurs. « Dès qu'il s'agit de vers[1],
on se trouve arrêté à chaque pas par le choix des
mots. Les vers n'admettent que ceux dont les caractères sont plus énergiques, plus pittoresques et plus
sonores, et il faut les employer dans le sens des anciens. Chaque vers ne peut avoir qu'un certain nombre de mots, qui tous doivent être rangés selon les
règles de la quantité, et terminés par une rime. Les
strophes sont composées de plus ou de moins de vers;
mais elles doivent se correspondre dans l'arrangement des rimes et dans le développement du sujet. »
Le P. Cibot ajoute que le mécanisme des vers chinois est à nos vers français comme le jeu des échecs
est à celui de dames.

Aussi le peuple ne comprend-il rien aux vers, et
les poëtes n'ont de public que parmi les lettrés.

Voilà pour la versification : quant au fond de la
poésie, que les Chinois ne confondent pas avec elle,
l'auteur du *Ming-Tchong* s'exprime ainsi[2] : « Pour
qu'un poëme soit bon, il faut que le sujet en soit
intéressant, et traité d'une manière attachante; le

---

[1] Voy. la note précédente.
[2] *Vide suprà.*

ton du génie doit y dominer, et se soutenir par les grâces, le brillant et le sublime de la diction. Le poëte doit parcourir d'un vol rapide la plus haute sphère de la philosophie, *mais sans s'écarter jamais des sentiers étroits de la vérité*, ni s'y arrêter pesamment. *Le bon goût ne lui pardonne que les écarts qui l'approchent de son but* et le lui font voir sous un point de vue plus piquant. *Malheur à lui s'il parle sans dire des choses*, ou sans les dire avec cette force, ce feu et cette énergie qui les montrent à l'esprit comme les couleurs aux yeux : l'élévation des pensées, la continuité des images, la douceur de l'harmonie, font la vraie poésie. Il faut débuter avec noblesse, peindre tout ce qu'on dit, laisser entrevoir ce qu'on néglige, ramener tout au but, et y arriver en volant. La poésie parle le langage des passions, du sentiment, de la raison, etc. Mais en prêtant sa voix aux hommes, elle doit prendre le ton de l'âge, du rang, du sexe, des préjugés de chacun, etc. »

Ces préceptes sont fort sages, et, pour la plupart, analogues à ceux d'Aristote, d'Horace et de Boileau. On y peut remarquer pourtant une timidité, une aversion pour les écarts et les fictions, que nous avions prévues d'après le caractère d'une littérature si positive. Ainsi resserrés entre les scrupules de la poétique et les gênes de la prosodie, les poëtes chinois doivent mettre beaucoup de calcul dans la découverte des beautés. La régularité leur est plus facile que l'ardeur, et la noblesse que l'enthousiasme .

---

[1] M. Stanislas Julien, digne successeur d'Abel de Rémusat, a traduit dans

Ce n'est pas qu'on ne puisse, même parmi les auteurs de poétiques, en trouver quelqu'un qui essaie
de l'enthousiasme, pour le recommander avec plus
d'autorité. L'un de ces écrivains, un peu déclama-
teur en exprimant des idées justes, signale cette
poésie répandue dans toute la nature comme le type
et la source de celle qui devient pour l'homme un
langage propre et consacré. Cette pensée judicieuse
est incomplète ; la poésie intellectuelle doit trouver
sa place à côté de la poésie sensible, et l'univers n'est
pas plus poétique que l'esprit humain et ses phénomènes, que Dieu et ses lois.

La même erreur éclate encore davantage dans ce
passage extrait de la préface du Chi-King : « La vue
des objets sensibles réveille les passions ; les passions
émues font germer les pensées, excitent les désirs ;
l'âme cherche à les manifester au-dehors par des paroles. Toutes les paroles n'en expriment pas la force
avec la même vivacité. Elle les choisit, elle les cadence, elle y ajoute des soupirs et des modulations ;
de là la poésie... La poésie est le langage des passions ; voilà d'où lui vient cet attrait victorieux qui
charme les esprits et attendrit les cœurs. »

Il faut convenir que cette manière d'envisager la
question est grave et philosophique ; mais, à nos
yeux, il n'est pas vrai que la poésie soit le langage
des passions, quoique des passions puissent être exprimées avec le secours de la poésie. Pour montrer

la *Revue de Paris* une romance chinoise assez moderne, puisqu'elle ne date
que du sixième siècle. Il s'agit d'une fille qui se dévoue pour son père.
Voy. C, à la fin du volume.

la faiblesse de cette définition, il suffit de dire qu'elle s'appliquerait au moins aussi bien à l'éloquence. En outre, nous devons répéter que les objets sensibles ne nous paraissent pas l'unique origine à laquelle doivent se rapporter et le sentiment poétique et son expression.

Nous ajouterons, pour dernière remarque, que cette obligation imposée à la critique chinoise, *de ne rien dire que d'après les chefs-d'œuvre des grands maîtres* [1], prouve qu'elle a suivi l'ordre naturel des choses; c'est-à-dire que, dans le premier âge littéraire, des chefs-d'œuvre ont brillé, des modèles se sont formés par un travail spontané de l'esprit humain; l'âge du raisonnement a été celui de l'analyse, et les préceptes puisés aux ouvrages des écrivains antiques leur ont créé des successeurs.

9. — Critique historique en Chine.

Nous ne pouvons mentionner que pour mémoire un ouvrage en trente livres, composé par Ché-Ché, et intitulé : *Guide pour lire l'histoire avec fruit;* et un autre ouvrage en cinquante livres, où Liéou-Ché traça les règles à suivre pour écrire l'histoire. En général, les Chinois s'occupent beaucoup de critique historique; ce qui est facile à comprendre, puisque l'histoire est le genre le plus populaire que puissent cultiver les lettrés.

10. — Caractère de la littérature des peuples tartares.

Nous avons peu de choses à dire sur la littérature

[1] *Vide suprà.*

des Mandchous, conquérants et maîtres de la Chine,
et, en général, sur la littérature des peuples tartares.
Selon A. de Rémusat[1], elle se compose en entier
d'emprunts faits assez récemment aux nations voisines,
aux Chinois, aux Hindous, aux Occidentaux. Leurs
livres sont des traductions, ou tout au plus des imitations de ceux des peuples policés et agricoles qui
habitent les contrées méridionales. Le même écrivain nous apprend que cette littérature est, non pas
exclusivement, mais presque entièrement théologique. Ainsi, les Mandchous ont tiré du chinois
leurs principales richesses littéraires. Les Mongols,
avant eux, avaient traduit un grand nombre d'ouvrages du samskrit et du tibetain : c'étaient presque
toujours des ouvrages théologiques. Cependant les
poëmes, les romans, les histoires surtout, et les traités de législation, ne furent pas dédaignés par les
Mongols[2]. Ils eurent, ils ont encore d'immenses bibliothèques; mais, placés dans des monastères d'un
accès difficile, ces sauvages trésors invitent et re-
poussent en même temps la curiosité. Vers la fin du
Ve siècle[3], les Ouigours eurent une sorte de littérature, reflet affaibli de la littérature chinoise. Le roi
Kia avait fait *peindre* dans la salle de son conseil un
entretien du roi *Lou* avec Confucius, au sujet de l'art
de gouverner. Ce même roi avait établi des histo-
riographes ou historiens publics. Mais nous remar-

---

[1] *Recherches sur les langues tartares.*

[2] *Ibid.* Voyez aussi PALLAS, *Recueil de documents historiques sur le
Mongols*, en allemand.

[3] *Vide suprà.*

querons avant tout cette immense littérature sacrée
des peuples de la Haute-Asie, dont nous ne connaissons que l'existence, et qui est encore entièrement
ignorée des Européens. Elle n'appartient à aucune
nation, dit A. Rémusat, mais elle est celle des
Bouddhistes ou sectateurs de Bouddha, répandus
dans l'Inde orientale, le Tibet, la Mongolie, la Chine
propre, la Gorée, le Japon[1]. Les ouvrages de morale,
de métaphysique, de cosmologie, les romans historiques ou mythologiques, les prières, composent
cette littérature. On conçoit que la communauté des
dogmes imprime à des ouvrages presque tous religieux un caractère commun, malgré la diversité des
mœurs et des idiômes; cependant il est vraisemblable
que le génie de chaque peuple, sans altérer les idées
fondamentales sur lesquelles reposent les croyances,
en modifie l'expression.

Cherchons à nous expliquer ce double signe de la
littérature des peuples tartares, l'imitation et la
dévotion.

Le premier fait a sa raison dans leur genre de vie.
Population nomade, jetée sur les flancs d'un pays
dont les habitants, attachés à un même séjour et civilisés depuis quatre mille ans, possèdent de nombreuses richesses littéraires, les Tartares éprouvent
l'impuissance de produire une littérature, et le besoin d'en avoir une. Tout barbares qu'ils sont, ils
conçoivent, comme tous les hommes, le désir de
cultiver la pensée; ils sentent que l'expression de la

---

[1] Voyez aussi LANGLÈS, *Biographie universelle*, article Bouddha.

pensée en atteste la culture. La Chine se présente à
eux comme un centre de mouvement et un foyer de
lumières. Par un contraste bizarre, la civilisation se
trouve entourée et gardée par la barbarie. Le souvenir populaire des sages de l'antiquité chinoise agit,
même au-dehors, sur les esprits de ces tribus errantes. Ils peuvent attaquer la Chine les armes à la
main par cupidité ou par ambition ; mais ils s'avouent
la supériorité que donnent aux Chinois les connaissances acquises. Plus occupés de pourvoir à leur
subsistance que de créer une littérature nationale,
eux qui forment à peine des nations, ils reçoivent et
importent de confiance parmi eux une littérature
toute perfectionnée. C'est une conséquence de leurs
habitudes. Ils l'enlèvent comme une conquête, et en
jouissent comme d'un butin.

Cette dernière considération peut expliquer pourquoi ils ont fait aussi des emprunts à la littérature
indienne. Les traductions du chinois ont montré à
leur curiosité une autre source où les Chinois eux-
mêmes avaient puisé. Ils en ont détourné quelques
filets.

Maintenant, quelle réflexion ou quel instinct leur
a fait choisir de préférence des livres de théologie ?
c'est que leur religion, comme toutes celles qui s'é-
loignent de la majestueuse unité du christianisme,
n'est qu'une mythologie ; c'est que les fables mythologiques charment l'imagination, et que, chez les
peuples qui naissent, ou dont l'enfance se prolonge,
l'imagination domine et efface les autres facultés.
Néanmoins, nous ne voulons pas dire par là que rien

de raisonnable ne puisse se rencontrer dans leurs croyances et dans les livres qui les renferment. Les titres primitifs du genre humain, altérés quelquefois, ne se sont jamais perdus. On rencontre, au berceau de toutes les religions, des faits communs qui attestent une origine commune : ce qui est individuel est né de l'imagination ou des passions des hommes ; ce qui est universel dérive, aux yeux de tout homme de bon sens, ou d'une révélation première extérieure, ou de cette conscience intime placée dans toutes les âmes, et qui raconte incessamment à l'homme les secrets de l'Eternel.

Il n'en est pas moins constant que les nations qui, si j'ose employer ce terme, n'ont pas encore atteint l'âge de la réflexion, tournent rarement les yeux sur elles-mêmes ou sur les réalités qui les environnent. Elles attachent des regards curieux plutôt que pénétrants sur le ciel. Pieuses d'une piété mystique et idolâtre à-la-fois, elles rendent hommage de toute leur imagination, de tous leurs sens, à l'être ou aux êtres qu'elles reconnaissent supérieurs à l'humanité [1]. Or, quoi de plus mobile que l'imagination et la partie sensible de notre nature ? quoi de plus

---

[1] Pallas cite un exemple fort singulier de la manière dont ces peuples conçoivent la religion. Il affirme avoir vu chez plusieurs vieux prêtres une roue à prières. C'est un cylindre garni d'un essieu de fer qui pose sur deux petits pivots de bois affermis sur une planche. Ils mettent des prières écrites dans ce cylindre, garni en dehors d'une étoffe. Ils le font tourner très-rapidement au moyen d'une feuille entortillée autour de l'essieu, et ils se persuadent que ces prières écrites et ainsi agitées ont la même efficacité que si on les récitait de vive voix. (PALLAS, *Voyage, observ. sur les Kalmouks.*)

amoureux des impressions variées et contradictoires ?
Un peuple nouveau ou peu avancé est toujours avide
de querelles religieuses ; il en est fou, lorsque le
climat, le genre de vie, des causes locales enfin
ajoutent encore quelques étincelles à cette ardeur
de jeunesse ou d'inexpérience qui se calmera plus
tard sous la froide main de la raison.

Est-il besoin de dire que cette littérature des
Tartares, transcrite des littératures chinoise et indienne, n'a point de règles qui lui soient propres, et
qu'on ne doit pas rechercher les travaux de la critique, là où sa mission se bornerait à diriger des
traducteurs ?

11. — Littérature du Japon.

Le Japon passe pour un des pays les plus civilisés
de l'Asie ; mais sa haine pour les étrangers le rend
bien difficile à observer de près. Il paraît qu'il a
aussi beaucoup emprunté aux Chinois et aux Hindous.

D'après les renseignements que nous ont fournis
d'abord Marco-Paolo, et, après lui, Kœmpfer,
Charlevoix, Thunberg, renseignements entre lesquels nous devons choisir avec quelque réserve, la
civilisation japonaise ressemble à un monument imposant, mais inachevé. Ce bizarre pays, partagé
entre deux dominations, l'une civile, l'autre ecclésiastique, habité par un peuple dur et défiant, mais
énergique, est loin d'être insensible aux sciences et
aux arts. Il en ébauche opiniâtrément l'étude ; il ne
la perfectionne pas. A Jeddo, la capitale, Thunberg

a vu de superbes palais qui respirent la grandeur et la magnificence, et cependant l'architecture japonaise est dans l'enfance, et une seule partie des édifices, la salle du bain, est construite avec goût et commodité. La cour ecclésiastique cultive les sciences, et la géométrie seule a fait quelques pas. La musique, chez les Japonais, est une passion; les femmes surtout s'y adonnent avec amour; et pourtant ni l'art musical ni les instruments ne se perfectionnent au Japon. Ses historiens ont le mérite d'un calque fidèle. Il est ardent pour les représentations théâtrales, mais ses pièces de théâtre sont d'une gaîté exagérée et d'une bizarrerie qui touche au ridicule. Il semble que ce peuple, triste et comprimé, veuille trouver dans ses fictions un contraste à la réalité qui le presse. La réaction d'une joie folle est nécessaire à ces esprits que la théocratie et le glaive tiennent courbés sans les assouplir. Les Japonais aiment la poésie; ils chantent leurs dieux, leurs héros, leurs grands hommes; et la matière ne peut manquer à ces chants moins nationaux que serviles : car tout est dieu, héros ou grand homme, pour un peuple qui tremble devant ses maîtres, et qui, dans les forces de la nature, dont les secrets sont fermés à son ignorance, ne voit que de redoutables, ou, plus rarement, de consolantes divinités.

12. — Caractère de la littérature des Hindous.

Nous avons des renseignements plus positifs sur la littérature de l'Hindoustan. Cette mine, vierge si longtemps, rend chaque jour des richesses nouvelles, sous les efforts bien dirigés des savants d'Europe; ce qu'ils ont déjà recueilli suffit pour donner une idée juste, quoique sommaire, de ce nouveau monde acquis à la littérature. William Jones, Ward, Colebrooke, Leyden et quelques autres érudits anglais, fournissent les matériaux les plus précieux. Le peuple qui règne sur l'Hindoustan, et qui, à côté des comptoirs de ses marchands, élève une savante académie, pouvait seul nous appeler à ces jouissances nouvelles de l'esprit, et nous découvrir des beautés si fraîches et si inconnues[1].

Si la raison est le caractère distinctif de la littérature chinoise, et l'imitation celui de la littérature tartare, le trait saillant de la littérature indienne, c'est l'imagination : elle est toute sensible, tout extérieure, brillante et sereine comme le beau ciel de l'Inde, ardente comme le climat, imposante et variée comme les scènes d'une nature éminemment poétique, molle et passionnée comme les amours qu'elle célèbre sans cesse ; elle crée, elle anime, elle personnifie; impatiente de s'élever au-dessus du réel, elle dépasse les vraisemblances mêmes du fantastique[2]. On peut dire qu'elle est tout entière dans sa poésie, et que cette poésie est enthousiaste jusqu'à l'hyperbole, et inspirée jusqu'au délire.

13. — Principaux monuments de la littérature des Hindous.

Le plus ancien monument littéraire des Hindous,

---

[1] Voyez aussi les travaux remarquables des savants allemands Heeren, Goerres, Creuzer, etc.

[2] WILLIAM JONES, Comment. poés. asiat.

les Védâs, paraissent avoir été écrits, du moins en
partie, au temps de David [1] : c'est un recueil de
prières, de dissertations théologiques et de questions
philosophiques, qui semblent avoir une assez grande .
analogie avec les doctrines de Pythagore et des anciens philosophes de la Grèce. Ces livres sacrés,
disent-ils, renferment tout ; et cependant, en fait de
croyances religieuses, ils se partagent entre des systèmes nombreux et variés. Il y a dans les Védàs de
la subtilité et du mysticisme ; et ce mysticisme élevé,
puissant, mais auquel répugne la forme de l'abstraction, ne trouvant rien dans la nature qui exprime
avec vérité ses hautes pensées, leur donne des mons-
tres pour symboles. On sent que l'imagination fait
tous les frais des hommages que ce peuple rend à la
Divinité. Sa mythologie, non pas moins profonde, mais
moins correcte que celle des Grecs, a quelque chose
de plus riche et de plus éclatant encore [2]. Sortie,
comme le Gange, des montagnes du Tibet, elle s'est
accrue avec lui, à mesure qu'elle s'éloignait de sa
source ; maintenant même, son empire, quelquefois
funeste, résiste à l'exemple et aux sages efforts des
Anglais. Cependant une différence capitale distingue
les Hindous actuels de leurs ancêtres, sous le rapport littéraire : tout occupés de spéculations, ils né-
gligent d'acquérir de l'instruction ; ils cessent de produire, semblables à une terre épuisée. Tout au plus

---

[1] WARD, *On the Hindous.*

[2] « Les Mythes sont comme un léger souffle qui, des traditions d'une
antiquité plus haute, serait tombé dans les pipeaux des Grecs. » BACON, *De
Augm. scient.* II, 13.

verra-t-on leurs *Pandits* étudier la grammaire et lire les anciens poëtes, sans éprouver la tentation de les imiter. Il n'y a donc maintenant chez eux aucun ouvrage contemporain qui puisse exciter notre intérêt, et nous ne pouvons qu'interroger leur antique littérature.

Les Pouranàs sont une esquisse d'histoire universelle. La cosmogonie s'y trouve aussi traitée. Une singularité qui s'explique et par la destination première de la poésie et par le tour de l'imagination indienne en particulier, c'est que, pour trouver chez eux des ouvrages historiques, il faut choisir entre des poëmes. La vérité et la fiction s'y confondent, soit que le poëte les ait écrits seulement en prose, comme notre *Télémaque*, soit qu'ils se présentent mêlés de prose et de vers, soit enfin qu'ils soient versifiés d'un bout à l'autre. Il est probable qu'après les avoir lus on sait l'histoire comme lorsqu'on achève de lire un roman de Walter-Scott ou de Cooper.

Les passions des Indiens sont ardentes et rapides : l'amour surtout doit être la grande et presque l'unique affaire de ces âmes tendres, de ces imaginations inflammables. Mais leur penchant à sortir d'eux-mêmes pour embrasser la nature extérieure doit effacer les nuances délicates nées du commerce intime de deux âmes, et qui, chez nous, peuvent donner tant de charme à l'amour. La beauté physique, la possession corporelle, voilà ce qu'admirent, ce que désirent ou regrettent les poëtes érotiques de l'Inde. Ils sont nombreux, et les ouvrages même qui ne sont pas spécialement consacrés à chanter l'amour ren-

ferment souvent des allusions libres ou même licen-
cieuses [1]. Ward, dans son érudition naïve, cite quelques-uns de ces passages : il les choisit comme les
plus innocents; nous craindrions de les répéter après
lui [2].

Cette même disposition à tout rapporter au-dehors,
cette vie toute de sensations, pour ainsi dire, doit
laisser peu de place dans les âmes aux sentiments
graves et profonds. Ainsi la douleur chez les Hindous se manifeste par des éclats. Les *nénies* qu'ils
font entendre aux funérailles sont outrées et bruyan-
tes. S'il est vrai que les grandes douleurs soient
muettes, ils éprouvent peu de grandes douleurs.

Doués de l'imagination qui colore, beaucoup plus
que du jugement qui dispose, ils sèment leurs poëmes de riches descriptions, où toutes les merveilles
de la nature sont reproduites avec une admirable
vivacité. Ils ne songent pas à éviter les longueurs; et,
quand un de ces sites magiques qu'éclaire le soleil
de l'Inde invite le génie du poëte, le poëte oublie
un moment le dessein de son ouvrage, et s'arrête
avec amour à décrire les charmes des prairies ou des
forêts.

Un érudit qui avait de l'imagination, William
Jones, épris de cette littérature, qu'il avait appro-
fondie, insulte à ce qu'il appelle *le goût régulier* des
Européens. Nous troûverons plus tard l'occasion de

---

[1] WARD, *On the Hindous.*

[2] Nous citerons seulement à la fin du volume, lettre E, quelques fragments qui sont un mélange singulier de grâce et de mauvais goût.

revenir sur cette question importante : Le goût est-il
absolu ou relatif? n'a-t-il que l'un de ces deux caractères, ou les réunit-il tous deux? Quoi qu'il en
soit, le savant Anglais remarque avec justesse que
si presque toute la littérature des Hindous est dans
leur poésie, toute leur poésie est empruntée aux
scènes de la nature si brillante qui les environne[1].
C'est de là que l'auteur du Ramayana a transporté
dans ses vers tant d'éclat et de fraîcheur. Même dans
le drame charmant de Sacontala[2], et, en général,
dans les pièces de théâtre des Hindous, quoique des

---

[1] Nous citerons pourtant ce court passage du Siva Pourana, qui exprime,
avec une curieuse alternative, des images et des idées. Il s'agit des apprêts
de la noce de Siva et de Garvati.

« A cette vue, le grand banquet de la vie, qu'on avait cessé de servir,
prodigue de nouveau ses trésors aux créatures. Le monde vieilli revêt une
jeunesse nouvelle et immortelle. Affaissé sous le poids de ses douleurs, l'u-
nivers retrouve son sourire et se rappelle sa félicité passée. On entend ré-
sonner les chants mélodieux des Gandharvas et des célestes nymphes, ainsi
que les instruments magiques des Ganas et des Cinnaras. La terre et ses
habitants font retentir les accents d'une joie vive, les chants de gloire et de
louange. Dans les veines de ceux qui ont vieilli coulent et circulent d'abondantes sources de vie. Mille heureuses pensées inspirent le cœur des sages.
Le domaine des formes visibles resplendit de joie; le monde de la pensée
intime se pare d'un nouvel éclat. L'âme humaine s'épanouit comme le tendre bouton de la rose dont le calice s'ouvre et développe ses feuilles purpu-
rines. Tous les habitants du globe sentent une douce satisfaction pénétrer
leurs pensées, les enrichir, leur prêter une inestimable valeur. Le lit de
l'homme devient une couche semée de perles. La joie de la terre s'élance
vers les cieux, et l'arbre de bénédiction qui ombrage l'empyrée fait ployer
ses branches protectrices jusque dans les profondeurs du globe terrestre qui
tressaille d'extase. » (Voyez le vol. 13 du *Cathol.* par le baron d'ECKS-
TEIN.)

[2] Voy. la traduction de SACONTALA, dans le neuvième vol. de WILLIAM
JONES, et les réflexions de cet écrivain.

sentiments délicats soient exprimés souvent avec
grâce, les beautés principales sont des beautés des-
criptives. Leur éloquence a nécessairement un caractère très-poétique; les mouvements passionnés y
abondent, mais surtout les vives images y jouent un
rôle plus important que la dialectique et l'enchaînement des idées. Ils ont de singulières improvisations
musicales, dans lesquelles ils décrivent, sur un mode
mélancolique, et la personne et le costume du voyageur à peine entré dans leur bateau [1]. Leurs monuments de sculpture et d'architecture n'affectent point
cette perfection qu'on cherche à leur donner chez
les nations polies. Ils sont hardis, gigantesques : là,
d'immenses temples souterrains se prolongent sous
des rochers où les a sculptés un art patient et ingénieux ; c'est l'imagination de l'artiste qui parle à d'autres imaginations, toutes dédaigneuses de ce qui a des
limites, et attirées par ce qui réveille, au moyen d'i-
mages sensibles, la pensée confuse de l'infini [2].

Nous sommes donc en droit de conclure, sans trop
de sévérité, et sauf les exceptions que doit admettre
toute assertion qui ne veut pas être facilement dé-
mentie, que la littérature de l'Hindoustan excelle à
peindre la nature extérieure et les effets sensibles de
nos passions, mais qu'elle connaît moins le langage
des secrets de l'âme. L'imagination, non pas rêveuse

[1] Voy. l'*Histoire de la Musique* par Stafford, trad. par Mme Fétis.
[2] Voy. LANGLÈS, *Monuments de l'Inde*, Palais et temple de Madourch,
temple de Djagannathâ, temple de Visouakarmâ, Élora, qu'on nomme le
Panthéon de l'Inde. Voyez aussi WIEBEKING, *von dem Einfluss der Ban-
wissenschaften auf die Civilisation*, Nürenberg, 1817.

et recueillie comme dans le nord de notre Europe,
non pas réglée en ses écarts même comme dans l'ancienne Grèce, et chez les nations que la Grèce a eues
pour imitatrices ; mais l'imagination libre, facile,
épanchant ses trésors sur les sujets tristes comme
sur les riants souvenirs ; plus soucieuse enfin de
l'éclat, de l'abondance, que de l'ordre et des justes
bornes ; tel est à nos yeux le cachet de la littérature
des Hindous.

14. — Critique des Hindous.

Ici encore nous pouvons légitimement conclure de
la pratique à la théorie, et prononcer que la rhétorique et la poétique de l'Hindoustan ont surtout
pour but l'éclat et l'effet sensible. Les écrivains qui
nous fournissent le plus de lumières à cet égard[1]
citent les noms de quelques auteurs de traités oratoires ; mais ils ne portent aucun jugement, et
ne font pas même l'analyse complète d'un de ces
ouvrages. Est-ce parce que l'éloquence est réellement subordonnée à la poésie ou plutôt se confond
avec la poésie chez les Hindous? Nous sommes
portés à le croire, puisque l'un de ces mêmes écrivains[2] cite plusieurs passages d'une poétique indienne ; tandis qu'un second analyse avec quelque
détail une autre poétique plus intéressante, ex-
traite du Kavya-Chandrika[3]. Le premier nous
apprend que les Hindous, comme les Chinois, ont

[1] WARD, WILLIAM JONES.

[2] WARD, *On the Hindous.* COLEBROOKE, *Asiat. Research.*

[3] Par RAMA-CHANDRA NYAYA-VAGEESHA.

aussi divers langages appropriés à des buts différents.
Le samscrit est le langage des dieux, le pracrit celui
des bons génies, le paisachi celui des démons, et
le magadhi celui du bas peuple. En style moins
figuré, les deux derniers langages sont des espèces
de jargons, le second est la langue vulgaire, le premier la langue sacrée et aussi la langue littéraire.
Cependant le pracrit est souvent employé par les
écrivains hindous, surtout dans la poésie érotique.
L'auteur de la poétique ajoute : Les sages regardent
le samscrit comme le premier de ces quatre langages.
On l'emploie de trois manières : en prose, en vers,
et dans un mélange de vers et de prose. Dans la seconde poétique, toutes les règles tendent à enseigner
l'art de charmer l'imagination par les fictions et les
figures, le cœur par le langage des passions, l'oreille
par une exquise et savante harmonie. *La plus excellente poésie,* dit cet écrivain, *est celle qui contient le plus
grand nombre de figures.* Et plus loin : Neuf passions
doivent animer la poésie, ce sont : l'amour, la gaîté,
le courage, la terreur, la pitié, le calme, le dégoût,
l'admiration, la rage. Après cette liste bizarre, où
le calme est compté pour une passion, et où l'amour
tient le premier rang, comme dans la vie des nations
orientales, viennent les applications. Les exemples
cités avec éloge par le critique indien sont souvent
d'une pompe et d'une hardiesse qui doivent effrayer
notre timidité européenne. Nous 'pourrions ajouter
que plusieurs sont de mauvais goût, même en Asie,
et indiquent moins la liberté que la licence de l'imagination.

Il nous serait difficile de déterminer l'influence
que tel ou tel critique de l'Hindoustan a pu avoir
sur la littérature de son pays. Les secours nous
manquent pour pénétrer à cette profondeur [1], mais
nous ne croyons pas que notre impuissance à retracer
l'historique de la critique indienne doive nous causer
beaucoup de regrets. Il n'en est pas de cette littérature, qui jaillit pour ainsi dire spontanément, et toujours d'une même source, comme de nos littératures savantes et calculées. Un ouvrage de critique
dans l'Hindoustan a dû être moins un ensemble
de règles à suivre que le miroir où venaient se peindre les traits des poëtes harmonieux, des historiens,
des moralistes, auxquels il ne manquait que le nom
de poëtes. La critique, qui s'affranchit du joug
même des modèles, et qui, aux fautes séduisantes
dont le vulgaire s'enivre, oppose avec calme des
vues indépendantes, des principes de lumière et de
vérité; cette critique ne peut appartenir à un pays
où l'imagination est puissante jusqu'à la violence,
jusqu'à la tyrannie. Les préceptes doivent y être
exclusivement calqués sur les modèles; ce sont des
dogmes de pure tradition, et non pas des doctrines
librement émises. Enfin, par cela même que ces
préceptes sont des dogmes de tradition, les rhéteurs indiens ne peuvent guère varier que sur les

---

[1] Colebrooke, dans une dissertation sur la poésie samscrite et pracrite,
commence par déclarer qu'il ne se propose pas d'examiner cette poésie
d'après les règles européennes, ni même d'après *les règles de composition
enseignées dans les propres traités de rhétorique des Hindous.* (COLE-
BROOKE, *Asiat. Research.*)

formes qu'ils leur attribuent, et ici encore nous devons nous consoler de ne pas connaître la suite chronologique de ces rhéteurs. S'il n'y a pas d'âge bien distinct dans la littérature indienne, et si en effet cette littérature s'absorbe dans la poésie, une seule poétique estimée, la seconde de celles que nous avons citées, par exemple, doit suffire pour nous apprendre quelles sont les doctrines littéraires de l'Hindoustan. Nous ajouterons, pour compléter notre pensée, que ces doctrines n'ont pas dû exercer une véritable influence, parce qu'elles auraient pu, malgré leur généralité un peu vague, entraver l'essor de l'imagination, première faculté et premier besoin des Hindous.

15. — Résumé.

Par une sorte de hasard heureux, nous avons rencontré, en commençant par l'extrémité de l'Asie, trois caractères essentiels, trois types littéraires : en Chine, la raison recherchant l'utile; chez les Hindous, l'imagination saisissant, outrant le beau et le sublime; chez les Tartares, l'imitation, adoptée plutôt par nécessité que par faiblesse. Dans la suite de notre revue historique, nous reconnaîtrons que chaque littérature participe plus ou moins de ces trois caractères. Quelques — unes les reproduisent isolément, quelques autres en admettent le mélange. Celles-ci sont les plus complètes, mais, en un sens, les moins originales; on serait tenté de dire qu'elles ont une couleur moins tranchante que la littérature même de pure imitation; car celle-ci du moins a ce caractère bien net, bien déterminé, d'être une copie, tandis que les littératures éclectiques dont nous parlons ont pour premier trait distinctif de n'en point avoir.

Qu'on remarque bien cependant que nous exprimons ici un jugement et non pas un blâme. Des facultés très-diverses, des faits opposés entre eux, se réunissent dans l'homme sous la loi d'une mystérieuse unité. Pourquoi la littérature, expression de l'homme, et de l'homme tout entier, repousserait-elle de son domaine certaines facultés au profit de quelques autres ? Pourquoi un être raisonnable, imitateur, capable d'imaginer, ne réunirait-il pas dans son œuvre la raison, l'imagination et l'imitation tout ensemble ? Ce que l'on appelle originalité n'est quelquefois que le produit d'une faculté à l'exclusion des autres. Une littérature seulement imitatrice n'est rien ; une littérature qui ne reçoit guère ses inspirations que d'une seule faculté est exclusive et incomplète. Les plus dignes d'admiration sont celles qui empruntent leurs ressources aux diverses facultés humaines, mais en permettant à l'une d'elles de leur imposer un caractère, un titre, et qui, sans dédaigner les tributs d'une littérature étrangère, en détachent par un instinct de génie tout ce qui n'est pas antipathique à leurs principes nationaux.

LIVRE III.

—

1. — Caractère des littératures de l'Indo-Chine.

Le samscrit, qui est, ainsi que nous l'avons dit, la langue sacrée, et en même temps la langue littéraire des Hindous, comme le pracrit est leur langue vulgaire, s'est répandu, soit dans sa pureté première, soit en divers dialectes, parmi les populations de l'Inde orientale. Il a donné naissance au pali, qui est aussi le langage de la religion, des lois, de la littérature et de la science. C'est surtout dans les contrées maritimes de l'Indo-Chine que ce dialecte s'est popularisé. Sur le continent, la langue chinoise exerce une influence plus générale, et, comme la connaissance d'une langue amène avec elle l'étude des usages et des goûts du peuple qui la parle, et que cette étude conduit à l'imitation, une partie de l'Inde orientale semble penser et écrire sous l'inspiration des pandits, l'autre partie sous l'inspiration des lettrés. Ce serait à l'histoire de nous apprendre comment le samscrit et le ouen-tchang se sont partagé ainsi les contrées indo-chinoises ; elle nous ferait voir peut-être que l'Hindoustan, accessible aux voyageurs, et fréquenté par eux depuis une haute antiquité, leur livrait des connaissances qu'ils semaient bientôt sur les côtes des pays voisins, au-delà desquels ils ne pouvaient souvent prolonger leurs courses aventureuses. Elle nous dirait encore que la Chine, tenue en respect dans le nord par les peuplades barbares de la Tartarie, étend au midi ses relations de commerce et de patronage, mais ne porte pas ses entreprises, ni par conséquent son langage et ses habitudes littéraires, au-delà d'un certain rayon. Nous comprendrions alors que le continent doit surtout imiter le genre chinois, et les îles, ainsi que certains pays des côtes, le genre indien. Quelques observations de fait confirmeront cette remarque.

Il paraît que, dans l'empire Birman, les ouvrages historiques sont en grand nombre[1]. Ce n'est pas que ces peuples ne possèdent beaucoup de petits poëmes, où leurs croyances superstitieuses sont célébrées sous la forme de chansons. Néanmoins il est remarquable que le genre de l'histoire, grave même quand il est altéré par des fables, y soit particulièrement en honneur.

---

[1] *Asiat. Research,* 10e vol.

A Siam, cette nuance est encore plus fortement prononcée. Dans la littérature siamoise, on trouve de l'Inde l'exagération, les fictions romanesques jusqu'à l'absurde, mais de la Chine les scrupules minutieux, le calme, la clarté du récit, le style concis et enfermant beaucoup de sens sous peu de paroles.

Le Tonquin et la Cochinchine, qui composent l'empire d'Anam, nous offrent une littérature plus analogue à celle de l'Inde. Du moins le style, suivant la remarque du docteur Leyden [1], y est plus animé que dans les autres littératures de l'Indo-Chine du continent.

Mais ce qui doit surtout fixer notre attention, c'est la littérature malaise. Si nous en croyons le même savant, elle a peu d'originalité, quoique la langue ait un caractère très-poétique. Il attribue ce défaut à la monotonie des langues monosyllabiques, dont la syntaxe a beaucoup de rapports avec celle de la langue malaise, et qui doivent souvent gêner et refroidir l'imagination. Cette conjecture nous semble peu fondée; un obstacle extérieur ne saurait enchaîner le génie littéraire d'un peuple. Si la littérature malaise est peu originale, il faut, selon nous, en chercher la cause dans le caractère des Malais. Avec les idées positives des Chinois, ils ont l'indolence des Hindous. Leur théâtre vit de réalités comme les théâtres de la Chine et de Siam; mais leur langue, douce et efféminée, a mérité d'être comparée à l'italien. Ils célèbrent dans des poëmes historiques les

Vide suprà.

événements de leur patrie, par exemple l'arrivée des
Portugais dans leur île et la lutte soutenue contre
Albuquerque ; mais ils se complaisent davantage
dans le portrait des charmes d'une maîtresse, ou
dans les apophthegmes versifiés en quatrains[1]. Ce mélange de sérieux et de frivole, de pratique et de
vague, donne à leur littérature une physionomie
indécise. Elle n'est ni franchement chinoise, ni franchement indienne ; elle est seulement la timide alliance de ces deux types originaux.

A Java, à Sumatra, même caractère, même indécision. Au-delà, dans les îles du Grand-Océan, dont
il est à peine possible de parler, tant elles nous sont
peu connues, nous trouvons la barbarie, ou quelques ébauches grossières de civilisation. Les spéculations commerciales des Anglais, des Hollandais et de
plusieurs nations de l'Asie, les tentatives hardies de
quelques voyageurs, ont commencé, pour certaines
parties de ces vastes contrées, un changement bien
restreint et bien imparfait encore. A peine ce nouveau monde est conquis à la science géographique ;
de longtemps la littérature n'y trouvera rien à réclamer.

Comme certains sentiments et certaines formes de
pensée sont communs à tous les hommes, quelle que
soit leur patrie, on reconnaît partout, même parmi
les sauvages, quelque ombre de représentations théâ-

---

[1] Nous rejetons à la fin du volume, lettre F, deux petits poëmes malais,
et nous y joignons une chanson bugis et un poëme de Barma, tirés des
Recherches asiatiques.

trales, où sont rappelés les souvenirs historiques du pays[1]. Ils ont des chants de guerre, des chansons d'amour. Mais, ni parmi ces peuplades aux mœurs bizarres, ni même chez les nations plus civilisées de l'Indo-Chine, nous ne distinguons clairement les traces d'une littérature exprimée par des préceptes et reconnaissant des lois. Il est pourtant vraisemblable que, pour les uns, les ouvrages théoriques des Hindous et des Chinois, pour les autres, certaines traditions, ridicules peut-être, mais pourtant respectées, tiennent lieu de critique nationale. Mais laissons les conjectures, et passons à d'autres faits littéraires, sur lesquels il nous sera plus facile de prononcer.

2. — Asie centrale.

Remontons vers l'ouest et vers le nord. Examinons, sous le rapport de la littérature, les peuples de

---

[1] « Les Javanais possèdent quelques notions imparfaites et grossières de l'art dramatique ; les acteurs jouent masqués, et remplissent les rôles de femmes ; celles-ci ne paraissent jamais sur le théâtre. Leur jeu est froid, insipide et peu naturel. Le principal personnage de la pièce est le Dalang ou souffleur. Assis en face des spectateurs, il chante ou récite à haute voix une pièce de vers contenant la narration de l'événement fabuleux ou historique dont les acteurs doivent retracer les principales circonstances : il s'interrompt pendant la pantomime, et recommence aussitôt que la toile se baisse. Il assiste de même à la représentation des ombres chinoises, et annonce les personnages à mesure qu'ils paraissent derrière la toile ; mais il s'aventure rarement à transmettre leur conversation aux auditeurs. Les sujets de ces drames sont puisés dans les légendes des Hindous et dans les époques fabuleuses de l'histoire de Java. Il y a de plus dans cette île un théâtre particulier, où des hommes, revêtus de peaux de tigre, de buffle, de lion, etc., imitent les cris de ces différents animaux, leur instinct et leurs habitudes. » (J. CRAWFURD, *History of the Indian Archipelago.*)

l'Asie centrale. Ici, et désormais dans la plus grande
partie de nos recherches, nous devons accepter une
position nouvelle. Nous n'avons plus à juger le génie
littéraire d'une nation qui a toujours vécu, et dont
le mouvement, tantôt lent, tantôt rapide, n'a jamais
cessé. Il y a déjà pour ces peuples, comme pour ceux
de notre Europe, trois époques toutes distinctes :
une antiquité, des temps modernes, et, entre ces
deux grandes divisions, un abîme de ténèbres et de
barbarie. Ce qui est vrai de l'antiquité chez une de
ces nations peut être faux des temps modernes chez
cette même nation, et réciproquement. Néanmoins,
ce genre de contraste est bien moins fréquent et bien
moins saillant chez les Asiatiques que chez les Européens, parce que les populations y ont été moins
renouvelées par la migration ou par la conquête, et
parce que l'Asie, civilisée quand l'Europe était encore barbare, a dû seulement modifier sa vie sociale,
tandis que l'Europe a créé la sienne. Un Persan
d'aujourd'hui ressemble plus à un Perse d'autrefois
qu'un Français de nos jours à un de ces Gaulois qui
vendaient leur victoire aux défenseurs du Capitole.

3. — Caractère de la littérature persane.

La vaste portion de l'Asie occupée aujourd'hui
par la Perse, le Caboul, le Béloutchistan, comprenait
autrefois l'empire d'Assyrie, tout éclatant de la gloire
de Ninus et de Sémiramis; puis, quand cet empire
fut ruiné avec presque tous ses souvenirs, les florissantes monarchies des Mèdes, des Perses et de Baby-
lone, formées de ses ruines. La Babylonie ou Chaldée,

dès longtemps renommée pour ses découvertes astro-
nomiques et ses merveilleux monuments, ne nous a
rien transmis qui puisse faire juger des travaux littéraires que suppose une si haute civilisation. La Mé-
die, après avoir joui d'une existence propre, dont
il ne reste que de légères traces dans l'histoire, est
allée s'effacer et se perdre dans la vaste monarchie
de Cyrus. Les récits contradictoires d'Hérodote, de
Ctésias, de Plutarque, le roman politique de Xénophon, ne nous apprennent rien des efforts que l'esprit humain employait alors sans doute pour se produire sous l'expression des lettres ou des arts. Nous
entrevoyons seulement que la hardiesse respirait dans
les monuments; que l'allégorie, ce langage de l'imagination au service de la raison, dominait dans les
formes littéraires données à la pensée. Sous les successeurs de Cyrus, les relations de guerre et quelquefois d'alliance des Perses avec les Grecs durent introduire chez eux, malgré la différence des mœurs,
une légère connaissance des premiers titres littéraires de la Grèce, qui déjà déifiait Homère et cou-
ronnait Eschyle. Mais, plongé, comme nous le représente l'histoire, dans un luxe effréné, ce peuple
dédaigna peut-être l'imitation d'une poésie mâle qui
n'était point surchargée de parure. S'il avait une
poésie, une littérature nationale, elles ne devaient pas
se soustraire à l'influence de cette mollesse corrup-
trice qui énervait les esprits aussi bien que les bras.
Plus tard, lorsque Alexandre traverse l'Asie d'un
vol rapide comme celui de l'aigle, il emporte avec
lui, il fait asseoir à son chevet le vieux chantre de

l'Iliade. Un coffre précieux, portion des dépouilles
d'un roi vaincu, contiendra l'épopée d'Homère. Mais
le redoutable admirateur du poëte qui a si dignement
chanté les batailles ne songe pas à populariser dans
la Perse son livre de prédilection. Lui qui, en courant, fonde des empires sur les ruines d'autres empires qu'il vient de précipiter, il n'appelle pas les
lettres au secours de sa politique ; car nous ne voyons
dans ces jeux des *Epigones*, dans ces représentations
de tragédies grecques données à Ecbatane, qu'un
souvenir momentané des jeux et des spectacles de la
Grèce, une célébration du triomphe. L'élève d'A-
ristote a disparu dans le prince habile qui consolide
sa victoire en adoptant pour lui et son armée les
usages des vaincus. Ainsi la littérature de la Perse à
cette époque nous est inconnue ; mais nous voyons
que la conquête et le séjour des Grecs ne durent pas
la modifier d'une manière sérieuse. Le conquérant
de ces vastes contrées se faisait Perse, comme l'a remarqué Montesquieu, pour rester maître, et il ne
pouvait importer dans sa conquête rien qui rappelât
trop clairement cette patrie qu'il semblait alors ab-
diquer.

Un des plus sages capitaines d'Alexandre, Sé-
leucus, maître de presque toute l'Asie après la
mort du conquérant, la gouverne avec gloire. Sa
dynastie subsiste plus de deux siècles, et, devenue
faible et impuissante, elle cède aux Parthes les contrées qu'elle n'a pas su défendre. La Perse, soumise
à ce peuple demi-barbare, transforme ses usages et
ses mœurs. Il n'y reste point de vestiges d'une litté-

rature polie. C'est à Rome, chez les ennemis des Parthes, à Rome où brille déjà Lucrèce, où grandit Cicéron, que se prépare l'avénement d'une littérature nationale.

Le temps où la Perse, sous les Sapor et les Chosroès, reprend un rang parmi les nations, ne nous offre aucun souvenir littéraire. Conquise par les Arabes, elle n'a plus rien d'individuel, et son histoire se confond dans l'histoire des Califes. Enlevée aux Arabes par les Tartares Mongols, elle ne songe guère à s'occuper de la culture des lettres, et disparaît oubliée dans les conquêtes de Gengis et de Timur. Enfin, peu après la découverte de l'Amérique, Ismaël la rend à l'indépendance et y fonde le trône des Sophis. C'est delà seulement que date pour la Perse moderne une littérature nationale, dont nous commençons en Europe à soupçonner l'immensité, et dont nous pouvons indiquer du moins, sinon retracer les caractères.

Un auteur arabe, Zamakhschari, dont l'illustre de Sacy adopte la sentence[1], dit *qu'entre les Arabes et les Persans, il y a la même différence qu'entre la datte et son noyau.* Nous ne sommes pas compétents pour décider si ce jugement est sévère ; mais il nous paraît naturel que ce peuple, qui avait reçu et altéré la langue du vainqueur, et qui en avait fait un idiôme moins nerveux et plus flexible, se soit aussi créé une littérature plus riche peut-être, mais moins hardie, et qu'il ait gardé dans ses molles inspirations je ne sais quel souvenir de langueur et de servitude.

---

[1] *Chrestomathie arabe*, épigraphe.

En effet, ce qui éclate surtout dans le système littéraire des Persans, c'est la surcharge des ornements, ce sont les artifices d'une parure raffinée [1]. Ils admettent beaucoup de longueurs, non pas par le naïf entraînement de l'imagination, comme les Indiens, mais parce qu'ils ne croient jamais avoir assez entouré, orné ou plutôt dénaturé un sujet ou une pensée. Ils étouffent la raison sous des fleurs.

Et cependant cette littérature, ou, si l'on veut, cette poésie (car, dans ce que nous sommes convenus d'appeler l'Orient, la Chine exceptée, nous répétons que la poésie est toute la littérature), cette poésie renferme des productions charmantes et des œuvres de génie. La poésie érotique surtout est heureusement cultivée par les Persans. Ils chantent volontiers les amours, si populaires en Orient, du rossignol et de la rose [2]; *la joue d'une jeune fille* suffit pour leur inspirer des vers harmonieux, tout étincelants d'images. Comme les Hindous, ils ont ou

---

[1] On rencontre aussi chez leurs poëtes des hyperboles qui laissent bien loin derrière elles le langage des *Précieuses* de Molière. J'ai entendu citer à de Sacy un poëte persan qui, pour exprimer qu'il faisait froid, a dit : « Que l'ourse céleste aurait voulu pouvoir retourner sa peau pour s'en faire une fourrure, et que les oiseaux perchés sur les arbres auraient souhaité d'être mis à la broche. »

[2] Il n'est pas difficile de conjecturer d'où est venue cette fiction des amours du rossignol et d'une fleur. Les marchands racontent que les rossignols, en Asie, sont merveilleusement attirés par le parfum des roses, et que souvent ils voltigent au milieu d'elles, jusqu'à ce qu'enivrés, pour ainsi dire, par une douce émanation si pénétrante dans ces contrées, il cessent d'agiter leurs ailes et tombent. Il faut ajouter que c'est pendant la même saison que les roses fleurissent, et que les oiseaux ont l'habitude de chanter dans les bocages. (WILLIAM JONES.)

paraissent avoir de ces poésies mystiques à double
sens, dont le cantique des cantiques nous offre un
modèle [1]. Leur musique n'est pas très-savante, mais
elle est pleine de passion; et c'est de chez eux que
l'expression harmonique s'est répandue chez les
Turcs et chez les Arabes. L'histoire pour eux est
une épopée, et leurs gazels, ou odes amoureuses,
sont les vrais titres de cette molle et gracieuse littérature [2]. Ce n'est pas sans une conscience intime
de leur vocation qu'ils emploient le terme allégorique : *Enfiler des perles,* comme synonyme de *composer des vers.*

4. — Critique persane.

Les Persans, comme tous les peuples qui donnent
plus aux mouvements spontanés de l'esprit qu'à la
réflexion, ne possèdent pas de bien profondes règles
de critique littéraire. Il semble qu'ils s'appliquent
plutôt à régler la mesure exacte des vers, l'arrangement symétrique des sons, tout ce qui est extérieur
enfin dans un ouvrage poétique, qu'à pénétrer les
secrets du génie au profit du génie lui-même.
Et ce n'est point par un minutieux scrupule que
les critiques persans descendent dans ces détails;
c'est que, là où l'imagination est toute-puissante,
elle repousse les entraves qui captivent la pensée, et
lutte en se jouant contre celles qui sont imposées

---

[1] WILLIAM JONES.

[2] Voyez, à la fin du volume, lettre G, trois odes traduites d'Hafiz, le
premier des poëtes persans, d'après le latin de William Jones.

aux mots. La gêne de la forme, qu'elle semble rechercher, en même temps qu'elle use au fond d'une
liberté presque sans limite, est un de ses caprices
les plus fréquents, un de ses traits originaux.

5. — Caractère de la littérature arabe.

Ce trait ou ce caprice nous frappe encore dans la
littérature des Arabes ; mais de notables différences
la distinguent de celle des Persans. Elle a d'abord
l'avantage de ne point emprunter ses matériaux à
des littératures étrangères, et de trouver en elle-
même de puissantes ressources : soit que les Arabes
des villes, librement soumis à leurs Imans, fassent
trêve aux spéculations commerciales pour cultiver
les lettres, soit surtout que les Arabes du désert demandent des inspirations à leur vie nomade, aux
astres qui se lèvent chaque soir sur leurs tentes voya-
geuses, à l'amour qui agite les peuplades errantes
comme les habitants des cités, ils frappent leurs
productions d'une marque vive et originale [1].

---

[1] La brièveté même des premiers poëmes arabes prouve qu'ils étaient
inspirés par les sentiments généraux et les idées communes de l'humanité,
sans importation étrangère. « Chacun de ces poëmes, dit de Sacy, en parlant de leurs Moallakas, est moins un seul poëme dont toutes les parties
tendent au même but qu'une réunion de plusieurs petits poëmes descriptifs, de divers tableaux liés, souvent avec peu d'art, au sujet principal : des
peintures d'orages, de déserts, de combats ; la description minutieuse, et
presque anatomique, d'un chameau, d'un cheval, d'un onagre ou d'une
gazelle ; le portrait d'une belle, l'éloge d'un sabre ou d'une lance, sont
autant de parties qui, toutes, ou la plupart, se retrouvent constamment dans
tous ces poëmes. » (DE SACY, T. 50 des *Mémoires de l'Acad. des Inscriptions.*)

En second lieu, cette langue, dont les antiques
souvenirs touchent au berceau du genre humain,
protégée par les déserts brûlants qui ont toujours
vaincu les envahisseurs de l'Arabie, a dû conserver à sa littérature je ne sais quoi de patriarcal
et de poétique tout ensemble. Le plus ancien monument qui nous en reste, ce Coran, inspiration
moitié juive, moitié chrétienne, nous offre, dans ses
anathèmes contre l'idolâtrie des siècles passés, le
mouvement de style, les métaphores outrées et cependant naïves du vieil Orient. Bien plus, l'Arabe
mahométan d'aujourd'hui diffère peu de l'Arabe
païen d'autrefois, quant aux mœurs et au langage.
C'est le même tour d'imagination, c'est la même
verve poétique [1]. Sous l'empire des Califes, les Arabes s'illustrèrent dans les sciences, dont ils répandirent sur l'Europe les premières lueurs. Ils connurent, ils expliquèrent savamment, trop savamment,
sans doute, les philosophes de l'antiquité. En même
temps ils se jouaient dans les plus gracieuses fictions que l'imagination orientale ait produites. Singulière souplesse de génie qui enfantait les contes
charmants des Mille et une Nuits, en même temps
que les érudites et patientes recherches d'un Avi-
cenne et d'un Averrhoès!

Peuple penseur, les Arabes multiplient les sentences. Leur style est à la fois vif et grave, plein et
serré. La langue abondante et expressive qu'ils em-

---

[1] Voyez à la fin du volume, lettre H, la traduction d'un morceau de
poésie arabe, d'après Jones.

ploient se prête à tous les sentiments[1]. Et cependant, malgré ces qualités, nous ne pouvons méconnaître, même dans leurs chefs-d'œuvre littéraires, de nombreux défauts. Ils abusent de la grandeur, qui devient alors de l'exagération ; de l'éclat, qui se change en un clinquant sans valeur ; de la concision, qui dégénère en un langage énigmatique[2].

C'est que les Arabes, plus capables de réflexion que les Persans, sont néanmoins dominés par une force d'imagination qui les égare. Mais cette force est aussi, dans leur littérature, un principe de beauté. Pleins d'enthousiasme, de vénération même pour la poésie, qu'ils décorent du nom de *magie légitime*[3], ils lui pardonnent des écarts qui ne sont pas même des écarts à leurs yeux. Plus d'une fois les poëmes qui semblèrent dignes de l'admiration publique furent suspendus au temple de la Mecque, comme la précieuse offrande du génie. Une sorte de naïveté règne dans leurs écrits poétiques, et nous pourrions comprendre sous ce titre les récits même de leurs historiens. La naïveté de ce peuple conteur est souvent rendue plus piquante par un ton de conviction religieuse, et n'exclut pas la pompe des ornements. Chez les Arabes, comme, à ce qu'il paraît, dans plusieurs de ces contrées où l'imagination cherche sans cesse des aliments, des improvisateurs ambulants divertissent un auditoire en plein air par des mor-

[1] William Jones.
[2] De Sacy. (*Chrest. Arab.*)
[3] William Jones.

ceaux de poésie et d'éloquence. Chacun les écoute, et s'en retourne approvisionné de pensées ingénieuses et de style élégant et fleuri.

On ne trouve guère chez eux d'autres représentations dramatiques que ces monologues débités dans un carrefour. Le théâtre, proprement dit, manque aux Arabes. Nous avons vu que les Chinois ont peu d'estime pour cette branche importante de nos littératures européennes. On peut croire que les mœurs graves de l'Arabe des villes et la vie incertaine de l'Arabe nomade s'opposent à l'adoption d'un théâtre, du moins d'un théâtre organisé et reconnu ; car il est vraisemblable que chez ce peuple, comme parmi des tribus bien plus barbares, on imite quelquefois la vie réelle par des essais de ce genre, puisque ce goût d'imitation tient à une loi universelle de l'esprit humain.

En résumé, une fécondité d'imagination, qui souvent blesse le goût, mais qui n'admet pas le vide de l'idée ni de l'expression, tel nous paraît être le principal trait de la littérature des Arabes.

6. — Critique arabe.

Une telle littérature semble être plus susceptible que celle des Hindous et des Persans d'être modifiée par l'influence d'une critique nationale. Au second siècle de l'hégire, Férahid écrivit un Traité sur la poétique, ou plutôt sur l'art métrique, mêlant à des détails assez minutieux quelques avis plus généraux. Sékaki ou Alsékaki donna des préceptes d'éloquence, et une estime peut-être exagérée le surnomma le Quintilien des Arabes. On

peut citer encore un Traité du style et des divers
genres d'éloquence, par Jbn-Cotaïbah, ouvrage
classique et souvent commenté, et la préface de
l'Histoire des Arabes et des Berbers, où Jbn-Khal-
doun expose des vues sur la manière d'écrire l'histoire. Cependant il ne faut pas chercher de bien
hautes considérations dans les théories de ces rhéteurs. Quand ils ont examiné les règles grammaticales, les principaux caractères des pensées et les
figures qui peuvent orner le style, ils croient toute
leur tâche accomplie. Quelle pourrait être leur action sur l'esprit littéraire d'une époque, et, par suite,
sur les productions nées de cet esprit? Ils enseignent
le métier, ils ne guident pas le génie. Voilà donc encore une littérature dont les ouvrages de critique font
partie, mais qui ne leur emprunte pas ses lois. La
civilisation et le désert conspirent pour varier ses
richesses. Tour-à-tour forte et sensée, capricieuse
et légère, elle obéit à des traditions qui ne gênent pas
son allure, et plus encore à un instinct poétique,
source de ses beautés solides et de ses brillants défauts.

Pour en finir avec l'Asie, il nous reste à dire un
mot de la littérature arménienne, à interroger en
passant la vaste contrée qu'on nommait autrefois
l'Asie-Mineure, et qui est maintenant la plus grande
partie de la Turquie d'Asie ; enfin, à juger sommai-
rement, sous le rapport littéraire, cette Syrie qui
comprend les souvenirs de l'antique génie phénicien,
et les monuments de l'inspiration divine fidèlement
conservés par les Hébreux.

7. — Caractère de la littérature arménienne.

Les Arméniens n'ont point ce tour d'imagination orientale que nous avons reconnu, sous des traits divers, chez les Hindous, les Persans et les Arabes. L'invention ne leur appartient pas. Imitateurs des Grecs, dès une haute antiquité, ils reproduisent leur littérature[1], surtout depuis que leur conversion au christianisme a fortifié la sympathie qui les attirait. Utile pour éclairer plusieurs points obscurs de l'histoire par des témoignages contemporains, cette littérature est d'ailleurs pâle et timide. Les écrivains arméniens ont en général un style pur, et connaissent l'art des périodes savantes; mais la vie manque à leurs œuvres. Ils traduisent et ne produisent pas.

8. Asie-Mineure.

Parmi les provinces qui composaient l'Asie-Mineure, les unes, comme le Pont, étaient peu civilisées, et n'ont pas laissé de souvenirs litéraires; les autres, comme l'Ionie, étaient peuplées de colonies grecques, et fournirent à la Grèce un riche contingent de poëtes, d'historiens et d'artistes : nous rappellerons ces titres de gloire, lorsque nous arrêterons nos regards sur la mère-patrie. Tombée au pouvoir des Turcs, à la chute de l'empire grec, l'Asie-Mineure devint la Turquie d'Asie, et sa littérature dès lors fut celle de ses nouveaux maîtres.

9. — Caractère de la littérature turque.

Le peu d'intérêt que nous offre la littérature des

---

[1] Saint-Martin, *Mémoires sur l'Arménie.*

Turcs, et ce lien étroit qui l'unit aux littératures asiatiques, nous engagent à dévier un moment du plan
que nous nous sommes tracé, pour nous conformer
aux principes de l'analogie.

La poésie turque est un reflet affaibli des poésies
arabe et persane. La connaissance de l'arabe et du
persan est un précepte que les rhéteurs turcs donnent
dans leurs poétiques. Grave et sensé, mais lent pour
l'invention, ce peuple disserte plus qu'il n'imagine.
Rien d'original ne distingue ses productions dans aucun genre [1]. Sa littérature est comme une dernière
nuance terne et à demi-effacée des conceptions brillantes de l'Orient.

10. — Critique turque.

Les rhétoriques et les poétiques abondent chez les
Turcs. Mais si, au lieu d'un catalogue sans intérêt et
sans but, nous désirons citer les critiques qui ont
mérité eux-mêmes un rang dans cette littérature,
nous éprouvons, dans ce luxe de noms propres, tout
l'embarras de l'indigence. Il est tel *Traité de l'Eloquence*, tel *Vaisseau des Orateurs* [1] qui sont loin de la
rhétorique d'Aristote, et c'est encore dans les livres

---

[1] On trouvera peut-être ce jugement sévère pour ce qui regarde la musique turque, et on nous rappellera que milady Montague la préférait à
toute autre, à cause de son caractère tendre et touchant. Mais cette musique
n'est encore qu'une dérivation et une copie de la musique persane. Les
seuls traités de musique orientale que les Turcs possèdent leur viennent des
Persans. Encore sont-ils loin d'en tirer tout le parti possible. Leur indifférence est plus forte même que leur penchant à l'imitation. (V. DE GUYS,
Observation de M. de Saint-Priest.)

[2] TODERINI, *Littérature des Turcs.*

écrits sous l'inspiration de ce philosophe, si populaire parmi les Arabes, que les Turcs, imitateurs des Arabes, mettent le plus de force et de nouveauté. Le poëte Nabi-Effendi[1] donne des conseils judicieux aux poëtes ses rivaux. Quand il les engage à consulter d'abord leurs forces, à se former par l'étude des modèles, à mettre toujours la rime d'accord avec le bon sens, à déguiser une vérité utile sous une fine allégorie, à se garder des lieux communs et à se défendre d'une amère satire, il parle en écrivain sensé, dont la raison se trouve d'accord avec la raison de tous les siècles; quand il ajoute, dans son langage de philologue oriental, que *le jardin de la poésie est sec et aride s'il n'est arrosé des eaux de la philosophie*, il exprime une pensée vraie et forte, sous l'influence de ces doctrines qui rattachèrent à la philosophie et la poésie et tout ce que produit l'esprit humain.

En général, les pensées, considérées isolément, les mots, les sons, occupent les rhéteurs turcs beaucoup plus que l'ensemble d'une composition, l'enchaînement logique des idées, et la science d'une heureuse gradation de force et d'intérêt. Les minuties valent moins encore que les abstractions. Celles-ci peuvent fatiguer, mais être utiles; celles-là ennuient et ne servent pas.

11. — Syrie et Phénicie.

La Syrie propre et la Phénicie, d'où partirent les premières lueurs de la civilisation antique, n'ont

---

[1] WILLIAM JONES.

point laissé de monuments littéraires. C'est dans quelques traditions des saintes Écritures, dans les débris magnifiques de Palmyre et d'Héliopolis, dans ces colonnes mutilées de porphyre et de jaspe dont s'énorgueillissait Tyr au milieu de sa puissance, que nous pouvons retrouver quelques traces du génie de ces peuples effacés de la terre [1]. Ardents, inventeurs, unissant l'esprit positif du commerce à la passion toute poétique des arts, ils donnèrent sans doute à leurs pensées la forme du Beau et de l'Utile tout ensemble [2]. Mais, engloutis à leur tour dans le gouffre de la domination romaine, et ensuite forcés de prêter hommage au cimeterre et au turban, ils ont perdu leur caractère individuel et même les titres de leur génie. Toute nation conquise tend à disparaître dans la nation conquérante, à moins que de profondes différences, deux cultes ennemis, par exemple, ne les séparent. Or, les Romains commençaient par adopter les dieux des vaincus, et les Turcs, lorsqu'ils soumirent la Syrie et la Phénicie, trouvèrent des peuples tout prêts et tout parés pour la servitude.

12. — Caractère de la littérature juive.

Il est un autre peuple dompté aussi par les Ro-

---

[1] Voyez WIEBEKING, *Von dem Einfluss*, etc. Il prétend que, dans ces ruines, on trouve un singulier mélange de mesquinerie et de grandeur.

[2] Le *Périple d'Hannon*, morceau précieux pour la géographie ancienne, quoique la traduction grecque ait probablement altéré en beaucoup de points la relation originale, est un récit de voyageur, et non un monument littéraire. L'historien Bérose est perdu. Les courts fragments de l'historien Sanchoniaton, conservés par Eusèbe (*Prépar. Évang.*, liv. I, chap. X) dans la traduction de Philon de Biblos, intéressent l'érudition, mais sont peu décisifs pour la critique.

mains, mais qui se distingua toujours de ses vain-
queurs. Opiniâtre dans le culte du vrai Dieu, il
refusa de comprendre dans ses devoirs d'obéissance
le culte des idoles païennes. Contemporain des premiers âges, élu, puis réprouvé du Très-Haut ; florissant et libre, puis vaincu et tributaire, enfin dis-
persé par tout le globe, il a emporté avec lui et nous
a conservé le plus ancien livre du monde. Tout,
dans ce livre, est marqué du sceau de la grandeur
divine, et l'aveu de sa sublimité échappe à ceux
même qui n'y reconnaissent pas la parole de Dieu.
On l'a dit plus d'une fois et avec justesse ; considérée
un instant comme simple monument littéraire, la
Bible serait encore la plus haute, la plus vivante des
inspirations. Nulle œuvre de l'esprit ne présente des
couleurs aussi éclatantes, des images aussi hardies,
des sentiments aussi divers et aussi profonds. Là une
singulière unité, celle de la pensée divine, domine
les formes variées du cantique, du récit, du drame,
de l'enthousiasme prophétique, et des préceptes de
morale. On peut trouver dans les chefs-d'œuvre des
littératures profanes quelque chose de plus achevé.
Ils sont plus finis, et leurs proportions sont en apparence plus parfaites. Mais c'est là précisément leur
imperfection. Tout ce qui laisse voir et toucher ses
bornes est de l'homme ; ce qui est de Dieu a, comme
lui-même, l'ineffaçable empreinte de l'infini.

Bien des causes secondaires concouraient merveilleusement à donner au peuple juif cette littérature
hardie et sublime. Le dogme de l'unité de Dieu,
plus fort chez ce peuple que sa captivité et ses souf-

frances, plus fort que son ingratitude même, suffisait
pour imprimer aux productions de la littérature juive
un caractère tout nouveau, tout différent de celui des
autres compositions orientales. Ajoutons à ce principe une vie aventureuse sous la conduite des grands
hommes que suscitait le Dieu d'Israël, une succession de prodiges qui touchaient les sens et l'imagination pour dompter les cœurs, et nous comprendrons ce
qu'il y aurait eu de grandeur et de génie même dans
un livre où les poëtes de la Judée auraient déposé les
fruits d'une verve purement humaine. Les preuves
de fait manquent à cet égard. La voix de l'Esprit a
fait taire chez les Juifs toute voix profane. La Bible
reste seule de leur antique littérature. Nos croyances
l'admirent et ne la jugent pas.

13. — Critique juive.

La critique, ce regard jeté sur les doctrines littéraires, au milieu d'une société tranquille, était sans
doute ignorée chez une nation dont la vie fut toute
de mouvement et de trouble. Nous ne comptons pas
pour l'existence de la Judée le temps où elle fut province romaine, ni celui où elle devint, où elle est
encore province turque. Depuis longtemps les Juifs
ne forment plus une nation, et tous leurs soins, plus
religieux sans doute que littéraires, sont bornés à
commenter sans cesse les oracles de l'ancienne loi.

14. — Afrique.

Passons maintenant de l'Asie, intéressante par sa
civilisation de tous les degrés et de toutes les époques,

à l'Afrique, toujours moins voisine de la civilisation
que de la barbarie. L'histoire de l'esprit humain,
dans ces contrées sauvages, ressemble à leurs déserts.
Nue et stérile, elle attriste les regards; le souvenir
de quelque grand désastre apparaît seul de distance
en distance comme pour rompre sa pesante uniformité.

15. — Caractère de la littérature égyptienne.

Hâtons-nous cependant de reconnaître une exception si importante qu'elle doit affaiblir la sévérité de
ce jugement. L'Égypte, avec toutes ses gloires, pro-
teste contre la barbarie africaine. École de sagesse et
de lumières dès l'antiquité la plus reculée, inspirée
par le génie des arts, dont la main ne fut nulle part
plus puissante [1], l'Égypte imprima sur toutes ses
œuvres le signe de la grandeur et de la durée. Graves
et opiniâtres, les Égyptiens ne savaient ni entreprendre un ouvrage frivole, ni renoncer à un ouvrage
entrepris.

Distinguons pourtant avec soin les deux classes de
la population égyptienne, car elles jouèrent dans le
drame social deux rôles bien différents. C'est parmi
les prêtres que sont concentrées toutes les lumières [2].
Ce sont eux et les rois soumis à leur tutelle qui comprennent le vrai génie de l'Egypte. Le peuple, à qui
leur jalousie, aidée du langage énigmatique des hié-

---

1 Voyez le grand ouvrage de la commission d'Égypte, et les savantes
observations de M. Denon. (*Voyage en Égypte.*)

2 V. WIEBEKING, *Von dem Einfluss*, etc.

roglyphes, refuse et cache toute science, est là pour exécuter avec ardeur, avec obstination, ce qu'ils auront ordonné. Ce sont les prêtres qui instruisent les philosophes voyageurs de la Grèce, tandis que le peuple adore stupidement les légumes de ses jardins. L'esprit qui institue le bizarre et sublime tribunal des morts est le même qui élève les pyramides. La foule a seulement fourni des spectateurs pour ces jugements redoutables, des milliers de bras pour ces majestueux monuments.

Si l'Égypte devient conquérante, c'est le travail qu'elle impose au peuple conquis ; c'est à construire des obélisques que les Pharaons usent les forces des Hébreux captifs. Tout est sacrifié pour réaliser les grandes pensées de quelques hommes. L'aveugle multitude exécute ces chefs-d'œuvre, les maudit et ne les admire pas.

Nous voyons le gouvernement et le sacerdoce égyptiens bannir toute musique tendre, molle et efféminée, et ne conserver qu'une musique mâle et forte, propre à enflammer les âmes. C'est avec le même empire de volonté qu'ils déterminent les chants et les sons invariablement affectés à telle ou telle cérémonie religieuse, et frappent de châtiments corporels toute innovation ou même toute transposition musicale, comme un acte de haute impiété[1]. Les arts furent donc cultivés dans l'ancienne Égypte avec une bizarrerie pleine de grandeur. Nous ne pour-

[1] PLATON, *Lois*, livre 7. DE LA BORDE, *Essai sur la Musique ancienne et moderne.*

rions affirmer qu'il en fut de même de la littérature. A cet égard nous n'avons point de documents. Les savants travaux de quelques érudits modernes pourront trouver dans le trésor reconquis des hiéroglyphes plus d'une ressource pour l'histoire. Ils pourront interroger la langue copte, conservée par une tribu qui a encore de ce vieux sang égyptien dans les veines. Il n'est pas probable que l'histoire purement littéraire gagne beaucoup aux patientes conquêtes de l'érudition [1].

Tombée sous la domination de Cambyse et des Perses, l'Égypte porte obscurément sa servitude. Le destructeur des Perses, Alexandre, la réunit à ses États. Quand il livre par sa mort chaque lambeau de son empire au plus digne, Ptolémée, un de ses lieutenants, reçoit l'Egypte en partage. Sous Ptolémée-Philadelphe, elle devient comme une seconde Grèce, où la philosophie et la poésie brillent d'un soudain éclat. Alexandrie renouvelle Athènes sans l'égaler. Cette période de la littérature grecque en Égypte appartient à l'histoire littéraire de la Grèce. Elle n'est point nationale, et nous ne devons pas encore nous y arrêter.

Lorsque, après trois siècles, la dynastie des Ptolémées abandonna l'Égypte à César vainqueur, la nouvelle province romaine conserva son illustration littéraire. L'école d'Alexandrie continua de fleurir, et fut recherchée par les conquérants; mais elle garda sa physionomie grecque. Les Romains ne sa-

---

[1] Voyez cependant CHAMPOLLION le jeune. (*Égypte sous les Pharaons.*)

vaient pas fonder une littérature ; ils l'acceptaient.

Le calife Omar, accusé, peut-être à tort, de l'incendie qui consuma la magnifique bibliothèque d'Alexandrie, arracha l'Egypte aux Romains, et le culte des lettres dans cette contrée, affaibli déjà du temps du philosophe Proclus, fut ruiné entièrement. La barbarie turque pesa sur les derniers germes de la civilisation égyptienne, et les étouffa. Aujourd'hui ce noble pays semble s'indigner d'une si longue léthargie. Comme si la conquête passagère des Français et le souvenir d'un institut d'Egypte y avaient semé des espérances de régénération prochaine, un successeur d'Omar appelle et encourage les lumières. Les yeux tournés vers la France, il confie à notre enseignement une jeune colonie, tandis qu'il livre à notre curiosité savante les secrets de Thèbes et de Memphis.

16. — Critique égyptienne.

Nulle trace de critique littéraire en Égypte avant la naissance de l'école d'Alexandrie. Après cette époque, nous rencontrerons les noms de Démétrius de Phalère, d'Aristarque, de Zoïle, lorsque l'examen des doctrines littéraires de la Grèce nous aura conduits jusqu'à eux. L'Égypte, sous les Turcs, ne pouvait avoir de critique, puisqu'elle n'avait pas même une ombre de littérature. Parmi les anciens empires de l'Afrique, le seul où nous puissions rencontrer quelques vestiges des arts et des lettres est celui de Carthage. Les Carthaginois, colonie de Phéniciens, se souvinrent de leur origine ; mais, soit par une fatalité commune à tant d'autres empires, soit par l'obstination des Romains à détruire tous les titres d'une rivale abattue, il ne reste plus que des souvenirs confus de la civilisation de Carthage et de son génie. C'est à travers la partialité pompeuse de Tite-Live que nous sommes réduits à entrevoir la glorieuse patrie d'Annibal.

Le christianisme seul rendit à Carthage une illustration momentanée. Carthage, au deuxième siècle, était appelée la Muse d'Afrique. Là brillèrent deux des plus éclatantes lumières de l'Eglise, Tertullien et saint Augustin. « Là aussi, dit M. Villemain, on se pressait en foule sur la place publique pour entendre un sophiste, un rhéteur célèbre. Ainsi l'ingénieux Apulée dissertait, devant le peuple de Carthage, sur les fables et la littérature des Grecs, et se vantait des applaudissements d'une ville si studieuse et si savante[1]. »

17. — Contrées diverses de l'Afrique.

La Numidie, la Mauritanie, la Lybie ancienne, ne nous offrent aucun sujet d'observation.

Aujourd'hui presque toutes ces contrées, soumises tour-à-tour aux Vandales, aux Romains et aux Arabes, sont à demi civilisées ou tout-à-fait barbares. Maroc, Alger, Tripoli, fournissent plus de matière aux annales du brigandage qu'à celles de la littérature. Tunis n'a plus de Carthage que quelques ruines. Les tribus errantes et pillardes du Sahara,

[1] Nouveaux Mélanges littéraires.

I.

les nègres bruts de la Sénégambie, de la Guinée, du
Congo, de la Nigritie, les Nubiens, les Abyssiniens,
presque aussi sauvages, et toutes ces misérables peuplades du midi de l'Afrique, encore si peu connues
des voyageurs, ne nous présentent rien non plus qui
annonce un noble produit de l'esprit humain. Tout
au plus trouverait-on chez eux quelques chansons du
genre de celle-ci, recueillie par Mungo-Park, et citée
par Grégoire :

« Les vents mugissaient et la pluie tombait. Le
pauvre homme blanc, accablé de fatigue, vient s'asseoir sous notre arbre; il n'a pas de mère pour lui
apporter du lait, ni de femme pour moudre son
grain. » Et les femmes chantaient en chœur : « Plaignons, plaignons le pauvre homme blanc; il n'a pas
de mère pour lui apporter du lait, ni de femme pour
moudre son grain [1]. »

Assurément il y a du charme dans cette ébauche
de romance. La pitié pour un être qui, malgré la
différence de couleur, appartient aussi à la race humaine, la douce sympathie des femmes pour le malheur, la vertu de l'hospitalité, les souvenirs nobles
et tendres des soins et des vertus de famille, respirent
dans ce peu de lignes apprises et chantées au désert.
Ce qu'elles prouvent, c'est que, partout où il y a des
cœurs d'hommes, il y a des sentiments communs, et
que l'expression ne manque jamais à ces sentiments,
quoiqu'elle soit tantôt plus polie, tantôt plus grossière; mais il ne faut pas en inférer que les nègres

---

[1] GRÉGOIRE, *Littérature des nègres*.

possèdent une littérature proprement dite, et moins
encore qu'ils suivent des règles de convention fon-
dées sur le raisonnement. Ce qui émeut toute créature humaine, ils le rendent à leur manière, et, tout
barbares qu'ils sont, quand leurs émotions sont
vraies, la forme sous laquelle ils les expriment est
elle-même vraie et touchante.

Nous avons à peine besoin de dire qu'on ne peut
voir une littérature indigène et originale dans les
essais de quelques nègres transplantés au milieu des
peuples civilisés. L'auteur de l'ouvrage que nous
avons cité plus haut, ayant pour but principal de
prouver que les nègres sont capables de culture intellectuelle, recueille et cite avec raison plusieurs
pièces d'éloquence, plusieurs morceaux de poésie
qui viennent à l'appui de son opinion. Mais, s'il est
démontré par là que les nègres peuvent composer
avec autant de succès que nous de la prose et des
vers, lorsqu'ils ont fait ce qu'on appelle des études,
il ne l'est pas qu'ils aient chez eux une littérature
qui soit le fruit du sol. Apollon, les Muses et les
Grâces seraient étonnés de se rencontrer dans un
poëme national du Congo ou du Mozambique; et,
pour qu'un nègre place sa poésie sous une telle in-
vocation, il faut qu'il ait visité les rives savantes de
la Seine ou de la Tamise[1].

---

[1] Une singulière analogie de préjugé se rencontre entre plusieurs peuplades des côtes d'Afrique et quelques-uns de nos pays civilisés. Passionnées
pour la musique et la danse, elles regardent comme infâmes ceux qui font
profession d'être danseurs et musiciens. Elles leur refusent la sépulture, et
prétendent qu'elles ne les ménagent pendant leur vie que parce qu'ils servent
à leur amusement. (De la Borde, *Essai sur la Musique anc. et mod.*)

Tel est donc en général le caractère de ce qu'on appellerait abusivement littérature des peuples sauvages. Rien de fixe, rien de régulier; mais quelques récits guerriers, quelques chants populaires empreints de la couleur du pays et des habitudes locales, librement inspirés par une émotion vive ou un fait éclatant.

18. — Ancienne littérature de l'Amérique.

Il y avait sans doute quelque chose de cette inspiration naïve, mais aussi quelque chose de notre goût cultivé par la réflexion, dans ces vieux empires de l'Amérique qui s'écroulèrent sous les canons de Pizarre et de Cortez. C'est une question difficile à résoudre, puisque, dans cette sanglante conquête, les souvenirs furent exterminés comme les hommes. Cependant quelques restes de monuments qui semblent indiquer une riche et belle architecture donnent à penser que les arts étaient cultivés avec succès par cette race infortunée.

On a comparé, sous plusieurs rapports, le style de cette architecture à celui des monuments égyptiens et hindous. C'est par l'analogie des croyances et de l'âge social de ces peuples que doivent surtout s'expliquer de telles ressemblances. Adorateurs du soleil, immobiles dans leurs institutions et dans leur culte, ils devaient attacher à leurs monuments la marque de la grandeur indéfinie et de l'uniformité. Leurs tombeaux, semblables à des monticules[1],

---

[1] Mémoires d'Ulloa.

moins réguliers que les pyramides, ont la même tendance à rapprocher la mort de la vie, la terre du ciel. Leurs statues colossales de basalte et de porphyre, chargées d'hiéroglyphes, attestent le besoin que tout culte mythologique éprouve de se multiplier par des symboles. Les Péruviens, suivant La Condamine, avaient de l'habileté dans les arts, de l'adresse dans l'exécution des pièces de sculpture et d'orfévrerie. Les Mexicains avaient surtout du génie pour la peinture : « Ils faisaient de très-jolis tableaux avec les plumes de leur admirable oiseau *cincon*, et ils excellaient en ciselure d'orfévrerie, comme les Chiliens en broderies d'or et d'argent[1]. » — « Les Mexicains, dit M. de Humboldt, ont conservé un goût particulier pour la peinture et pour l'art de sculpter en pierre et en bois.... Ils s'exercent surtout à peindre des images et à sculpter des statues de saints. Ils imitent servilement, depuis trois cents ans, les modèles que les Européens ont portés chez eux au commencement de la conquête. Cette imitation tient même à un principe religieux qui date de très-loin[2]. »

Le même savant remarque qu'ils ont beaucoup de goût pour les fleurs, et il en conclut que le sentiment du Beau ne leur est pas étranger.

Même sous le rapport littéraire, nous entrevoyons dans Garcilaso, qui avait recueilli et transcrit les plus anciens cantiques du Pérou, les expressions va-

[1] LA CONDAMINE.
[2] DE HUMBOLDT, *Essai sur la Nouvelle-Espagne.*

riées de la religion, de la guerre et de l'amour. Nous
apprenons d'un petit-fils des Incas que ces peuples
avaient des tragédies héroïques, des comédies qui
enseignaient la science domestique et l'agriculture[1].

Nous pouvons donc penser que les Espagnols eurent à soumettre, non des peuplades sans lois et sans
demeure, mais des nations florissantes, gouvernées
par des rois puissants. Ce que les annales des vain-
queurs même rapportent de la magnificence des
villes, de la présence d'esprit d'un Montezuma,
prouverait que les Américains n'étaient pas des sauvages grossiers et stupides. C'est tout ce que nous
pouvons décider en nous plaçant entre les exagéra-
tions de Solis et le rude scepticisme du savant de
Paw. Mais avaient-ils leurs orateurs[2], leurs historiens? Quel jugement porterons-nous de leurs poëtes?
Quel était le signe de leur littérature, et son empreinte originale? Leurs écrivains étaient-ils maîtres
de choisir et de régler seuls leur marche, ou devaient-
ils se conformer à des principes reçus et consacrés?
Ils est superflu de dire que tous ces problèmes sont
insolubles aujourd'hui[3].

---

[1] GARCILASO, *Histoire générale du Pérou.*

[2] Nous voulons parler des hommes possédant la science oratoire; car
l'éloquence spontanée est un fruit de tous les climats. « Ces mêmes chefs
dont la taciturnité étonne l'observateur, dit M. de Humboldt, tiennent des
discours de plusieurs heures, lorsqu'un grand intérêt les excite à rompre
leur silence habituel. » (HUMBOLDT, *Essai sur la Nouvelle-Espagne.*)

[3] Voyez à la fin du volume, lettre I, un morceau remarquable de Lafitau,
déjà cité par Brown, sur les usages poétiques des Iroquois et des Hurons.

19. — Caractère de la littérature moderne de l'Amérique.

La littérature de l'Amérique méridionale depuis
la conquête espagnole, celle de l'Amérique septen-
trionale depuis la conquête anglaise, ne sont plus
américaines, mais seulement anglaise et espagnole.
Aussi pourrait-on s'étonner d'abord de ne pas les
voir rattachées plus tard comme un appendice nécessaire à celles de l'Angleterre et de l'Espagne. Nous
avons cru devoir mettre peu d'importance à la place
qu'occuperaient nos courtes réflexions sur cette littérature à peine ébauchée. Nous voulons, avant de nous
enfermer dans l'étude de l'Europe, laisser derrière
nous tout ce qui n'est pas le monde européen. Redi-
sons-le donc, la littérature moderne des Amériques est
ou anglaise, ou espagnole. Maintenant même que les
colons ont secoué le joug des deux métropoles, ils en
ont conservé les langues, et en partie les habitudes,
modifiées sans doute par les circonstances et par les
lieux. *Le dernier des Mohicans* offre des peintures et
excite un genre d'intérêt qui ne ressemblent pas à ce
qu'on trouve dans *les Puritains d'Écosse ;* pourtant
. ces deux livres, des deux côtés de l'Océan, sont écrits
dans la même langue, et bien des traits du génie anglais se mêlent aux traits plus sauvages du génie amé-
ricain. La littérature des États-Unis est à son berceau, et déjà cependant elle est une littérature polie,
parce qu'au fond, et en dépit d'elle-même, elle est
anglaise, elle imite l'Angleterre[1]. A la vérité elle

---

[1] Dans une circulaire publiée en 1820, et qui annonçait le projet de

trouvera dans ses grandes forêts vierges, dans sa jeunesse et sa vigueur politique, de quoi renouveler et rajeunir ses modèles. C'est là pour elle, dans certaines limites, un principe d'originalité.

Quant à l'Amérique méridionale, il ne faut lui demander encore aucun essai littéraire ; à moins que nous n'admettions à cet honneur quelques chants guerriers composés dans la lutte contre la métropole. Toujours des chants ont bercé l'enfance littéraire des nations ; mais des œuvres, ne les exigeons pas aujourd'hui de cette portion de l'Amérique. Ses habitants ne pourront saisir la plume qu'après avoir déposé le fusil et l'épée. Sa littérature, si elle en avait une, au milieu de ses guerres de province à province, serait à coup sûr un mélange d'imitation espagnole et d'inspiration nationale, et peut-être, malgré les haines politiques, la tentation des souvenirs donnerait-elle la plus forte part à cette involontaire imitation.

20. — Résumé général.

Avant d'examiner avec quelque détail et dans leurs

fonder à New-York une Académie littéraire, on lit le passage suivant :
« Sans nous arrêter à tracer un parallèle qu'on pourrait taxer de partialité entre l'Angleterre et les États-Unis, nous demanderons seulement si, après avoir acquis un rang élevé parmi les nations, et avoir consolidé, comme l'expérience le prouve, leurs institutions civiles, ces derniers n'ont pas le droit de convoquer une assemblée de leurs savants, et de rédiger une constitution pour la littérature nationale ?

« Nous avons cet avantage que nos ancêtres sont venus de la Grande-Bretagne, où l'on parle anglais le plus correctement, et qu'ils avaient un fonds rare d'instruction pour leur temps... Notre population éparse semble attendre d'un tribunal compétent une déclaration qui lui indique une marche sûre à suivre dans la pratique du langage. »

principes les littératures de l'Europe, jetons un regard en arrière sur le tableau que nous venons de tracer.

Singulière anomalie au milieu des littératures asiatiques, celle de la Chine, nous l'avons vu, a pour caractère le bon sens et le calme, et pour objet l'utilité. Dans les littératures indienne, arabe et persane, éclate avant tout l'imagination, mais à des degrés assez divers : ici molle et prétentieuse, là grave et presque raisonnable, plus loin naïve et abandonnée. L'agrément est le but principal, ou plutôt le premier résultat de ces littératures, car un but suppose un calcul, et elles ne calculent pas. L'imitation, encore rude et grossière chez les Tartares, faible, décolorée chez les Turcs, plus faible, plus décolorée chez les Arméniens, mixte et indécise parmi les nations de l'Inde orientale ; voilà ce que le reste de l'Asie a présenté à notre examen. Nous avons effleuré rapidement les drames sauvages de l'Océanie, les mélancoliques chansons de l'Afrique, les essais vifs et difficilement originaux de cette jeune Amérique tout européenne dans ses deux langages.

Cette première portion de notre revue historique et littéraire repose en partie sur des faits, en partie sur des conjectures. Il nous a fallu plus d'une fois chercher dans les productions conservées des beaux-arts le titre d'une littérature et d'une critique disparues. Plus souvent encore, c'est de l'examen des faits littéraires que nous avons conclu, par de légitimes inductions, la direction et l'influence des doctrines. Rarement il nous a été possible de rencontrer, de considérer en face des monuments de critique, et encore moins de les suivre dans leur action sur l'esprit littéraire de l'époque où ils ont paru. Maintenant que nous arrivons à l'Europe, nos ressources seront en général plus abondantes, et nous pourrons quelquefois être embarrassé de leur profusion. Cependant plusieurs littératures encore, dans le nord en particulier, nous offriront la même disette dont nous nous plaignions tout-à-l'heure. En somme, de nombreuses analogies vont nous rapprocher de nos idées, de nos préjugés en littérature. Une civilisation que nous comprenons mieux, parce qu'elle ressemble davantage à la nôtre, ou qu'elle l'a produite, va exciter notre intérêt. Ce que nous avons dit est surtout de l'histoire; ce que nous dirons maintenant, avant d'arriver à la France, sera destiné spécialement à fixer l'origine et la valeur de nos opinions littéraires.

LIVRE IV.

GRÈCE.

—

Comme toute l'antiquité littéraire de l'Europe consiste véritablement en deux littératures anciennes, et que, nous autres Français surtout, nous considérons toutes les œuvres des modernes dans leur rapport ou leur opposition avec celles des anciens, commençons par détacher de l'ensemble nos observations sur les littératures grecque et romaine. Nous verrons ensuite, à l'époque désignée sous le titre bizarre de *moyen-âge*, l'Europe hésiter entre le plagiat et l'inspiration nationale, puis, quelques peuples rester imitateurs avec plus ou moins de génie, et quelques autres s'essayer par de rares hardiesses à l'originalité. Plus tard, les positions se dessinent avec netteté; les littératures imitatrices se perfectionnent; les littératures indépendantes s'enrichissent; mais, ce qui est très-remarquable, les dernières même conservent pour cette antiquité si glorieuse un respect

qui les pousse encore souvent et comme malgré elles
à l'imitation.

C'est donc la littérature grecque que nous allons
considérer d'abord, non pour l'analyser en détail,
mais pour en faire ressortir les principaux caractères,
et constater ce qu'elle doit à sa vertu propre et native, et ce qu'elle tient des doctrines qui ont germé
dans son sein. Nous soumettrons ensuite à la même
épreuve sa fille et son héritière, la littérature latine,
et enfin, datant du moyen-âge pour quelques nations, remontant au-delà, ou partant d'une époque
plus récente pour quelques autres, nous interroge-
rons à part chacune des littératures modernes de
l'Europe, toujours en vue du même résultat.

Il serait facile et superflu de caractériser isolément
chacun des grands écrivains ou des artistes illustres
qui brillèrent dans cette Grèce favorisée du ciel.
Nous n'avons pas la prétention de faire connaître le
premier que les épopées d'Homère sont un vaste
abrégé de la vie humaine en général, d'une époque
de la vie sociale des Grecs en particulier; que les
trois grands tragiques, Eschyle, Sophocle, Euripide,
se partagèrent les ressorts puissants de la pitié et de
la terreur; qu'Aristote fut profond, Platon sublime,
Démosthène, roi par la parole dans une ville folle de
démocratie : la grâce de Praxitèle, la majesté de Phidias, le pinceau vivant d'Apelle n'ont pas besoin
d'un panégyrique. Nous n'écrivons pas une histoire
de la littérature, mais une histoire des sentiments et
des doctrines qui se lient à ses développements. Ce
qui convient et suffit à notre dessein, c'est un coup-

d'œil général jeté sur des productions si diverses, si analogues, si pleines d'une inspiration commune.

1. — Trois époques dans la littérature grecque.

On peut distinguer trois époques dans la littérature des Grecs. La première, séparée de la seconde par cinq cents ans d'intervalle, est toute remplie par deux poëtes, Homère et Hésiode. La seconde, qui commence à Eschyle et finit à Démosthènes, est le vrai siècle littéraire de la Grèce. Enfin, après Démosthènes, quelques écrivains, Grecs de nation, sujets ou adversaires de la puissance romaine, Plutarque, Hermogène, Longin, et un certain nombre d'historiens compilateurs, ferment cette grande littérature. Née au milieu des agitations de la guerre et de la liberté, développée dans toute sa richesse sous l'influence d'une civilisation qui se personnifiait dans le génie de Périclès, elle finit, non sans un reste de gloire, parmi les récits de l'histoire et les jugements de la critique. Il faut ajouter à ces souvenirs celui de la célèbre école d'Alexandrie; toute grecque au milieu de l'Égypte, qui donna des rivaux aux Pindare et aux Simonide, et d'éloquents disciples à Platon.

2. — Première époque.

Nous ne pouvons considérer Homère et Hésiode comme représentant le génie littéraire des Grecs. Isolés, à une époque si antérieure à celle où la Grèce produit tout-à-coup tant de chefs-d'œuvre, sans action, du moins immédiate, sur les esprits de leur temps, sans successeurs enfin, ces deux poëtes peu-

vent être étudiés, comme ils ont composé, en dehors
de tout mouvement littéraire. Homère chante les
triomphes de la Grèce sur l'Asie, et ses légendes
harmonieuses, répétées comme des chants de patriotisme et de gloire, se conservent par tradition. Mais
on ne songe à les réunir, à en former un corps d'ouvrage que cinq siècles après sa mort, et quand la
Grèce semble mûre pour comprendre et cultiver le
Beau ; ce qui affaiblit l'argument emprunté par quelques critiques à l'art merveilleux de son plan, de ses
discours et de son style : car, outre que cet art peut
s'expliquer en partie par le génie seul, une partie
aussi peut avoir été introduite par les progrès du goût
et les hardiesses mesurées d'une critique qui accommodait à un temps nouveau le vieux poëte, oublié de
son propre temps[1]. Hésiode célèbre le travail qui
nourrit les hommes, et la naissance des dieux, leurs
attributs, leurs combats. Mais on croit que *les Travaux
et les Journées* ne sont qu'un fragment, un reste d'ouvrage, et la *Théogonie* est disputée, depuis une haute
antiquité, au poëte dont elle porte le nom[2]. Tant les
esprits grossiers des premiers Grecs, privés d'ailleurs
de tout moyen puissant de fixer la parole, accueilli-
rent avec légèreté ou indifférence les chants dont

---

[1] Voyez cependant Payne Knight, *Prolegomena ad Homerum*. Il pense
que Solon, Pisistrate, ou Hipparque, ordonna aux rhapsodes de chanter les
livres d'Homère aux Panathénées, dans l'ordre déterminé où ils se trouvent
aujourd'hui, tandis qu'ils les chantaient auparavant selon leur caprice.
C'est à ce changement qu'il borne la réforme, dont la tradition fait honneur
aux Pisistratides.

[2] Voyez PAUSANIAS.

leur littérature polie devait s'enorgueillir un jour !
Ainsi les poëmes d'Homère et d'Hésiode peuvent être
regardés comme des créations du génie qui satisfait
à sa destinée, mais non pas comme des échos de la
société qui les vit naître. Nous ne voulons pas dire
que tous deux, Homère surtout, n'expriment pas
fidèlement cette société rude et naïve ; mais qu'ils ne
trouvaient rien de sympathique dans l'âme de leurs
concitoyens. Ce sont de grands poëtes qui devan-
çaient leur siècle, qui devinaient et anticipaient la
gloire littéraire de leur patrie. On trouverait certes
dans leurs ouvrages le germe des chefs-d'œuvre de
leurs successeurs. Homère, et par le genre de ses
poëmes, et par le caractère de son génie, devait ouvrir une source abondante, où les poëtes grecs pui-
sèrent en effet sans la tarir. L'Iliade et l'Odyssée furent jetées en avant de la civilisation grecque, comme
le Ramayana et le Mahabaratta dans l'Inde, l'Edda
chez les Scandinaves, les Nibelungen en Allemagne,
Ossian dans l'Écosse, Dante en Italie, précédèrent et
préparèrent, à des intervalles inégaux, la littérature
de ces diverses contrées. Mais autant la récolte fut
riche, autant le terrain parut d'abord ingrat et stérile. Nulle part une distance aussi énorme ne sépara
les premiers jets de l'épopée du moment où une sève
vigoureuse fait croître et fleurir tous les genres littéraires.

Homère, et peut-être Hésiode, étaient nés dans les
colonies grecques de l'Asie-Mineure. C'est là que
brillèrent plus tard d'autres grands écrivains et des
artistes du premier rang. Après Athènes, l'Asie-Mi-

neure fournit à la Grèce le plus de noms illustres
dans la philosophie et dans les lettres. C'est de là que
lui vinrent Anaxagore, Pythagore, Hippocrate, Anacréon, Apelle, Protogène, ces dieux de la science,
de la poésie et des arts. Lacédémone, Argos, et en
général toutes les villes grecques, si l'on excepte
Athènes et les colonies, sont fort importantes sous le
point de vue historique ; mais, sous le rapport littéraire, leur infériorité est presque de la nullité. Rappelons toutefois, pour être justes, que Thèbes produisit Pindare, et cette Muse lyrique [1], contemporaine
de Pindare, cette Corinne qui, cinq fois, remporta
sur lui le prix de la poésie dans les jeux, et avouons
que le berceau de l'historien Plutarque ne répandit
pas moins d'éclat sur Chéronée que les trophées de
Philippe vainqueur.

3. — Seconde époque.

Pisistrate et ses fils, au milieu de leurs violences
tyranniques, avaient semblé vouloir éveiller le génie
d'Athènes. C'étaient les Pisistratides qui avaient fait
rassembler les chants d'Homère. Lorsque leur domination finit par l'expulsion d'Hippias, un vif sentiment de liberté rajeunit les âmes. Les intelligences
suivirent l'impulsion ; et, de cet accord fécond, allait
sortir une fraîche et virile littérature. Eschyle avait
quinze ans. Thèbes en même temps produisait Pindare, Céos Simonide, et Samos Pythagore. Bientôt
les rois de Perse convoitent la Grèce. Darius y lance

---

[1] Surnom qu'on lui donnait.

une multitude armée. Le sentiment de l'indépendance nationale se joint alors chez les Grecs à celui
d'une liberté récemment conquise. Darius est vaincu.
Xercès, après lui, est chassé honteusement du sol
envahi ; ses armées sont exterminées ; d'illustres capitaines surgissent de toute part pour humilier le
grand empire, et, pendant ce temps, Pindare chante
les fêtes patriotiques de la Grèce, et Eschyle renouvelle les traditions sanglantes de sa mythologie, ou
traduit sur la scène les ennemis même que Thémistocle a vaincus.

Nous partageons complétement l'avis de ceux qui
pensent, d'après l'histoire, que les temps d'agitations
politiques sont les plus favorables au développement
littéraire d'une nation. Sans doute ce développement
n'a lieu bien souvent qu'à la suite des agitations, à
une époque où elles ont cessé pour faire place au
calme et à l'unité de pouvoir, comme chez les Romains, comme en Angleterre, comme en France ;
mais elles n'en sont pas moins la cause première.
Elles tirent les facultés actives de l'esprit de cette
léthargie où les fait languir un repos prolongé, rani-
ment l'enthousiasme, suscitent le génie d'invention,
et tuent la routine, fort compatible avec la barbarie.
C'est ainsi que les Grecs, tout émus des souvenirs
d'Harmodius et d'Aristogiton, des témérités de Darius et de Xercès, des rivalités jalouses qui compro-
mettaient les fruits même de la victoire, tournèrent
bientôt au profit de la littérature et des arts cette force
inconnue qui avait éclaté dans leur sein.

Dès lors le grand siècle a commencé. Sophocle,

Euripide, variant les ressources dont avait usé Eschyle, continuent sa gloire. Hérodote crée l'histoire,
dont Thucydide fait la science des nations. Phidias
égale la majesté d'Homère ; Apelle se montre digne
de reproduire seul les traits d'Alexandre ; Anacréon
semble inspiré par les Grâces ; la verve d'Aristophane affronte tous les sujets. Xénophon emploie les
loisirs d'un capitaine habile à retracer, dans le plus
suave langage, l'histoire un peu romanesque d'un
grand roi. Bientôt deux génies opposés, mais d'une
égale puissance, et qui avaient reçu le souffle de Socrate, Aristote et Platon, mesurent la carrière de
l'esprit humain, et en reculent les limites. Démosthènes enfin, dernier défenseur d'une liberté dont les
premiers rayons avaient fait éclore en Grèce la littérature, Démosthènes, avant de s'éteindre avec les
lettres et la patrie, jette autour de lui l'éclat d'une
ardente et solide éloquence. Chaque genre a son
illustration propre, chaque faculté de l'intelligence
donne sa forme à un chef-d'œuvre. Tout l'esprit humain est réfléchi dans ce vaste et magique miroir.

4. — Troisième époque.

Nous pouvons maintenant, et sans passer en revue
les monuments postérieurs aux discours de Démosthènes, poser la question qu'il nous importe surtout
ici de résoudre, et que nous avons renouvelée chaque
fois qu'une littérature nouvelle passait sous nos
yeux. Quel est le caractère, quel est le signe distinctif de la littérature grecque ancienne ?

5. — Caractère de la littérature grecque ancienne.

Nous aurons répondu à cette question, si nous disons que l'écrivain dont la physionomie nous paraît éminemment celle du génie grec est Sophocle[1]. Ce génie n'est autre chose, à notre avis, que celui de la perfection des choses finies, ou de l'idéal sensible. Nous allons appuyer notre sentiment de quelques explications. Seulement, lorsque nous nous arrêtons à Sophocle, nous prions de remarquer que c'est moins pour caractériser un poëte que pour montrer en lui ce qui donne l'idée la plus exacte et la plus complète du génie littéraire de sa nation.

6. — Sophocle.

Sophocle lui-même, le chercherons-nous dans les sept tragédies qui nous restent de lui ? Non. Quoique toutes soient pleines de ces beautés qui lui sont propres, il en est trois qui invitent plus spécialement à l'observation : ce sont *Philoctète* et les deux *OEdipe*. Examinons-les rapidement.

Nulle tragédie ancienne, plus que celle de *Philoctète*, ne fait ressortir cette simplicité dramatique que préféraient les Grecs, et qui est si favorable à l'expression complète des passions. Singulière pièce de théâtre, à laquelle suffisent trois personnages : Philoctète, Ulysse, et Néoptolème, fils d'Achille ! Aussi, comme tous les sentiments de haine, de patriotisme, de douleur, d'astuce, de candeur, vivent et circulent

---

[1] Cette opinion, qui d'ailleurs a toujours été la nôtre, est indiquée par W. SCHLEGEL, *Cours de littérature dramatique*.

librement dans ce drame si dégagé d'accessoires !
Notre imagination, fortement occupée, suit néanmoins sans effort tous les contours de l'œuvre poétique, et, grâce à une simplicité si merveilleuse, nous
jouissons d'une beauté d'un autre ordre, la proportion et l'unité. Sophocle invente des alternatives qui
font l'intérêt de son drame. Appuyant les situations
sur les caractères, il tire de la confiance et du res-
sentiment de Philoctète, de la générosité de Néoptolème, ces vives péripéties qui préservent l'action de
languir. Mais surtout nous le voyons appliqué à contenir chaque conception, chaque scène, chaque
forme de style dans les bornes de l'imagination réglée par le goût. Attentif à motiver la présence ou le
départ des personnages, à expliquer une circonstance
par une autre circonstance, il ne se livre jamais à
l'inspiration au point de négliger les ressources de
l'art. Ce qu'il faut remarquer surtout, c'est qu'il
élève chacun des caractères à l'idéal, au point qu'un
titre abstrait et général pourrait faire suite au nom
propre de ses héros. Ainsi Philoctète est l'idéal de
l'héroïsme éprouvé par les souffrances, Ulysse de la
ruse confiante dans sa force, Néoptolème du courage
naïf et loyal. Sans effacer la nuance individuelle des
caractères, Sophocle leur donne plus de dignité et
de grandeur, en disposant leurs traits dans les proportions qui conviennent à une classe d'hommes. Or,
il en est de la peinture des caractères comme du
style, où l'expression générale est toujours celle qui
a le plus de noblesse, lors même qu'elle manque de
justesse ou de naturel.

Si nous passons à l'*OEdipe-Roi*, que plusieurs placent, dans leur estime, au-dessus de *Philoctète*, nous trouverons des situations plus compliquées, des personnages plus nombreux. Tandis que dans *Philoctète* l'action du destin ne paraît qu'au second rang, pour_ ainsi dire, dans l'*OEdipe-Roi* nous voyons se mouvoir en même temps et avec une force égale le double ressort du développement des caractères et de la fatalité[1]. Cependant, et c'est la partie la plus admirable du génie de Sophocle, l'unité du sujet, l'harmonieuse proportion des parties, l'heureuse et poétique gradation de l'intérêt, éclatent dans cette contexture plus savante avec autant de lumière que dans la simplicité de *Philoctète*. Le malheureux OEdipe, coupable de deux crimes qui sont les crimes du sort, OEdipe qui nous émeut et nous attache malgré son orgueil et son imprudente curiosité, conserve au milieu de ses souillures la grandeur d'un roi, le caractère sacré d'un père. Toute circonstance rebutante, fût-elle conforme à la nature, est éloignée par le goût du poëte. S'il nous fait voir sur la scène OEdipe dont les yeux sanglants attestent qu'il s'est privé de la lumière du jour, il ne permet pas que Jocaste reparaisse après la révélation de l'inceste dont elle est complice, de peur que l'imagination ne s'effarouche à la vue d'une mère qui se connaît pour

[1] Nous avons beaucoup profité, pour cette analyse, des excellentes leçons que M. Patin a faites autrefois à l'École normale sur la poésie dramatique des anciens, et qui renferment le germe d'un ouvrage digne de son érudition ingénieuse. Cet ouvrage, récemment publié, est devenu classique en naissant.

l'épouse de son fils. Enfin, c'est toujours le même
soin d'emprunter de chaque chose ce qu'elle a eu
même temps de plus régulier et de plus poétique,
toujours ce difficile, cet heureux tempérament de
l'inspiration qui entraîne, et du goût qui précise les
formes et qui détermine les limites.

L'*OEdipe à Colone* a plus d'analogie, sous le rapport de la composition dramatique, avec le *Philoctète* qu'avec l'*OEdipe-Roi*. La fable est moins fortement tissue que dans cette dernière tragédie ; mais
une simplicité pleine de charmes, et qui ne ressemble en rien à la stérilité, met en lumière le touchant caractère du proscrit et le délicieux caractère
d'Antigone. Ici le témoignage public, d'accord avec
notre opinion, a proclamé Antigone le type, l'idéal
immortel de la piété filiale. Quelle conception imposante que ce roi chassé de Thèbes, et chassé par ses
fils, victime du destin qui le punit de l'avoir fait
coupable, soutenu par ses deux filles vertueuses, dé-
vouées, et mendiant auprès de Thésée un tombeau
d'où sortira la victoire! A la lecture de cette pièce
éloquente, on se sent pénétré de la plus douce émotion, et le genre de cette émotion tient aussi bien au
concert des détails et de l'ensemble, à la juste mesure des sentiments, à une pureté de composition
où l'esprit rencontre à peine quelques taches, qu'au
choix des personnages, et au pathétique de la situation.

Voilà donc ce que nous admirons en Sophocle:
l'imagination puissante, mais soumise au frein du
goût, la préférence donnée aux traits généraux sur

les peintures individuelles, l'idéal sensible cherché, réalisé avec amour.

7. — Autres poëtes grecs.

Maintenant, si nous jetons les yeux sur les poëtes grecs rivaux de Sophocle, sur les historiens, les orateurs, les artistes de la Grèce, nous verrons les uns rester en deçà, les autres s'aventurer au-delà de cette recherche d'une majestueuse perfection, mais tous, ceux du moins dont le nom est de quelque poids dans la balance, diriger leurs efforts vers le but commun, et garder, au milieu même de leurs défauts et à leur insu peut-être, des traces sensibles de cette vocation du génie parmi les Grecs.

Nous ne doutons pas qu'il ne soit facile de trouver des objections de détail contre le sentiment que nous venons d'énoncer. On ouvrira Eschyle, et on nous opposera les essais encore informes d'un talent créateur; ces *Sept chefs devant Thèbes,* tragédie qui ressemble à une épopée; ce bizarre et sublime *Prométhée*, caractère inébranlable, pris et placé en dehors de l'ordre commun, au-dessus de l'idéal même; et le langage rude, pompeux, souvent symbolique du poëte pythagoricien, successeur de Thespis. On feuilletera Euripide, et des invraisemblances, des fictions romanesques, un luxe de personnages, un style sentencieux, sembleront prouver que ce poëte du moins a peu recherché la proportion et l'harmonie, et qu'il a fait bon marché de la dignité tragique. Hérodote et sa naïveté babillarde, Aristophane et ses saillies bien souvent grossières, fourniront de nouveaux arguments. Nous ne connaissons qu'une réponse à ces raisons présumées de nos adversaires, mais cette réponse ne nous paraît pas indigne de leur attention.

C'est ici une affaire de sentiment plutôt que d'analyse. Sans doute, Eschyle et Euripide, Hérodote ou Aristophane, ne poursuivent ni toujours, ni au même dégré, cet idéal que Sophocle nous représente. Mais lorsque vous les lisez, ne vous surprenez-vous pas souvent pressés d'admirer une beauté que vous nommez antique? Que signifie ce mot dans votre bouche? Que veulent dire ces expressions : beautés antiques, couleur antique, parfum d'antiquité, si elles ne désignent pas quelque chose qui soit commun à tous les grands écrivains de l'ancienne Grèce, sans que tous en soient également pourvus? Eh bien! ces mêmes expressions désignent, selon nous, la grâce sans fard, la simplicité ornée, le goût inspiré, l'imagination sage et brillante, l'ensemble de toutes les harmonies. Lorsque nous examinons ce qui est individuel, les imperfections nous frappent ; retranchons ces imperfections, ajoutons à l'objet de notre examen des perfections empruntées à d'autres objets, ce qui nous choquait aura disparu, ce qui nous plaisait sera resté, et nous plaira bien davantage, embelli comme il le sera par des agréments nouveaux. L'individu se sera évanoui, nous aurons quelque chose de plus général, de plus parfait, l'idéal sensible enfin, qui est pour nous comme la perfection de ce qui a des bornes. Tel est Sophocle, tels sont, dans mille endroits de leurs écrits, Eschyle et

Euripide, Hérodote et même Aristophane; tel est le génie littéraire des Grecs.

Et combien cette vérité serait plus évidente, si nous en cherchions les preuves dans les nobles chants de Pindare, dans les pages gracieuses ou brûlantes de Théocrite, et dans les élégants badinages d'Anacréon! Nous pourrions ne pas citer Thucydide et Démosthènes, quoiqu'il soit facile de leur faire rendre témoignage en faveur de notre opinion. Dans une recherche de ce genre, il faut surtout interroger les poëtes. Les poëtes sont les vrais dépositaires du génie littéraire des nations.

8. — Artistes grecs.

Les peintres, les sculpteurs, les architectes sont aussi des poëtes, car il n'est point d'art qui ne vive de poésie. Or, il suffit de contempler quelque temps ce qui nous reste en ce genre, ou de juger d'après des témoignages unanimes ce que le temps nous a envié, pour y retrouver écrite en caractères éclatants la recherche instinctive ou calculée de l'idéal sensible. Winckelmann[1] a remarqué que les principaux chefs-d'œuvre de la sculpture grecque, l'Apollon, la Vénus, sont des monuments de la beauté pure, presque sans mélange d'expression. Les proportions harmonieuses, la grâce et la dignité combinées par un mélange plein de charmes, une sorte d'impassibilité qui tient à une nature supérieure à la nôtre, indiquent que les artistes ont sacrifié les nuances indi-

----

[1] *Histoire de l'Art.*

viduelles, toujours plus fortement prononcées, et
choisi les traits généraux, toujours plus imposants.
Même dans les ouvrages dont l'expression est admi-
rée, dans la Niobé ou le Laocoon, ou le Gladia-
teur mourant, le même écrivain trouve que l'idée
de la beauté pure a tempéré cette expression si dé-
chirante[1]. Il y a de la grâce dans la souffrance ; la
douleur craint de paraître hideuse, et l'art se refuse
à reproduire ces contractions musculaires, ces efforts
physiques que peut-être un naturel servile eût récla-
més. Cependant, pleins de goût, non moins qu'a-
moureux de la perfection idéale, les artistes grecs
ont placé dans la sphère morale le titre de leur système. C'est le courage d'une reine, d'un pontife,
d'un athlète éprouvé qui lutte avec succès contre
les tortures corporelles. L'âme soutient le corps, et
laisse briller sa dignité calme au travers des angoisses
et des supplices.

Les chefs-d'œuvre d'Apelle, de Protogène, de
tous ces grands peintres qui excitaient l'admiration
de la Grèce, ne sont pas parvenus jusqu'à nous. Mais
nous pourrions consulter encore les débris de sa magnifique architecture, et le Parthénon ou l'Hippo-
drome prouveraient, comme les monuments de la
sculpture, avec quel soin et aussi avec quelle puissance les anciens Grecs choisissaient, afin de réaliser
le Beau dans les productions de la pensée.

---

[1] Voyez encore les *Recherches sur l'art statuaire* d'Emeric David,
ouvrage dont les doctrines sont incomplètes, parce qu'elles aboutissent au
centre unique de l'imitation, mais qui renferme beaucoup de vues utiles et
de matériaux intéressants.

9. — Résumé.

Ainsi, le Beau pour objet, l'Idéal sensible pour moyen, l'Imagination pour instrument, le Goût pour règle, tel était l'esprit littéraire de la Grèce, ou, pour parler avec plus d'exactitude, tel était son génie dans les lettres et dans les arts.

Arrêtons-nous maintenant aux doctrines des écrivains qui accélérèrent ou contrarièrent ce mouvement national.

10. — Critique grecque.

Quintilien, au commencement de son troisième livre, énumère les rhéteurs qui l'ont précédé. Il omet Platon, sans doute parce qu'il n'existe pas d'ouvrage de ce philosophe qui porte exclusivement le titre de rhétorique. Les plus anciens critiques en ce genre, selon lui, sont trois Siciliens, Corax, Tisias et Gorgias. Garnier[1] et, d'après lui, le savant Schoell[2] attribuent au premier *la rhétorique à Alexandre*, qui se trouve dans quelques éditions d'Aristote, et que Gibert[3] croit être d'Anaximène de Lampsaque, qui fut aussi précepteur d'Alexandre. Du reste, cette question intéresse plus la biographie que la littérature : car il y a peu de chose à extraire de cette rhétorique sous le rapport de l'art. Nous devons reconnaître cependant qu'elle manque plutôt de méthode que de vues. Il y a par exemple de la finesse et un grand sens dans cette pensée rela-

---

[1] *Mémoires de l'Institut*, classe d'hist. et de litt. anc., vol. XI, p. 44.
[2] *Histoire de la Littérature grecque*.
[3] *Jugement des savants sur les rhéteurs*.

tive aux preuves oratoires : « Pour que les preuves
soient bonnes, il faut que ceux qui écoutent se trouvent d'intelligence avec celui qui parle; ce qui arrive
lorsque l'orateur ne présente à ses auditeurs que des
idées qu'ils ont déjà. » Ce rhéteur cependant a été
l'objet de vives et justes attaques. Platon et Cicéron[1]
ont flétri de leur dédain un homme qui ne crai-
gnait pas de placer la vérité à côté et même au-dessous du mensonge. Selon Corax, toutes les fois que
l'exige l'intérêt de la cause qu'un orateur défend, il
doit rechercher non ce qui est vrai, juste et honorable en soi, mais ce qui est probable, en vue du
succès. Cette doctrine, quelquefois renouvelée depuis, quoique avec moins de naïveté peut-être, semble déshonorer l'origine de l'art oratoire; mais nous
reconnaîtrons qu'il serait injuste d'envelopper dans
le même blâme et cet art et celui qui en a méconnu
la pudeur.

Il ne reste rien de Tisias, de Gorgias[2], non plus
que de plusieurs autres rhéteurs nés de l'école sici-
lienne. Nous ne pouvons que citer, d'après Quinti-

---

[1] Cicéron, lui-même, n'a pas toujours été très-fidèle aux scrupules que
cette indignation annonce. Ainsi, dans le *Pro Cluentio*, alinéa 50 et suivants
de l'édition de M. Leclerc, nous trouvons une théorie de la conscience de
l'avocat qui ressemble trop à la théorie de Corax lui-même. Quintilien, au
chapitre de la narration, se montre aussi bien facile pour le mensonge. Il
donne pourtant, dans plusieurs passages, des préceptes de loyauté; mais
cette fois la routine a pris le pas sur la morale.

[2] On avait une haute idée du talent de Gorgias, dont on comparait l'é-
loquence à la poésie tragique. La Grèce, assemblée aux jeux pythiques,
lui décerna une statue d'or, qui fut placée dans le temple d'Apollon Del-
phien.

lien, Thrasymaque, Protagoras[1], Prodicus, Hippias, Alcidamas. Antiphon passe pour avoir appliqué le premier les préceptes de l'art oratoire aux luttes du barreau et aux combats de la tribune. Ensuite nous rencontrons Isocrate, qui s'effraya de la profession d'orateur, et renferma son génie de rhéteur dans les limites d'une école. On a de lui quelques discours d'une harmonie étudiée, mais point de préceptes. Nous devons cependant rattacher à l'influence socratique les efforts d'Isocrate pour débarrasser l'éloquence de toutes les ruses des sophistes. Rhéteur compassé, mais homme doué d'une âme noble et pure, Isocrate qui, après la mort de Socrate, avait paru généreusement en deuil devant le peuple, veut que l'éloquence tende à nous exercer dans la pratique de la vertu[2].

Enfin, nous sommes arrivés à Platon.

11. — Platon.

Pour bien juger ceux des ouvrages de ce grand homme qui se rapportent aux questions littéraires, il faut d'abord le suivre dans le point de vue où il s'était placé.

Il y avait beaucoup de poésie dans l'âme de Platon, parce que les idées éternelles sont la haute poésie du monde. Aussi avait-il commencé par imiter Homère. Trop défiant de ses forces, ou peu propre à

---

[1] Protagoras avait composé plusieurs traités oratoires, où il s'attachait principalement à la disposition et à l'élocution. Voy. DIOGÈNE LAERCE, *Vie de Protagoras.*

[2] *Harangue contre les sophistes.*

la versification, qui n'est pas la poésie, il avait comparé ses vers à ceux de son modèle, et les avait brûlés de dépit. De là, peut-être, cet arrêt porté contre les poëtes dans sa *République*, arrêt tout poétique lui-même qui les exile en les couronnant de fleurs. Cependant nous en croirions difficilement quelques interprètes qui ont vu dans le dialogue d'Ion une longue ironie dirigée contre les admirateurs fanatiques des poëtes; tant l'idéal du poëte y est figuré sous de gracieuses couleurs!

Cette imagination libre et puissante s'était engagée, sous Socrate, au service d'une philosophie neuve et positive. Elle y mêla ce qu'elle avait recueilli des mystérieuses doctrines de Pythagore, et du contact des imaginations de l'Orient. Il en résulta une philosophie à la fois pratique et spéculative, où les préceptes de la morale s'appuyaient sur les révélations de la métaphysique. Une grande aversion pour les sophistes passa des leçons du maître dans l'esprit du disciple. Cette aversion s'étendit aux sophistes d'un autre genre qui défiguraient l'art oratoire sous le titre de rhéteurs[1]. Platon vit avec dédain leurs combinaisons puériles, leur clinquant, leurs conseils de ruse et de mensonge, et il écrivit son dialogue de Gorgias. C'est encore contre les rhéteurs qu'il dirigea une partie de son beau dialogue de Phèdre, où les carac-

---

[1] Nous savons que souvent le sophiste et le rhéteur étaient une seule et même personne; mais c'étaient deux parties différentes d'un même rôle qui n'étaient pas inséparables, et qui en effet se trouvèrent plus d'une fois séparées. (Voyez M. De Gérando, *Histoire comparée des syst. de philos.*)

tères de la vraie et de la fausse éloquence sont tracés avec profondeur.

Enfin, dans une autre partie de ce même dialogue, et dans celui qu'on désigne sous le nom de *Grand Hippias*, Platon, prenant son essor au-dessus de la polémique, jette les fondements inébranlables de la science du Beau.

Les doctrines d'un tel maître sont trop importantes pour que nous puissions nous contenter de cette rapide indication. Examinons plus en détail les quatre dialogues que nous avons cités, et dans l'ordre naturel des questions qu'ils soulèvent.

12. — Dialogue. — *Le Grand Hippias.*

Le Grand Hippias est un des dialogues les plus ingénieux et les plus sublimes de Platon. Socrate, avec son ironie douce et pénétrante, y enlace un sophiste dans ses propres subtilités, qui se transforment une à une en assertions contradictoires. Une seule vérité s'y trouve établie, mais cette vérité est capitale, c'est que le Beau ne doit être cherché dans rien de particulier, de relatif; que tel ou tel objet peut être beau, mais qu'il ne l'est pas par lui-même, et qu'il existe, au-delà des choses individuelles, un Beau absolu qui fait leur beauté. Afin qu'on ne puisse se méprendre sur ce principe, il ajoute que l'idée du Beau est essentiellement distincte de celle de l'Utile, et ce complément de sa pensée en fait ressortir toute la grandeur.

« Qu'on y pense, dit M. Cousin, analysant Platon dans le premier volume de sa traduction éloquente,

c'est l'idée seule du Beau qui fait que toute chose
est belle. Ce n'est pas tel ou tel arrangement de parties, tel ou tel accord de formes qui rend beau ce qui
l'est : car, indépendamment de tout arrangement, de
toute composition, chaque partie, chaque forme
pouvait déjà être belle, et serait belle encore, la disposition générale étant changée. La Beauté se déclare par l'impossibilité immédiate où nous sommes
de ne pas la trouver belle, c'est-à-dire de ne pas être
frappés de l'idée du Beau qui s'y rencontre. On ne
peut donner d'autre explication de l'idée du Beau.
Il en est de même du bien, du juste, de l'étendue et
de la grandeur, de la quantité et du nombre, et des
forces élémentaires de la nature. »

C'est là, il faut le dire, la grande et presque l'u-
nique pensée qui se multiplie dans Platon sous mille
formes ; l'impossibilité de tout expliquer par les données de l'expérience, la nécessité de rapporter certaines conceptions à des idées absolues, aussi ou
même plus réelles que ce qu'on appelle la réalité,
puisqu'elles en sont la condition rigoureuse. Ce qu'il
applique ici à la question du Beau, ailleurs il l'applique à celle du Bon [1], à celle du Juste. Voyez ce
dialogue de Minos qui sert de préface aux livres de
la *République !* Vous n'y trouverez pas le détail des
lois, mais vous y apprendrez encore qu'au-dessus des
lois particulières, au-dessus des choses légitimes, est

---

[1] Selon Clément d'Alexandrie, Antipater avait établi en trois livres cette
vérité, développée par Platon, que le Beau et le Bon ne font qu'un. (*Stro-
mat.* V.)

la loi absolue, qui légitime et les choses et les lois.
Nous le croyons ; cette sobriété de détails, cette prédilection pour des principes élevés, qui ont fait accuser Platon d'une sorte de mysticisme philosophique,
ouvrent à la raison une route large et sûre. Il y a
certes bien plus de réalité dans ces grandes vues indiquées par le philosophe, retrouvées par la conscience de ses lecteurs, et fertiles en conséquences
indéfinies, que dans ces systèmes si complets, si
exacts en apparence, où rien n'est oublié, où chaque
détail est prévu, et qui étouffent la vérité fondamen-
tale sous les vérités particulières.

13. — Dialogue. — *Le Phèdre.*

Les applications sont moins nécessaires au système
de Platon qu'à ceux dont nous venons de rappeler le
caractère. Cependant il ne les dédaigne pas, et le dialogue de Phèdre en est la preuve. La question du
Beau s'y trouve encore traitée, et cette fois elle l'est
d'une manière moins générale ; néanmoins, même
dans ces vues de second ordre, l'unité de la doctrine
se conserve et respire toujours.

Ici, Platon considère le Beau sous plusieurs aspects,
dans la pensée humaine, et dans le langage, traduction de la pensée. Tel est le plan simple et lumineux
qui se cache, il faut l'avouer, sous la composition la
plus bizarre. Il semble que Platon, peu habitué à
donner des préceptes aussi détaillés, en redoute la
sécheresse, et s'efforce d'ajouter à l'intérêt dramatique pour déguiser ce caprice d'analyse qui prend

I.   9

à son génie. Une grande partie du dialogue est occupée en effet par un discours de Lysias contre l'amour; par un premier discours de Socrate, dans le même sens, mais d'une forme plus philosophique; enfin, par un second discours de Socrate en faveur de l'amour, qu'il épure, et auquel il ne donne que le Beau pour objet. A l'occasion de ces trois morceaux oratoires, Phèdre, ami de Lysias, charmé de la palinodie de Socrate, déclare que Lysias aura raison de ne plus écrire, dans l'intérêt même de sa gloire, et afin de ne point passer dans la postérité pour un faiseur de discours. Socrate, organe du bon sens, répond qu'on ne doit pas avoir honte de composer des discours, mais d'en composer de mauvais. Là commence un véritable cours de Rhétorique dont nous devons différer un peu l'examen.

Pour ce qui regarde le Beau dans la pensée et l'esprit de l'homme, Platon démontre qu'on ne doit pas en altérer la conception haute et pure, en lui prescrivant les limites des sens. La beauté physique n'a de prix que comme l'image, comme le reflet de la beauté intellectuelle. Celle-ci, appliquée aux relations de la vie, n'est, sous un nom différent, rien que la vertu même. Elle est seule digne de notre amour [1].

14. — Dialogue. — *L'Ion.*

La poésie, nous l'avons dit, est à nos yeux la forme

---

[1] Voyez encore les dialogues : *le Premier Alcibiade*, *le Festin*, *le Philèbe*, *le Sophiste*, *le Phédon*, où cette grande question est touchée.

première sous laquelle le Beau se manifeste. Elle se
suffit à elle-même, tandis que l'éloquence a besoin
de la société. C'est à fixer l'origine et la nature de
cette haute faculté poétique que le dialogue d'Ion
paraît consacré. Ion est un rhapsode qui ne sait et
ne redit que les chants d'Homère, ou des chants
suggérés par le souvenir de ceux d'Homère. Socrate
combat avec agrément les illusions d'amour-propre
qui le font croire à la propriété de son talent. Il place
tout le génie poétique dans l'inspiration. « Le poëte,
dit-il, est un être d'une nature subtile et sacrée. Il
voltige autour des fontaines dédiées aux Muses, et
dans leurs jardins fleuris, pour y recueillir le miel le
plus pur ; et, montant sur le char éclatant de l'harmonie, il s'abandonne au Dieu qui le possède, jusqu'à ce que le souffle divin se soit retiré loin de lui. »
Socrate refuse l'art au poëte, et à plus forte raison au
rhapsode, qui est l'écho du poëte. Dans son langage
étincelant de figures, il nous représente une chaîne
dont le premier anneau est Dieu même, tandis que
le poëte forme le second anneau.

Que trouvons-nous sous cette brillante enveloppe
de paroles ? Quelle vérité sort de ce mysticisme ?
quel principe de cet hymne religieux ?

Le voici :

L'homme doué de l'instinct poétique, c'est-à-dire
l'homme que le spectacle de la nature et de l'intelligence émeut plus que les autres hommes, pour qui
chaque forme a une couleur, chaque son une harmonie, sent au-dedans de lui-même une faculté qui
le subjugue. Comme elle est souvent tyrannique,

irrésistible, il lui semble que c'est une puissance
hors de son âme et qui la domine, une Muse, ainsi
que le disait le paganisme, et non une faculté personnelle. C'est supposer une fatalité extérieure, que
la raison n'admet pas sans doute, mais qui revient,
après tout, à la fatalité réelle du génie. Et ce génie,
ou cette faculté, ou cette muse, comme on voudra la
nommer, n'est-ce pas là véritablement ce qui fait le
poëte? Qu'on rassemble toutes les ressources d'un
art ingénieux et profond, que pourra-t-on faire? Po-
lir ce diamant, contenir ce fleuve; mais les belles
ondes, mais le rare cristal, il n'est point d'art qui les
ait créés. Ainsi l'inspiration du génie, don immédiat
de la divinité, c'est là le principe poétique; le reste
n'appartient plus qu'à la question secondaire des
applications.

Voilà ce que Platon nous fait entendre, sous l'é-
nigme de l'enthousiasme, et dans le vague de l'allégorie. Doctrine incomplète, sans doute, parce qu'elle
ne donne point à l'art toute sa portée, mais où est
déposé le germe de la vérité sur une des plus hautes
questions littéraires.

15. — Dialogue.—*Le Gorgias*.

C'est avec plus de détails que le philosophe examine ce que nous avons appelé la forme secondaire
du Beau : l'éloquence. Dans cet examen, il n'est pas
resté toujours exempt de préjugés et de sophismes ;
mais, en revanche, il a posé pour l'éloquence, comme
pour la poésie, comme pour le Beau en lui-même,

des bases solides. C'est dans la décoration de l'édifice qu'il a pu se tromper quelquefois.

Dans le dialogue de Gorgias, Platon, selon sa coutume, n'expose pas une théorie ; il engage une lutte avec un rhéteur. Profitant de tous les avantages de cette forme littéraire, par laquelle il se donne quelquefois, il faut l'avouer, des adversaires d'une complaisance trop peu vraisemblable, il attaque la fausse rhétorique, en démontre les dangers, et, quand il a vaincu son antagoniste, il jette dans une simple définition le germe d'un système opposé.

Mais ce dialogue, nous l'avons annoncé, renferme des sophismes, des contradictions même. La première et grave erreur qu'on y rencontre, c'est que Platon paraît confondre habituellement la vraie et la fausse rhétorique. On croirait qu'il fait la guerre à l'art oratoire en général, et cependant, à la fin de cet ouvrage, et surtout dans le dialogue plus dogmatique de Phèdre, il reconnaît les caractères de la science que doit étudier l'orateur. Ainsi, selon lui, la rhétorique n'a pas pour objet de rendre les hommes meilleurs, et il est conduit à cette conclusion par l'exemple de tel ou tel orateur qui n'a pas rendu meilleurs ceux à qui il s'adressait. C'est partir d'un résultat accidentel, pour accuser un principe qui doit en être indépendant ; c'est nier la cause, parce qu'elle n'a pas toujours produit son effet.

Un autre sophisme non moins réel que le premier est celui-ci : « Quiconque a étudié tout ce qui se rattache aux principes de la justice est juste : or, si la rhétorique roule sur le juste et l'injuste, l'orateur

formé par la rhétorique ne peut jamais être injuste;
dans le cas contraire, il doit l'être.» Telle est la substance d'un raisonnement très-faux, auquel Gorgias
a tort de céder, après avoir dit, avec beaucoup de
bon sens : qu'il peut se trouver des hommes injustes qui fassent de l'art oratoire une arme dangereuse, mais que les maîtres en éloquence et l'art lui-
même ne peuvent en être accusés.

Enfin, nous oserons blâmer encore Platon d'avoir
prétendu que le juste ne peut et ne doit pas se servir
de l'art oratoire. «S'il est accusé, dit-il, il ne pourra
répondre devant les juges de la terre; mais il sera
prêt à répondre devant les juges des enfers.» Il y a
beaucoup de grandeur dans cette allusion, et chacun
sent la portée d'une telle parole dans la bouche du
sage qui devait boire la ciguë; mais, à considérer
sérieusement la question, pourquoi l'homme juste
n'userait-il pas, dans l'intérêt de sa conservation,
d'une arme que l'homme injuste rend seul meurtrière? Il a été prouvé cent fois, jusqu'à l'évidence,
que l'éloquence n'est pas un mal, mais que son caractère dépend de l'usage qu'on en fait.

Pourquoi donc cette haine apparente de l'art oratoire chez un écrivain que nous verrons bientôt en
tracer les règles les plus sûres? C'est que, déjà de son
temps, une séparation mal entendue entre les rhéteurs et les sophistes, ou, si nous osons le dire, entre
la parole et la pensée, était accomplie. La pensée,
néanmoins, jouait un bien faible rôle dans les écoles
des sophistes, occupés des arguties et des subtilités
que Socrate, le premier, battit en ruines. Quant aux

rhéteurs, c'était bien la parole qu'ils cultivaient, mais la parole sans force et sans vie, puisqu'elle n'était plus l'auxiliaire de la pensée. Le mépris du disciple de Socrate n'était donc pas moins acquis aux rhéteurs qu'aux sophistes; et la rhétorique, enseignée ou pratiquée par de tels hommes, restait enveloppée dans le légitime dédain qu'ils lui inspiraient.

C'est donc bien à cette fausse rhétorique que s'adressent toutes les attaques de Platon. C'est elle qu'il compare à la cuisine, parce que l'une comme l'autre, dit-il, n'est qu'une routine et manque de principes. Mais aussi c'est un hommage rendu à la véritable science oratoire que cette définition du bon orateur : « L'homme dont l'esprit est sans cesse occupé des moyens de faire naître la justice dans l'âme de ses concitoyens et d'en bannir l'injustice, d'y faire germer la tempérance et d'en écarter l'intempérance, d'y introduire enfin toutes les vertus et d'en exclure tous les vices. »

On reconnaît ici que Platon, fidèle à sa mission de philosophe, voit de haut l'éloquence et l'orateur. Les considérations morales tiennent beaucoup de place dans ce dialogue, et rien n'est plus naturel et même plus nécessaire : car, sur quelle base établir une théorie solide de l'art oratoire, sinon sur l'étude de l'homme ? Et si, partant de ces hautes vérités, pour faire comprendre que le Beau, le Bon et le Juste, ne sont qu'une même chose, l'écrivain condamne l'orateur qui exciterait un sentiment de plaisir plutôt que le sentiment du Beau et du Juste, et lui prescrit de faire servir l'éloquence au triomphe

de la Vérité, qui ne sera tout à-la-fois charmé et
convaincu? qui ne se sentira élevé par tant de grandeur, éclairé par tant de lumière?

En résumé, voici la doctrine de Platon dans cet
ouvrage : L'homme ne doit pas faire ce qui lui plaît,
mais ce qui est bon. On ne doit pas le porter à ce qui
lui plaît, mais à ce qui est bien. Or, la rhétorique
(entendons toujours la fausse rhétorique) s'occupe
seulement de ce qui plaît à l'homme : il faut donc
la rejeter.

16. — Seconde partie du dialogue. — *Le Phèdre.*

Quelque imparfait que soit ce dialogue, il peut
être étudié avec fruit. Mais c'est surtout dans celui
de Phèdre que nous allons trouver les véritables
principes de l'art oratoire.

Platon établit d'abord deux assertions fondamentales : l'une, que l'art oratoire a des applications innombrables ; l'autre, que, pour être éloquent, il faut
avoir étudié la nature et la vérité. Voici la première
partie de ce passage remarquable :

« *Socrate.* Allons ; il faut persuader à mon jeune
ami, au noble Phèdre, que, sans une préparation
toute philosophique, il ne sera réellement capable
de parler sur rien. Je t'interroge, Phèdre ; réponds-
moi. La rhétorique n'est-elle pas un art d'attirer les
âmes par le discours, non seulement dans les tribunaux et dans les autres assemblées publiques, mais
aussi dans les réunions particulières, qu'il s'y agisse
de grands ou de petits intérêts? Une règle légitime ne

s'applique-t-elle pas aux petites choses comme aux grandes? Est-ce là ce que tu as entendu dire? — *Phèdre.* Non, certes; j'en atteste Jupiter. C'est spécialement aux tribunaux et aussi aux assemblées populaires que s'appliquent les enseignements écrits ou non écrits de la rhétorique. Je ne sache pas qu'ils s'étendent plus loin. — *Soc.* Et ces discours si pleins d'art que Nestor et Ulysse composaient devant Troie, et ceux de Palamède, ne les as-tu pas entendus? — *Ph.* Ceux de Nestor? Non, en vérité! à moins que tu ne prennes Gorgias pour Nestor, et Thrasymaque ou Théodore pour Ulysse? — *Soc.* Peut-être; mais en voilà assez sur leur compte. »

Platon est ici complètement en opposition avec Aristote, et sa division des trois genres, *délibératif, démonstratif* et *judiciaire*. Il ne croit pas que les applications de l'éloquence soient limitées au barreau et à la tribune, ni que l'enseignement de l'art oratoire doive s'adresser seulement aux hommes qui veulent faire des plaidoyers, des harangues ou des panégyriques. Il sent que tout essai pour renfermer l'éloquence dans des bornes étroites est stérile, et que, pour être légitimes, il faut que les vrais préceptes de la rhétorique soient généraux. Aristote, nous le redirons plus tard, a songé à former l'*orateur public*; Platon indique comment peut se former l'*homme éloquent*.

Les vues générales ont toujours une grandeur et une portée qui ne peuvent être le caractère des maximes particulières. Aussi Platon, en beaucoup moins de pages, et avec mille fois moins de détails

qu'Aristote, en apprend-il, selon nous, beaucoup
plus qu'Aristote sur l'art oratoire. Il n'est point de
situation privée ou publique où ne puissent s'appliquer ses préceptes les plus importants. A quel
homme, par exemple; ne sera-t-il pas utile d'avoir
habitué d'avance son esprit à l'étude de la vérité?
Accoutumé à considérer les choses en elles-mèmes,
à en distinguer les caractères, à en saisir les différences, celui-là même que des circonstances imprévues
obligeront à déployer une éloquence soudaine ne
sera-t-il pas favorisé par ses méditations passées? Le
travail constant de son esprit ne le préservera-t-il pas
de la stérilité? Combien il aura de ressources pour
définir, pour diviser, pour ordonner les parties d'un
sujet! Combien enfin cette préparation haute et
philosophique donnera de substance à ses paroles et
d'autorité à sa voix !

Platon reproche aux rhéteurs d'isoler leurs préceptes, et surtout de s'arrêter à la surface, et de ne
pas creuser jusqu'à la base, qui est l'étude de
l'homme. Après que Socrate a rappelé en peu de mots
la division du discours en exorde, narration, etc., il
ajoute : « Je suppose qu'Adraste, à l'éloquence douce
comme le miel, ou que Périclès nous eût entendu
parler de tous ces beaux artifices oratoires, de bra-
chylogie, de métaphore, enfin de tout ce que nous
avons parcouru et cru devoir examiner au grand
jour, iraient-ils, mon cher ami, imitant ta rusticité
et la mienne, s'emporter contre ceux qui ont écrit
ou enseigné ces préceptes, comme s'ils constituaient
l'art oratoire? ou plutôt, avec une prudence supé-

rieure à la nôtre, ne s'adresseraient-ils pas à nous
pour nous dire : Phèdre, et toi Socrate, ce n'est pas
de la colère, c'est de la pitié qu'il faut réserver à
ceux qui, par ignorance de l'observation philosophique, ne peuvent déterminer ce que c'est que l'art
oratoire; et qui, ainsi disposés et bornés à la connaissance des premiers éléments qui précèdent cet
art, se targuent d'avoir saisi la rhétorique, traînent
leurs disciples sur ces préliminaires, se vantent de
leur enseigner complètement l'art oratoire; enfin, ne
se croient nullement tenus de leur transmettre les
moyens de disposer chaque partie dans un ordre convenable pour persuader, et de composer un ensemble. — *Ph.* Oui, Socrate, ce pourrait bien être là
cet art prétendu que les hommes dont tu parles enseignent par écrit, ou de vive voix, sous le nom de
rhétorique. Il me semble que tu dis vrai; mais la
véritable rhétorique, les moyens réels de persuasion,
comment les acquérir? où les puiser? — *Soc.* Mon
cher Phèdre, dans cette lutte, comme dans toutes
les autres, il est convenable, il est nécessaire peut-
être que l'athlète rassemble toutes les ressources. Si
la nature vous a donné le germe de l'éloquence, joi-
gnez au naturel l'étude et l'exercice, et vous devien-
drez un excellent orateur. Que l'un de ces secours
vous manque, vous serez incomplet. Pour arriver à
cet art important, je ne crois donc pas qu'il faille
prendre la route tracée par Gorgias et par Thrasymaque. — *Ph.* Que faut-il donc faire? — *Soc.* Périclès peut bien passer pour le plus parfait orateur qui
ait existé. — *Ph.* Pourquoi? — *Soc.* Tous les arts

nobles et élevés ont besoin de méditations profondes et de l'étude de la nature. C'est de là, comme d'une source merveilleuse, que découlent la sublimité d'esprit et la puissance d'accomplir tout ce que tente l'intelligence. Périclès joignit ce secours à un heureux naturel. Les leçons d'Anaxagore, qui s'occupait de ces hautes études, l'habituèrent à la méditation ; il apprit à connaître la nature de l'intelligence et de l'aveugle matière, sujet traité si complètement par son maître, et de là il tira tout ce qui lui sembla utile, pour l'appliquer à l'habile composition de ses discours. »

Citons encore le passage suivant, où Platon dépose la première idée de ces principes vraiment philosophiques qui, depuis, ont été développés par d'autres écrivains :

« Si la puissance du discours, dit Socrate, consiste à entraîner les âmes, il est nécessaire que celui qui se forme à l'éloquence connaisse l'âme et toutes ses dispositions. Or, les âmes sont diverses, d'où il suit que les hommes eux-mêmes sont divers. Cette diversité reconnue, il en résulte qu'il y a aussi différentes manières de composer un discours. Tels auditeurs seront facilement amenés, par telles paroles, pour tel motif, à tel but : pour tels autres, ce sera le contraire. Il faut encore que celui qui aura bien connu cette théorie, la reconnaisse facilement dans la pratique, et que son intelligence applique rapidement les principes aux faits. Autrement, il ne saura rien de plus que ce que les rhéteurs lui auront appris. Mais dès-lors qu'il peut dire aisément par quels

moyens on persuade tels ou tels hommes, connaître
la présence de tel auditeur, s'assurer que c'est bien
là cette personne, ce caractère dont il n'avait été
question jusqu'à ce moment qu'en paroles, et qui
vient, en réalité, subir l'influence de tels discours,
pour être persuadé d'accomplir tels desseins ; riche
de ces nombreuses ressources, s'il y joint la science
de parler et de se taire à propos, la connaissance de
l'usage et de l'abus de la concision, du pathétique,
de la véhémence, enfin de toutes les formes que peut
prendre le discours, alors, mais seulement alors, il
sera parvenu à la perfection de l'art oratoire.»

17. — Vrai caractère de la critique de Platon.

Terminons cette analyse des doctrines de Platon
par quelques réflexions sur une erreur assez commune. Trop souvent, ceux qui n'osent pas accuser
franchement de délire le fondateur de l'Académie
affectent de le représenter comme un spéculateur
sublime, à qui il ne faut guère demander que des
théories, et qui surtout ne pourrait rien fournir d'applicable aux idées et à la société d'aujourd'hui. Ce
serait là un vice capital dans un philosophe. L'œuvre antique qui ne fournirait au siècle présent aucun
secours serait une œuvre morte, une fausse et vide
conception. Tout écrit où a soufflé l'esprit de vie a
un caractère de perpétuité. Son influence se modifie, mais ne s'éteint pas. Au reste, ce reproche est
sans fondement. Lors même qu'il serait prouvé que
Platon, dans un dialogue donné, s'est placé au cen-

tre du cercle le plus vaste, et qu'il y a touché les
plus sublimes problèmes, il resterait à établir que
son génie nous défend de ramener nos regards vers la
terre, et de faire tomber sur la vie commune quelques rayons de la vérité qu'il contemplait. De ce
qu'un chef-d'œuvre du génie antique aurait Platon
pour auteur, il ne s'en suivrait pas qu'il fallût l'admirer comme une belle statue, et qu'il fût stérile
pour les applications. Les hautes vérités qu'il prodigue à pleines mains dans ses ouvrages dépassent
souvent la matière par un heureux luxe de sublime,
mais s'y rattachent par la continuité d'une même
intention. Enfin, au lieu de faire de lui un artiste
inspiré, et de ses œuvres une galerie de monuments
admirables, mais inutiles, qu'il nous soit permis de
voir en lui un génie qui, par la spéculation, crée les
lois de la pratique; un interprète de la vérité, absolue en elle-même, mais applicable dans le monde,
et non pas seulement un sculpteur et un poète, mais,
comme nous croyons l'avoir prouvé par nos citations
mêmes, un législateur.

19. — Aristote.

Certes, ce n'est pas le rival de Platon, ce n'est pas
Aristote qui pourrait être accusé avec quelque vraisemblance de professer des doctrines étrangères aux
applications. Tout ce qui est sorti de sa plume porte
un cachet tellement positif, qu'on ne peut attribuer
à l'imagination la moindre part dans ses théories.
Conclurons-nous que tout y est vrai, parce que tout

y est sensible et palpable? Nous ne le pensons pas [1].

19. — Poétique.

La question générale du Beau n'a pas occupé Aristote, elle n'avait rien d'assez déterminé pour lui; il dit seulement dans sa *Poétique* que le Beau consiste dans la grandeur et dans l'ordre; mais cette définition inexacte est jetée sans conséquence au milieu de réflexions sur la tragédie. Elle ne provoque pas un sérieux examen.

La *Poétique*, ouvrage fort incomplet, puisqu'après un petit nombre d'observations préliminaires, il ne s'y agit que de la tragédie et de l'épopée, offre, comme tous les traités d'Aristote, une véritable utilité de détails. Mais elle repose sur un principe que nous croyons étroit et faux, et qui, plus d'une fois, a été victorieusement combattu; savoir, que la poésie est un art d'imitation. Aristote semble prendre soin de se réfuter lui-même lorsqu'il établit que le poète doit imiter de trois choses l'une, ou ce qui est et était auparavant, ou ce qui paraît être, ou ce qui doit être. Qu'est-ce, en effet, qu'imiter ce qui pourrait être? Est-ce bien là imiter? et ne doit-on pas réserver ce

[1] On peut appliquer en grande partie au stoïcisme ce que nous disons de la doctrine d'Aristote. Cette école rattachait aussi toutes les connaissances humaines au principe des sens. On sait que Zénon, comme Aristote, confondait à peu près la dialectique avec l'éloquence. Il allait, dans ses idées positives, jusqu'à mépriser la poésie. Cependant, il est remarquable que l'élévation morale de la doctrine stoïcienne a percé dans la question du Beau. Les stoïciens ne virent de beauté réelle que dans l'âme; c'était une noble contradiction.

terme pour la représentation de ce qui a été ou de ce qui est, seule véritable imitation?

Il y a plus : Aristote prétend que ce n'est pas le vrai que doit peindre ordinairement le poète, mais le vraisemblable. Si cette opinion est fondée, comme nous le pensons, elle ne permet pas de regarder l'imitation comme l'essence de la poésie. Elle suppose que le poète recherche et exprime l'idéal; c'est-à-dire ce que l'imitation ne peut atteindre, puisque l'imitation s'arrête forcément aux limites de la réalité.

Au reste, nous combattons cette opinion moins encore dans Aristote que dans les étroits disciples qui ont tiré du principe de leur maître des conséquences exagérées. Nous savons que des critiques éclairés, en appelant *imitation* la production poétique, diffèrent d'avec nous plutôt par le langage que par la pensée. Il n'est pas donné à l'homme de créer, disent-ils; les inventions du poète ne se fondent que sur des éléments existants, auparavant isolés, alors réunis, et ne sont que des combinaisons nouvelles. L'idée même du Beau, qui est absolue et éternelle, le poète la saisit, et la reproduit dans ses œuvres; c'est encore de l'imitation.

Nous répondrons à ces critiques, trop indulgents pour l'accord de deux systèmes, qu'une même expression ne saurait rendre des choses si diverses; que la copie du réel ne doit pas porter le même nom que la conception réalisée de l'idéal; que, même dans le langage vulgaire, on entend par *imitation* la reproduction plus ou moins fidèle de ce qui existe; jamais l'expression de ce qui pourrait ou devrait exister. Surtout, nous ajouterons que les termes importent pour préserver de l'abus des idées; que le seul mot d'imitation pris dans un sens trop étendu a faussé, nous le prouverons dans la suite, plusieurs littératures, et qu'il y a péril à réunir sous une même dénomination des éléments si divers, que, pressés dans leurs conséquences, l'un produit la copie servile, tandis que l'autre enfante l'originalité.

Aristote blâme ceux qui confondent la versification avec la poésie; et, comparant celle-ci avec l'histoire, il trouve l'histoire moins philosophique, parce qu'elle est plus individuelle. Ces idées ont de la grandeur.

Les règles particulières qu'il donne pour la tragédie, qu'il appelle l'imitation des vertus, comme il assigne à la comédie l'imitation des vices, ou plutôt des ridicules, sont relatives à la fable, aux mœurs, au style, à la pensée, au spectacle, à la mélopée. Ce sont les conseils du bon sens, sèchement, mais finement exprimés. Aristote recommande l'unité d'action, mais ne dit rien de l'unité de lieu, et, pour l'unité de temps, il remarque seulement que l'on s'efforce, en général, de renfermer l'action tragique dans une seule révolution du soleil ou à peu près. Nous indiquons ce fait, non comme nouveau, mais comme important, puisqu'il prouve que les disciples ont été plus rigoureux que le maître.

Plusieurs maximes adoptées plus tard par tous

les véritables critiques comme des lois littéraires
sont consacrées dans la poétique. La terreur et la
pitié, ressorts puissants de la tragédie, la nécessité de ne choisir ses personnages ni tout-à-fait ir-
réprochables, ni absolument vicieux, la liberté de
rendre le dénouement favorable ou funeste, sont des
axiômes de tous les temps.

Les observations d'Aristote sur le poème épique
sont peut-être moins intéressantes, ou plutôt celles
qui se rapportent à la tragédie peuvent aussi, en
grande partie, s'appliquer à l'épopée. Quant au
style poétique, il prescrit avec justesse de le faire
monter au niveau des émotions qu'on veut produire ; mais, par une habitude de son génie, il
reprend le style à la grammaire, ou, pour mieux
dire, à l'alphabet.

20. — Rhétorique.

Malgré l'extrême différence des doctrines, on
reconnaît dans Aristote, comme dans Platon, l'influence des opinions de Socrate. Ce philosophe avait
dédaigné l'éloquence et l'art oratoire ; ses deux
plus illustres disciples en donnent les préceptes,
mais avec je ne sais quelle superbe qui approche
du mépris. Accoutumés à étudier l'homme dans
son rapport avec le devoir, à fouler aux pieds les
passions et tout ce qui altère la connaissance pure
et absolue de la vérité, ils prennent en pitié les
moyens donnés à l'homme pour agir sur la sphère
inférieure de l'esprit humain. Aristote cependant,
comme Platon, veut que l'éloquence serve au

triomphe de la vérité; mais, tandis que l'un prescrit simplement à l'orateur une haute et persévérante étude de l'homme et de la nature, l'autre ne lui montre cette même étude qu'à travers les catégories, les divisions et subdivisions, et comme dans une nuée d'inépuisables détails. Platon indique la route, et laisse un rôle à l'intelligence; Aristote se charge de placer tous les jalons, et ne paraît exiger de celui qui aspire à l'éloquence qu'une mémoire fidèle, et une action pour ainsi dire mécanique. Rien de plus opposé que les méthodes de ces deux grands écrivains; mais, nous devons le dire, la savante et profonde analyse d'Aristote nous semble aussi propre à ruiner l'art oratoire que la féconde synthèse de Platon à lui communiquer le mouvement et la vie.

Aristote, en homme sûr de sa force, pose avant tout son principe fondamental. Il absorbe la rhétorique dans la dialectique, le discours dans la preuve, et toute l'expression oratoire dans l'enthymème. « Il est évident, dit-il, que tout l'art oratoire repose sur la preuve. Or, la preuve est une démonstration; car notre conviction est complète lorsque nous regardons une chose comme démontrée. Mais la démonstration oratoire, c'est l'enthymème, qui est sans aucun doute la plus victorieuse de toutes les preuves. L'enthymème est une espèce de syllogisme : or, traiter de tout syllogisme appartient ou à la dialectique dans son ensemble, ou à l'une de ses parties. Il est donc clair que celui qui est le plus capable de reconnaître de quoi

un syllogisme se compose et comment il se forme
serait le plus en état de trouver des enthymêmes,
pourvu qu'il sût encore dans quels sujets on emploie les enthymêmes, et en quoi ils diffèrent des
syllogismes de la dialectique. En effet, la même
faculté qui aperçoit le vrai aperçoit aussi le vraisemblable; d'ailleurs, les hommes sont naturellement bien disposés pour découvrir la vérité, et
ordinairement ils y parviennent. Aussi, pour ne
pas se tromper dans ses conjectures sur ce qui est
probable, il suffit de le chercher comme on cherche ce qui est vrai. Les autres rhéteurs donnent donc
des préceptes qui sont hors des bornes de leur sujet;
cette erreur est évidente. »

Parmi les fausses vues qu'Aristote reproche aux
rhéteurs qui l'ont précédé, il signale particulièrement la division du discours en exorde, narration,
réfutation, etc. Cette division lui paraît non-seulement déplacée, mais ridicule[1] : « Et d'abord,
ajoute-t-il, la narration n'appartient qu'au genre
judiciaire. Quant aux genres démonstratif et délibératif, comment s'y rencontrerait-elle avec les caractères qu'ils lui donnent? Et la discussion établie
contre l'adversaire, et la péroraison, comment s'en
accommodera le genre démonstratif? L'exorde, la
réfutation, la récapitulation des preuves sont em-
ployés dans le délibératif, mais lorsqu'il y a con-
testation. Souvent, en effet, on s'y accuse, on s'y
justifie; mais ce n'est pas là le fond de ce genre.

[1] Γελοῖον.

La péroraison n'appartient pas nécessairement au genre judiciaire : il peut en manquer lorsque le discours est peu étendu et l'affaire aisée à retenir. On conçoit quelques omissions seulement dans un long discours. »

Appuyé sur ces raisons et sur le principe qu'il a établi dès son premier chapitre, Aristote n'hésite plus à proclamer qu'il y a deux parties intégrantes du discours, toutes deux nécessaires, seules nécessaires, qui sont la proposition et la preuve. S'il parle ensuite de division en exorde, narration, etc., c'est pure tolérance pour une erreur accréditée et peut-être commode : c'est une concession aux souvenirs de ses lecteurs ; mais pour lui, fidèle, en terminant son troisième et dernier livre, à la pensée qu'il a exprimée dès le début même du premier, il ne distingue que par une nuance le dialecticien et l'orateur, et, à ses yeux, être éloquent, c'est savoir prouver.

Un caractère frappe surtout dans ce bel ouvrage, qui, par un destin commun à presque tous les écrits d'Aristote, a été longtemps exalté par le fanatisme littéraire, puis décrédité par la présomption et l'ignorance; ce caractère, c'est une sorte de lutte. perpétuelle entre l'idée première et l'exécution. Au fond, que recommande Aristote? D'étudier l'homme, ses mœurs, ses passions; d'apprendre à raisonner juste, pour mieux servir les intérêts de la vérité. Réduite à ces termes, sa doctrine diffère peu de celle de Platon. Mais Aristote va plus loin. Il affiche la prétention de tout dire, de tout épuiser; et sa prodigieuse sagacité lui permet de soutenir glorieusement cette espèce de gageure. Son cours de rhétorique est aussi un cours détaillé de morale, de politique, de jurisprudence même. Sous le nom de *lieux communs* et de *lieux particuliers*, il s'efforce d'énumérer l'innombrable quantité de sources ouvertes à l'orateur. Il vous enseignera ce que c'est que l'émulation, quels sont ceux qui en ont, ceux qui en inspirent, ce qui la fait naître; il vous fera distinguer la cause, l'accident, les contraires, les semblables, les relatifs; et, quand vous aurez achevé la lecture de son ouvrage, vous admirerez tant de pénétration et de force d'esprit, mais vous serez étourdi de tout ce fracas de détails; vous vous demanderez si l'éloquence est au prix du dévouement à cette minutieuse étude. L'art oratoire, appris de la sorte, est un art d'assembler des pièces de rapport, fournies par le génie patient à la médiocrité routinière, et, comme on a dit plus tard d'Hermogène, par allusion à l'ἔπεα πτερόεντα d'Homère, *qu'il a coupé les ailes aux paroles*, on pourrait dire d'Aristote qu'il a interdit l'essor à la pensée.

Si nous regardons à l'époque où ce traité parut, nous verrons qu'il dut produire un effet salutaire, parce qu'il ramena à l'étude philosophique des préceptes, tandis que les rhéteurs n'occupaient leurs disciples que de combinaisons frivoles. Si nous l'examinons en lui-même, nous y trouverons un chef-d'œuvre d'analyse, un recueil de vérités d'observation. Ce que nous y blâmerons, c'est la

contrainte d'une méthode étroite plutôt que sévère,
la rhétorique réduite au mécanisme de l'enthymème, et, si nous l'osons dire, le matérialisme de
l'art.

Mais toutes les notions dont Aristote nous dé-
roule la liste, la plupart de ces notions, du moins,
ne sont-elles pas essentielles à celui qui étudie l'é-
loquence? Et si elles le sont en effet, la rhétorique
d'Aristote n'est-elle pas supérieure à toutes les
autres, par cela seulement qu'elle les contient?

Un certain nombre de ces détails, sans doute,
peuvent être étudiés avec fruit. Au premier rang des
observations utiles, plaçons les belles pages où
Aristote caractérise les mœurs des différents âges,
et qu'Horace et Boileau ont fait passer dans leur
Poétique, les admirables considérations que renferment les chapitres XI, XII, XIII et XIV du premier livre, sur le caractère des actions humaines.
Que de profondeur dans ces recherches du méta-
physicien! que de justesse dans les vues! que de
force dans l'exposition! Mais ces morceaux même
que nous admirons nous paraissent hors de leur
place dans un traité où ce qui est général devrait
être seulement indiqué, et ce qui est spécial développé avec plus de complaisance. A la vérité,
Aristote déclare que la rhétorique n'est pas un
art spécial, mais qu'elle emprunte à d'autres sciences déterminées ses matériaux et ses ressources.
Toujours conséquent avec lui-même, il faut bien
qu'il nous explique toutes ces sciences, tributaires
d'une science qui n'existerait pas sans elles; il faut

bien qu'il expose des théories politiques, morales,
judiciaires, puisque, selon lui, la rhétorique, considérée isolément, est un fantôme sans aucune réalité. Nous avons vu qu'il parle à regret d'exorde,
de narration, de péroraison. Ce n'est pas avec moins
d'humeur qu'il consent à dire quelque chose de
l'élocution. Voici les propres termes qu'il emploie :
« L'élocution, à bien prendre, semble une chose
frivole; mais, puisque dans la rhétorique tout se
règle sur l'opinion, occupons-nous du style, non
comme d'un moyen légitime, mais comme d'un
fait nécessaire. On ne devrait chercher dans le
discours qu'à éviter ce qui peut affliger ou faire
plaisir : car il est juste de combattre avec les armes
du sujet même, et tout ce qui dépasse la preuve est
du superflu. Néanmoins ces artifices sont puissants,
comme je l'ai dit, parce que le goût de l'auditeur
est corrompu. » Il est donc facile de voir qu'au
sentiment d'Aristote, il n'y a rien de particulier à
dire sur la rhétorique, et que tout l'enseignement
de l'art oratoire consiste, à ses yeux, dans quelques
souvenirs empruntés à d'autres sciences, et dont il
recommande l'application.

Il nous semble qu'il n'en est point ainsi : l'art oratoire, il est vrai, ne se suffit pas à lui-même, en ce
sens qu'il reçoit le tribut de plusieurs sciences diverses ; mais il impose à ce qu'il reçoit des formes
toutes nouvelles. La politique ou la morale lui livrent
leurs secrets; mais lui, il les métamorphose, il les
embellit, il les revêt d'images, il les anime par la
véhémence et le pathétique. La rhétorique sera, si

l'on veut, la science des formes données à la vérité ou à la passion pour les rendre persuasives; mais enfin elle sera une science, et non pas seulement une addition de parties, et il sera possible d'en donner les préceptes, sans chercher à combler le vide prétendu par des extraits empruntés à toutes les sciences qui l'enrichissent.

Cependant, la méthode même que nous blâmons, non pas comme trop générale, mais comme épuisant les détails après avoir généralisé, aurait dû porter Aristote à enseigner l'éloquence dans toutes ses applications, sans la rapporter seulement à quelques situations sociales. Il se serait alors singulièrement rapproché de Platon, ou du moins le but aurait été le même, si les moyens avaient été différents; mais, comme nous l'avons déjà dit, Platon examine l'éloquence dans sa carrière illimitée, Aristote l'enferme dans les trois genres délibératif, judiciaire et démonstratif. De là, bien d'autres erreurs.

Qui a porté Aristote à établir cette division si fameuse dans les écoles? Ce génie exact et positif jeta un regard sur la société qui l'entourait; il vit trois applications bien saisissables, bien déterminées de l'éloquence. Rien n'était plus commode pour l'observation, plus propre à l'établissement des préceptes de détail, que cette double arène du barreau où s'agitaient les débats judiciaires, et de la tribune d'où partaient les exhortations patriotiques et les éloges solennels. Pour Aristote, toute l'éloquence fut là : citoyen d'une république où l'on régnait par la parole, il ne songea qu'à former l'orateur de profession, ou du moins l'*orateur public*, et ne s'éleva pas au dessein plus vaste de former l'*homme éloquent*. On croit vraie la division des trois genres, parce qu'elle est nette et précise ; on ne remarque pas assez qu'elle est incomplète. Qu'on distingue ces manifestations de l'éloquence comme les plus riches, les plus éclatantes ; qu'on s'y arrête de préférence, à la bonne heure ; mais la prétention d'y enclore tout ce que l'éloquence comprend dans son domaine est une erreur échappée au génie de l'analyse, adoptée, perfectionnée jurqu'au ridicule par la scolastique, et funeste à l'étude de l'art oratoire, qu'elle altère, parce qu'elle la rétrécit.

L'étroite conception des trois genres délibératif, démonstratif et judiciaire, a donc faussé toute la doctrine de l'illustre rhéteur. De plus, par un penchant naturel à ceux que frappent vivement les circonstances au milieu desquelles ils vivent, et qui ne regardent pas au-delà, il lui arrive, après avoir critiqué ceux qui ramenaient tout au genre judiciaire, d'oublier quelquefois ses propres épigrammes, et de se tromper sur ce point comme ses rivaux. Il résulte aussi un grave inconvénient de ces détails, très-intéressants en eux-mêmes, mais parasites dans un traité de l'art oratoire ; c'est qu'ils présentent des opinions toutes faites, au lieu de mettre ceux qui étudient à même de s'en former. Pour se préparer dignement à l'éloquence, il faut avoir réfléchi, médité, et non adopté de confiance le résultat des réflexions d'autrui. Quand un orateur aura quelques difficultés à résoudre, ira-t-il chercher dans Aristote le lieu du possible ou celui des contradictions? Et serait-il bien éloquent, bien persuasif, par cela seulement qu'il aurait lu ces savants chapitres? Dans toutes les sciences, autres que les sciences exactes, et dont les résultats se modifient suivant les occasions diverses, c'est ruiner le fond que de prodiguer les détails.

21. — Opposition des deux doctrines.

Voilà donc deux grandes doctrines littéraires en présence: l'une attentive à tout prévoir, à tout déterminer; l'autre ne montrant au génie que ce qui lui peut laisser sa liberté, tout en le préservant de ses caprices. Mais l'influence de ces doctrines a-t-elle été en raison directe de leur importance? Oui, hors du temps et du pays où elles furent professées; non, dans ce temps même et dans ce même pays. La littérature grecque était complète. Les grands poètes avaient chanté, les historiens éminents avaient écrit, les artistes illustres avaient fait parler la toile et le marbre. Tous s'étaient inspirés du génie public, pour ainsi dire; la critique de Platon et d'Aristote ne s'élevait que comme un dernier monument. Si l'éloquence de Démosthènes, toute de choses et non de mots, toute logique même dans sa véhémence, ne s'expliquait assez par les intérêts réels et pressants des événements contemporains, on pourrait croire, malgré l'opinion de Denis d'Halicarnasse [1], que cet

---

[1] *Lettre à Ammœus.*

ardent imitateur de Thucydide n'ignora pas non plus
les préceptes qu'Aristote adressait alors au froid examen de la raison. On pourrait s'étonner d'entendre
dire à Cicéron [1] : « Démosthènes paraît avoir lu et
relu Platon avec persévérance ; on croit même qu'il
l'entendit parler, et le choix ainsi que la sublimité
de son style en sont la preuve. » Cependant il est
historiquement certain que l'esprit d'Aristote n'eut
qu'une faible action sur les productions littéraires de
son pays. Les Grecs avaient un génie subtil, mais
surtout une imagination vive et remuante. La sécheresse du lycée ne pouvait les attirer comme la haute
inspiration de l'académie. Néanmoins, que produisit
en Grèce l'esprit même de Platon? Que lui fut-il
donné de changer ou de raviver dans cette littérature
qui avait fait son œuvre? Le seul résultat à peu près
direct de sa doctrine, c'est l'école philosophique
d'Alexandrie, ou le néo-platonisme, mélange de rêveries théurgiques et de profondes méditations ; c'est
plus tard que le platonisme, rencontrant le christianisme, dont il semblait avoir dérobé d'avance quelques rayons, donnera son mouvement et sa forme aux
pieux écrits des Pères de l'Église. Sa métaphysique
pure et brillante prêtera secours à cette éloquence
inattendue qui va surgir dans le monde. Comme les
œuvres de Platon, païen, avaient semblé *une préface
de l'Évangile* [2], plusieurs orateurs de la religion nouvelle, Jean, surnommé Chrysostôme, ou bouche d'or,

---

[1] *De claris oratoribus*, 46.
[2] Expression du comte de MAISTRE.

par l'admiration publique, Augustin, toujours grand
dans ses doctrines, dans ses pensées, malgré l'afféterie non calculée de son style, se montreront tout
empreints du platonisme en même temps que remplis du génie chrétien. Ensuite tombera cette influence devant les querelles sophistiques du Bas-Empire, devant le fanatisme des Arabes pour Aristote,
devant le fanatisme plus ardent et plus opiniâtre de
la scolastique européenne. Alors naîtront des prodiges
de science et d'érudition, mais les pensées nobles seront
étouffées. Alors les patientes recherches, les distinctions subtiles ; mais plus de poésie, plus d'éloquence,
plus de philosophie qui tienne les yeux levés vers
le ciel. Le christianisme même, si fortement sympathique avec le platonisme dans les premiers siècles,
asservira ses discussions aux règles mal appliquées
d'Aristote. Les ergoteurs intolérants succéderont aux
prédicateurs sublimes. Tout, dans la littérature européenne, semblera se ternir, s'apauvrir, se matéria-
liser. Il faut l'avouer, et nous ne croyons pas offenser
ici la gloire d'Aristote, c'est un jugement sévère sur
une doctrine que cette étrange destinée. Au milieu
de la civilisation grecque encore entière, et surtout à
ce renouvellement de toute lumière qui jaillit du
christianisme, la philosophie de Platon s'élève, et
obtient ou partage l'empire ; au contraire, quel est le
temps où le système d'Aristote, mal compris, nous
le voulons, mal appliqué, mais enfin préféré par un
instinct qui signifie quelque chose, triomphe presque sans contradiction ? Le moyen-âge, la barbarie.
Ne serait-ce pas qu'il y a dans l'homme d'autres

idées que les idées de pratique et d'expérience sensibles, et qu'une attraction inévitable rapproche d'une part les doctrines empiriques et les temps de matérialisme social, de l'autre les doctrines spiritualistes, et les époques où la société, animée d'une vie nouvelle, fleurit et se régénère?

Avant que le progrès du temps et les conquêtes d'une érudition éclairée aient fait naître les littératures modernes, il paraîtra en Italie un nouvel Homère, qui nous donnera l'épopée chrétienne. Le Dante invoquera Virgile[1]; Virgile s'était inspiré de Platon. Plus tard, selon les obstacles ou les ressources des temps et des lieux, chaque partie de l'Europe avancera vers la gloire des lettres d'une marche inégale. Quelques littératures, celle d'Espagne, celle d'Angleterre, garderont une sève propre, et une inspiration originale. L'Allemagne, d'une originalité plus tardive, s'éveillera au bruit des autres littératures à demi-écroulées; en Italie, en France, on marchera souvent avec génie sur les traces des anciens; en France surtout ces traces seront religieusement suivies. Aristote, mieux entendu, plus raisonnablement expliqué, reprendra son influence. On acceptera toutes ses gênes, on érigera en lois du goût ses plus étroites assertions. Il faudra que les grands hommes du siècle de Louis XIV courent, chargés

---

[1] Nous ne voulons pas dire que le Dante soit un imitateur de Virgile. Ce sont deux génies bien dissemblables, mais qui ont une partie commune, la tendance au spiritualisme, tendance comprimée en Virgile par le soin de la forme, par l'amour de l'idéal sensible, et qui se déployait plus à l'aise dans les conceptions indéfinies et inachevées du poëte Italien.

d'entraves, et leurs chefs-d'œuvre, malgré les embarras de l'étiquette littéraire, vivront par le bon
sens des pensées et la profonde analyse des passions.
Assurément Aristote peut réclamer sa part des immortels travaux de ce siècle ; à lui revient cette correction sévère, ce respect de toutes les vraisemblances, ce fini dans les proportions et dans les formes
qui distingue les monuments littéraires du temps ;
mais, quelque vive que soit notre admiration pour
tant de merveilleux ouvrages, nous n'y trouvons pas
cette beauté fraîche et primitive de la littérature
grecque, ce caractère national par sa rudesse, par
son étrangeté même, des littératures de l'Allemagne
et de l'Angleterre. C'est une inspiration de seconde
main, pour ainsi dire, et il faut moins en accuser
peut-être l'imitation même d'une littérature étrangère que le choix d'un guide armé du compas pour
régler la poésie et l'éloquence, et qui rédige en
théorèmes les hardiesses de la pensée. Qui sait ce
qu'aurait pu produire dans les lettres françaises une
voix nouvelle et puissante, au lieu de ce retentisse-
ment du moyen-âge étroitement érudit, du moyen-
âge compilateur et sophiste, et Platon au lieu d'Aristote pour législateur ?

Aujourd'hui [1], en France, il n'est bruit que de la
querelle des classiques et des romantiques, mots peu
compris au-delà du Rhin, et sur la Tamise, parce
que le romantique est à peu près le classique de nos

---

[1] Au moment de la première publication de cet ouvrage, la querelle des
classiques et des romantiques faisait encore beaucoup de bruit

voisins. Aristote, toujours invoqué par les classiques, est, pour les romantiques, un objet de pitié; mais ces derniers ignorent-ils que le sage dont les doctrines contredisent les doctrines d'Aristote ne serait guère favorable à cette liberté sans limites que certains d'entre eux donnent pour l'affranchissement de l'art? Lorsque nous entrerons plus avant dans cette question littéraire, nous tâcherons de signaler les abus et les écueils. Ici, qu'il nous suffise de constater, en cessant d'étudier l'influence de Platon et d'Aristote, que le mouvement littéraire du jour achèvera d'emporter celle du second, et que celle du premier, vaguement sentie par les uns, avouée déjà par les autres, peut concilier à notre littérature rajeunie un avenir de raison et de verve, de liberté sage et d'ordre sans servilité.

22. — Critique de Xénophon.

Un autre interprète des pensées de Socrate, Xénophon, qui nous a légué en quelque sorte les mémoires de son maître, rapporte en passant [1] quelques-uns de ses raisonnements sur la question du Beau. Interrogé sur la nature du Beau, Socrate répond qu'en lui-même, et dans son idée première, il est identique au Bon; mais que, lorsqu'on s'éloigne de l'idée absolue pour entrer dans les applications, on trouve que certains objets sont beaux et bons à la fois, tandis que d'autres sont beaux et mauvais, bons et laids tout ensemble, selon qu'ils conviennent ou ne convien-

---

[1] *Rerum memor.* t. III, chap. 8.

nent pas à leur fin. N'y a-t-il pas ici une équivoque?
Ce Bon absolu, identique au Beau absolu, représente-t-il une idée de même espèce que le Bon relatif qui peut accompagner ou fuir le Beau dans les
applications? Le premier n'est-il pas le Bon moral?
Le second n'est-il pas l'Utile? Éléments si différents,
si opposés même, comme Platon le prouve avec éloquence dans le Grand Hippias. Nous accuserions la
fidélité des souvenirs de Xénophon, s'il était absolument invraisemblable que Socrate fût tombé quelquefois dans les méprises dont il savait convaincre
les sophistes de son temps.

23. — École d'Alexandrie.

C'est ici qu'il est à propos de mentionner la célèbre école d'Alexandrie, où les Ptolémées tentèrent
de réchauffer le génie des lettres et des arts. M. Schœll
a si bien caractérisé cette époque dans sa docte histoire de la littérature grecque, que nous ne résiste-
rons pas au plaisir de lui emprunter une citation.

« Les rois d'Égypte, dit-il, avaient ouvert un asyle
aux lettres grecques; mais rien ne put remplacer le
beau ciel sous lequel elles étaient nées. Transplantée
sous un autre climat, la littérature changea de but
et de nature; au lieu d'une affaire de goût, elle devint l'objet d'études réglées; au lieu d'hommes de
génie, il y eut des savants. Ce fut à Alexandrie qu'on
traça ce cercle de connaissances humaines qu'il fallait avoir parcouru pour aspirer au titre d'homme
lettré. Ce fut dans la même époque que se répandit

le goût de cette critique verbale qui s'attacha surtout
à Homère. Ce poète d'abord, et ensuite tous les
autres poètes de la belle antiquité, fournirent une
matière inépuisable aux explications, aux illustra-
tions, aux commentaires et aux scolies de ces savants.
L'histoire et la fable, la chronologie et les monuments, enfin les mœurs des anciens temps, tout fut
mis à contribution pour éclairer les passages et les
mots qui pouvaient présenter quelque difficulté, ou
offrir l'occasion de faire parade de connaissances
acquises dans la poussière des bibliothèques. On fit
alors des recherches sur la nature de la langue
grecque ; on réduisit en forme de principes ce que
l'usage et l'autorité des grands maîtres avaient consacré ; on forma des recueils de mots peu usités, ou
que quelque auteur avait pris dans une acception
particulière ; on distingua les dialectes et on signala
leur caractère ; en un mot, la philologie, science auparavant inconnue, remplaça l'esprit et la critique,
traça à l'imagination les règles au-delà desquelles il
lui serait défendu de prendre son essor.

On vit naître alors les *sept arts libéraux*, dénomination sous laquelle on comprenait la grammaire,
la rhétorique, la dialectique, l'arithmétique, la géométrie, l'astronomie et la musique. A mesure que
l'érudition étendit son domaine, et qu'on raisonna sur
les principes du Beau, les lettres déchurent et le goût
se perdit. »

Ainsi, dans Alexandrie, tout se réduisait à l'étude
des formes et à l'arbitraire des analyses. On exprimait d'Homère tout ce qu'il pouvait rendre pour

l'érudition ; ses beautés, ramenées à des questions
d'histoire ou de grammaire, n'inspiraient que des
notes philologiques. Les poètes même mettaient de la
science dans les vers. Exceptons toutefois de ce
nombre un beau génie, digne de briller entre les
grands hommes du siècle de Périclès. Théocrite
n'est peut-être pas toujours exempt du caractère
de son siècle ; mais combien ses taches légères sont
effacées par ses vives et fraîches couleurs ! M. Schœll
remarque qu'un assez long séjour en Sicile, où les
mœurs étaient encore simples et pures, avait dû
influer sur l'application de son talent. La plupart
des idylles qui nous restent de lui sont des chefs-
d'œuvre de naturel et de grâce. L'art s'y fait sentir,
mais dans une harmonie si parfaite avec la nature,
qu'il ne saurait la déparer. Théocrite est un poète
à part que notre admiration doit enlever d'un siècle
de décadence pour le faire asseoir entre Homère et
Anacréon.

Dans ce même siècle, s'élevait une secte rêveuse
et enthousiaste, ambitieuse et dernière révolte du
paganisme contre les conquêtes de l'esprit chrétien,
qui, empruntant la sécheresse d'exposition d'Aristote,
invoquait et outrait les doctrines de Platon. Tandis
qu'à Pergame, ville rivale d'Alexandrie, Cratès faisait triompher l'influence péripatéticienne, les néo-
platoniciens régnaient dans Alexandrie. L'imagination, à peu près exclue de la poésie, semblait s'être
réfugiée avec tous ses caprices, et même tous ses
égarements, dans les ouvrages de Plotin, de Porphyre et de Jamblique, dont la pensée fut reprise,

développée plus tard, et quelquefois épurée par le célèbre Proclus.

24. — Critique néo-platonicienne.

Mais il est un de ces ouvrages inspirés par les souvenirs de Platon, et l'influence, acceptée ou non, du christianisme, qui mérite toute notre attention. Le sixième livre de la première Ennéade de Plotin, selon la division introduite dans ses œuvres par son disciple Porphyre, nous offre, dans un traité spécial du Beau, un des commentaires les plus éloquents que le néo-platonisme ait pu faire de quelques grandes idées éparses dans les dialogues du père de l'académie[1]. Ce traité n'est pas exempt de mysticisme, mais le mysticisme qui s'y rencontre est plutôt une nécessité du sujet qu'un travers de l'écrivain. Plotin n'a pas voulu faire œuvre d'esthétique; il a cherché, comme l'explique le savant F. Creuzer, qui a publié une excellente édition de l'ouvrage[2], à ramener l'homme peu à peu, par la contemplation du Beau, à l'auteur même du Beau, à Dieu, au souverain bien. Il considère donc le Beau en vue du bien, comme instrument de perfection morale. Loin de l'égarer dans l'étude

---

[1] Il existe encore de lui un traité : *De la beauté intellectuelle* (περὶ τοῦ νοητοῦ κάλλους), où il établit que Dieu en lui-même échappe à nos sens et à notre pensée, mais qu'il se manifeste 1° par le Vrai, 2° par le Beau, 3° par l'Harmonie. Cette doctrine, empruntée surtout au Philèbe, est implicitement comprise dans le traité que nous analysons. (Voy. F. CREUZER, in-8, Heidelberg, 1814.)

[2] *Ibid.*

du Beau, cette vue rend sa recherche plus lumineuse; la sympathie des idées générales fortifie sa doctrine, et nous croyons qu'il serait injuste de méconnaître dans le traité du Beau une conscience intime et une expression sérieuse de la vérité.

Ainsi, ce n'est pas d'un assemblage de parties, d'une superposition de formes que Plotin fait résulter la beauté sensible. Il convient que tout ce qui est informe (ὕλη) tend à prendre une forme (εἶδος), et que la forme est une condition nécessaire de la réalisation du Beau sensible; mais il ajoute que, cette condition une fois remplie, le Beau descend dans la forme, et s'impose et à l'ensemble et aux diverses parties. Il place dans l'âme le type inné du Beau, qui le lui fait connaître par une intuition toute rationnelle. Quant à la beauté intellectuelle, il affirme que l'âme est d'autant plus propre à l'apercevoir qu'elle est plus dégagée de toute affection pour le difforme, c'est-à-dire pour l'élément matériel.

L'âme, ainsi épurée, est tout-à-coup frappée de la lumière du Beau éternel, et elle arrive en même temps à la possession du bien suprême et à d'ineffables jouissances.

Elle a donc une faculté propre d'apercevoir le Beau, un œil intérieur qui n'est autre que l'œil même de l'intelligence, et dont le regard est éclairé par une lumière d'en-haut. Mais ce regard ne s'allume qu'aux voûtes célestes. Attaché à la terre, il tremble et s'éteint.

Nous savons que la doctrine de Plotin, en appe-

lant les hommes à la contemplation intime, à pu
occasionner des actes de folie, et qu'il fut obligé
de persuader lui-même à un auditeur trop fidèle,
à Porphyre, qu'il ne devait pas renoncer aux choses
de la terre, au point de se laisser mourir de faim.
Mais ne rendons pas une théorie responsable des
écarts de ceux qui en abusent. Celle qui est con-
tenue dans le traité du Beau est élevée et pure ;
sans mélange des rêveries cabalistiques dont nous
pourrions trouver des traces même dans quelques
autres ouvrages de Plotin. Nous donnerons, dans
les éclaircissements, la traduction complète de ce
petit traité, parce qu'il est peu connu et qu'il nous
paraît digne de l'être[1].

Il existe, dans le commentaire de Proclus sur le
premier Alcibiade de Platon, des considérations relatives à la grande question du Beau. Proclus rattache aussi le Beau aux principes de l'unité et de
la simplicité, et, suivant la route où Plotin s'était
déjà engagé sur les traces de Platon, il élève par
degrés l'esprit de l'homme à la contemplation du
Beau absolu[2].

Tandis que la spéculation s'élevait ainsi, et se
perdait quelquefois dans la théurgie, la littérature
pratique restait froide et timide, se consacrait à de
patientes recherches, ou se consumait dans la critique des mots.

---

[1] Je dois cette traduction à la complaisance de M. Anquetil, jeune
professeur plein de modestie et de mérite. (Voy. à la fin de ce vol., lettre J.)

[2] Voy. ce morceau à la suite du Traité de Plotin, édit. de Creuzer. Voy.
aussi l'édition de M. Cousin.

En effet, les critiques d'alors, Zénodote, Aristophane, n'étaient réellement que des grammairiens, ou, tout au plus, des philologues. Aristarque même, dont le nom est devenu comme le nom de la critique, ne s'occupait guère que d'observations grammaticales. Ce Zoïle, acharné contre la gloire d'Homère, et que la postérité punit en donnant son nom aux envieux détracteurs, ne semble pas non plus s'être élevé au-dessus de la philologie. Les conseils même des plus habiles étaient assez minutieux pour impatienter le génie; ils n'étaient peut-être pas sans avantage pour la médiocrité.

Nous devons maintenant dire quelques mots de trois critiques célèbres, dont les deux premiers se sont occupés seulement du style, et le troisième a voulu embrasser dans ses préceptes l'art oratoire tout entier. Ils appartiennent tous trois à l'école d'Aristote; on le reconnaît, non seulement à leurs doctrines, mais à leurs catégories et à leur amour des menus détails.

25. — Critique de Démétrius de Phalère.

Le premier serait Démétrius de Phalère, s'il était bien prouvé que le *Traité de l'Elocution* fût de lui.

Le savant Clavier croit, avec plusieurs érudits, et entre autres M. Schœll (*Histoire de la Littérature grecque*), que cet ouvrage est d'un autre Démétrius qui vivait sous Marc-Antonin. Cependant, Démétrius de Phalère, disciple et ami de Théophraste, qui fut le successeur immédiat d'Aristote, n'était pas seulement un homme politique ; il cultiva les lettres, et écrivit plusieurs ouvrages sur le gouvernement et les lois. Il ne serait pas invraisemblable qu'il se fût délassé à reproduire quelques-uns des préceptes littéraires de son maître. Sans attacher beaucoup d'importance à cette difficulté biographique, nous pouvons nous conformer à l'opinion la plus commune, et dire maintenant quelques mots de ce *Traité de l'Élocution*.

Démétrius a trouvé moyen d'être minutieux sans exciter l'ennui. L'esprit et la finesse dont il fait preuve dans la forme sauvent assez heureusement la pauvreté du fond.

S'attachant d'abord à la partie tout extérieure du style, il considère les diverses espèces de périodes, et les diverses moyens que la construction d'une période peut exiger. Par une heureuse distinction, il montre que la phrase et la pensée ne doivent pas être confondues, et que la première peut être détruite sans que la seconde soit altérée ; ou plutôt, c'est là le sens que nous découvrons sous ses paroles ; car, en fidèle disciple d'Aristote, il n'oppose pas la période à la pensée, mais à l'enthymème, qui enveloppe la pensée.

Arrivé au style, il le divise en quatre espèces, et analyse tour-à-tour, avec une patiente sagacité, le simple, le pompeux, le fleuri et le grave. Ces divisions ont été depuis imitées par presque tous les rhéteurs. Dans chacun de ces styles, Démétrius examine la pensée, l'expression, enfin l'arrangement des mots, et il oppose avec soin aux qualités qu'on doit rechercher les défauts dont on doit se garantir.

Convenons-en. L'auteur d'un traité spécial ne peut mériter le même reproche que celui qui, dans une exposition générale de doctrines, semble sacrifier l'ensemble aux détails. D'ailleurs, l'élocution ou le style est réellement la partie de l'art oratoire où les préceptes de ce genre sont nécessaires. Ils sont de l'essence même du sujet. Le style étant la forme de la pensée, et toute forme étant finie, c'est d'observations et de règles positives qu'un traité du style doit surtout se composer. Il faut donc reconnaître, et dans le petit ouvrage de Démétrius, et dans quelques autres dont nous ferons encore mention, une utilité de moindre importance que celle des considérations générales, mais non moins réelle et d'une plus fréquente application.

26. — Critique de Denis d'Halicarnasse.

Cette remarque peut se renouveler à l'occasion des œuvres d'un autre critique très-estimable, Denis d'Halicarnasse. Nous n'avons pas à nous occuper de ses dissertations particulières. Nous ne citerons même qu'en passant sa rhétorique, qui renferme peu de vues nouvelles. Mais nous ne pouvons oublier son utile ouvrage de l'*Arrangement des mots*. Ce n'est pas que cet ouvrage ait toute la valeur que pouvait comporter même un sujet si restreint. L'hésitation, les scrupules de l'écrivain sur la préséance du substantif et de l'adjectif ont leur côté ridicule. On s'impatiente quelquefois de ses analyses tourmentées et

presque puériles. Néanmoins, beaucoup de réflexions
sages et de préceptes sensés compensent les aberra-
tions de sa méthode. Après une discussion un peu
sèche, et presque entièrement grammaticale, nous
aimons à l'entendre nous dire : « Qu'on ne croie pas
que j'aie la folie de donner ces préceptes. sans admettre d'exceptions; je sais qu'il faut regarder avant
tout ce qu'exige le sujet qu'on traite, et se régler sur
la circonstance. » Les passages où il examine les
figures de pensée et les figures de mots, l'agrément
et la beauté, qualités diverses qu'il veut trouver dans
une phrase bien faite, enfin, les caractères du style,
qu'il divise en style grave, style fleuri et style tempéré, ont de l'intérêt et peuvent être étudiés avec
fruit. Moins ingénieux que Démétrius, Denis a plus
d'exactitude; on s'aperçoit en le lisant que c'est un
érudit, et qu'il pèse les syllabes. Sa science, qui n'est
pas exempte de ce que nous appelons du pédantisme,
donne cependant du corps et de la substance aux
conseils, qu'il sait appuyer par des exemples. Il serait
plus utile encore, si la subtilité de l'analyse ne semblait quelquefois gâter la justesse de son esprit.

27. — Critique d'Hermogène.

Arrêtons-nous un peu plus longtemps sur la doctrine d'un Rhéteur à qui l'érudition a fait hommage
d'une gloire bien peu méritée. Nous voulons parler
d'Hermogène. On sait qu'il professa la rhétorique à
quinze ans, et fut admiré de l'empereur Marc-Aurèle;
qu'à dix-sept ans il publia sa *Rhétorique*, et que son

talent, épuisé à vingt-cinq ans, fit place à une complète imbécillité. Vossius, Nuñez, George de Trébizonde, lui ont accordé les plus magnifiques éloges. Le savant Gibert l'admire, et son jugement n'est pas démenti par Clavier. M. Schœll ajoute son suffrage au leur. Il va plus loin encore, et déclare[1] « que le plus célèbre, le premier des rhéteurs de l'antiquité, *sans peut-être excepter Aristote*, c'est Hermogène.»

A quoi donc Hermogène peut-il devoir cette préférence, presque irrévérencieuse envers son maître et son modèle? A ce qu'il a perfectionné, complété un système dont le génie d'Aristote couvrait les vices, mais qui, chez un imitateur sans génie, n'apparaît plus que dans sa hideuse nudité.

Nous ne refusons pas à Hermogène de la finesse dans les aperçus, de bonnes observations de détail, quelques chapitres ingénieux et utiles sur la suavité, la délicatesse, le poids du style, sur la manière dont un orateur peut se louer sans choquer ses auditeurs, sur l'emploi des pensées générales. Mais nul esprit de justice ne peut nous expliquer ces ravissements d'admiration; il faudrait peut-être les réserver, moins aux rhéteurs qui coupent les ailes aux paroles[2], qu'aux vrais critiques qui leur permettent de suivre le vol hardi de la pensée.

Nous ne faisons pas non plus le procès de la scolastique dont Hermogène semble le précurseur. Placé à une époque impartiale qui sait, comme l'a dit

---

[1] *Histoire de la Littérature grecque*, V. IV, p. 322.
[2] Mot déjà cité.

une bouche éloquente [1], accepter tous les faits accomplis, nous ne méconnaissons pas les services qu'elle a rendus à l'érudition, les matériaux qu'elle a fournis à une philosophie éclairée ; mais, à considérer la scolastique comme une forme, comme une méthode, on ne peut nier qu'elle ne fût aussi fausse que ridicule. Eh bien, il serait difficile d'en trouver les caractères plus fortement prononcés dans une rhapsodie quelconque du moyen-âge que dans les traités oratoires d'Hermogène. Les subtilités les plus puériles y sont entassées dans un ordre pédantesque. Son livre sur les *Etats de cause*, relatif d'ailleurs au seul genre judiciaire, est un modèle de cette impitoyable analyse qui promène partout son scalpel inutile ou destructeur. Dans les quatre livres de l'*Invention*, les termes barbares, les subdivisions sans réalité, se pressent sous la plume d'Hermogène. Très-satisfait de ses catégories, il lui arrive de s'adresser à lui-même des éloges [2] sans déguisement. Un peu moins minutieux dans les livres suivants sur les *Caractères du style*, ou, pour mieux dire, plus légitimement minutieux, il établit sept qualités de style qui se manifestent sous huit formes dans le discours. Adoptant la division des trois genres, fondés par Aristote, et qu'il nomme *judiciaire, politique* et *laudatif*, il prend Démosthènes pour modèle du second, et Platon pour type du troisième. Cependant, par une pente commune à la plupart des rhéteurs, il re-

---

[1] M. Cousin.
[2] Liv. III, *Définitions*.

tombe sans cesse dans les préceptes destinés au genre judiciaire. De son temps, et bien avant lui, l'éloquence du barreau était en effet la seule qui eût conservé son importance, la seule à laquelle il fût naturel de se préparer sérieusement.

Le livre *de la Méthode* justifierait peu son titre, si nous ne pensions avec Gibert[1] que ce sont des fragments imparfaits. Nous remarquerons, avec une indignation qui ne s'adressera pas seulement à Hermogène, qu'il permet et autorise le mensonge, pourvu qu'on en use dans l'intérêt des auditeurs. Le reproche doit remonter à Aristote lui-même, qui donna avant lui, et à l'imitation de Corax, ce précepte immoral[2]. Du reste, commençant par fonder l'invention de la rhétorique sur la perversité humaine[3], Aristote n'avait pu être bien sévère sur l'emploi des moyens qu'il lui attribuait pour agir sur les esprits.

En somme, Hermogène, qui d'ailleurs n'a jamais été un rhéteur bien populaire dans les écoles, nous paraît avoir usurpé même la vogue dont il jouit parmi les savants. Il eût été facile de prouver par des citations nombreuses que le résultat le plus infaillible d'une étude de ses doctrines, c'est la fatigue et l'ennui. Le petit nombre de celles que nous plaçons en note[4] fera deviner celles que nous omettons; persuadé que nous ne sommes pas tenu d'être diffus, sous peine d'être injuste, et que des compositions plus

---

[1] *Jugements des savants.*
[2] *Rhét.* livre I, chap. IX, parag. III.
[3] *Ibid.* liv. III, chap I.
[4] Voy. deux extraits d'Hermogène, à la fin du volume, lettre K.

importantes méritent de nous arrêter plus longtemps.

28. — Résumé historique.

Démétrius, Denis, Hermogène, tels sont, après
Aristote, et sous l'inspiration de ses principes, les
trois rhéteurs grecs qui exercèrent quelque influence
sur la composition littéraire. Les deux derniers,
moins Grecs que Romains, en ce sens qu'ils écrivirent sous les empereurs, et au milieu de la société
romaine, devaient cependant, à ce qu'il nous semble,
être conservés au rang que nous leur assignons. Les
rhéteurs grecs, longtemps les seuls que Rome dai-
gnàt admettre, occupée qu'elle était à conquérir et à
gouverner le monde, formaient comme une caste
séparée de la population romaine. Ils instruisaient,
ils formaient les hommes d'État, et faisaient à peine
partie de l'État; appelés, expulsés, appelés de nouveau, selon le vent de la faveur ou de la disgrâce
impériale ou populaire, ils tenaient toujours par leurs
études, le mouvement de leur esprit, et l'instabilité
de leur résidence, à la Grèce, leur première patrie.
Leurs ouvrages, écrits dans leur langue nationale,
qui était la langue savante des Romains, appartiennent réellement à la littérature grecque. Peut-être
même cette langue latine, ferme et sévère, se fût-
elle pliée moins heureusement aux distinctions subtiles, aux nuances imperceptibles de la pensée. Les
élèves d'Aristote surtout avaient besoin de rester
fidèles à l'idiôme dont s'était servi le maître, idiôme

souple, varié dans ses formes, riche en mots composés qui assemblent et additionnent des fractions d'idées, en mots accessoires qui affaiblissent ou relèvent par degrés la signification des mots principaux.

L'école de Platon à Rome avait moins besoin de ce secours du langage. Mettant sa force surtout dans la pensée pure et générale, elle pouvait s'accommoder également d'une langue flexible et d'une langue austère. Nul idiôme formé ne se refuse à l'expression de ces idées hautes et simples, parce qu'elles existent dans les esprits à tous les points de la civilisation. Les combinaisons d'idées, au contraire, plus individuelles, plus imprévues, se réalisent plus facilement dans un langage fécond en ressources et en artifices. Mais l'extension que l'empire romain avait prise, et le caractère d'universalité qui était acquis à la langue grecque, grâce à tant de chefs-d'œuvre et aux conquêtes d'Alexandre, firent que des critiques, Romains de nom, et Platoniciens de doctrine, écrivirent quelquefois en grec leurs préceptes oratoires ou poétiques. En revanche, beaucoup de disciples dégénérés d'Aristote, ne prenant que l'extérieur et le matériel de son système, s'inquiétèrent peu de choisir la langue grecque de préférence. Ils pouvaient facilement, même en latin, dérouler une série de figures, ou échafauder un stérile amas de lieux communs. On peut voir dans Gibert[1] l'énumération exacte de tous ses manœuvres de la critique. Si nous

---

[1] *Jugements des savants*, etc.

en citons plus tard quelques-uns, ce n'est pas pour
donner à cet ouvrage une rigueur bibliographique
qui nous semble inutile, mais pour montrer à quelles
minuties peuvent conduire l'abus de l'analyse et la
fureur de tout nommer.

29. — Critique de Carnéade.

Si nous n'avions préféré ici l'ordre des idées à
l'ordre rigoureux des temps, nous aurions placé entre
Démétrius et Denis un philosophe qui exerça une
assez grande puissance sur l'esprit de ses contemporains, Carnéade, fondateur de la troisième académie.
Ce n'est pas qu'il nous ait laissé des ouvrages de critique littéraire; mais Cicéron (*de Oratore*) nous donne
une curieuse analyse de sa doctrine oratoire, assez
conforme d'ailleurs à celle de Platon.

Carnéade soutenait qu'il n'y avait pas d'art oratoire, en ce sens que les préceptes des rhéteurs n'a-
vaient formé et ne pouvaient former aucun orateur.
Chacun de nous, ajoutait-il, tient de la nature la
faculté de parler d'une manière insinuante pour
obtenir, d'une manière menaçante pour effrayer,
d'exposer un fait, de réfuter les objections, de prier
et de se plaindre, ce qui fait toute la science de l'orateur. L'habitude et l'exercice donnent de l'assurance
et de l'élan à cette faculté naturelle. Enfin, pour bien
dire, il faut avoir étudié les vérités philosophiques.
Sans la philosophie, l'orateur ne sait rien de ce qui
doit faire constamment la matière de ses discours.
Ce ne seront pas les rhéteurs qui lui feront appro-

fondir les hautes questions de l'éducation, de la justice, de la patience, de la tempérance; on ne les trouve pas dans leurs livres, remplis de niaiseries sur les exordes, les épilogues, et autres bagatelles de même espèce.

« Il est capital pour l'orateur, disait encore Carnéade, de paraître à ses auditeurs tel qu'il souhaite d'être lui-même. Or, on parvient à ce but par une vie pleine d'honneur, chose dont ces rhéteurs pédans ne se sont jamais occupés dans leurs préceptes. Ensuite il faut que les esprits des auditeurs soient disposés comme l'orateur veut qu'ils le soient, ce qui ne peut arriver sans qu'il connaisse tous les moyens, tous les ressorts, toutes les formes de discours propres à gouverner les esprits. Ces secrets sont cachés et enfouis dans le sanctuaire de la philosophie. C'est une coupe merveilleuse dont les lèvres des rhéteurs ont à peine touché les bords. »

C'est ce Carnéade qui, avec Critolaüs et Diogène le stoïcien, vint en ambassade à Rome, du temps de Caton le censeur, et qui, au grand déplaisir des vieux Romains, réveilla le goût des lettres dans la ville de Mars. Ses accusations contre les rhéteurs prouvent que l'exemple même d'Aristote n'avait pas été suivi. On avait laissé de côté la partie philosophique de sa doctrine, pour en garder seulement la portion inerte et matérielle. Au contraire, Carnéade eût repoussé ces froides analyses, et placé surtout dans une philosophie appliquée à la pratique les hautes ressources de l'orateur.

30. — Critique de Lucien et de Sextus Empiricus.

Nous ne croyons pas devoir nous arrêter au dialogue qui porte le titre de *Charidéme*, et qui paraît avoir été mis faussement sous le nom de Lucien : il y est question presque uniquement de l'excellence de la beauté physique. Mais il ne faut pas oublier les traités de Lucien sur la manière d'écrire l'histoire, sur les littérateurs à la solde des grands, ni celui qui a pour titre : *le Maître des Rhéteurs*. Dans les deux premiers, le spirituel satirique plaide avec goût et avec élévation la cause de la dignité des lettres ; dans le dernier, il donne dérisoirement des préceptes erronés, trop souvent pris au sérieux par les rhéteurs, dont il avait déserté l'école.

Nous ne comprenons pas dans cette revue Sextus Empiricus, malgré son talent comme écrivain, et le piquant de ses paradoxes. Il y a peu de fruit à retirer de sa polémique contre l'art oratoire (Livre II de son ouvrage contre ceux qui cultivent les sciences). Tout ce que nous avons approuvé ou contredit en nous occupant du Gorgias de Platon, nous trouverions encore ici à l'approuver ou à le contredire. C'est toujours le procès fait à la fausse rhétorique, et une confusion d'idées qui mêle les erreurs de cette fausse science et les titres de la rhétorique véritable. L'ouvrage de Sextus est une longue, savante et spirituelle gageure en faveur du scepticisme. Il mérite d'être lu ; mais le lire, c'est le réfuter.

31. — Critique de Longin.

Un critique digne d'être cité après Carnéade, et bien supérieur à Démétrius, à Hermogène et à Denis, ferme la liste des rhéteurs grecs. Longin, par un glorieux accord, fut en même temps un écrivain éloquent et un grand homme. L'histoire nous montre l'élévation d'âme du ministre de Zénobie, de l'homme qui brava l'invasion romaine, et qui sut mourir. Son traité *du Sublime* fait éclater l'harmonie de cette âme généreuse, et d'un talent nourri du souvenir de l'académie et du commerce de Platon [1].

Le caractère de ce traité le fait ressembler très-peu aux ouvrages de saint Augustin, du P. André, de Burke, de Winckelmann, de Kant, de Barthez, et de beaucoup d'écrivains modernes sur le même sujet. Ce n'est point une analyse métaphysique du Beau et du Sublime. La question n'y est pas creusée à quelque profondeur. Longin n'abstrait pas même l'idée du Sublime, pour la considérer, comme l'ont fait plusieurs critiques, dans les objets extérieurs ou dans l'esprit humain. Il se borne au Sublime écrit, au Sublime de style, à la condition pourtant que le style ne sera pas vide de pensées. Dans ce cercle où il s'enferme, il raisonne surtout en philologue, en commentateur. Une foule d'exem-

[1] Il suivit avec ardeur les leçons d'Origène et d'Ammonius Saccas, qui, de son temps, étaient les chefs du platonisme. (*Biographie universelle*; article de M. Boissonade.)

ples empruntés à Homère, à Sophocle, à Démosthènes, appuient ses courtes observations critiques, et réalisent le Sublime dès qu'il l'a indiqué.

Cette méthode un peu superficielle porte ses fruits. Le fond disparaît dans les détails, le rhéteur finit par prendre la place du philosophe, et des remarques sur les singuliers changés en pluriel, l'hyperbate et la périphrase, envahissent la moitié d'un livre, dont le noble début promet des vues élevées.

Outre ce défaut dans le plan, Longin confond quelquefois des idées très-diverses. Campbell[1] le blâme, avec raison, d'avoir plus d'une fois rapproché mal à propos le Sublime de la véhémence. Il essaie de compter les sources du Sublime, et, après l'élévation d'esprit et la sensibilité naturelle, il ne trouve rien de mieux que les figures, la noblesse de l'expression et l'arrangement des paroles. Ces idées, à coup sûr, ne sont pas de même espèce. Les figures, l'expression, l'arrangement des mots, peuvent être des moyens que l'écrivain emploie pour donner une forme au Sublime ; mais la sensibilité et l'élévation d'esprit sont des principes de Sublime et non pas des moyens.

Quoi qu'il en soit, c'est une idée grande et philosophique d'avoir marqué pour première condition du Sublime dans les écrits l'élévation d'âme des écrivains. « Il n'y a vraisemblablement, dit-il, que ceux qui ont de hautes et solides pensées qui puis-

---

[1] *Philosophy of rhetoric.*

sent faire des discours élevés. » Sans doute, un écrivain dont le talent serait éminent, et qui aurait des
inclinations basses, peut se rencontrer; mais, si un
tel homme arrive au Sublime, ce sera par exception,
et, si nous osons le dire, par tour de force : il ne
pourra longtemps garder cette allure, ni renouveler
une fortune qui est celle des esprits élevés et des
nobles cœurs.

La sensibilité est encore une source réelle du Sublime, car elle dicte, comme l'élévation d'esprit,
ces beautés qui emportent l'admiration des lecteurs
ou des auditeurs. A ses inspirations peuvent donc
s'appliquer aussi les paroles suivantes de Longin,
où le grand Condé reconnaissait le véritable caractère du Sublime : « Tout ce qui est véritablement
sublime a cela de propre, quand on l'écoute, qu'il
élève l'âme, et lui fait concevoir une plus haute opinion d'elle-même, la remplissant de joie et de je ne
sais quel noble orgueil, comme si c'était elle qui
eût produit les choses qu'elle vient simplement d'entendre. »

Longin a voulu surtout donner à son livre une
utilité pratique. Il l'annonce dès son début; il reproche à Cécilius, qui avait traité avant lui le même
sujet, d'avoir négligé ce point de vue, et c'est pour
s'éloigner du vague dont il l'accuse qu'il se perd
dans des conseils assez minutieux. Mais cette erreur
de conscience d'un disciple de Platon est souvent
corrigée par un retour à de plus larges doctrines.
Dans un fort beau chapitre, Longin prouve que le
Sublime avec des chûtes est bien préférable au mé-

diocre soutenu. Il cite, pour exemple du second,
Lysias, et du premier, Platon lui-même, et il s'é-
crie : « Qu'est-ce donc qui a porté ces esprits divins
à mépriser cette exacte et scrupuleuse délicatesse,
pour ne chercher que le Sublime dans leurs écrits?.
En voici une raison : c'est que la nature n'a pas
regardé l'homme comme un animal de basse et vile
condition; mais elle lui a donné la vie, et l'a fait
voir au monde, comme dans une grande assemblée,
pour être spectateur de toutes les choses qui s'y
passent : elle l'a, dis-je, introduit dans cette lice,
comme un courageux athlète qui ne doit respirer
que la gloire. C'est pourquoi elle a engendré d'a-
bord dans nos âmes une passion invincible pour
tout ce qui nous paraît de plus grand et de plus
divin. Aussi voyons-nous que le monde entier ne
suffit pas à la vaste étendue de l'esprit de l'homme.
Nos pensées vont souvent plus loin que les cieux, et
pénètrent au-delà de ces bornes qui environnent et
qui terminent toute chose[1]. »

Qui ne reconnaît dans ces paroles l'accent inspiré
du platonisme?

Si nous ne trouvons pas dans l'ouvrage de Longin
assez de précision et de rigueur philosophiques, s'il
y a disparate entre la première partie, toute platonicienne, et la seconde, qui semble empruntée d'un
système opposé, il lui restera cependant l'honneur
d'avoir fait sortir la question du Sublime de l'or-
nière des lieux communs, de l'avoir agrandie en la

---

[1] Traduction de BOILEAU.

rattachant à la nature de l'esprit humain, et d'avoir trouvé dans une belle âme la plus haute définition d'une grande pensée.

32. — Terme de la critique grecque.

Après Longin, la critique grecque n'eut pas d'interprète digne d'être nommé. Le traité même *du Sublime* se perdit comme une voix isolée, et nous ne remarquons pas qu'il ait imprimé un mouvement littéraire à ce siècle hésitant déjà entre les dernières lueurs de la civilisation et les premières ombres de la barbarie. Mais n'oublions pas que le platonisme a ouvert et fermé chez les Grecs la carrière de la critique, et apprêtons-nous à retrouver cette grande influence dans les écrits des plus illustres Romains.

LIVRE V.

***

ROME ANCIENNE.

—

1. — Caractère de la littérature romaine.

La littérature latine ancienne a deux caractères
qui semblent s'exclure : l'imitation d'une littérature
étrangère, et l'égoïsme national. Rendons-nous
compte de cette bizarrerie apparente.

Longtemps, plus longtemps même qu'il n'appartient à un peuple d'une civilisation encore imparfaite,
les Romains dédaignèrent les lettres et les beaux-
arts [1]. Leurs rois firent des conquêtes, des lois et de
grands ouvrages publics. Leur république, à son
berceau, lutta moins pour s'agrandir que pour durer,
et fut conquérante surtout parce que ses voisins ne
lui permettaient pas de vivre. Par nature et par né-

***

[1] V. Tiraboschi, 1er vol. de son *Histoire de la littérature italienne*.

cessité, les Romains ne connurent, ne respirèrent longtemps que la guerre. Chaque victoire étendit leur empire ; enfin leurs armes, comme une contagion irrésistible, atteignirent presque les limites du monde connu. Ainsi poussés à la domination universelle, ils durent apprendre à considérer les autres hommes comme une propriété romaine. Ils durent concevoir pour eux-mêmes la plus haute admiration. Et si nous remarquons que le temps où leur littérature commence à briller est le siècle de César, c'est-à-dire le siècle où presque tout l'univers était Romain, nous comprendrons que leurs historiens, leurs orateurs et leurs poètes, soient remplis d'hymnes et de panégyriques en faveur de la maîtresse des nations, d'invectives et d'imprécations même contre tout ce qui n'était pas Rome ou sujet de Rome.

Mais, en même temps que les Romains se prodiguaient l'encens dû à leur politique et à leurs victoires, ils subissaient un autre joug. Au siècle des décemvirs, ils avaient rapporté d'Athènes des matériaux pour la législation ; au siècle de César, ils recueillirent, et dans Athènes et dans toute la Grèce, des souvenirs littéraires, des traditions de poètes et d'orateurs. Des rhéteurs grecs, malgré les anathèmes de Caton, firent de cette Rome, jusqu'alors si sauvage, si exclusivement belliqueuse, une ville sensiblé à l'imagination d'Homère, à la véhémence de Démosthènes. Ces hommes d'action et de politique positive prirent subitement le goût des arts de la pensée. La rouille des mœurs primitives s'effaça ; le génie encore un peu inculte d'Ennius, de Lucrèce et de Salluste, s'efforça de reproduire Homère [1], de traduire Épicure, d'imiter Thucydide. A ces premiers émules des Grecs, auxquels il faut ajouter Térence, qui se vantait de calquer Ménandre, succédèrent un Cicéron, tout enrichi des trésors de la philosophie et de la littérature grecques, recueillis dans ses voyages et accrus dans sa studieuse retraite, admirateur de Démosthènes, jusqu'à le présenter comme le type de l'orateur ; un Virgile, imitateur timide des formes homériques, original par le sentiment et par le style ; un Horace, nourri des faciles préceptes d'Épicure, et qui invoquait Pindare sans se flatter de l'égaler ; un Ovide, inutilement averti par son père qu'Homère était mort dans la misère et l'exil. La plupart des écrivains du grand siècle, à Rome, portent l'empreinte toute vive et toute saillante du siècle de Périclès. Le plus grand peut-être, le plus essentiellement Romain, quoiqu'il eût consulté Polybe et étudié Démosthènes, c'est Tite-Live. Du moins si, dans sa narration grave et imposante, dans son style plein d'art et de dignité, il a imité quelque historien de la Grèce, son modèle est perdu pour nous. Partial pour sa patrie jusqu'à l'injustice, grand sans enflure, mais sans simplicité, Tite-Live a tout le génie de Rome civilisée [2]. Quant aux écrivains des siècles suivants, ils imitèrent, ou les Grecs eux-mêmes, ou les Romains qui, avant eux,

---

[1] Ennius s'appelait lui-même l'Homère des Romains.

[2] M. Villemain, dans un fragment précieux d'un ouvrage non achevé, excepte le seul Tite-Live du nombre des écrivains romains qui, au siècle d'Auguste, gravaient sans le savoir sur toutes leurs productions le signe de la décrépitude et de la ruine du polythéisme. (*Nouv. mélanges littéraires.*)

avaient imité les Grecs. Rome eut son Aristote dans
Pline l'Ancien. Pline le Jeune, esprit poli et subtil,
essaya de rappeler quelques traits du beau génie de
Cicéron. Tacite, historien à part, peintre inimitable,
narrateur rapide, inventeur en fait de style, sans être
novateur, eut et rechercha peut-être des analogies
avec Thucydide. La tragédie latine, pleine de mythologie grecque, pâle et infidèle copie des mœurs de la
Grèce, ne compte pas dans cette littérature ; mais la
satire, empruntée des invectives d'Archiloque et des
Silles de Timon, devint un genre spécial que la verve
de Perse et de Juvénal fit monter au ton de l'éloquence.
Là, du moins, la Muse romaine peut revendiquer
une sorte d'originalité.

Si, dans les autres compositions, et surtout dans
les genres littéraires les plus importants, nous refusons aux Romains ce don précieux, ce n'est pas à
dire que des talents originaux n'aient pas cultivé ces
genres, et qu'ils n'aient pas semé leurs chefs-d'œuvre
d'admirables beautés. Mais le primitif, le spontané,
la fraîcheur de la jeunesse, la nouveauté d'une inspiration sans calcul, voilà ce qui manque aux plus
heureuses compositions littéraires des Romains, à
l'épopée comme à l'épigramme, à l'histoire comme
au dialogue. Voilà ce qui, d'une littérature fière, majestueuse, pleine de goût et même de génie, fait cependant une littérature d'imitation.

Dans cette imitation, toute réelle, toute pratique,
s'est perdu ce qui donne au génie grec son merveilleux caractère, nous voulons dire la recherche ou
plutôt l'instinct de l'idéal sensible. Deux grands écri-

vains seulement, Cicéron et Virgile, tout imbus des
doctrines platoniciennes, doctrines qui s'élèvent au-
dessus de l'idéal, mais qui l'inspirent, protestent
quelquefois contre cette sécheresse d'invention. Cependant, le premier ne donne qu'une timide préférence à l'académie, et son demi-scepticisme fait hésiter l'inspiration ; le second, préoccupé d'une pensée
historique, après d'admirables ressouvenirs d'Homère, laisse sa haute poésie se perdre dans une
guerre prosaïque , comme un fleuve dans les
sables.

2. — Critique romaine.

C'est surtout dans les littératures d'imitation que
la critique peut acquérir de l'importance. En effet,
lorsque le génie d'un peuple se développe spontanément sous diverses formes, lorsque le poète chante
parce qu'il est poète, que l'orateur parle parce que
des intérêts présents le forcent à l'éloquence, à quoi
servirait la critique dans cette première explosion des
pensées de l'homme et du citoyen ? La critique ne
peut naître alors, parce que rien ne l'appelle et ne la
justifie. Mais, si les plus beaux génies d'une nation,
au moment de prendre la plume ou d'élever la voix,
ont les yeux tournés vers des modèles étrangers,
règle de leurs inspirations, loi de leur enthousiasme,
alors la critique peut exercer une influence vaste et
puissante. C'est elle qui montre du doigt ce qu'il
faut imiter, et ce dont l'imitation serait périlleuse.
Elle rassemble en préceptes des observations faites

sur les écrivains dont on veut suivre les exemples.
Appuyée sur des traditions certaines, sur des faits
accomplis, elle prend de l'autorité par le bon sens de'
ses doctrines. Enfin, elle dirige le mouvement littéraire des esprits ; elle enferme dans les limites du
goût les imaginations dociles.

Tel fut le rôle de la critique chez les Romains.
Tandis que, dans la Grèce, les dialogues d'Hippias,
d'Ion, de Gorgias et de Phèdre, la Rhétorique, la
Poétique ne vinrent qu'après tous les principaux
chefs-d'œuvre de la littérature, à Rome, au contraire,
les lois de l'éloquence furent tracées par Cicéron, les
lois de la poésie par Horace, lorsque les monuments
durables de l'éloquence et de la poésie commençaient
seulement à s'élever.

Nous trouvons donc cette fois une critique vraiment influente, ou du moins placée dans toutes les
conditions d'influence. Si les résultats furent douteux ou imparfaits, il faut en accuser des obstacles
que nous essaierons de reconnaître. La faute nous
paraît être celle des critiques, et non celle de leur
position.

3. — Critique de Cicéron.

Cicéron, nous l'avons dit, n'adopte pas toujours
franchement les opinions d'une école unique ; mais
il est évident que le disciple de l'académicien Philon
penche pour l'académie. C'est dans l'académie,
dit-il lui-même, et non dans les écoles des rhéteurs,
que je me suis préparé aux succès de l'éloquence.
Le choix des interlocuteurs qu'il charge de puiser

aux sources de Platon est déjà une preuve; il confie ordinairement ce rôle aux esprits les plus élevés et les plus analogues à son propre génie. Il est facile encore de distinguer dans les développements de sa pensée ceux qu'il étend et complète avec amour. Cicéron est platonicien par instinct de grand orateur, lors même qu'il cherche le plus à envelopper d'impartialité son opinion de critique; son secret lui échappe dans les efforts mêmes qu'il fait pour le cacher.

4. — Divers traités oratoires.

Mettons d'abord de côté la *Rhétorique à Hérennius*, ouvrage qui n'est probablement pas de Cicéron, bien que l'usage l'ait fait conserver dans les éditions de ses œuvres; c'est Aristote, moins la profondeur. Le Traité de l'*Invention*, ou les *Topiques*, a, suivant nous, bien peu d'importance; ce ne sont guère que des commentaires d'Aristote, clairs et faciles, mais fort minutieux. Les *Partitions oratoires* ont un grand mérite de precision; mais c'est un code de finesses souvent assez scandaleuses, et déjà la routine scolastique y règne dans toute sa sécheresse. Au surplus, ces ouvrages, condamnés plus tard par Cicéron lui-même, ne doivent être rangés que parmi ses cahiers de rhétorique; ce qui prouve, du moins, que telles étaient, avant lui, la forme des préceptes et la doctrine de l'enseignement. Le *Brutus*, élégante histoire de l'éloquence romaine, contient des documents précieux, mais qui nous écarteraient de nos recherches, et qui appartiennent surtout è la biographie

oratoire. Nous ne parlerons pas du petit ouvrage sur
les Meilleurs Orateurs, préface d'une traduction, que
nous n'avons plus, des deux harangues de Démosthènes et d'Eschine pour la couronne. Là n'est point
la doctrine oratoire de Cicéron. Le traité intitulé
l'Orateur, où il se propose de rassembler tous les principaux traits de l'orateur véritable, est plein de grandeur à son début, et nous croyons que la méditation
des premières pages fournirait une excellente étude.
Mais bientôt Cicéron se rejette dans une multitude
de détails dont un assez grand nombre sont superflus.
Ce n'est donc point là encore qu'il faut chercher la
doctrine de cet illustre écrivain sur l'éloquence; le
traité *de l'Orateur* (*de Oratore*) la renferme et va nous
l'offrir.

5. — Dialogues *de Oratore*.

Des trois dialogues dont ce traité se compose, le
premier est sans contredit le plus important; c'est
dans le premier que Cicéron, par la bouche de
Crassus, proclame les principes généraux de l'art
oratoire. Nous retrouverons ici Platon, avec plus
d'abondance, et, en outre, avec ces heureuses applications empruntées à une expérience longue et glorieuse. Tout rempli du souvenir de ce beau dialogue
de Phèdre, que nous avons étudié, et qu'il rappelle,
Cicéron veut, comme Platon, faire asseoir à l'ombre
d'un platane ses illustres amis. Antoine et Crassus,
les deux plus célèbres orateurs qu'il eût entendus
dans sa jeunesse, sont les principaux personnages qui
occupent la scène, et le grand procès de l'éloquence

s'agite entre ces deux rivaux. Antoine paraît tour à tour un élève et un contradicteur d'Aristote ; Crassus parle toujours en disciple inspiré de Platon : c'est dans la maison de campagne de Crassus que la rencontre a lieu ; c'est lui que Cicéron appelle un homme divin ; c'est de lui qu'il dit au commencement de son troisième dialogue : « Lorsqu'on lit ces admirables ouvrages de Platon, où Socrate semble respirer et se dévoiler tout entier, malgré l'éloquence sublime du disciple, l'imagination se forme du maître une idée plus imposante encore. Telle est la disposition que je demande, non pas à vous, mon frère, dont l'indulgence se plaît à exagérer mes talents, mais à tous ceux qui liront ces dialogues. Je les prie, pour apprécier Crassus, d'aller au-delà de l'image imparfaite que je pourrais leur offrir [1]. » Ce passage montre assez à quel foyer Cicéron cherche la lumière, et ce rapprochement de Platon et de Crassus, interprète des pensées de Cicéron lui-même, nous indique dans son ouvrage ce qui doit surtout fixer notre attention.

Crassus, ou plutôt Cicéron, établit que l'orateur n'a point un domaine circonscrit dans des bornes étroites, et que, même entre les limites où voudraient l'enfermer quelques rhéteurs, il aura besoin de connaissances que ces rhéteurs ne lui donneront pas. « Qui ne sait, ajoute-t-il, que le triomphe de l'orateur est de faire naître dans les âmes l'indignation,

[1] Traduction de M. Gaillard, dans l'édition de Cicéron par M. J. V. Leclerc.

la haine, la douleur, ou de les ramener, de ces passions violentes, aux sentiments plus doux de la pitié
et de la compassion? S'il n'a pas étudié la nature
de l'homme, s'il ne connaît pas à fond le cœur
humain, et tous ces ressorts puissants qui soulèvent
ou apaisent les âmes, jamais il n'obtiendra cette belle
victoire [1]. »

Ce n'est pas tout. Cicéron veut encore que celui
qui aspire à devenir orateur étende à l'infini le cercle
de ses connaissances; mais il faut bien entendre sa
pensée, et lui-même a pris soin de nous l'expliquer.
Il est bon et utile, pour se former à l'éloquence, de
varier ses études, et de meubler incessamment sa
mémoire de riches souvenirs. Mais quel homme, si
prodigieux qu'on le suppose, pourrait approfondir
tout ce qu'il recommande à la méditation? Il reste
donc à prendre de chaque science positive ce qui
suffit pour en révéler les principes et le génie, et à
s'attacher d'abord à la science des principes, à celle
qui domine et éclaire les profondeurs de toutes les
autres, enfin à la philosophie. L'étude de nos facultés, de nos relations sympathiques avec nos semblables, des lois qui gouvernent les esprits, et des applications de ces lois à la vie humaine, telle est la préparation forte et vraiment efficace qui peut donner
de la vigueur à la pensée, et de la substance au
talent.

Le second dialogue roule presque en entier sur la
première et la plus importante des trois parties que

---

[1] *Vide suprà.*

les rhéteurs assignent avec raison à la composition
oratoire, c'est-à-dire l'invention ; la disposition vient
ensuite : c'est Antoine, orateur puissant par la sève
vigoureuse de son génie, et par les inspirations heureuses qui suppléaient chez lui à l'étude de l'art, qui
explique ces deux tâches de l'orateur.

Antoine, c'est-à-dire encore Cicéron, déclare que
l'éloquence, si diversement modifiée par les circonstances de tout genre, ne peut que difficilement
être réglée par des préceptes : du moins, il en restreint
beaucoup le nombre, et c'est en effet le seul moyen
de leur donner une véritable utilité. Il est assez curieux de l'entendre exprimer son opinion sur ces
traités de rhétorique que lui-même avait copiés
dans sa jeunesse. Voici ses propres paroles :

« Ils (les rhéteurs grecs) divisent les matières trai-
tées par l'orateur en deux genres, auxquels ils donnent les noms de *cause* et de *question.* Ils entendent
par cause une discussion particulière, et qui tombe
sur des faits ; et par *question,* une discussion générale
et indéfinie. Ils établissent des préceptes sur le premier de ces genres, et ne disent pas un mot du second.
Ils assignent ensuite cinq parties à l'éloquence : trouver les idées, les mettre en ordre, les revêtir de l'expression, les graver dans la mémoire, enfin les faire
valoir par un débit convenable. Voilà, certes, un
grand mystère ! Est-il donc quelqu'un qui ne voie par
lui-même qu'on ne peut parler avec succès si l'on
ne sait d'avance ce qu'on veut dire, en quels termes
et dans quel ordre il faut le dire, et si les idées ne
sont gardées fidèlement par la mémoire ? Je ne blâme

pas ces divisions, mais je prétends qu'elles sautent
aux yeux, ainsi que les quatre, cinq, six ou même
sept parties qu'ils admettent dans le discours, car les
rhéteurs ne sont pas d'accord sur le nombre. Il faut,
disent-ils, vous concilier, en commençant, la bien-
veillance de l'auditeur, le rendre docile et attentif;
ensuite exposer les faits dans une narration vraisemblable, claire et précise; diviser la question et la
présenter sous son véritable jour, appuyer la cause
par des preuves, renverser les raisonnements de l'adversaire. Quelques rhéteurs présentent ensuite les
conclusions sous forme de péroraison; selon d'autres,
avant de conclure, il est à propos d'insérer une digression, destinée à donner plus de force et d'ornement à
la cause, et de ne passer qu'après à la péroraison. Je
ne désapprouve pas non plus cette distribution, elle
paraît assez bien ordonnée; mais, au fond, elle manque d'exactitude, comme on doit s'y attendre de la
part de ces hommes sans expérience [1]. »

Il ajoute que les rhéteurs grecs appliquent exclusivement à telle ou telle partie du discours ce qui
convient à toutes, et qu'ils traitent mal à propos la
rhétorique comme le droit civil, qui réclame la plus
minutieuse exactitude dans les divisions et les subdivisions.

Ces dernières idées nous paraissent fort justes.
Nous n'approuverions pas autant les premières. Il
ne s'en suit pas de ce qu'une division *saute aux yeux*,
qu'il ne faille pas la consacrer et s'en appuyer; et
en particulier la division des parties de la rhétori-

---

[1] *Vide supra*

que, ou plutôt de la composition quelle qu'elle soit,
en invention, disposition, élocution, nous paraît
prise dans la nature des choses et utile à expliquer.
Nous ne verrions pas également la nécessité de conserver la subdivision de la mémoire, parce que c'est
confondre un moyen extérieur à l'éloquence avec
ce qui constitue essentiellement ses œuvres, et
nous rejetterions aussi le chapitre de l'action, parce
qu'il ne convient qu'à certaines personnes, à certaines
positions, et n'a plus le caractère général des trois
premiers.

Au reste, Antoine se sert lui-même de cette division qu'il semble condamner, et qui a le mérite, rare
dans toute division, d'être claire et complète.

Le précepte le plus important qu'il donne pour
l'invention est fort simple, et cependant le seul en
effet qui rende fructueux, ou même possible, l'emploi de tous les autres. « On rira peut-être, dit-il, du
conseil que je vais donner : en effet, il n'a guère d'autre
mérite que celui de l'utilité, et il prouve plutôt le
bon sens que le génie du maître ; ce que je recommande d'abord à mon élève, c'est, quelque cause
qu'il ait à traiter, de l'étudier longtemps pour la bien
connaître. On ne donne pas ce précepte dans les
écoles, etc. [1] » Énoncer ce conseil suffit pour en faire
connaître l'étendue, et il y a bien plus de fruit à recueillir de cette méditation attentive, par laquelle on
se prépare, que de la lecture des plus savants préceptes d'Aristote ou de ses successeurs.

Le reste du second dialogue est plus scolastique et

---

[1] *Vide supra.*

offre moins d'intérêt. Crassus, dans le troisième, traite
de l'élocution avec beaucoup de finesse et de charme.
Nous ne l'y suivrons pas, parce que les détails, quelque utiles et quelque ingénieux qu'ils soient, nous
éloigneraient trop des considérations générales; d'ailleurs, nous reviendrons sur les questions de détail les
plus importantes, en examinant l'ouvrage du plus
célèbre disciple d'Aristote, les *Institutions Oratoires* de
Quintilien.

Mais, d'abord, jetons un regard en arrière sur la
destinée de cette doctrine littéraire que Cicéron pré-
sentait à ses concitoyens.

6. — Caractère de cette doctrine.

Son premier caractère est d'être partielle. Les questions générales de l'esthétique n'y sont pas abordées.
Elle ne remonte pas à l'étude du Beau. La poétique
n'y a aucune part : c'est une doctrine purement oratoire, encore n'embrasse-t-elle pas tout ce qui a trait
à l'éloquence; elle se rapporte seulement à l'éloquence dans les discours publics. Ce point de vue
même doit se restreindre : car, en réalité, c'est de
l'éloquence judiciaire que Cicéron enseigne les
secrets; c'est l'avocat qu'il veut former, mais l'avocat tel qu'il était parmi les anciens, avec cet appareil imposant, au milieu de ces nombreux auditeurs,
et chargé d'une cause qui pouvait toucher à la fois
les avantages d'un client et les grands intérêts de la
patrie.

Un autre caractère de cette doctrine, c'est l'indécision. Cicéron n'imite pas assez Platon, qui met

toujours sa propre pensée dans la bouche d'un sage, et fait plaider, en faveur des systèmes qu'il repousse, les sophistes ou les disciples encore chancelants de Socrate. Moins sûr de sa marche, Cicéron exprime des doctrines contraires, par l'organe d'hommes également honorables et presque également éloquents. Il semble vouloir briller doublement en faisant ressortir le pour et le contre, et, si nous le classons parmi les critiques platoniciens, c'est qu'il nous laisse deviner sa préférence, sans la proclamer hardiment.

Quelques juges se sont trompés sur des intentions si timidement remplies. Selon Gibert [1], le *de Oratore* ne contient rien qui ne soit dans Aristote : assertion très-inexacte, mais inspirée par le soin que plusieurs interlocuteurs de ces dialogues, et Antoine surtout, mettent à reproduire et à louer les préceptes qu'Aristote a consacrés.

Nous n'oserions blâmer Cicéron d'avoir appliqué à l'élocution une grande partie des réflexions qu'il paraît destiner à l'éloquence. Déjà nous sommes convenus que l'élocution admet les détails, et nous pouvons ajouter que, si elle n'est qu'une forme, c'est réellement cette forme qui donne aux œuvres oratoires la popularité et la durée. *C'est le style qui fait vivre les ouvrages*, a dit La Harpe, et, pour ce qui regarde la vie des ouvrages dans l'opinion publique, il a énoncé une vérité d'observation. Mais, pour que l'élocution ait toute son importance, il faut recon-

---

[1] *Jugements des Savants.*

naître, selon la remarque de Cicéron lui-même[1],
que les pensées et le style ne forment qu'un seul
tout, et qu'on ne doit pas les séparer. Songeons en
outre que nos éloges, ici encore, s'appliquent au *de
Oratore*, et ne conviendraient à aucun des autres
traités de Cicéron sur l'éloquence, pas même à
l'*Orator*, où il cherche à excuser des préceptes trop
minutieux, sous prétexte qu'ils ne sont que des
conseils.

De cette spécialité et de cette indécision dans sa
doctrine est résultée une influence faible et circonscrite, mais incontestable. Le génie de Cicéron
jetait trop de lumière, il était un modèle trop admirable à l'appui de ses plus nobles et de ses plus
ingénieux préceptes, pour qu'ils fussent frappés de
stérilité. Le dédain qu'il témoigne à plusieurs reprises envers les rhéteurs secs et ennuyeux dont
les leçons avaient précédé les siennes prouve qu'il
parlait aux littérateurs un langage nouveau. Ne
mentionnons ici ni Trogue Pompée, ni plusieurs
écrivains, réputés illustres de leur temps, et dont
nous avons perdu les ouvrages; mais ne devons-
nous pas penser que la noble élégance de Tite-Live,
l'abondance ingénieuse de Q.-Curce, et, dans un
siècle moins heureux, les pensées respectueusement
hardies, les harmonieuses subtilités de Pline-le-
Jeune, et même quelques-unes des inspirations de
Tacite, durent quelque chose à cette critique élevée, illuminant comme d'un reflet du platonisme

---

[1] 3e Dial. *De Orat.* initio.

tout ce qui pouvait offrir à l'éloquence un triomphe de plus ? Les exemples de Cicéron furent sans doute plus puissants que ses théories, et le *de Oratore* forma moins de grands écrivains que l'étude des discours contre Verrès et pour Marcellus. Cependant les doctrines et les chefs-d'œuvre durent se prêter une force mutuelle, et les seconds n'enlevèrent pas aux premières toute leur part d'action sur les esprits. Interprète du goût pur et éclairé de la Grèce, dans une littérature qui naissait alors par l'imitation des Grecs, Cicéron s'empara d'une partie de ce mouvement littéraire, et le dirigea. Un autre législateur devait entreprendre pour la poésie ce qu'il avait essayé pour l'éloquence.

7. — Critique d'Horace.

L'*Art poétique* d'Horace parut lorsque déjà l'héritage de la liberté romaine avait passé entre les mains d'Octave. Dans les préceptes de Cicéron respirait encore un souvenir d'indépendance ; dans les leçons d'Horace, comme dans le monde romain sous Auguste, tout est composé pour un ordre fixe et régulier.

Horace emprunte d'Aristote tout ce qu'il a de plus net et de plus applicable. Il place sous les yeux des Romains les chefs-d'œuvre de la littérature grecque, et leur recommande de les feuilleter nuit et jour. Il félicite, en soupirant, les Grecs d'avoir été comblés de faveurs par les Muses, tandis que les jeunes Romains sont exercés longuement aux opérations de l'arithmétique. Puis, par un retour de patriotisme un peu indulgent, il affirme que les poètes latins ont osé abandonner les traces des Grecs, et ont célébré avec gloire des événements nationaux.

L'unité dans le plan, dans le caractère, dans le style, voilà ce que recommande, avant tout, le poète législateur. S'il convient que les poètes de tous les temps ont usé d'une juste liberté, il leur interdit les disparates et les contrastes monstrueux. Il prétend, avec raison, que du choix heureux d'une matière, ou de l'invention, dépendent la disposition et le style, et par conséquent l'harmonie de ces trois éléments. Permet-il d'innover pour l'expression d'une idée nouvelle, c'est avec une extrême réserve, et à condition que le mot nouveau sera tiré du grec, avec une légère altération. Donne-t-il les règles de l'épopée et du genre dramatique, Homère et les tragiques grecs sont les autorités qu'il invoque, et d'après lesquelles il établit ses lois. Aristote lui fournit de judicieuses remarques sur l'étude des caractères. Comme lui, il prescrit au poète de ne prêter à ses personnages que le langage de leur condition, de leur âge et de leurs habitudes. Il veut, en outre, qu'un caractère de pure invention soit jusqu'au bout tel qu'on l'aura vu d'abord; précepte d'une application habituellement facile, mais que l'intérêt de la vérité et même de la vraisemblance peut conduire à violer quelquefois.

Horace est sévère pour le choix des détails. Tout ce qui ne peut recevoir avec succès le poli de l'art,

il le proscrit comme trivial et inutile. L'art est à ses
yeux aussi indispensable que le génie, et il ne comprend, ce sont ses termes, ni ce que peut l'étude
sans l'inspiration, ni quels fruits peut rendre le
génie sans culture. Du reste, il donne avant tout le
droit sens comme base au talent d'écrire, et appelle
aux leçons des disciples de Socrate les jeunes candi-
dats à la poésie.

Nous ne trouvons dans l'*Art poétique* d'Horace
nulle mention de ces fameuses unités dramatiques,
si vivement attaquées de nos jours. Mais la division
rigoureuse en cinq actes, et l'obligation imposée de
ne jamais faire paraître en même temps sur la scène
trois personnages parlants, sont de nouvelles gênes
ajoutées aux lois sévères d'Aristote. Le défaut de ces
règles, comme de beaucoup d'autres, est d'être absolues, et de méconnaître les vraisemblances de
temps et de personnes qui autoriseraient à s'en
écarter.

L'*Art poétique* est une œuvre spirituelle et sensée,
favorable au maintien du goût, hostile aux hardiesses du génie. La raison en a dicté les préceptes; mais ce n'est pas la raison avec toute son
impartialité et toute sa puissance. C'est cette faculté,
amie d'un ordre invariable, qui rend des arrêts ex-
clusifs, et applique des idées fixes à des positions
changeantes. Si nous exceptons le conseil que donne
l'épicurien Horace d'étudier la philosophie de Socrate, nous ne trouvons dans ses idées générales que
des entraves pour l'imagination.

Telle devait être en effet la nature d'une critique

qui recommandait par-dessus tout l'imitation d'une
littérature étrangère. Les vœux d'Horace furent
remplis. Les poètes épiques se précipitèrent sur les
traces d'Homère, les poètes dramatiques sur les pas
d'Euripide et de Ménandre. Toute la verve latine
s'usa à rajeunir les vieilles inspirations des Grecs.
Horace, par la souplesse de son génie, et par ces à
propos de courtisan qui lui faisaient choisir des sujets contemporains, échappa plus que beaucoup
d'autres à la manie qu'il propageait, et, au milieu
des imitateurs qu'il provoquait, resta souvent original.

Revenons maintenant aux doctrines oratoires, et
interrogeons le critique célèbre que l'ordre du temps
offre à notre souvenir.

8. — Critique de Quintilien.

Lorsque nous avons dit que Quintilien fut disciple d'Aristote, nous n'avons pas prétendu que les
principes de l'un et de l'autre fussent identiques.
Les écrivains penseurs se classent par la ressem-
blance ou l'opposition de leurs méthodes; et la méthode de Quintilien, comme d'Aristote, c'est l'analyse, l'analyse poussé à ses dernières conséquences.
Là est l'intime rapport de la *rhétorique* et des *institutions*[1].

Le traité du philosophe grec nous paraît bien su-

---

[1] Nous nous servons du mot consacré, qui n'est qu'une traduction littérale. Il est d'ailleurs peu intelligible, et il vaudrait mieux dire, ce nous
semble, l'*école de l'orateur*.

périeur à celui du rhéteur latin. Aristote prend les
questions de haut, les creuse et les approfondit avec
vigueur. Quintilien n'a pas cette touche mâle et
hardie. D'autres qualités brillent dans son ouvrage
et doivent plaire à un plus grand nombre; il est
abondant, varié, ingénieux. Un style toujours intéressant, toujours clair et facile, prête beaucoup de
charme à la lecture des *Institutions oratoires*. Ce
traité, d'ailleurs, peut être fort utile par les détails.
Il est le résultat d'une expérience acquise non-seulement au barreau, mais dans l'enseignement même
de l'éloquence. Ce n'est plus simplement un orateur qui communique le secret de ses études et de
son génie; c'est un professeur habile qui résume et
complète les leçons dont une longue épreuve a dû
consacrer l'excellence et proclamer les effets.

Quintilien, qui a le génie des détails, sait rarement s'élever aux principes. Quand il se place sur
ces hauteurs, sa vue se trouble et confond les objets. Il ne considère pas longtemps une question sous
une formule quelque peu générale, sans la rétrécir
ou l'étendre outre mesure, c'est-à-dire, sans la dénaturer, Nous en citerons deux exemples.

Quand il prend son orateur au berceau, et le
conduit comme par la main, de degrés en degrés,
jusqu'au maître de rhétorique, il n'annonce pas
l'intention de le faire instruire seulement à plaider.
Ses chapitres sur l'origine de la rhétorique, sur les
genres, et plusieurs autres questions semblables,
montrent qu'il n'a pas formé le dessein de préparer
son élève seulement au barreau. Cependant, surtout

à partir du quatrième livre, il s'occupe exclusivement du genre judiciaire, et prend tous ses exemples
dans des procès. Ce défaut, à la vérité, comme nous
l'apprend Aristote, était commun à la plupart des
anciens rhéteurs; et l'on peut ajouter que Quintilien, dans sa préoccupation d'avocat, avait une ex-
cuse de plus. Sous le règne d'un tyran qu'il eut le
tort de louer, et de louer sans mesure, la tribune
était muette, et les tribunaux seuls pouvaient retentir des accents d'une véritable éloquence, car il ne
faut compter pour rien les écoles des déclamateurs.
Mais toujours est-il vrai que Quintilien paraît tenir
moins qu'il n'a promis, ou autre chose que ce qu'il
a promis.

L'autre erreur est plus grave; elle est la source
d'une multitude de méprises; et, s'il y a dans plusieurs chapitres, du vague et de l'incohérence, c'est
à elle que nous croyons devoir l'attribuer. Cette
erreur consiste à confondre sans cesse la rhétorique
avec l'éloquence, et, par conséquent, le principe et
le résultat avec le moyen; la faculté avec l'art, l'inspiration avec la science. Quintilien paraît même
employer indifféremment les mots *rhétorique* et *éloquence*. Nous citerons, à l'appui de cette remarque,
le chapitre xvi du second livre, où il cherche si la
rhétorique est utile à la société; le chapitre xvii, où
il examine si elle est un art; le chapitre xx, où,
suivant l'exemple de quelques rhéteurs, il se demande si elle est une vertu, comme la justice, la
tempérance, etc. : question oiseuse pour le moins,
si toutefois elle est raisonnable. Nous pourrions en-

core citer le chapitre II du troisième livre, sur l'origine de la rhétorique, et plusieurs autres, dont nous n'entreprendrons pas ici la réfutation.

Si Quintilien chancelle sur le terrain des principes, il se complaît merveilleusement dans les détails. Il est même si scrupuleux sur ce point, qu'il conserve, par esprit d'exactitude, beaucoup de minuties empruntées à ceux qui ont écrit avant lui, et qu'il n'approuve pas. Voici ce qu'il dit à la fin de son troisième livre :

« Ces distinctions subtiles dans les termes, je ne les ai reproduites avec un soin attentif que pour éviter de paraître manquer d'exactitude dans les recherches qui intéressent mon ouvrage. Mais, dans un enseignement plus large, il n'est pas nécessaire de subdiviser les leçons en cette multitude de petites fractions imperceptibles. »

Mais nous en conviendrons, là où est le principe de sa faiblesse, là aussi est sa gloire. Tout ce qu'il a écrit sur l'élocution en particulier est d'une utilité incontestable, parce que cette partie de l'art oratoire admet beaucoup de détails. Dans les autres parties, si l'ensemble d'un chapitre de Quintilien satisfait rarement, une foule de remarques ingénieuses, de détails piquants, et ce qu'on pourrait nommer le bon sens orné des grâces du style, attachent, intéressent, et remplissent d'une solide instruction. Je ne puis fournir un exemple plus frappant de ce précieux caractère que le chapitre XIII du livre second :

« On n'exigera pas de moi, dit ce judicieux écri-

vain, des préceptes du même genre que ceux que la
plupart des critiques ont donnés dans leurs ouvrages.
Irai-je fixer des lois immuables et fatales aux disciples de l'éloquence? Aligner d'abord l'exorde,
dont j'expliquerai la nature; puis, après l'exorde, la
narration, dont j'établirai la loi; puis, immédiatement après, la proposition, ou, selon l'avis de quelques-uns, la digression; puis un ordre déterminé de
questions, et toutes ces formes enfin que certaines
personnes rangent avec scrupule, comme s'il était
formellement interdit de les déplacer? Certes, la
rhétorique serait un art bien facile et bien frivole, si
elle se renfermait toute entière dans quelques formules. La plupart de ses moyens varient selon les
causes, les circonstances, l'occasion, la nécessité.
Aussi la première qualité d'un orateur est-elle le
jugement, parce que le jugement s'applique en diverses manières, et selon l'occurrence. Ferez-vous un
précepte sans réserve à un général, toutes les fois
qu'il rangera son armée en bataille, d'en pousser le
front en avant, d'en étendre les ailes à droite et à
gauche, et de placer la cavalerie sur les ailes? Ce
sera peut-être l'ordre le plus régulier, toutes les fois
qu'il sera possible de le suivre; mais il changera
suivant la nature du lieu. La rencontre d'une montagne, l'obstacle d'un fleuve, l'embarras suscité par
la présence de collines ou de forêts, ne le permet-
tront pas. Il changera, selon l'ennemi qu'il faudra
combattre; il changera selon les chances du moment présent. Tantôt l'habile capitaine étendra ses
troupes en ligne droite, tantôt il les formera en

coins; il emploiera tour-à-tour les auxiliaires et les soldats des légions. Quelquefois même il peut tirer avantage d'une fuite simulée. Ainsi, l'exorde est-il nécessaire ou superflu; doit-il être court ou développé, exprimé en paroles directement adressées au juge, ou quelquefois détourné par l'heureux emploi d'une figure? Faut-il que la narration soit concise ou détaillée, d'un seul trait ou divisée, qu'elle suive l'ordre des faits ou qu'elle l'intervertisse? La méditation de la cause vous l'apprendra. Il en est de même de la suite des questions. Souvent, dans une même discussion, une partie trouve plus d'avantage que l'autre à soulever telle question la première. Il n'y a point de loi, ni de plébiscite qui consacre invariablement ces préceptes : la loi suprême est l'intérêt du sujet. Je conviens qu'ordinairement cet intérêt est d'accord avec les préceptes, autrement je n'écrirais pas un traité; mais, si ce même intérêt nous indique d'autres moyens, écoutons ses inpirations : elles valent mieux que toutes les règles. »

Ces réflexions, dictées par un bon sens parfait, auraient dû peut-être éclairer Quintilien lui-même sur l'inutilité d'un grand nombre des chapitres de son ouvrage. Puisque la rhétorique comporte moins de préceptes que de conseils, puisqu'elle ne doit pas prétendre à enchaîner l'esprit, à le charger des entraves de la routine, elle peut s'épargner tout ce qui est trop particulier et trop exclusif. Il y a deux choses dans toute position où l'éloquence peut se produire, la partie invariable, qui dépend de la nature même de l'esprit, des relations des hommes

I.   14

entre eux, relations qui tiennent aux mêmes racines dans tous les lieux et dans tous les temps ; et la partie variable, qui est celle des circonstances. De là, et la possibilité d'une doctrine oratoire fondée sur la partie invariable, et la nécessité d'une application diversement modifiée de cette doctrine, en raison de la partie variable ; de là, enfin, plus de simplicité et de lumière dans la théorie, plus de liberté et de fécondité dans la pratique.

Néanmoins, Quintilien doit être honoré comme le restaurateur du goût dans un siècle de décadence. Le mauvais goût, qui n'est que la peur du naturel, dont on se garantit par la trivialité ou par la recherche, avait commencé avec la tyrannie des empereurs. Les esprits, dépouillés d'indépendance et privés d'essor, s'étaient fatigués en tournant sur eux-mêmes. Sénèque, selon la remarque judicieuse d'un célèbre professeur[1], n'avait pas fondé une école, mais exprimé son temps. Les souvenirs d'Aristote et de Cicéron, rappelés avec une élégance quelquefois curieuse, jamais pénible, faisaient honte aux Romains de cette préférence donnée au clinquant sur l'or, au fard sur les couleurs fraîches et naturelles. Nous ne croyons pas les leçons de Quintilien étrangères à ces nouveaux efforts du génie romain, qui rétrograda tout-à-coup vers son beau siècle littéraire, et montra dans Pline-le-Jeune et dans Tacite une alliance de l'ancienne doctrine et de l'esprit nouveau.

---

[1] LECLERC, *Cours d'éloquence latine.*

9. — Critique de Pline-le-Jeune.

Quintilien fut le maître de Pline. L'influence du
critique sur ce dernier n'est pas douteuse. Aussi re-
marquons-nous encore, avec le savant éditeur de
Cicéron, que Pline aimait les développements, l'amplification majestueuse, la prolixité un peu stérile
de la vieille école. Nous n'irions pas cependant jusqu'à dire avec lui que cet ingénieux écrivain défen-
dit contre les dédains de Tacite les traditions de
l'éloquence cicéronienne. La lecture attentive des
lettres de Pline à Tacite ne nous a rien appris de
semblable, et nous voyons, au contraire, le premier
se vanter plus d'une fois d'avoir toujours désiré
prendre le second pour modèle. Dans une seule de
ses lettres, Pline s'élève contre l'affectation de brièveté qui, chez les orateurs du barreau, avait pris la
place des longs discours. Il soutient que l'intérêt
des causes, les progrès de la conviction exigent que
l'orateur, en plaidant, se donne une large carrière.
Cicéron, qui plaida pendant quatre audiences pour
C. Cornélius; Périclès, dont le style n'est ni haché
ni heurté, mais reste toujours plein d'élévation et de
grandeur, sont les modèles qu'il invoque[1]. Il veut
une éloquence semblable aux neiges de l'hiver,
pressée, non interrompue, abondante, puis enfin
touchant de près la voûte du ciel. Mais sa lettre se
termine par un doute. Il ne connaît pas le sentiment
de Tacite sur ce sujet; il l'interroge; il promet de

[1] *Lib.* I, 20.

s'en rapporter à lui. A la vérité, nous pouvons croire, d'après les ouvrages qui nous restent de Tacite, que la marche lente de l'ancienne éloquence convenait peu à ce génie si vif et si profond ; et il est possible que, par un raffinement d'amitié délicate, Pline ait eu la pensée de l'avertir, sans le blesser, en le consultant.

Ce qui est surtout à remarquer, c'est que Pline participe lui-même, pour le style du moins, à ce caractère qu'il repousse de toute la sévérité de son goût. L'amour des périphrases n'exclut pas chez lui la recherche des antithèses. Les balancements harmonieux de sa diction n'empêchent pas qu'il ne lui donne ce qu'on appelle du trait, et il aiguise souvent la fin de ses plus savantes périodes. Mais ces couleurs diverses, empruntées à deux âges différents, sont heureusement et spirituellement fondues. Pline n'est pas sans apprêt, mais il a du goût et de la pureté dans le style. Il tient plus au siècle de Cicéron par la doctrine que par l'exemple ; mais il ne sacrifie qu'avec réserve aux témérités du sien.

10. — Tacite.

Tacite avait choisi le genre littéraire qui convenait le mieux à l'esprit de son temps et à son propre génie. Prodigue de pensées, avare de mots, il gravait profondément les leçons de l'histoire. Rien d'inutile ne venait ralentir ses récits, mais rien de ce qui pouvait ajouter un trait vigoureux à ses tableaux ne lui semblait inutile. Son éloquence était mâle et rapide,

son style plein et concis. Cependant il ne faut pas
confondre les *Annales*, admirable résumé, où la
brièveté dans le récit et dans la diction était une loi
du sujet, avec les *Histoires*, où, sans abandonner sa
manière, Tacite raconte, écrit avec plus d'abondance. On retrouverait sans doute dans son style
quelque chose du style de Sénèque; mais, comme
une telle réminiscence est épurée par l'originalité
propre de cet illustre écrivain! comme ces souvenirs
de mauvais goût se transforment en traits sublimes!
Nous convenons que, chez Tacite, pensées, expressions, tout se prononce avec force, comme les muscles
et les veines d'un robuste lutteur; cependant, il y a
trop de vérité dans la pensée pour que l'expression
trahisse l'effort. Tacite, comme Pline, mais avec plus
de puissance, appartient à deux siècles. Il prend du
premier la grandeur, et du second la hardiesse. Tenté
par le faux goût, il retrouve le vrai à force de génie,
et fait admirer à ses contemporains ce qu'ils avaient
cessé même de supporter.

11. — Critique de Tacite.

Si le dialogue *des Orateurs* (*de Oratoribus*) doit être,
comme nous le pensons, attribué à Tacite [1], il nous

---

[1] Sans entrer ici dans les détails des preuves à l'appui de cette assertion,
nous dirons qu'elle est fondée : 1° sur l'autorité de tous les manuscrits;
2° sur des souvenirs de liberté qui allaient à l'âme de Tacite, du panégy-
riste de Crémutius et de Thraséas; 3° sur des expressions originales qui se
trouvent dans le dialogue, et que plusieurs écrivains citent comme apparte-
nant à Tacite ; 4°, enfin, sur la faiblesse des raisons alléguées par ceux
qui attribuent le dialogue des orateurs à tout autre que lui.

offre de précieux documents sur cette lutte intérieure
de son génie.

Nous ne partageons pas l'opinion de ceux [1] qui
cherchent dans le seul discours d'Aper la doctrine
de Tacite. Avec un peu d'attention, on peut se convaincre qu'un autre interlocuteur, Messala, exprime
avec plus d'autorité le sentiment de l'écrivain. Aper
nous est représenté comme un orateur ardent, chez
qui la verve supplée à l'étude, et qui dédaigne les
anciens par système. Nous croyons bien qu'en le faisant plaider contre l'antiquité pour le siècle présent,
Tacite a voulu condamner certains préjugés de la
routine. Quand les préparations lentes, les narrations
prises de trop haut, les divisions multipliées, la gradation d'interminables arguments et les sèches leçons
d'Hermagoras et d'Apollodore excitent les sarcasmes
d'Aper, quand il cite d'un ton moqueur les cinq livres
contre Verrès, et d'autres plaidoyers où Cicéron,
s'il faut l'en croire, s'échauffe rarement, et néglige
l'éclat du style, nous consentons à voir quelques intentions de satire et de réforme dans l'écrivain ; mais
Aper emploie des sophismes si évidents, Messala
lui répond avec tant de raison et de simplicité,
que celui-ci doit paraître le véritable confident des
opinions de Tacite. C'est donc lui que nous devons
interroger.

Il vante d'abord ces connaissances universelles
que recherchaient les anciens orateurs. La puissance
de l'éloquence n'est pas circonscrite dans une humble

---

[1] V. M. LECLERC, *Cours d'éloquence latine.*

et étroite enceinte ; ce n'est donc pas chez les rhéteurs, ni parmi les controverses artificielles, mais dans l'étude de la philosophie, que l'orateur pouvait se préparer aux triomphes. Pour savoir parler avec abondance, variété et richesse, il faut connaître la nature humaine. C'est ainsi qu'on change à propos d'instruments et de moyens, selon qu'on distingue dans ses auditeurs des sentiments divers.

Messala se plaint de l'affectation qui a banni l'éloquence de son domaine pour la reléguer dans quelques rares pensées, dans quelques phrases incomplètes. Autrefois brillante et souveraine, il la montre maintenant mutilée, dégradée, apprise comme le métier le plus vulgaire.

Tels sont les regrets de Messala, et nous pourrions dire de Tacite. Une lacune nous dérobe la fin de ce discours ; mais il nous reste la seconde partie d'un discours de Maternus, troisième interlocuteur, qui démontre l'impossibilité de reproduire l'éloquence antique dans un état social qui s'y refusait. C'est là ce que Pline oubliait dans son apologie de l'ancien système oratoire ; Tacite le louait aussi, mais n'en concevait pas le retour.

Au reste, n'oublions pas que ces obstacles n'étaient sérieux que pour l'éloquence dans les discours publics. Un genre concis et un style sentencieux hors des audiences et dans les œuvres purement littéraires pouvaient être provoqués par le goût du siècle, mais non imposés par les formes de la société. Tacite aurait pu écrire ses Histoires avec le style de Tite-Live, si tel avait été son génie, tandis que nul orateur de ce

temps n'aurait pu plaider avec les développements
de Cicéron.

12. — Critique de saint Augustin.

Comme, pour retrouver un siècle littéraire, nous
avons franchi tout l'intervalle qui sépare Trajan
d'Auguste, il nous faut descendre, à travers des temps
arides pour les lettres, de Trajan à Théodose [1]. C'est
alors que nous voyons la critique latine finir, comme
la critique grecque, par un souvenir des doctrines de
Platon. Un illustre père de l'église, saint Augustin,
d'abord entraîné par la philosophie d'Aristote dans
l'hérésie et dans les arguties de l'école, se relève à
la lecture d'un ouvrage de Cicéron, puise dans Platon des inspirations vives et nouvelles, écoute avec
ravissement et avec fruit les éloquentes prédications
de saint Ambroise, et ouvre son intelligence aux
grands principes littéraires, en même temps que son
âme aux pures vérités de la foi.

13. — Éléments de rhétorique.

Il reste des traces de ses premières études. Dans
un petit ouvrage intitulé : *Principia rhetorices*, élé-

---

[1] C'est vers ce temps que paraît avoir vécu un rhéteur assez bizarre, mais
digne de quelque estime, Martianus Capella. Il a composé un ouvrage en
neuf livres, dont les deux premiers s'appellent *les Noces de la Philologie
et de Mercure*, et les sept autres traitent de la grammaire, de la dialectique, de la rhétorique, de la géométrie, de l'arithmétique, de l'astronomie
et de la musique, c'est-à-dire de ce qu'on appellelait le *trivium* et le *qua-
drivium*, ou les *sept arts liberaux*. Il n'y a de neuf que le cadre. Tout le
reste est transcrit des anciens rhéteurs.

ments de rhétorique, il s'appuie sur les principes du rhéteur Hermagoras. La thèse et l'hypothèse, les questions, les controverses, voilà les sujets de ces minutieuses leçons. Saint Augustin pousse plus loin encore la fidélité aux doctrines de ses maîtres. Il indique les moyens de déguiser les côtés honteux d'une affaire et de tromper les juges habilement. Ce condamnable système, qui n'était qu'un plagiat de rhéteurs accrédités, lui inspira plus tard de profonds regrets, consignés dans ses admirables Confessions. Il s'y accuse d'avoir enseigné, *sinon à perdre l'innocent, du moins à défendre le coupable.*

14. — Traités de l'Ordre et de la Musique.

La question du Beau fut souvent abordée par ce grand homme ; il avait même composé sur cette matière un traité spécial qui, malheureusement, ne nous a pas été conservé. Il sentait qu'il n'est point de difficulté littéraire qui ne se résolve par la connaissance des secrets du Beau. L'étude de Platon, et la direction propre de son génie, qui avait rejeté comme un fardeau la doctrine d'Aristote, le lui avaient appris. Aussi, dans les ouvrages les plus étrangers en apparence à la littérature, trouvons-nous des vestiges de cette pensée philosophique et littéraire qui tourmentait un esprit voué à de religieuses méditations. Que la nature du Beau soit examinée dans son ouvrage sur la Musique, ou même dans son ouvrage sur l'Ordre, nous ne pouvons nous en étonner ; mais on s'attendait moins à retrouver ces considérations

qui semblent tout humaines dans le traité de la Doctrine chrétienne ou dans celui de la vraie Religion.
C'est que le Beau, examiné dans son idée générale
et absolue, est un attribut de la divinité même, qui
ne peut, dans les applications les plus humbles, être
dépouillé complètement de ce caractère sacré.

Saint Augustin nous représente l'Unité comme la
forme propre de tout ce qui est Beau. L'ordre et la
convenance en sont les conditions indispensables. Ce
ne sont pas les sens qui perçoivent le Beau ; ils ne
sont que des intermédiaires dont l'âme se sert, dans
son impuissance de voir le Beau face à face. En lui-
même, le Beau est une loi conçue par l'esprit, loi qui
se manifeste sous le signe de l'Unité, que nous ne
jugeons pas, mais qui force notre jugement, loi qui
est Dieu même. Ainsi, une chose n'est pas belle
parce qu'elle plaît, mais elle plaît parce qu'elle est
belle. Les beautés particulières qui passent des intelligences dans des mains fécondes en chefs-d'œuvre
proviennent de cette beauté absolue qui est supérieure
aux intelligences elles-mêmes. Enfin, la beauté que
nous sentons dans les choses mortelles et périssables
ne nous est ainsi révélée que par un sentiment plus
qu'humain.

Tel est le résumé des hautes et pures idées que le
Platon chrétien exprime sur cette grande question
littéraire. Sans doute il en a pris le germe dans les
dialogues de Phèdre et d'Hippias ; quelques-unes
ressemblent même à une transcription fidèle de la
doctrine platonicienne, mais cette adoption éclatante
en consacre victorieusement les droits.

15. — Doctrines oratoires et poétiques.

L'éloquence et la poésie, questions moins générales, ne sont qu'effleurées par saint Augustin, en divers endroits de ses œuvres. Il reconnaît que l'art oratoire est né parce que les hommes, peu sensibles à la vérité nue, ont voulu des émotions. Avec toute la sévérité de la chaire chrétienne, il le juge moins pur que nécessaire, et le montre répandant de son sein mille séductions variées qui attirent les hommes au souvenir de leurs propres intérêts. Mais il a soin de distinguer l'éloquence de l'art oratoire. L'éloquence, dit-il, n'est pas une institution, mais un fait. C'est la faculté de la parole, interprète fidèle de la pensée, et dont il faut faire usage, quand la pensée est conforme à la droite raison. Cette définition est très-incomplète, elle ne donne même aucune idée des véritables caractères de l'éloquence; mais, cette fois, l'illustre écrivain, peu fidèle à la doctrine qu'il s'était appropriée, définissait ce qui n'a pas de limites, c'est-à-dire, ce qui ne peut se définir. Quant à la poésie, il la représente, ainsi que la musique, comme l'un des degrés sur lesquels l'esprit humain s'appuie pour atteindre à la contemplation des choses divines. L'inspiration, assimilée, dans le dialogue d'Ion, à un souffle mystérieux qui descend de la divinité même dans l'âme du poète, est ici plus largement et plus savamment expliquée. Elle n'est pas seulement une action nécessaire de Dieu sur l'homme; elle est le fruit du travail de l'homme pour s'élever à Dieu. L'homme inspiré n'est plus cet être passif,

ce missionnaire aveugle que le philosophe païen imagine ; c'est la créature qui use des présents du créateur ; c'est l'homme libre qui interroge librement son
génie [1].

La poésie, au lieu d'être simplement l'écho d'une
pensée surhumaine, sera donc, comme l'Homère
italien l'a dit d'un ange, une interprète fidèle, une
messagère aimable entre les âmes pures et la divinité [2].

16. — Caractère de la littérature et de la critique du temps.

Voilà, certes, des vues propres à étendre le domaine de la critique, et à provoquer des travaux
dignes de mémoire. Mais ces pensées, chez un tel
homme, et dans de tels ouvrages, étaient si accessoires, si imperceptibles parmi les grandes questions de destinée humaine et de salut des hommes,
qu'il ne faut y chercher aucune influence directe
sur la littérature de ce temps. Un renouvellement
dans les croyances, une polémique vive et subtile,
toute une littérature de foi et de passion, celle des
Pères de l'Église, voilà ce qui agissait sur les âmes
dans le sens littéraire comme dans le sens religieux
et moral. Un contre-coup de cette nouveauté et de
cette sublimité de la doctrine chrétienne retentis-

[1] The poet's eye, in a fine phrensy rolling,
  Doth glance from heav'n to earth, from earth to heav'n.
  (SHAKSPEARE.)

[2] È tra Dio questi e l'anime migliori,
  Interprete fedel, nunzio giocondo.
  (TASSO, *Gerus. liber, cant.* 1º).

sait dans les lettres. Les préceptes étaient inutiles
au milieu de cette inspiration publique. Dieu lui-
même, cette fois, et sans métaphore, inspirait des
mouvements à l'éloquence, et y cachait une mystérieuse poésie. C'est dans les hautes Considérations
sur l'Éloquence chrétienne, au quatrième siècle,
insérées par M. Villemain dans ses *Nouveaux Mélanges littéraires*, qu'on peut admirer le spectacle
unique qui frappait alors les esprits. « Tous les progrès d'une longue révolution morale, le déclin et
l'obstination des anciens usages, l'influence des lettres prolongeant celle des croyances, les croyances
nouvelles commençant par le peuple, et s'étayant à
leur tour du savoir et de l'éloquence, les orateurs
remplaçant les apôtres, et le christianisme formant,
au milieu de l'ancien monde, un âge de civilisation,
qui semble séparé de l'empire romain, et qui meurt
cependant avec lui. »

Ainsi un Athanase, avec son langage impassible
et sévère ; un Grégoire de Nazianze, qui se vante
des voyages entrepris par lui sur terre et sur mer
pour conquérir l'éloquence, une des dépouilles du
paganisme ; saint Bazile, plein de sensibilité et habile coloriste dans le style ; saint Chrysostôme, le
plus grand des orateurs de l'Église grecque ; et, dans
l'Église latine, saint Hilaire, saint Ambroise, saint
Jérôme, saint Augustin surtout, tous ces hommes
d'un génie naïf et sublime parlaient, écrivaient ; et
ces paroles et ces écrits étaient une littérature neuve,
imprévue. Les préceptes étaient donc entraînés dans
le mouvement général ; ils étaient larges, élevés,

parce que les âmes étaient hautes, les intelligences
libres et pures. Saint Augustin, digne de remplir ce
rôle des hommes de génie, résumait, exprimait les
impressions d'une société rajeunie par le christianisme. Il la représentait par ses triomphes aposto-
liques sur l'esprit de routine, et les leçons de critique
que laissait échapper l'admirateur de Platon, tout
empreintes de la grandeur des vérités chrétiennes,
se confondaient dans les prédications de l'apôtre et
dans les conseils du pasteur.

17. — Terme de la critique romaine.

Après Théodose, l'empire romain se divise et
s'ouvre aux Barbares. Le nom romain s'efface de
plus en plus. Les temps modernes s'aperçoivent de
loin, à travers les brouillards du moyen-âge. Nous
voici donc parvenus aux limites de l'antiquité proprement dite. La Grèce et Rome ont offert à notre
examen tout ce qui pouvait intéresser l'art. Avant
d'entrer dans un ordre de faits différents, il nous
reste à tirer de cette première étude quelques réflexions générales.

18. — Résumé.

La haute critique littéraire, celle qui étudie les
principes et ne dédaigne pas d'en rechercher l'application dans les œuvres, est encore un noble exercice de l'esprit lorsqu'elle n'est pas une puissance
qui accomplit des actes, une cause qui produit des
effets. Mais il est difficile qu'une telle critique, la-

quelle n'est, après tout, qu'une branche de la philosophie, soit quelquefois privée de toute action, et que le laps des temps n'ouvre pas, tôt ou tard, un cours à son influence. Tel est le spectacle que nous présentent les littératures grecque et latine rassemblées sous un coup-d'œil. Lorsque les chefs-d'œuvre du génie grec ont éclaté, grâce à une inspiration première, à un naturel singulièrement vif et heureux, à un climat plein de charmes, à l'enthousiasme de la liberté et de la victoire, paraissent deux hommes puissants par des facultés diverses. Tous deux enrichissent l'art et la science de nouveaux monuments; tous deux consacrent les principes de l'art et les lois de la science. L'un ramasse toutes les richesses de l'expérience et en compose son trophée; l'autre accepte l'expérience, mais s'élève au-dessus d'elle de toute la force d'une légitime spéculation; l'un et l'autre donnent à la critique littéraire la couleur vive, tranchante de leur philosophie générale. Aidés de l'exemple des grands écrivains qui les ont précédés, ils n'exercent eux-mêmes sur les orateurs ou les poëtes nationaux des âges suivants qu'une influence tardive et contestée. L'impulsion donnée avant eux, affaiblie après eux, dure et cesse, pour ainsi dire, hors de leur atteinte. Mais, vienne un peuple d'un génie moins original, ou dont l'originalité s'exerce dans une autre sphère; vienne une littérature altérée d'imitation, avide d'une verve étrangère, Aristote et Platon seront, dès l'abord, invoqués comme législateurs. C'est à eux, plus encore qu'aux antiques modèles d'éloquence et de poésie,

que l'éloquence et la poésie demanderont leurs inspirations. Leur règne commencera et se perpétuera
sur toute la littérature romaine, avec ces alternatives
de pouvoir que les anciens attribuaient à quelques
uns de leurs magistrats.

Fondée sur la réalité de leurs doctrines, qui cor-
respondent à des idées universelles, leur influence ne
s'arrête pas à la chute des lettres chez les Romains;
elle plane sur tout ce moyen-âge où nous allons
chercher quelques ombres de littérature et de critique; elle se dispute la victoire dans nos temps
modernes, et change de nom et de forme sans changer de nature. Nous pourrions effacer les noms
propres, et reconnaître qu'en effet, dans la critique
littéraire comme dans toutes les applications de la
philosophie, on verra toujours deux bannières :
celle de l'ordre, avec ses lois plus ou moins étroites;
celle de l'indépendance, avec ses hardiesses plus ou
moins aventureuses. Faut-il adopter l'une des deux
à l'exclusion de l'autre? Faut-il les allier, et seulement faire dominer celle des deux qui suppose un
plus libre essor de la pensée, et qui reflète le mieux
l'indépendance native du génie humain? C'est à ce
problème qu'il faut toujours en revenir; et nous ne
pourrons nous flatter de le résoudre qu'après avoir
observé jusqu'au bout les effets de ces deux doctrines. Recueillir les principaux événements de l'histoire littéraire, dans tous les pays et dans tous les
temps, c'est éclairer d'avance la route incertaine de
la théorie, et revêtir d'une forme palpable des idées
qui risqueraient de s'évanouir dans le vague des
abstractions.

LIVRE VI.

MOYEN-AGE,

XVe ET XVIe SIÈCLE.

Il est temps d'examiner, sous le rapport des opinions et des inspirations littéraires, l'époque obscure
et intéressante du moyen-âge. La durée historique
que l'on désigne habituellement sous ce nom comprend plus que les dix siècles écoulés entre la chute
de l'empire d'Occident et l'invention de l'imprimerie,
c'est-à-dire qu'elle s'étend du cinquième au milieu
du seizième siècle. Longtemps négligée, parce que
l'érudition prévenue n'y rencontrait que la barbarie;
exclusivement étudiée depuis quelque temps, parce
que la fatigue de l'imitation nous fait chercher les
sources d'une littérature nationale, elle commence à

se débrouiller aux yeux de l'observateur. Nous éviterons de forcer l'esprit de ce temps pour l'ajuster à la mesure du nôtre, mais nous n'en ferons pas non plus un passé entièrement effacé de nos annales, et sans aucun germe d'avenir.

1. — Temps immédiatement antérieurs au moyen-âge.

En abordant ce sujet, nous savons qu'il restera derrière nous une lacune dans l'histoire du génie et des principes littéraires. Hors de la Grèce et de l'empire romain, avant la chute d'Augustule, avant la monarchie de Clovis, il existait, dans la vieille Europe, une civilisation peu avancée, qui cependant n'était pas sans doute privée de toutes les traditions, ni de toutes les gloires de l'esprit. Mais, d'une part, aucun monument ne nous reste qui puisse montrer ce que fut l'expression de la pensée chez ces peuples inconnus ou dédaignés des maîtres du monde, jusqu'au moment où ils en devinrent les maîtres à leur tour. D'un autre côté, ce que nous savons de leur état social, ce que nous en lisons dans leurs conquêtes, peut faire deviner assez bien les faits qu'il nous est refusé de saisir.

Les Scandinaves, les Finnois, les Sarmates, habitants de ces contrées sauvages qui versaient des populations entières sur le sol plus complaisant des Romains, possédaient deux principes d'inspiration littéraire, leur théogonie, et la rudesse inculte de leurs mœurs. Cette âpre mythologie du Nord [1], ces

---

[1] Voyez le savant ouvrage de Creuzer, traduit et le plus souvent refondu par M. Guigniaut: *Religions de l'antiquité*, tom. Ier, introduction, p. 127.

géants, ces dieux dont toute la puissance vient aboutir
à une ruine universelle, fournissent aux essais des
artistes ou des poëtes des images fortes et tristes, des
élans d'un enthousiasme tempéré par je ne sais quel
parti pris du malheur. Ces combats si chers aux nations dans l'enfance, et que les nations adultes ou
déjà mûres savent placer au-dessous des arts de la
paix, ces actes fréquents de bravoure et de férocité,
de dévouement et de vengeance impitoyable, enflam-
maient les imaginations, inspiraient des hymnes de
douleur ou de victoire. Les Germains chantant
Hermann, les Gaulois obéissant aux prophétiques
accents de Velléda, les Bretons, isolés de tous les
peuples, et obstinés à défendre leur ignorance nationale contre les lumières que leur imposait la conquête romaine, toutes ces anciennes peuplades de la
Grèce, de l'Italie, de l'Espagne, qui vécurent, sentirent, et exprimèrent ce qu'elles sentaient, eurent
aussi leurs arts, leur éloquence et leur poésie. Mais,
si nous tenons compte des nuances que la diversité
des climats et des habitudes dut introduire dans les
productions d'un génie sans culture, nous trouverons
qu'elles durent avoir bien moins de différence que
d'analogie. Des chants d'amour, des chants de
guerre, des fictions bizarres, crues aussitôt qu'inven-
tées, et devenant traditions dès leur naissance, un
style figuré, allégorique, car la simplicité continue
dans le langage suppose un effort de l'art, point de
conceptions vastes, point d'ensemble, beaucoup de

---

et notes, pag. 563. Il cite, comme pouvant être consulté avec beaucoup de
fruit, un ouvrage de M. Mone sur la Mythologie du Nord. (Berl., 1821.)

détails, rapidement exprimés, inspirés par un fait
isolé, souvent imprévu, détails accumulés sans aucun
plan fixe, mais tout vivants d'énergie et d'originalité,
voilà, ce nous semble, ce qui dut se rencontrer dans
ces esquisses de littérature. Chez les nations placées
à ce degré de l'échelle sociale, il ne faut guère chercher des œuvres dictées par le jugement. L'imagination règne sans partage, mais ses trésors s'éparpil-
lent sans ordre et sans consistance, selon le vent du
caprice, ou le hasard de l'occasion.

Tous ces peuples ne nous sont connus que par le
témoignage des Grecs et des Romains, qui peut-
être les comprirent imparfaitement, ou ne les appré-
cièrent que dans leurs rapports avec la conquête. Il
se peut donc que plusieurs aient joui d'une civilisation plus haute que nous ne l'avons supposé, réduits
que nous sommes à consulter sur la vie de ces races
éteintes ceux-là même qui les ont foulées aux pieds.
Interrogeons sur les Gaulois, César; leur vainqueur,
Tite-Live, qui sacrifie à la gloire de Rome l'honneur
de tout ce que Rome a combattu; sur les Germains,
les Bataves, les Bretons, Tacite, qui souhaite aux
nations étrangères tout l'aveuglement propre à main-
tenir longtemps leur esclavage; et osons dire que la
civilisation et les arts des Bretons, des Bataves, des
Germains, des Gaulois, que leur instinct oratoire et
poétique, que leur génie enfin nous est connu!

Ici, point de monuments; point de débris même
qui servent de texte aux conjectures. Il faut nous ré-
signer à l'ignorance, et passer à des temps moins
vides de traditions.

Ce n'est pas que le moyen-âge offre à nos recherches beaucoup d'opinions littéraires écrites. Quoiqu'il ne soit pas identiquement, pour les nations
modernes, ce que les temps héroïques furent pour
l'antiquité, comme le prétend F. Schlegel[1], il est
trop exclusivement poétique pour être raisonneur[2].
Les croisades, la chevalerie, les habitudes errantes
des troubadours et des trouvères composaient toute
une vie de mouvement favorable à une littérature
spontanée, qui s'ignorait elle-même, mais étrangère
aux retours de la réflexion appliquée aux œuvres de
l'esprit. Dans l'absence des traités spéciaux, qui
résument en tout ou en partie la pensée publique,
nous rechercherons cette pensée elle-même. Au lieu
des doctrines, nous aborderons les faits littéraires, et
par là même nous resterons fidèles à l'objet de cet
ouvrage, qui est une histoire des inspirations littéraires aussi bien que des théories.

2. — Caractère de la littérature du moyen-âge.

Le trait distinctif du moyen-âge en littérature,
comme l'a indiqué F. Schlegel[3], c'est une lutte
entre l'esprit ancien, réfugié dans la langue latine,
et l'esprit nouveau, qui se faisait jour dans l'enfante-
ment des langues nationales. Il serait peut-être plus
exact de dire que l'esprit ancien et l'esprit nouveau
n'étaient pas en lutte continuelle, que souvent cha-

---

[1] *Histoire de la littérature*, tome I, pag. 334 de la traduction.

[2] Voyez aussi les admirables leçons de M. Villemain, sur la *Littérature
du moyen-âge*, t. I, p. 365.

[3] *Vide suprà.*

cun d'eux agissait dans sa sphère, le premier avec une
autorité officielle et publique, le second avec une
puissance cachée et pleine d'avenir. Mais enfin tous
deux étaient contemporains, tous deux avaient leur
caractère à part, leurs principes distincts. Quels
étaient ce caractère et ces principes?

L'ancien esprit littéraire n'était au fond qu'une
superstition d'imitateurs; mais c'était une superstition inévitable. Comment des peuples chez qui
avaient pénétré les chefs-d'œuvre en même temps
que les armes de Rome, chez qui le latin était toujours resté la langue des affaires et le lien des relations scientifiques, comment ces peuples auraient-ils
échappé à l'imitation souvent pédantesque des anciens? La langue latine était celle de l'Église, et
l'Église au moyen-âge renfermait tout ce qui possédait quelque solide instruction. Au contraire, dans
l'absence des livres, dans la pénurie des manuscrits
que les couvents seuls, respectés quelquefois par les
hordes les plus barbares, pouvaient défendre de la
ruine, le peuple perdait de jour en jour davantage et
la connaissance du latin et l'intelligence de l'ancienne
littérature. C'était de son sein que jaillissaient de
temps à autre, comme d'une source cachée, quelques œuvres originales. Les hommes lettrés ne semblaient pas croire que la langue nationale pût servir
à composer quelque ouvrage digne de mémoire. Ils
composaient en latin, et, le choix même de cette
langue les reportant aux souvenirs de Rome, ils célébraient volontiers des faits de l'antiquité, et fermaient les yeux sur cette abondante poésie d'événe-

ments et de mœurs sociales qui les enveloppait de
toutes parts. Dante eut d'abord la pensée d'écrire en
latin sa *Divina comedia*[1]. On connaît la singulière
préférence que donnait Pétrarque à son poëme latin
en l'honneur des Scipions, sur les délicieux sonnets
italiens qui l'ont rendu immortel. Il est très-probable
que ces faits sont l'expression de ce que pensaient
tous les hommes lettrés du moyen-âge. Le peuple,
et nous comprenons sous ce titre tout ce qui ne cul-
tivait pas la littérature par état ou par calcul de renommée, tout ce qui avait un sentiment vif à exprimer, quelque haine à exhaler, quelque plainte
amoureuse à faire entendre, saisissait la langue de
son pays, comme un instrument familier, et impro-
visait sans conséquence. Ainsi chantèrent Thibaud,
comte de Champagne, ainsi tous les poëtes de la
langue d'oïl et de la langue d'oc. Et pourtant c'était
dans ces tensons, dans ces sirventes sans prétention
que germait une littérature qui pouvait un jour être
originale. Cette littérature, dans ses premiers essais,
reproduisait fidèlement les mœurs du temps ; elle reproduisait aussi, avec une naïve et pittoresque exactitude, les sentiments intimes du cœur humain. Ses
ébauches, souvent grossières et sans goût, avaient le
précieux avantage d'être des inspirations, et non des
ouvrages. Tout y était à découvert comme une franche
et simple confidence. Tout y était moderne, tout y
était national.

Si ces germes heureux eussent été fécondés par

[1] Voy. Schlegel, *Histoire de la littérature moderne.*

l'application des règles éternelles de la science du Beau, règles antérieures aux chefs-d'œuvre de la Grèce et de Rome, invariables en elles-mêmes, mais souples parce qu'elles sont larges et générales, qui peut douter qu'une littérature vraiment nationale n'eût été donnée à l'Italie moderne et à la France? que l'Espagne, l'Allemagne et l'Angleterre ne fussent parvenues plus tôt et avec moins de mélange à leur part d'originalité?

L'esprit ancien, l'esprit de routine et d'imitation, était trop puissant au moyen-âge, pour laisser à l'esprit nouveau toutes ses chances de développement. Les controverses scolastiques et théologiques, triste héritage de l'empire, triste occupation des plus éminents génies de cette époque, entretenaient le fanatisme de l'antiquité. On y voyait comme un vaste et riche arsenal, où des ergoteurs, sous mille titres divers, nominaux ou réalistes, thomistes ou scotistes, empruntaient des armes aux ombres d'Aristote et de Platon [1]. Le christianisme primitif avait cependant donné aux lettres une impulsion toute différente, et, si son influence avait duré, la littérature du moyen-âge d'abord, ensuite celle des temps modernes aurait revêtu un autre caractère. Les premiers Pères, les premiers conciles condamnaient comme profane la lecture des ouvrages de l'antiquité. Toute espèce

---

[1] « La philosophie des Pères de l'Église est la clé de celle qui a régné dans le moyen-âge; elle est venue s'y combiner avec la doctrine d'Aristote : elle explique d'avance l'esprit de la philosophie scolastique, comme la doctrine d'Aristote en exprime la forme.» (M. de GÉRANDO, *Histoire complète des systèmes de philosophie*, t. IV.)

d'étude et de composition devait être dirigée vers un but religieux. Pour triompher, la religion n'avait besoin que d'elle seule, et les plus beaux passages des Anciens n'étaient après tout que de dangereux sujets de méditation. Ce rigorisme ne fut pas de longue durée. Les querelles s'animèrent; de nouveaux moyens furent tolérés, et l'on ne dédaigna plus d'employer, au profit de la vérité, des armes forgées pour le mensonge. De proscrits qu'ils étaient, les Anciens devinrent des oracles, et tel savant de Venise et de Padoue, dans le délire d'une admiration trop naïve pour être impie, mit bien au-dessus des apôtres et des Pères un commentateur d'Aristote, Averrhoès [1].

2. — Ce qu'aurait pu être la littérature au moyen-âge.

Trois destinées étaient possibles pour la littérature au moyen-âge. Si la sévérité religieuse des premiers temps du christianisme avait duré, les lettres seraient demeurées graves et simples, majestueuses avec quelque monotonie, soumises à l'unité de la pensée divine. Une croyance persécutée leur eût conservé de la véhémence; une croyance triomphante leur eût donné de l'éclat. Elles n'eussent point cherché leurs ornements dans les souvenirs fabuleux, ni dans la description de la nature extérieure; elles eussent réalisé par le langage toutes les nuances de la pensée religieuse, sublime et tendre, mystérieuse et commune à tous les hommes, toutes les abstractions pro-

[1] Mémoires de Pétrarque, cités par Hallam (*Europe au moyen-âge*, t 1, p. 352, de la traduction).

fondes d'une doctrine fondée en esprit et en vérité. Enfin, il se pouvait que le christianisme s'appropriât la littérature, comme l'avait fait le judaïsme. Mais les Juifs, peuple primitif, modelèrent sans obstacle leurs pensées individuelles sur la haute pensée de Dieu, tandis que les chrétiens, entés pour ainsi dire sur le paganisme, furent exposés et succombèrent aux périls de l'imitation.

La littérature, au moyen-âge, pouvait se teindre encore d'une autre couleur. Les mœurs nationales, les habitudes de localités, étaient une mine abondante pour des imaginations fraîches et vigoureuses. Le mouvement des croisades, la brillante folie des tournois, l'audace et la galanterie chevaleresque, l'échelle féodale, la patiente ignorance des vassaux, la tyrannie guerrière des barons, les fronts de rois et d'empereurs sillonnés des foudres de Rome, toute la fureur des guerres civiles, tous les miracles de l'héroïsme, la crédulité dans la foi, et la superstition dans l'incrédulité, ce tableau si mouvant, si varié, pouvait inspirer, inspira en effet plus d'un génie heureux. Nous concevons qu'une littérature tout entière se fût développée dans cet esprit vraiment moderne. Les merveilleuses légendes, racontées par de vifs et bizarres romanciers, les poésies amoureuses ou satiriques des trouvères et des troubadours[1], les chro-

---

[1] Raynouard, qui a fait de l'érudition dans l'intérêt de la poésie nationale, a prouvé (*Choix des poésies des Troubadours*) que le moyen-âge possédait sa littérature propre et originale. Les poètes de ce temps n'ignoraient pas tous l'antiquité, mais ils lui demandaient quelques allusions, ils

·niques naïves de quelques historiens de bonne foi,
les arts, et surtout l'architecture indéfinie et sublime
des monuments religieux[1], avaient commencé un
mouvement qui s'amortit plus tard sous les attaques
redoublées de l'érudition.

Enfin cette littérature du moyen-âge pouvait contenir un mélange de l'esprit du temps·et des souvenirs de l'antiquité. C'est ce qui arriva dans un grand
nombre de productions. Dante lui-même, le poëte
·le plus original de cette époque, mêle le nom tout
païen et tout antique de Virgile aux tableaux de
l'enfer des chrétiens, et des supplices de ses ennemis
personnels. L'Europe littéraire arriva jusqu'aux
limites du quinzième siècle, c'est-à-dire presqu'au
terme du moyen-âge, flottant ainsi entre l'instinct
·national et les savantes réminiscences. Il était temps
encore de séparer avec force ou d'unir avec·adresse
ces éléments divers. Nous verrons bientôt si le quinzième et le seizième siècle comprirent leur tâche et
surent l'accomplir.

Si, après ces considérations générales, nous por-
tons nos regards sur chaque peuple de l'Europe au

---

cherchaient autour d'eux une inspiration présente. Nous citerons, à la fin
de ce volume, lettre L, la traduction de trois pièces de vers des Troubadours. La première est un exemple de l'alliance des idées d'amour et de
religion ; la seconde est une élégie amoureuse, pleine de naturel ; et la
troisième un sirvente, où le turbulent Bertrand de Born prêchait la guerre.
— V. aussi les observations de W. Schlegel, sur la littérature provençale.

[1] « Au onzième siècle, l'architecture essaie d'élever quelques monuments. Au douzième, elle prend ce caractère auquel nous avons donné le
nom de gothique. » (M. DE GÉRANDO, *Histoire complète des systèmes de
philosophie*, t. IV.)

moyen-âge, nous apercevrons un fait remarquable :
c'est que le Nord conserva beaucoup mieux que le
Midi son originalité native. Plusieurs causes concou-
rurent à ce résultat.

4. — Littérature du Nord. — Littérature du Midi.

La première, c'est que les peuples du Nord, en
général, avaient été plus à l'abri des armes et de la
civilisation romaines que les peuples du Midi. Les
Romains n'avaient pas pénétré dans la Scandinavie;
la Sarmatie était restée indépendante de leur joug,
la Germanie l'avait bravé, la Bretagne n'avait rongé
qu'en grondant le frein imposé par la force : l'*Edda*
islandaise et le poëme héroïque allemand des *Nibelungen* furent composés ainsi en dehors de cette impulsion [1]. Au contraire, les Gaules, après une lutte
opiniâtre à la vérité, s'étaient plus promptement
façonnées aux mœurs romaines. Elles fournissaient
des membres au sénat et des auxiliaires à l'armée.
Parlerons-nous de l'Italie, naturellement imitatrice
de sa capitale, unie à Rome par une communauté de
langage, de race et de lois? Quant à l'Espagne, elle
se trouva dans une situation à part : une civilisation
romaine commencée fut couverte et presque effacée,
non par les Barbares du Nord, qui envahirent d'a-
bord l'Espagne, mais par les Maures, qui chassèrent
les premiers conquérants.

---

[1] Voyez à la fin du vol., lettre M, trois fragments tirés de l'*Edda*, et
deux morceaux d'ancienne poésie scandinave; et lettre N, un passage traduit des *Nibelungen*, par M. Toussenel, et inséré dans les notes de l'introduction à l'*Histoire universelle*, par M. Michelet.

Ici se manifeste la seconde cause de cette différence de destinée entre les littératures des divers
Etats européens. Le Nord, qui se précipitait sur le
Midi et ne refluait pas vers sa source, pouvait bien
altérer les croyances littéraires des peuples méridio-
naux, mais gardait les siennes. Pour le Midi, nous
avons une distinction à faire. Les peuples du Nord
ou comprimèrent tout essor littéraire chez les nations
conquises, ou honorèrent et finirent par adopter les
traditions romaines qu'ils trouvaient établies. Les
Francs et les Lombards peuvent être rangés dans la
première de ces deux classes, les Goths doivent être
comptés dans la seconde. Ni les uns ni les autres
n'essayèrent de substituer une littérature à celle dont
ils rencontraient les monuments. Aussi, en Gaule
et en Italie, la littérature romaine fut-elle ou sus-
pendue ou continuée : elle ne fut pas remplacée. Au
contraire, en Espagne, lorsque les Maures eurent
chassé les Goths, ils implantèrent dans leur nouveau
royaume les germes d'une littérature tout orientale.
Les fictions brillantes, l'éclat de l'imagination, l'emphase et l'hyperbole, mais aussi la vigueur et la
richesse : telles furent les qualités qu'ils donnèrent
aux lettres espagnoles, et qui, après avoir animé le
poëme national du *Cid*, devaient aussi vivifier plus
tard les conceptions originales de Lope et de Caldé-
ron. Les Maures ont laissé dans ce pays une trace
ineffaçable. L'Espagne chrétienne a modifié, mais
non répudié leurs souvenirs.

5. — Critique littéraire au moyen-âge.

Telles furent les études et les inspirations littéraires dans le moyen-âge. Quant aux opinions, elles
furent de peu d'importance, et rarement exprimées.

La partie nationale et religieuse de la littérature
était toute spontanée : elle ne se réglait point sur des
préceptes, et ceux qui la cultivaient ne songeaient
pas à en rédiger [1]. L'expression immédiate de la pensée populaire se soustrait assez impunément aux
règles du goût, parce que son premier mérite est une
fidélité presque littérale. Cette même expression réfléchie gagne, au contraire, à reconnaître des lois,
parce qu'elle s'éloigne de la réalité pour s'efforcer
d'atteindre la beauté idéale. Le siècle de Louis XIV
nous en offrira plus tard des exemples.

La partie traditionnelle de la littérature du moyen-

---

[1] On pourrait citer contre notre opinion l'exemple de ces poètes artisans,
ou maîtres poètes (Meistersaenger) qui formèrent une confrérie en Allemagne au commencement du quatorzième siècle. Selon le savant Bernhard
(Hans-Sachse, *Biog. univ*), « ils exerçaient l'art poétique d'après une tren-
taine de lois ou de prétendues règles de prosodie, auxquelles il fallait se
conformer sous des peines rigoureuses. Ces lois, assez pédantesques, qui au
reste n'avaient aucune influence sur la mesure des vers, étaient lues dans les
réunions de la congrégation à la taverne. Il y avait dans la société des
apprentis, des compagnons et des maîtres poètes ; et l'on ne pouvait par-
venir à ce dernier degré sans être un peu musicien, parce qu'il ne suffisait
pas de savoir rimer une chanson, il fallait encore savoir composer un air
nouveau. » Mais d'abord notre opinion n'est pas exclusive. En outre, quoique ce fait honore un peuple qui eut de bonne heure le noble goût des asso-
ciations intellectuelles, il est facile de voir que les règles dont il s'agit n'é-
taient pas des règles, et que l'Art ne pouvait être qu'à peine soupçonné
dans cette grossière académie.

âge produisit quelques critiques et quelques rhéteurs ; mais il en est bien peu qui méritent d'occuper une place dans les annales littéraires. Citerons-
nous un Bède, qui fait un livre sur les figures de
style de l'Écriture Sainte, et s'évertue à prouver que
les Grecs n'ont pas inventé les figures? un Alcuin,
précepteur de Charlemagne, qui reproduit judicieusement, mais faiblement, quelques préceptes oratoires des anciens? un Alain de l'Isle, surnommé *le
Grand*, au douzième siècle, qui donne quelques utiles
conseils aux prédicateurs, et leur recommande surtout d'être courts pour ne pas ennuyer leur auditoire? Nous nous arrêterons seulement à une doctrine célèbre autrefois, et maintenant oubliée, celle
de Raymond Lulle; doctrine qui aspirait à remplacer celle d'Aristote et celle de Platon, qui fut pro-
pagée par son inventeur avec génie et persévérance,
continuée par des hommes d'une science profonde [1],
et qui nous paraît aujourd'hui un singulier mélange
de ridicule et de vérité.

6. — Critique de Raymond Lulle.

Raymond Lulle entreprit de faire de la philosophie au profit de la théologie. Ennemi de la doctrine
d'Aristote, qu'il signala comme aride et favorable
au matérialisme, et qu'il voulut même faire pros-
crire par un concile et par le roi, il se rapprochait
davantage de Platon. Cependant une différence no-

---

[1] Par exemple, le savant Kircher, Jacques Lefèvre d'Etaples, et Alsté-
dius.

table séparait les deux systèmes : celui de Platon se
fondait sur les idées absolues et éternelles, mais enfin
sur des idées, c'est-à-dire sur des formes compréhen-
sibles à l'esprit humain; le système de Lulle avait
pour base les essences mêmes des choses, c'est-à-
dire ce qui ne peut se mettre sous des formes, ce que
l'esprit croit sans le comprendre. Néanmoins, le lien
commun entre les deux doctrines, c'est que, dans
l'une et l'autre, la synthèse et non l'analyse fournit
le point de départ. Mais Platon restait dans les conditions de l'humanité, tout en soumettant le relatif à
l'absolu, le variable à l'invariable; la philosophie de
Lulle allait se perdre dans la théologie, et, confon-
dant la foi et l'observation, risquait de se décréditer
et de se détruire par elle-même.

Cependant il y a quelque chose de si vrai, de si
grand dans cette méthode, qui débute par la synthèse, qu'au milieu des erreurs de Raymond Lulle
brillent de hautes vérités. Nous n'avons pas à rechercher ici la partie purement spéculative de son
système : ce que nous analyserons, ce sont les préceptes oratoires rédigés longtemps après par un de
ses disciples, mais tellement conformes à tout l'ensemble de sa doctrine, que nous pouvons rapporter à
lui-même les jugements portés sur son imitateur [1].

Dans cette espèce de rhétorique, empruntée au
quatorzième siècle, on établit d'abord que tous les
objets de nos connaissances supposent une vérité une

---

[1] Voyez l'*Art bref* de Raymond Lulle lui-même, et son *Traité de la
recherche du moyen entre le sujet et le prédicat.*

et simple, une science très-générale. Les choses, quelles qu'elles soient, se divisent en substances et en accidents. Substances ou accidents, de quoi que ce soit on peut tout dire. Ici commence la pratique oratoire. Il faut que la marche du discours soit réglée par des lignes tracées d'avance, et que ces lignes aient une application générale. L'éloquence est parfaite lorsque, sur le sujet proposé, on parle convenablement et agréablement, soit pour plaire, soit pour persuader.

Il est facile de remarquer qu'après avoir commencé par une observation élevée et profonde, celle de l'unité de principe dans tout ce qui peut composer une science, l'auteur de ces préceptes tombe dans le vague et dans l'arbitraire. Tout dire de quoi que ce soit, n'est-ce pas la prétention des anciens sophistes? Les lignes tracées à l'avance sont encore une méthode plus étroite que les catégories d'Aristote, ou plutôt ce sont aussi des catégories. Suivons cet auteur dans quelques détails.

Il offre à l'orateur trente-six sources d'invention. Ce sont d'abord les *Sujets*, au nombre de neuf, dont voici la liste : Dieu, les esprits surnaturels, le ciel, l'homme, l'imaginatif (sens interne, pensée), le sensitif (sens et passions), le végétatif (génération, nourriture, accroissement), l'élémentatif (les éléments et minéraux), l'instrumentatif (ce qui coopère comme accident). Viennent ensuite les neuf qualités absolues : bonté, grandeur, durée, puissance, connaissance, instinct, vertu, vérité, gloire; puis les neuf qualités relatives : différence, accord, opposition, principe, milieu, fin, supériorité, égalité, infériorité ; enfin, les neuf questions : si la chose est, ce qu'elle est (*quid*), de quelle nature (*quale*), de quelle grandeur, d'où, pourquoi, quand, où, comment.

Celui qui étudie l'éloquence doit choisir d'abord un sujet qui serve de centre à ses pensées. Quand le sujet est choisi, le candidat orateur doit se faire une ou plusieurs questions, y répondre par les règles absolues ou relatives, et varier, par des combinaisons diverses, l'application des questions et des qualités au sujet choisi. Par ce moyen, si nous en croyons les promesses de l'auteur, l'homme le plus étranger au talent de la parole deviendra un homme éloquent.

Il ajoute à ces abstractions l'*échelle de la nature et la pyramide de la vérité,* figures où les modes d'existence et les caractères des êtres sont classés par ordre sous une forme sensible ; et soutient que tout vient de l'Unité, que tout se réduit à l'Unité. D'après Platon, il dit que savoir définir, c'est posséder la clé des sciences.

Au fond, cette doctrine ne peut être approuvée que dans son point de départ. Lulle, ou son disciple, qui semble vouloir éviter la sécheresse d'Aristote, tombe lui-même dans les plus sèches démonstrations. Est-ce avec des catégories, des cercles et des pyramides que les questions s'éclaircissent et que la science fait des progrès[1] ? Tout cet appareil si matériel au milieu des axiômes du plus élevé spiritualisme n'est

---

[1] Voyez à la fin de ce volume, lettre O, la Pyramide de la vérité et l'Échelle de la nature.

pas à sa place. Les principes contrastent avec l'application.

Il est bien d'exiger que les pensées de celui qui essaie une œuvre d'éloquence aient un centre commun. Mais ce centre ne doit pas être pris dans la plus vague généralité; autrement il ne résultera de l'épreuve qu'une de ces pâles et emphatiques déclamations que les rhéteurs grecs avaient mises à la mode. D'ailleurs, cette méthode serait tout au plus utile pour former à l'éloquence abstraite et spéculative. Elle ne peut rien pour l'éloquence des affaires. Prise entièrement hors de la réalité, elle est impuissante pour la pratique.

L'influence de la doctrine de Lulle fut cependant assez durable. Elle se prolongea en diverses parties de l'Europe au-delà du quatorzième siècle et jusque sur les deux siècles suivants. Elle se maintint dans l'enseignement, appuyée sur la puissance religieuse, dont elle portait l'empreinte. Les progrès de l'observation, la séparation entre des sciences devenues spéciales ont effacé une doctrine qui ne reposait que sur l'Unité. Prise dans le sens le plus haut, le plus mystique même, l'Unité de Raymond Lulle comprenait tout. Spéculativement, il était dans le vrai; mais, lorsqu'il transportait dans les applications particulières toute la généralité qui ne convient qu'à la théorie dans son ensemble; lorsqu'il appelait la création tout entière au secours d'un écolier de rhétorique; c'était tomber dans le faux et dans la contradiction.

7. — Caractère de la littérature du XVe et du XVIe siècle.

Le quinzième siècle renouvela le monde. L'usage du papier fut un premier moyen offert aux communications plus rapides de la pensée. L'invention de l'imprimerie centupla les forces de l'esprit humain. Au seizième siècle, les lettres grecques furent exhumées d'un long oubli, d'abord en Italie, puis en France et dans le reste de l'Europe. La réformation donna un ébranlement subit et profond aux intelligences. De ces diverses circonstances pouvaient résulter des littératures vives et originales. Les semences existaient; cette chaleur des esprits, ce grand mouvement social, pouvaient les faire fructifier à l'honneur de l'Europe moderne; examinons pourquoi il n'en fut pas ainsi.

Lorsque le génie, secondé du hasard, eut fait la conquête de l'imprimerie, ce puissant instrument ne fut guère appliqué qu'à deux objets, l'Écriture Sainte et la littérature ancienne. Le premier livre imprimé fut la Bible; bientôt et le zèle du clergé, et la lutte âpre et violente que suscita la réformation, multiplièrent les livres consacrés aux doctrines et aux controverses religieuses. Il y a certes dans le christianisme assez de poésie pour défrayer une littérature tout entière, et, comme les inspirations de la Bible sont surtout imposantes, majestueuses, accablantes à force de sublime, parce qu'elles naissent de la loi de crainte, les inspirations de l'Évangile, c'est-à-dire de la loi d'amour, pouvaient être fertiles en émotions tendres, en profondes et touchantes impressions;

mais, en général, ce n'est pas ainsi que les deux siècles héritiers du moyen-âge comprirent le christianisme. Ils le firent servir aux discussions subtiles et
véhémentes, ils y mêlèrent le pédantisme de l'école,
et le dépouillèrent de son génie à-la-fois sévère et
gracieux.

L'étude de la littérature ancienne avait repris faveur même avant le quinzième siècle. Au douzième,
plusieurs écrivains citèrent Tite-Live, Cicéron et
Pline[1]; au commencement du treizième, plusieurs
versificateurs invoquèrent Virgile et Stace en essayant des épopées. Pétrarque et Boccace, au quatorzième siècle, furent infatigables dans leur zèle en
faveur des Anciens. Ils restaurèrent l'étude des lettres
latines, ils ébauchèrent la restauration de la littérature grecque. Après eux, l'Italie suivit leur exemple,
et éclaira de ses savantes recherches la première
moitié du quinzième siècle. La France était moins
avancée dans cette carrière. Sur quelques points de
son territoire, les souvenirs des vieux chantres
français étaient encore vivaces, et le collége de
la gaie science à Toulouse, enrichi et transformé
par Clémence Isaure, offrait le *Lys* ou l'*Eglantine*
aux héritiers harmonieux des Troubadours. La
France savante sommeillait; elle attendait que le si-
gnal partît du trône. L'Angleterre, l'Allemagne,
étaient encore moins préparées que la France à l'importation des richesses littéraires des anciens. L'Espagne, isolée du reste de l'Europe par sa position

---

[1] V. H. HALLAM, *Europe au moyen-âge.*

géographique, isolait aussi sa littérature. L'imprimerie fut inventée, et l'un des premiers tributs qu'elle
paya aux lettres fut une édition des *Offices de Cicéron*.
Ensuite furent publiés successivement les auteurs
anciens déjà connus, mais seulement par de rares
manuscrits, et les nouvelles découvertes que de pa-
tients érudits faisaient dans la poudre des monastères.
Ainsi l'imprimerie servit à-la-fois les besoins de la
dévotion et la religion des souvenirs.

Lorsque l'empire d'Orient eut succombé, de savants Grecs, fuyant loin des ruines de leur patrie,
obtinrent de l'Italie une noble hospitalité. Ils repri-
rent et achevèrent la tâche de Pétrarque et Boccace.
La littérature grecque, rétablie par leurs travaux
dans l'admiration des peuples, remplit de ses chefs-
d'œuvre d'abord l'Italie même, puis la France à la
voix de François Iᵉʳ. Le reste de l'Europe suivit à pas
inégaux cet élan de l'Italie et de la France. Le goût
se forma par l'étude des immortels monuments littéraires de la Grèce et de Rome ; mais, dans la même
proportion, décrut la puissance du génie national de
chaque peuple. Pour exprimer plus complétement
notre idée, l'Europe acquit par l'érudition la puissance d'habiller à l'antique les conceptions de l'esprit
moderne ; ce fut une étude de costume, et il devint
et demeura impossible à l'esprit moderne d'échapper
à la contrainte qu'il devait éprouver sous le costume
ancien. Chaque fois qu'il se dégagea de ses entraves,
soit pour s'élever à des idées de tous les temps, soit
parce que la force d'une position toute spéciale l'obli-
geait à dépouiller la toge et la tunique, soit enfin par

l'impatience d'un homme de génie, cet esprit fut grand et remua les cœurs. Dès à présent nous pouvons citer Shakspeare, et, dans un genre bien différent, les poésies de Clotilde de Surville, si toutefois elles sont authentiques [1]; le dix-septième siècle nous offrira des exemples plus nombreux.

8. – Critique du XVᵉ et du XVIᵉ siècle.

Quel pouvait être, dans ces deux siècles que nous avons rapidement parcourus, le caractère de la critique littéraire? Il était double. L'instinct d'examen et d'opposition qui était propre à cette époque ne permettait pas d'admettre sans contrôle les opinions des anciens critiques; et pourtant le culte rendu à l'antiquité faisait emprunter à ceux-là même les armes destinées à les combattre. Nous ne citerons pas Cavalcanti, qui adopte toute la doctrine d'Aristote, et consacre sept livres à la développer longuement. Vida, versificateur élégant et de bon goût, essaie de tracer les règles de la poétique. Il veut former à la poésie, comme Quintilien à l'éloquence, en élevant un enfant pour le métier de poète. Son ouvrage, comme le remarque Batteux, qui l'a traduit, *n'est proprement que la pratique de Virgile réduite en art ou en principes.* Encore ne peut-on guère parler des principes qu'il professe, car il s'efface presque entièrement, et se cache derrière les exemples de Virgile.

---

[1] Voyez sur cette question difficile et indécise l'art. de M. Raynouard, dans le *Journal des savants*, de juillet 1824, et l'article Clotilde de Surville dans la *Biographie universelle.*

Le Tasse compose un discours sur l'art poétique, et cette bonne fortune d'entendre un grand poète parler de son art se réduit à rien par la singularité des réflexions ou plutôt des réminiscences qu'il lui inspire. Scaliger, avec ses effrayants plagiats des idées antiques, ressasse dans sa poétique lourde et savante les idées d'Aristote et d'Horace. Erasme, esprit facile, savant aimable et ingénieux, raille dans la langue de Cicéron les pédants italiens qui empruntaient à Cicéron toutes les formes de leur style. Montaigne même, avec sa pensée indépendante, surcharge ses piquants essais d'un luxe d'érudition ancienne. Il se moquera du rhéteur, et le comparera *au cordonnier qui sait faire de grands souliers à un petit pied*[1]. Il vous criera : *Oyez dire métonymie, métaphore, allégorie, et autres tels noms de la grammaire; semble-t-il pas qu'on signifie quelque forme de langage rare et pellegrin? Ce sont titres qui touchent le babil de notre chambrière*[2]. Mais il se souviendra, en professant cette doctrine, qu'elle se rencontre déjà dans quelques pages d'Aristote et de Platon. Dubellay, enfin, l'admirateur, le promoteur des tentatives de Ronsard, dans son *Illustration de la langue française*, qui est un appel à la révolte contre la vieille école de Marot, invite les littérateurs du temps à feuilleter nuit et jour les Grecs et les Latins, et à produire ensuite quelque œuvre importante[3]. De l'indépendance, avec la permission

---

[1] *Essais*, ch. 51.

[2] *Ibid.*

[3] Voyez le *Tableau de la poésie française* au seizième siècle, par M. SAINTE-BEUVE.

des anciens, et de manière à trouver en définitive une caution parmi eux, telle nous paraît être la couleur dominante de la critique au seizième siècle.

9. — Critique de Ramus.

Un écrivain, cependant, secoua le joug de la routine, et innova dans la critique; c'est Pierre la Ramée, plus connu sous le nom de Ramus.

Quoiqu'il ait semé beaucoup d'erreurs dans ses ouvrages, Ramus est le premier, entre les critiques modernes, qui eut le courage de chercher la vérité. Dans un siècle qui jurait encore par le nom d'Aristote, il osa attaquer Aristote ; coupable de bon sens et de franchise, dans un temps de fanatisme et d'intrigues, il excita des haines qui devaient aller jusqu'au crime. L'ignorance humiliée se vengea de lui par un assassinat.

La préface d'un ouvrage dédié au cardinal de Lorraine, qu'il appelle son Mécène, et qui, en effet, mérita ce nom, nous indique la marche que suivirent ses idées. Esprit actif et novateur, nourri de la lecture de Platon et de Xénophon, Ramus fut choqué des défauts de la logique et de la doctrine oratoire d'Aristote. Il se présenta au combat, et consacra toutes ses forces à renverser l'idole. Aristote, selon lui, devait être accusé des ténèbres répandues sur la dialectique et la rhétorique; Cicéron avait trop servilement imité son exemple, et Quintilien surtout, malgré sa gloire usurpée, n'avait droit qu'aux moqueries et aux dérisions des hommes de goût.

Il y avait de la passion dans ces jugements. Lors même que Ramus corrigeait et perfectionnait les règles de la dialectique, il devait beaucoup au philosophe éminent qui l'avait réduite en art. Quand il bornait la rhétorique aux préceptes sur l'élocution et sur l'action oratoire, il se rapprochait plus qu'il ne le pensait de la méthode d'Aristote, quoiqu'il s'en éloignât par le résultat. En effet, que dit Aristote? Que toute la rhétorique se réduit à la preuve, que tout le reste est fort peu important. Erreur justement signalée par Ramus, et qui tendrait à identifier la logique avec la rhétorique. Mais voir toute la rhétorique dans l'élocution et dans l'action, c'est priver l'art oratoire d'une grande et légitime partie de son domaine, c'est ne conserver que la partie extérieure, et faire une pure science de formes de ce qui doit s'appliquer aussi à des opérations intimes de notre esprit. Il est bien vrai que l'invention, et surtout la disposition oratoire, sont une œuvre de jugement. Mais, parce que le jugement fournit à la dialectique ses matériaux, s'ensuit-il qu'il ne puisse entrer comme élément dans une autre science? Dans la rhétorique, l'action du jugement est modifiée par celle de l'imagination, dont le concours lui donne un nouveau caractère. Ce n'est pas une autre faculté que dans la dialectique, c'est la même faculté agissant d'une autre manière. D'ailleurs, l'élocution même (nous n'avons rien à dire de l'action) est-elle donc sans aucune relation avec le jugement? Ne faut-il pas dans le style un calcul et des préférences? Comment calculer, comment préférer, si l'on ne juge

pas? Ramus attribuerait donc à la rhétorique un
sujet qui conviendrait encore en partie à la dialectique. Reconnaissons que ces exclusions sont étroites.
Sans doute il ne faut pas tout ramener à la rhétorique ; et, comme le dit Ramus, c'est un art spécial,
une science à part. Ne mettons pas, comme Aristote,
la politique, la morale, la jurisprudence, dans un
traité oratoire ; n'y mettons pas l'arithmétique et
l'algèbre, comme le fit un Antoine Lulle, compatriote
et peut-être parent de Raymond. Mais l'invention et
la disposition ne sont pas des sciences ; elles sont des
portions nécessaires de la science de l'orateur. Elles
se représentent dans tous les sujets, et tiennent aux
racines mêmes de l'art. Il est donc impossible de les
en détacher.

Ramus reproche à Cicéron d'avoir suivi aveuglément les traces d'Aristote. Oui, dans quelques essais
condamnés plus tard par Cicéron lui-même ; on peut
même comprendre dans ce reproche l'*Orator*, qui est
le but des attaques de Ramus. Mais comment ne
rend-il pas plus de justice au *de oratore*, si rempli de
l'esprit de Platon, dont lui-même avait étudié et
goûté la doctrine? c'est que, malgré cette préférence,
Ramus, professeur d'éloquence et de mathémati-
ques tout ensemble, tendait à fonder une science
rigoureuse sur d'autres bases qu'Aristote, mais par
sa méthode, plutôt qu'à saisir l'éloquence dans sa
haute origine, et à tirer de cette source élevée des
préceptes généraux. L'incertitude que nous avons
signalée dans les doctrines de Cicéron pouvait d'ailleurs les faire méconnaître par un juge préoccupé.

La lutte que Ramus engage contre Quintilien est
vive et infatigable : après avoir harcelé le maître, il
accable le disciple. Il faut avouer que, sauf quelques injustes reproches et l'aspérité des formes du
style, Ramus a bien souvent raison contre son adversaire. Il réussit plus d'une fois à le convaincre de
confusion dans les idées, de vague dans les divisions ;
quelquefois aussi il l'accuse à tort, comme lorsqu'il
lui reproche d'établir que la disposition oratoire doit
changer souvent. Cette pensée est juste et raisonnable. Obliger l'éloquence à se renfermer toujours dans
le même cadre, c'est la réduire au mécanisme, et méconnaître l'influence puissante des circonstances.
Ramus prétend aussi, contre l'avis de Quintilien,
que, pour trouver ce qui est de convenance (*quod
decet*), il faut s'adresser à la dialectique. Ici encore
il oublie que les circonstances sont variables, et que
cependant elles règlent les convenances, qui, par
conséquent, doivent varier avec elles. Or, la dialectique est positive; elle n'est pas la science de ce qui
est variable : ce n'est donc pas elle , c'est un art plus
flexible, moins compassé, qui peut conduire l'orateur
à ce résultat.

En général, la prééminence de la dialectique est
l'idée fixe de Ramus. Il se passionne pour elle comme
pour une création qui lui est propre. Quand il est le
plus irrité contre Quintilien : Il a beaucoup de soin,
dit-il, mais pas l'ombre de dialectique (*Diligentia
multa, dialectica nulla*); il est tout de plomb dans sa
dialectique (*totus in dialecticis plumbeus*). Blâmons
aussi la véhémence plus que littéraire qui lui inspire

de véritables invectives contre cet illustre rhéteur.
Nous avons pu reprendre des erreurs et des omissions
dans Quintilien ; mais le goût et la vérité rejettent
les épithètes d'*inepte* et de *ridicule* appliquées aux idées
d'un critique si judicieux.

Ramus était un rhéteur dialecticien ; regrettons
qu'il n'ait pas été plus complétement philosophe.
C'est en effet chez les philosophes, bien plus que
chez les rhéteurs, qu'il faut chercher les préceptes
de l'art, les lois de la poésie et de l'éloquence. Dans
la Grèce, à Rome, nous avons recueilli ces préceptes
et ces lois parmi les écrits de ceux qui ont cultivé la
science de l'homme. Le rhéteur ne voit qu'un point ;
le philosophe embrasse l'étendue : celui-là ne rapporte son sujet qu'à lui-même ; celui-ci compare
davantage ; il doit juger mieux. Enfin, l'étude de la
philosophie est celle des principes, et les principes
seuls peuvent fonder les lois.

Dans tout ce que nous pouvions embrasser d'une
vue d'ensemble, dant tout ce qui, avec des nuances
diverses, réfléchissait cependant une même couleur,
nous n'avons pas examiné à part telle ou telle contrée : ce n'est pas l'Allemagne, ou la France, ou
l'Angleterre, c'est l'Europe que nous avons interro-
gée, parce que, au moyen-âge, et avant le dix-septième siècle, il y avait entre les divers États européens
plus d'analogie que de différence sous le rapport littéraire. Il n'en sera pas ainsi des trois siècles qui nous
restent à parcourir ; nous disons *des trois siècles*, bien
qu'il ne se soit encore écoulé que cinquante années
du dix-neuvième, parce que ces cinquante années

contiennent des faits littéraires qui leur donnent l'importance d'un siècle tout entier.

Nous allons donc prendre à part chaque portion de l'Europe, depuis le dix-septième siècle. Quelquefois nous remonterons un peu au-delà de cette limite, pour mentionner des traditions qui n'ont pu trouver place dans le tableau littéraire du moyen-âge. Il est difficile d'aligner les idées comme les chiffres; et, quand on ne veut pas sacrifier le vrai à une ombre d'exactitude, on est forcé d'admettre ces légères irrégularités, qui laissent aux temps leur caractère, aux doctrines leur suite et leur valeur.

LIVRE VII.

BACON.

LITTÉRATURES DIVERSES DU NORD ET DU MIDI.

XVIIᵉ, XVIIIᵉ ET XIXᵉ SIÈCLE.

---

1. — Doctrine de Bacon.

Détachons cependant à l'avance l'esquisse d'une doctrine importante, moins en elle-même que par le nom et le caractère philosophique de son auteur. Bacon, au dix-septième siècle, représenta, en la renouvelant, une des grandes idées systématiques de l'esprit humain. Il prépara beaucoup plus qu'il n'accomplit; mais son influence fut générale et non partielle, et, à ce titre, il doit se présenter d'abord et seul à notre observation.

Une grande révolution se préparait dans la philosophie. Aristote avait perdu sa toute-puissance, mais il en était resté une méthode, et des erreurs qui avaient force de vérité. La méthode, qui était celle de l'observation pure et de l'expérience, pouvait elle-même servir à corriger ces erreurs. Une méthode contraire, celle de la spéculation et de la synthèse, pouvait aussi et devait conduire à les remplacer par de hautes vérités. Cette dernière mission était réservée à Descartes; la première fut choisie et réalisée par Bacon.

Le premier ouvrage de Bacon fut dirigé contre Aristote, mais non pas contre sa méthode, car il posa lui-même l'observation et l'expérience comme l'unique fondement de sa doctrine nouvelle. Il obéit en même temps à l'impulsion de son siècle, lassé de la tyrannie scolastique [1], et aux préférences de son esprit, hardi, mais positif. Il recommença la division de toutes les sciences, de tous les produits de l'esprit humain. Il secoua les préjugés avec indépendance, et ouvrit à l'observation une carrière inexplorée. Cependant son horreur pour les hypothèses le trompa; il adopta, il consacra le principe emprunté d'Aristote, transmis plus tard à Locke et à Condillac : *Toute connaissance vient des sens.* Cette fausse doctrine, outre les erreurs où elle entraîna Bacon dans la phi-

---

1 « Vous trouverez, dit-il, chez les scolastiques, certaines généralités assez belles pour le discours, et qui ne sont pas trop mal imaginées; mais, en vient-on aux distinctions et aux décisions, alors... le tout aboutit à des questions monstrueuses et à un vain fracas de mots. » (*De la Dignité*, etc. V. t. Ier, p. 446, trad. de Lasalle.)

losophie proprement dite, égara plus d'une fois son
jugement sur les matières de goût qui nous intéressent surtout dans ses ouvrages. S'il avait reconnu,
comme le fit bientôt Descartes, la réalité des faits de
notre intelligence qui ne dérivent pas des sens, et qui
sont aussi des faits d'observation et d'expérience, ce
génie pénétrant n'aurait pu aborder les questions de
l'esthétique sans enrichir la science de vues neuves
et profondes. Au contraire, son ouvrage *de l'Accroissement et de la Dignité des sciences* ne nous offre, sur la
poésie et la rhétorique, que des idées raisonnables,
mais d'une importance secondaire. Arrêtons-y un
moment notre attention.

Pour commencer par la poésie, il la rapporte à
l'imagination dans sa division générale de la science
humaine, comme l'histoire à la mémoire, et la philosophie à la raison. Il la distingue avec justesse de
la versification, qui n'est, dit-il, qu'un certain genre
de style, et n'est relative qu'aux formes du discours.
« La poésie, selon lui, a pour objet les individus
composés, à l'imitation de ceux dont il est fait mention dans l'histoire naturelle, avec cette différence
pourtant qu'elle exagère ce qu'elle décrit, et qu'elle
imagine à son gré, et réunit des êtres tels qu'on n'en
trouve jamais dans la nature, ou qu'on n'y voit
jamais ensemble, à-peu-près comme le fait la peinture ; toutes choses qui sont l'œuvre de l'imagination[1]. » Cette obscure et incomplète définition trahit
l'effort d'un grand esprit pour concilier ce qu'il sent

---

[1] *De la dignité*, etc., tom. 1, p. 265, traduct.

I. 17

et ce qu'il professe. Si tout vient des sens, la poésie, en effet, n'est plus que l'histoire naturelle réfléchie ; mais alors comment peut-elle *imaginer à son gré*, ou *réunir des êtres tels qu'on n'en trouve jamais dans la nature?* Est-ce là de l'imitation? De plus, n'y a-t-il à peindre que la nature? La poésie n'a-t-elle plus de couleurs pour tant de grandes idées? pour mille sentiments divers? Dieu et l'âme humaine ont-ils cessé d'être poétiques? et l'inspiration ne peut-elle plus s'attacher qu'à la nature morte et aux actes extérieurs de l'humanité?

Il est vrai que Bacon se met à l'aise pour caractériser la poésie; car plus loin il l'appelle *une imitation agréable de l'histoire* [1] : il écarte de son domaine les satires, les élégies, les épigrammes, les odes et autres pièces de ce genre, qu'il renvoie à la philosophie et aux artifices du discours. « Sous le nom de poésie, ajoute-t-il, nous ne traitons que d'une *histoire inventée à plaisir*. »

Bacon s'autorise de cette définition singulière pour diviser la poésie en *narrative* ou *héroïque*, *dramatique* et *parabolique*. Voilà donc tous les genres de poésie réduits à l'épopée, au drame et à la fable. « La poésie narrative, dit Bacon, imite tout-à-fait l'histoire, au point de faire presque illusion, si ce n'est qu'elle exagère les choses au-delà de toute croyance. La dramatique est, pour ainsi dire, une *histoire visible;* elle rend les images des choses comme présentes, au lieu que l'histoire les représente comme passées;

---

[1] *De la dignité*, etc., tom. 1, p. 336.

mais la parabolique est une *histoire avec un type* qui
rend sensibles les choses intellectuelles [1]. »

Fidèle à sa pensée intime, Bacon exclut de l'idée
de poésie tout ce qui ne présente pas ou n'imite pas
des faits sensibles. La spiritualité de l'ode et de l'élégie contrariait sa doctrine, toute fondée sur l'extérieur et sur les sens. La satire même et quelques
autres genres moins importants expriment des idées
sous une forme qui ne peut être assimilée à la forme
historique ; il les répudie également. Remarquons
néanmoins cette contradiction évidente : l'élégie et
surtout l'ode se rapportent visiblement à l'imagination, et non pas à la raison ; cependant c'est à la raison que Bacon les attribue, et il les détache de la
poésie, qu'il fait reposer sur l'imagination.

Passons à la rhétorique, que Bacon appelle la
doctrine de l'*embellissement du discours*. Ses opinions
sur cette matière n'ont pas assez de profondeur, mais
elles sont, en général, justes et ingénieuses. Ainsi
c'est avec raison qu'il rend à l'imagination son importance dans le drame oratoire ; seulement il est
trop exclusif quand il dit que la rhétorique est au
service de l'imagination comme la dialectique est au
service du jugement. « L'office de la rhétorique, dit-il
aussi, n'est autre que d'appliquer et de faire agréer
à l'imagination les suggestions de la raison, afin d'exciter l'appétit et la volonté [2]. » Il serait plus juste de
dire, ce nous semble, que, dans la rhétorique, c'est

---

[1] *Vide suprà.*
[2] *De la dignité,* t. III, p. 4.

la raison qui appelle l'imagination à son aide. Au fond, à moins qu'on ne parle des abus de l'art oratoire, quelque chose de raisonnable doit être le principe et le but du discours. Les ressources que l'imagination fournit ne sont que des moyens, et, en dernier ressort, ce n'est pas cette faculté qui juge.

Bacon réfute judicieusement l'opinion dédaigneuse de quelques philosophes à l'égard de la rhétorique. Il prouve très-bien que « ces arts et ces facultés, qui ont tant de pouvoir pour troubler la raison, n'en ont pas moins pour la fortifier et l'affermir » ; que l'abus n'est qu'éventuel, et que c'est l'usage qui est ordinaire. Obligé de convenir que, si toutes nos affections étaient bien ordonnées, la vérité toute nue et dans le style le plus simple nous suffirait, il démontre facilement qu'il n'en est pas ainsi, et conclut que l'art oratoire a pour base la nature humaine, et, partant, qu'il est légitime. Plus attaché à la routine pour ce qui regarde les *lieux oratoires*, il vante beaucoup cette méthode, qu'il appelle l'*art de s'approvisionner*. Aristote lui semble fort incomplet lorsqu'il explique les *signes différents du bien et du mal*, et il essaie de suppléer ce que le philosophe grec a omis. Nous ne croyons plus nécessaire de prouver que la véritable éloquence doit sans doute s'inspirer de la méditation et de l'étude des idées générales, mais non tirer d'un arsenal pédantesque des lambeaux oratoires, destinés d'avance à déguiser la partie nue et stérile de tous les sujets.

La science de l'esthétique doit peu de chose à Bacon. Le génie de Descartes n'y a pas répandu sa lumière [1] ; mais l'influence européenne exercée sur les esprits par la doctrine de ce grand homme a relevé l'honneur de la méthode synthétique, et préparé en Allemagne, en Angleterre, parmi nous enfin, la consécration de plus d'une vérité touchant le Beau, la poésie et l'éloquence.

Il nous a été impossible de recueillir sur toutes les opinions littéraires de toutes les parties de l'Europe, depuis le dix-septième siècle, des documents aussi complets que nous l'aurions désiré; mais ce qui peut nous en faire moins regretter l'absence, c'est que les littératures dont nous connaissons peu les monuments paraissent ou fort incomplètes, ou agrégées par l'imitation à des littératures mieux connues. Leur action nationale est peu de chose, leur influence extérieure est nulle. Elles ne fourniraient guère de matériaux à l'observation philosophique, et surtout contribueraient peu à nous faire atteindre le but principal de cet ouvrage, l'établissement d'une légitime théorie littéraire, fondée sur la critique impartiale des

---

[1] Il a cependant laissé comprendre sa pensée à cet égard, lorsqu'il a dit, dans son simple et sublime *Discours de la Méthode* : « J'estimais fort l'éloquence, et j'étais amoureux de la poésie ; mais je pensais que l'une et l'autre étaient des dons de l'esprit plutôt que des fruits de l'étude. Ceux qui ont le raisonnement le plus fort, et qui digèrent le mieux leurs pensées afin de les rendre claires et intelligibles, peuvent toujours le mieux persuader ce qu'ils proposent, encore qu'ils ne parlassent que bas-breton, et qu'ils n'eussent jamais appris de rhétorique ; et ceux qui ont les inventions les plus agréables et qui les savent exprimer avec le plus d'ornement et de douceur, ne laisseraient pas d'être les meilleurs poëtes, encore que l'art poétique leur fût inconnu. » (DESCARTES, *Discours de la Méthode*, édition de M. Cousin.)

opinions qui, toujours et partout, se sont partagé les esprits. Cependant il n'est pas inutile de rappeler quelques traits de ces littératures, afin que l'ensemble de nos recherches soit plus complet et plus lumineux.

2. — Caractère de la littérature suédoise.

La littérature suédoise a subi plusieurs vicissitudes. Autrefois ébauchée, comme presque toutes les littératures qui commencent, dans des hymnes guerriers et des chants populaires, elle reçut, à l'époque de la réformation, l'influence de la langue allemande, qui, s'il faut en croire les écrivains suédois, nuisit au développement national. La faveur de quelques Français auprès de Christine, l'alliance de Charles XI avec Louis XIV, répandirent dans les classes supérieures, en Suède, le goût de la littérature française, et, depuis ce temps jusqu'à nos jours, la littérature suédoise a revêtu ce nouveau caractère d'imitation.

3. — Caractère de la littérature norwégienne.

Quoique le royaume de Norwège soit aujourd'hui réuni à celui de Suède pour former la monarchie suédoise, la littérature de ce pays porte un cachet différent. C'est de la littérature allemande qu'elle reçoit ses inspirations principales, inspirations plus analogues d'ailleurs au génie du Nord que celles des lettres françaises. Elle paraît avoir pour caractère distinctif la gravité, et un sentiment naturel ou arti-

ficiel de patriotisme. Il y a quelques années que, sur
l'invitation d'un négociant de Christiania, et pour
obtenir un prix qu'il avait fondé, une collection de
chants nationaux norwégiens fut composée. Cette
sorte de protestation honorable contre un choix de
modèles étrangers ne pouvait produire que peu de
fruits. On ne commande pas à une littérature de
devenir nationale : c'est un destin qui s'accomplit
de soi-même, et que les plus brillantes ou les plus
lucratives couronnes ne sauraient réaliser.

L'exemple de cet appel inutile à l'originalité avait
été donné quelque temps auparavant à la Norwége
par le Danemark. Un grand seigneur y avait aussi
proposé un prix pour la meilleure chanson nationale.
C'était une noble pensée; mais ce fut un dessein sans
résultat.

4. — Caractère de la littérature danoise.

La littérature du Danemark, comme celle de la
Norwége, a de grandes analogies avec celle de l'Allemagne; cependant elle est beaucoup plus originale
que la littérature norwégienne, et surtout que la littérature suédoise. Du reste, cette originalité n'est
pas très-ancienne : elle ne remonte guère qu'au
temps où les lettres allemandes prirent aussi un
nouvel essor. Ce que nous devons remarquer néanmoins, c'est que l'influence des traditions grecques
et latines a laissé en Danemark des traces assez
vives. Ainsi une discussion animée se prolongeait, il
y a quelques années, entre plusieurs savants danois:
les uns défendaient les fables de la Grèce, et appe-

laient barbares les traditions religieuses du Nord ;
les autres, tout en se prosternant devant la mythologie grecque, qu'ils maintenaient en possession de
ses titres, prétendaient que le génie a le droit de
puiser dans l'Edda, et les autres sources poétiques
de la Scandinavie, des ressources nouvelles : lutte
singulière et curieuse, où des savants du Nord abju-
rent ou affaiblissent leurs souvenirs nationaux par
respect pour des souvenirs pleins de grâce et de génie,
mais usés par la double chute d'une religion qui en
était l'origine et d'une société qui les adoptait.

Les beaux-arts ont fleuri en Danemark, et le
nom du célèbre sculpteur Thorwaldsen, mort il y a
peu d'années, après avoir produit des chefs-d'œuvre
d'élégance et de noblesse, prouve que la verve d'un
grand artiste peut s'allumer dans les glaces du Nord.

5. — Caractère de la littérature russe.

La date de la littérature russe est bien récente. Il
est vrai que, dès les commencements du moyen âge, la
Russie avait ses historiens nationaux, et F. Schlegel [1]
pense, d'après le commerce autrefois florissant de cet
empire et ses antiques relations avec Constantinople,
qu'avant la dévastation exercée par les Mongols la
civilisation russe était plus étendue et plus complète.
Néanmoins ce n'est qu'après la secousse donnée par
Pierre-le-Grand aux esprits comme aux institutions
de son pays, que la Russie commence à élever de

----

[1] *Histoire de la littérature*, V. II.

vrais monuments littéraires. Des contes et des chants nationaux, des traditions et des légendes populaires, voilà ce qui restait de la littérature des premiers temps[1]. C'est seulement vers la fin du dix-huitième siècle que les Russes comptèrent des poètes, des historiens et des orateurs[2].

La littérature russe a un caractère mixte. Il s'y rencontre de nombreuses imitations de l'anglais et du français. La popularité de la langue française chez les nations étrangères n'est nulle part plus sensible qu'en Russie; d'un autre côté, il y a entre le génie russe et le génie anglais une sympathie qui a naturalisé sur les bords de la Newa Milton, Ossian et Shakspeare. Les imitations grecques et latines ne manquent pas non plus à la nouvelle littérature russe, née au moment où les richesses littéraires de l'antiquité et des autres nations modernes venaient toutes à-la-fois s'offrir à l'admiration et à l'étude de ce peuple sorti du chaos. Cette langue slave, moitié asiatique et moitié européenne, riche des débris des langues grecque et tartare, se prête cependant aux conceptions originales. On pourrait comparer la Russie, sous le rapport littéraire, à la jeune Amérique. Là aussi se trouvent, à côté de l'imitation, des beau-

---

[1] Il paraît que le génie lyrique surtout animait ces premiers essais de la poésie russe, et, en général, de la poésie des peuples slaves. (V. le tome XV du journal le *Catholique*, p. 413.)

[2] Kirscha-Danilow, cosaque de nation, qui vivait sous Pierre-le-Grand, compila d'anciennes poésies russes; mais il paraît leur avoir donné une forme nouvelle. Nous citons à la fin du vol., lettre P, un morceau intéressant qu'il a imité du chroniqueur Nestor, et que M. le baron d'Eckstein a cité dans son 15e tom. du *Catholique*.

tés nationales inspirées par le climat et le renouvellement social; mais la part d'originalité est plus forte
en Russie qu'en Amérique. Cette triste et imposante
nature du Nord inspira aux Lomonosoff, aux Derja-
vin, aux Joukowski, des images fortes et sauvages
qu'ils n'eurent pas besoin d'emprunter à d'autres
écrivains septentrionaux. Les gracieuses compositions de Batuschkof renferment plus d'imitations,
ainsi que les poésies anacréontiques de Bogdanovitch,
tous auteurs dont les vers, comme on l'a remarqué,
sont plus harmonieux que les noms [1]. Une inspiration
plus personnelle et plus nationale a dicté les fables de
Khemnitzer et les pages historiques de Karamsin.

En général, la correction, l'élégance, la sobriété
d'ornements ambitieux, caractérisent cette littérature encore incomplète. On y reconnaît les habitudes polies des hautes classes de la société; car un
poète, un orateur qui surgit hors des rangs de la
noblesse et du clergé est, chez les Russes, une merveille digne de mémoire [2]. Leur littérature, enfermée
dans quelques grandes villes avec leur civilisation
commencée, porte avant l'âge trop de signes de maturité. On aime à rencontrer dans les premiers jeux
de l'imagination, dans les premiers efforts de l'esprit
chez un peuple, quelques-uns de ces écarts qui prouvent de la sève et de la vigueur. La régularité en
elle-même n'est pas hostile au génie; elle se justifie

---

[1] *Revue encyclopédique*, 10ᵉ vol. 29ᵉ liv. p. 365.
[2] Une statistique littéraire, publiée en 1821, établit que, sur trois cent
cinquante auteurs russes alors vivants, la plupart appartenaient à la noblesse,
et que les ecclésiastiques y étaient pour un huitième.

par la perfection. Mais quand une littérature est à-
la-fois imparfaite et régulière, si elle n'est renouvelée
avec la société même elle n'aura pas d'avenir.

6. — Caractère de la littérature polonaise.

Nous avons peu de chose à dire de la littérature
polonaise. Longtemps occupée de guerres et d'élec-
tions tumultueuses, cette généreuse nation a peu
cultivé les lettres et les arts; ou du moins elle les
a cultivés sans éclat et sans suite. Nous savons que,
vers le milieu du quinzième siècle, il y avait en Pologne des presses nombreuses, et que les livres s'y
multipliaient; mais ces livres n'ont pas survécu, et
nous pouvons croire qu'ils ne méritaient pas de survivre. Démembrée dans le dix-huitième siècle au
profit de trois puissances voisines, la Pologne essaie
ensuite, sous le patronage dérisoire de la Russie, de
redevenir un corps de nation. Ce rapide et sublime
épisode de son histoire, la lutte qu'elle a soutenue
depuis contre ses farouches protecteurs, a fortifié la
haine mutuelle, mais aussi a comprimé plus fortement encore l'action propre du génie polonais. Jusqu'ici, dans ce que l'on connaît de la Pologne, l'impulsion de la Russie se fait sentir. Cependant elle
peut se glorifier de plusieurs écrivains originaux. Le
fondateur de son théâtre, Boguslawski, doit être cité
au premier rang. Des voyages, des nouvelles, des
traductions de chefs-d'œuvre étrangers, montrent
qu'elle a voulu tourner vers les lettres une activité
qui se consumait dans les luttes intestines. A tout
prendre, et malgré tant d'obstacles, un trait de sa

littérature, trait que nous retrouverons, et que
F. Schlegel a déjà remarqué dans la littérature espagnole, c'est l'esprit national. On sent que ce peuple,
remuant et loyal, s'est enivré d'une liberté dont la
victoire et la politique ont brisé la coupe. Mais tout
est incomplet, hâté, sans ordre, dans cette littérature.
Elle n'a pas eu le temps de croître quand la Pologne
était libre. Depuis qu'une condition nouvelle lui a
fait de tristes loisirs, elle ne produit que par intervalles, et sans enthousiasme, comme s'il existait
dans les esprits et dans la société le sentiment d'une
profonde contradiction.

7. — Caractère de diverses littératures slaves.

Citerons-nous encore, parmi les nations slaves de
l'Occident, la Bohême, qui posséda sous Charles IV
une littérature calme et scientifique? la Hongrie,
qui, dès une assez haute antiquité, eut des chants
guerriers et nationaux? F. Schlegel fait observer que
ces traces de poésie réellement hongroise furent effacées par Mathias Corvin, épris de la langue et de la
littérature italiennes. Les ravages des Turcs anéan-
tirent ce qu'il avait peut-être épargné. Cependant le
goût de l'épopée et des chants héroïques dura chez
les Hongrois, et inspira plusieurs poètes de cette
nation pendant le seizième et le dix-septième siècle.
Il en est encore de nos jours qui paraissent dignes
de continuer cette gloire.

8. — Caractère de la littérature hollandaise.

La Hollande mérite une attention spéciale dans notre revue littéraire. Son génie ferme et patient lui permit de fonder de bonne heure une littérature. Dès le commencement du treizième siècle, on y remarquait des colléges de rhétorique, nommés chambres de rhétoriciens, où se formait le goût en même temps que s'essayait le génie. C'est là que fut placé le berceau du théâtre hollandais. Mais la poésie dramatique, comme les autres genres de poésie, et l'éloquence, ne devaient prendre tout leur essor qu'au jour de l'affranchissement. Vondel, dans son drame de *Gisbert d'Amstel*, célébra la constance et les sacrifices du patriotisme lorsque les armes de Philippe II étaient à peine brisées, comme Eschyle chantait la gloire de la Grèce quand Thémistocle, à Salamine, venait d'anéantir les forces du grand roi.

9. — Critique hollandaise.

La critique, œuvre de jugement et de réflexion, devait fleurir en Hollande. Aussi le dix-septième siècle vit-il briller un grand nombre de philologues hollandais. Mais rectifier les textes, résoudre les difficultés grammaticales, la partie positive et matérielle enfin de la critique, tel a été l'objet de leurs utiles travaux. Quoiqu'il se trouve parmi eux des maîtres qui vantent la doctrine de Platon, ils sont plus portés d'affection et d'instinct national vers la méthode de pure expérience.

10. — Critique de Camper.

Le médecin Camper, de l'école de Burke, essaya
de faire servir l'empirisme à détruire, ou du moins à
dénaturer la doctrine du Beau. Le Beau physique,
dit-il, n'existe pas dans la nature, ou plutôt, ce Beau
n'est pas applicable aux formes, parce qu'on n'y
aperçoit jamais une certaine proportion générale,
soumise à des règles constantes. Dieu n'a donné aux
êtres animés et aux objets inanimés que des formes
en rapport d'utilité avec leur fin.

Le Beau absolu, en vertu duquel il y a des choses
belles, paraît à Camper un rêve de Platon. Il triomphe à montrer combien l'idée du Beau se transforme
et se modifie selon les pays, l'habitude et l'éducation.
S'il reconnaît qu'il y a un Beau moral, s'il proclame
que nous en avons le sentiment, tandis qu'il nie le
sentiment du Beau physique, ce n'est qu'une contradiction dans son système. Il n'a pas vu que le
Beau physique et le Beau moral ont une existence
également certaine, une origine commune, et que le
premier, suivant une expression sublime[1], n'est que
la splendeur du second. Il n'a pas démêlé, au milieu
de toutes les variations superficielles, l'idée fixe et
intime du Beau. Les habitudes analytiques de l'a-
natomie éloignaient Camper de tout ce qui résistait
au scalpel, et la tendance des esprits chez sa nation
sympathisait avec sa doctrine.

Différons un instant l'examen des opinions litté-

---

[1] V. Platon.

raires dans le reste du Nord de l'Europe, c'est-à-dire en Allemagne et en Angleterre. Ces deux pays se-ont, avec l'Italie et la France, ceux qui demande-ront le plus de détails. Outre qu'ils ont fourni à nos recherches un grand nombre d'écrivains supérieurs dans la critique, ces quatre peuples ont toujours été, depuis plusieurs siècles, les plus civilisés et les plus lettrés de l'Europe. Leur influence, quoique diverse et inégale, a été grande. La France surtout, au dix-huitième siècle, a dirigé, et quelquefois régenté, le monde littéraire. Sans nous faire une loi de citer même tout monument remarquable de critique, nous ne devons oublier aucun de ceux qui ont reculé ou restreint les limites de l'art. Avant d'en venir à cette partie, la plus complète et la plus importante de notre examen, jetons un coup-d'œil sur la Grèce moderne, sur l'Espagne et le Portugal.

11. — Caractère de la littérature grecque moderne.

Depuis que les Grecs sont devenus des rayas, soumis à l'autorité du cimeterre et inclinés devant le turban d'un pacha, ce peuple esclave, mais sou-vent rétif au joug, n'a plus ressemblé ni aux Grecs généreux de Marathon et de Salamine, ni aux Grecs dégénérés du Bas-Empire. Il s'est trouvé dans leurs âmes un mélange de courage et de ruse, des souve-nirs de patrie, des calculs de marchands, plus de vices que n'en eût souffert la liberté, plus de vertus que n'en comporte l'esclavage. Mais il faut l'avouer, à l'honneur de la Grèce moderne, en dépit de quel-ques jugements sévères, il résulte des témoignages

historiques que l'instinct de la bravoure, le sentiment caché, et par là même plus énergique, du patriotisme, l'amour de ce qui est beau, grand, aven-
tureux, se font jour avec éclat au travers des vices de
ce peuple comprimé. Une des pièces les plus intéressantes dans ce procès d'une nation, ce sont les
chants populaires recueillis par une plume savante[1].
Que de verve dans ces chansons inspirées par la
guerre, la persécution et l'amour! Quelle force de
haine contre les oppresseurs! Quelle obstination de
courage dans une lutte trop inégale! Au milieu de
cette énergie rude et sauvage, quelle délicatesse de
sentiment et de pensée! C'est toujours la Grèce; c'en
est du moins un reflet vif et brillant. A la vérité, ces
chants populaires sont à peu près la seule littérature
de la Grèce moderne, en même temps qu'une expression curieuse et fidèle des mœurs de ses plus énergiques enfants. Ils suffisent à sa gloire renaissante.
L'avenir pourra-t-il y ajouter de nouveaux trésors?

12. — Critique de la Grèce moderne.

Nous hésiterions à l'espérer. Les chants populaires
ont été composés, hors du mouvement des théories,
sous l'inspiration directe des faits. Mais d'ailleurs,
l'influence nationale des anciens critiques, et surtout
d'Aristote, pesait de tout son poids sur les esprits des

---

[1] V. le docte ouvrage de M. Fauriel, 1824. Le discours préliminaire
explique les modifications successives de la littérature des Grecs modernes.
Nous citerons dans les *pièces justificatives*, lettre Q, deux curieux morceaux tirés de ce recueil.

Grecs lettrés avant la résurrection inattendue de leur patrie. La rhétorique de Bambas, que nous avons parcourue, ne nous a offert qu'une longue copie d'Aristote. L'exorde de Bridaine, une lettre de Boufflers, et plusieurs autres passages d'auteurs français, traduits en Grec moderne, voilà ce qu'elle renferme de plus remarquable. Ce rhéteur a innové par des citations.

Il se peut que, malgré la révolution politique, ce mouvement, aujourd'hui stérile, se prolonge dans la Grèce régénérée. Cependant ne la déshéritons pas d'avance d'une littérature nouvelle, et ne limitons pas les miracles possibles à la liberté.

13. — Caractère de la littérature espagnole.

La gloire de la littérature espagnole moderne, c'est son théâtre, et le *Don Quichotte*. Elle a sans doute essayé avec honneur d'autres œuvres de génie. Ercilla tenta de faire une épopée avec de l'histoire; Garcilaso tira de sa lyre quelques sons mélodieux. Mais, lorsque nous cherchons à nous représenter l'Espagne littéraire, Cervantes, Lope et Calderon sont les trois noms qui frappent à l'instant notre souvenir. Une remarque profonde et lumineuse de F. Schlegel [1], c'est que la vie intime de cette littérature trop peu connue n'est autre qu'un vif sentiment national. En effet, Cervantes, Lope, Calderon, dans la variété inépuisable de leurs combinaisons, dans les innombrables nuances où ils saisissent la vie

---

[1] *Histoire de la littérature.*

I.   18

sociale, ont toujours une grande idée présente, l'Espagne, la patrie. De là une verve intarissable, de là un intérêt puissant, une sympathie complète entre l'écrivain et son public. Remontons au-delà de ces monuments littéraires ; nous trouverons le Cid, iliade informe, mais sublime, des Espagnols. Une multitude de chansons nationales, produit de la lutte si longue et si dramatique des chrétiens contre les Maures, complète l'expression toute patriotique de cette littérature.

Signalons en passant un défaut qui tient à ce caractère. La passion exagère, l'amour-propre est ennemi du naturel. Aussi la littérature espagnole pèche-t-elle par emphase et par déclamation. Il y a de la grandeur dans les pensées et le style de ses écrivains, mais cette grandeur n'est pas toujours vraie. Sénèque et Lucain étaient de Cordoue. Ils ont laissé en Espagne de nombreux héritiers.

14. — Première expression du romantique.

Là commence, dans nos temps modernes, là se développe et se justifie cette forme littéraire qu'on appelle le genre romantique ; l'illustre F. Schlegel [1], que nous avons déjà cité tant de fois, la voit dans un rapport intime avec la vie, et dans un sentiment d'amour qui s'infiltre au milieu de toutes les pensées et résulte de l'esprit chrétien. Cette explication, un peu abstraite, renferme cependant une vérité, que, plus tard, nous essaierons de placer sous un nouveau

[1] *Histoire de la littérature.*

jour; c'est que deux éléments semblent se rencontrer dans l'idée commune qu'on se forme du
romantique : la recherche d'une imitation réelle, et
l'idéal spirituel.

15. — Critique espagnole.

Ce qu'il faut remarquer dès à présent, c'est que
l'esprit chevaleresque, chrétien, romantique enfin
de la littérature espagnole, produit spontané dès
mœurs nationales, inspira aussi les critiques de
cette nation, même ceux que des souvenirs de l'antiquité ou l'étude des littératures étrangères pouvaient jeter hors de la voie espagnole. Sans doute,
au quinzième siècle, quand le génie de cette nation
était comme suspendu par l'invasion de l'érudition,
la poésie, selon la remarque d'un éloquent professeur [1], était plus savante qu'inspirée, et la critique
précédait la hardiesse. Mais on peut ajouter que la
hardiesse avait précédé aussi la critique. Si le mar-
quis de Santillane et quelques autres donnèrent alors
des préceptes mesurés sur le goût, le poème du Cid,
que l'on croit du onzième siècle, les chansons nationales, composées devant les tentes de Maures et dans
leurs palais reconquis, avaient déjà ouvert une route
à l'imagination espagnole. De si vives, de si brillantes
traditions se réfléchissaient même dans les modernes
travaux de la critique. En outre, cette élévation
d'âme, quelquefois portée jusqu'à la fierté et jusqu'à
la vanterie, qui est naturelle aux Espagnols, a fait in-

[1] M. VILLEMAIN, *Tableau de la littérature au moyen-âge.*

cliner ceux de leurs écrivains qui se sont occupés de
théories littéraires vers les conceptions hautes et larges que nous rapportons à l'école de Platon. Ces
théories ne sont pas toujours nettement dessinées
dans leurs écrits, mais on en reconnaît les traits
principaux ; l'incertitude des autres tient à des souvenirs d'étude qui gênent l'impulsion du naturel.

Parmi les critiques espagnols, nous en choisirons
deux qui appartiennent au dix-huitième siècle, et
qui nous semblent propres à confirmer cette observation. L'un est Antonio de Capmani, auteur de
la *Philosophie de l'éloquence*, l'autre Artéaga, qui a
composé un traité sur le Beau idéal.

16. — Critique d'Antonio de Capmani.

L'ouvrage de Capmani est d'une composition
bizarre. Ce n'est qu'un traité d'élocution, où se
trouvent en abondance de minutieuses réflexions sur
une multitude de tropes et de figures. Le plus grand
mérite du livre est dans le choix ingénieux des citations. Mais, si nous laissons de côté ce qui fait le
fond de l'ouvrage, nous trouverons dans une courte
introduction, et même dans une préface plus courte
encore qui la précède, des pensées vraiment philosophiques, et des remarques fines et nobles. C'est
ainsi qu'il montre Descartes, Newton, ces génies
sublimes, secondés, dans leurs conquêtes sur la nature, de la puissance des chiffres et des calculs, peu
favorable à l'éloquence, mais devenant tout-à-coup
éloquents, lorsqu'une de ces grandes idées générales,
communes à l'humanité tout entière, celle de Dieu,

de l'espace ou du temps, vient luire à leur intelligence, et guide leur plume inspirée. Tout ce qui nous élève l'âme ou l'esprit, dit Capmani, peut fournir matière à l'éloquence. La connaissance de l'homme, l'exercice du jugement, un sentiment profond, voilà ce qui est nécessaire pour former l'orateur. Combiner l'origine des idées avec celle des sentiments, exercer le cœur et l'intelligence à-la-fois, c'est, dit-il encore, le caractère d'une rhétorique philosophique. Il distingue avec soin ce qui a varié, les coutumes, les mœurs, la sensibilité physique, de ce qui n'a pu varier, la raison et le cœur de l'homme; et il en conclut que, dans le fait, le goût et l'éloquence ne peuvent être regardés comme des affaires d'opinion.

L'éloquence, selon lui, est une; le style est multiple. Il le sépare de la simple diction, qui en est comme la partie matérielle; et c'est ici que nous renonçons à le suivre, parce qu'il tombe, de toute la hauteur de ses premières pensées, dans les exemples, qui appartiennent à tout le monde, et dans les détails, qui ne décident jamais les questions.

17. — Critique d'Artéaga.

L'expression de Beau idéal indique le dessein d'Artéaga. Il ne veut pas étudier le Beau en lui-même, mais le Beau réalisé dans les formes, par le secours de l'art.

La doctrine de cet écrivain nous paraît fausse dans son ensemble; mais nous devons reconnaître que les détails ont souvent de la noblesse et de la vérité.

Voici la définition qu'il donne du Beau idéal:

« L'archétype ou le modèle mental de perfection, qui se forme dans l'esprit de ll'homme, quand il a comparé et réuni les perfections des individus. »

Il résulterait de ce système, très-conforme d'ailleurs aux opinions d'Aristote, que, pour arriver au sentiment du Beau idéal, il faudrait le déduire de l'observation successive des beautés individuelles. Il ne serait donc qu'une collection d'abord, et ensuite une abstraction. Nous croyons qu'il n'en est pas ainsi. Lorsqu'à l'occasion, mais non en conséquence d'un chef-d'œuvre, le sentiment du Beau idéal naît dans notre esprit, il est pour nous un et simple, parce qu'il est l'expression d'une idée éternelle, celle du Beau absolu, changeant de nom dès qu'il se manifeste sous une forme, mais gardant son attribut essentiel. L'archétype d'Artéaga n'est qu'un résultat, et alors on comprendrait difficilement que la diversité des éléments de cette addition laissât toujours subsister une conclusion commune. L'admission d'un Beau absolu, réfléchi dans le Beau idéal, qui est lui-même le type général du Beau individuel, permet seule de distinguer ce qui change, et ce qui reste immuable, dans les représentations du Beau.

L'exclusion des idées absolues conduit encore Artéaga au principe de l'imitation. Il en fait le fondement même des arts. Il la veut sans servilité, et même sans exactitude. Abstraire les qualités individuelles, effacer les imperfections, qui disparaissent à une certaine hauteur, atteindre l'idéal par une imitation large et judicieuse, telles sont les lois qu'il

impose au génie du musicien, du peintre, du statuaire, du poète et de l'orateur. Ces lois, il ne faut
pas le nier, sont souvent applicables ; le peintre qui
veut étonner l'imagination par le spectacle d'un merveilleux paysage doit emprunter à toutes les scènes
de la nature qu'il étudie des traits et des couleurs. Il
atteindra ainsi l'idéal du paysage. Il n'en est pas de
même des faits intellectuels et moraux. Dix campagnes donneront une idée plus complète de la perspective champêtre qu'une seule campagne; l'idée
de vertu tout entière réside dans un seul acte de
vertu.

Imiter n'est donc pas tout pour l'écrivain et pour
l'artiste, parce que tout n'est pas physique dans l'objet des lettres et des arts.

Artéaga explique noblement la tendance de
l'homme vers la recherche du Beau idéal. Il l'attribue en partie au désir de se perfectionner. En
effet, aspirer à trouver l'idéal, c'est déjà sentir ce
qu'il y a de vide et d'incomplet dans la réalité nue;
c'est aspirer à son origine, et remonter par l'enthousiasme à la vérité.

18. — Caractère de la littérature portugaise.

La littérature du Portugal semble, comme sa
langue, n'être qu'un dialecte espagnol. On y remarque cependant plus de douceur et moins de richesse
que dans la littérature de l'Espagne proprement dite.
Exceptons de ce jugement Camoens, que les *Lusiades*,
poème rempli d'invention, de variété et d'un sentiment national inépuisable, rangent parmi les poètes

doués de la plus féconde imagination. Une singularité digne de remarque, c'est que l'édition la plus
estimée de ses œuvres a été publiée à la fin du dix-
huitième siècle, à Lisbonne, sous le titre d'*OEuvres
de Camoens, prince des poètes espagnols.*

LIVRE VIII.

ITALIE,

DU XVIe AU XIXe SIÈCLE.

---

1. — Caractère de la littérature Italienne au XVIe siècle.

Nous en sommes venus à l'Italie, où nous allons retrouver une des plus illustres littératures des temps modernes, après y avoir admiré la seconde des grandes gloires littéraires de l'antiquité.

Le premier âge brillant des lettres italiennes fut le seizième siècle. C'est alors que l'imagination, moins puissante que variée, moins énergique que flexible, descendue des hauteurs où l'avait portée le Dante, semait à pleines mains l'harmonie dans les vers du Tasse et de l'Arioste. L'esprit d'invention dominait l'esprit d'imitation sans l'exclure. Les exploits des chevaliers chrétiens renouvelaient des pensées que déjà, sous d'autres formes, avaient suggérées les

hauts faits des Grecs et des Troyens. Les emprunts
d'idées, de tours, de ressorts même, faits à Homère
ou à Virgile, étaient fréquents; les caractères, les
combinaisons principales restaient modernes; néanmoins, à la suite d'un siècle d'érudition, l'impression
des souvenirs antiques était si puissante, et la forme
des pensées, le style, est si bien ce qui frappe le plus
nos esprits, que le Tasse surtout nous choque quelquefois par ce combat renouvelé sans cesse dans son
poème entre l'imitation et l'originalité. L'Arioste,
grâce au genre libre et nouveau qu'il a choisi, est
plus décidément lui-même. Le roman épique, ce
mélange de sérieux et de plaisant, de tragique et de
burlesque, jeté dans un cadre poétique et harmonieux, n'était pas connu des anciens. Il fallait, pour
le faire naître, le hasard de la vie chevaleresque,
éminemment propre, par sa variété aventureuse, à
fournir toutes les aventures et à justifier tous les
tons.

A cette même époque, Guarini, à l'imitation du
Tasse, élevait l'idylle aux proportions du drame, et
le *Pastor Fido* se plaçait à côté de l'*Aminta*. Chez un
peuple enthousiaste du Beau, et doué d'instinct poétique, le langage de la poésie est le véritable idiôme
littéraire. Aussi la littérature des Italiens est-elle
surtout dans leur poésie. Cependant ils se glorifièrent
au seizième siècle de plusieurs prosateurs dignes
d'être nommés après Boccace. Tandis que les poètes,
avec un mol abandon et une grâce brillante, chantaient la conquête du saint-sépulcre, la folie d'un
chevalier amoureux, ou la fidélité pastorale, Machia-

vel s'armait de la plume de Tacite, Guichardin disputait à Tite-Live le pinceau de l'histoire. A la voix de plusieurs papes illustres, et surtout de Léon X, les arts retrouvaient la majesté, la grâce parfaite que l'antiquité grecque avait données à leurs monuments. Raphaël, traduisant sur la toile les plus touchantes traditions du christianisme, reproduisait la beauté idéale dans sa plus suave pureté. Michel-Ange, à qui l'idéal ne suffisait pas, prenait son vol jusqu'aux sphères invisibles, et gravait sur ses ouvrages le signe mystérieux de l'éternité.

Les grands écrivains, les grands artistes de ce siècle ne furent pas très-nombreux, mais il y eut entre eux une variété remarquable de génie. On s'aperçoit bien que la langue dont ils se servent tourne plus facilement à la grâce qu'à la force, à la douceur qu'à la rudesse concise ; cependant la concision et la force ne manquent pas à ceux qui les recherchent par la nature de leur talent. Le Dante avait précédé Machiavel : Alfieri devait le suivre.

2. — Caractère de la littérature italienne au XVIIᵉ siècle.

Au dix-septième siècle, et avec Marini, commença la décadence complète de la littérature italienne. Le mauvais goût envahit tout, prose et poésie. A peine trouvons-nous à détacher de la tourbe des mauvais écrivains les noms médiocrement célèbres de Tassoni et d'Apostolo Zéno. Tandis que le trône de Louis XIV rayonnait de l'éclat des lettres et des arts, l'Italie, tombée du mouvement des guerres civiles dans l'inertie de la servitude, usait son génie en pointes triviales et en puériles affectations [1].

2. — Caractère de la littérature italienne au XVIII. siècle.

Comme s'il fallait que la destinée littéraire de cette illustre Italie fût aussi merveilleuse que sa fortune politique, après un siècle et demi de chute honteuse, les lettres italiennes se relèvent, pour briller d'une nouvelle splendeur. Vers le premier tiers du dix-huitième siècle, les chefs-d'œuvre français éclatent tout-à-coup au milieu de l'Italie. Bercée par toutes les chimères du mauvais goût, elle se réveille à ce bruit. La tragédie sévère, antique, le drame lyrique, gracieux et passionné, naissent sous la plume d'Alfieri et de Métastase, dont l'un semble nourri des inspirations de Racine et de Quinault, et l'autre retrouve quelquefois les mâles accents de Corneille. Goldoni étudie, imite Molière, et devient immortel pour avoir quelquefois approché de lui. Des philosophes éminents, Algarotti, ami de Frédéric II et de Voltaire, Bettinelli, Beccaria, ajoutèrent à la gloire littéraire de leur patrie pendant ce siècle. Dans un temps plus rapproché de nous, Césarotti, poète et philosophe; Casti, l'ingénieux auteur des *Animaux parlants*; Monti, dont la verve poétique s'est exercée sur des sujets riches et variés; Manzoni, peintre habile des mœurs et des caractères, et dont la renommée croît et monte encore aujourd'hui; tous ces écrivains de talent ou de génie ont continué l'impul-

[1] Sismondi, *Histoire de la littérature italienne.*

sion du dix-huitième siècle, dont ils ont recueilli
l'héritage glorieux. Les beaux-arts pleurent Canova,
le sculpteur des Grâces, récemment enlevé à l'admiration de l'Italie.

1. — Comparaison des XVIe et XVIIe siècles.

S'il fallait comparer entre eux les deux siècles où
l'Italie moderne revendiqua la gloire des lettres
comme son antique patrimoine, le siècle du Tasse et
de l'Arioste nous paraîtrait plus grand que celui de
Métastase et d'Alfieri. Il y a dans l'épopée un effort
si puissant du génie humain, et la double destinée
de ce poème a été si heureusement remplie par le
poète de Reggio et par celui de Ferrare, qu'un âge
enrichi de deux chefs-d'œuvre épiques, honoré
d'ailleurs par d'autres productions très-dignes d'estime, mérite de conserver le premier rang. Et cependant la création d'un théâtre où brillent, dès sa
naissance, des monuments opposés, mais également
impérissables, de grâce et de vigueur, un imposant
cortége de sages philosophes, d'historiens dramatiques, de poètes ingénieux et divers, ont sur notre
admiration des droits qui font hésiter la balance. Il
reste encore une gloire immense pour le dix-huitième siècle de l'Italie, même quand il a cédé au
seizième les titres les plus glorieux.

Le premier fut inspiré par l'antiquité, dont les
chefs-d'œuvre avaient reçu de l'érudition une nouvelle vie, la publicité. Le second rejaillit de la littérature française, qui elle-même était une vive et
savante imitation. Mais, ni le seizième siècle ne fut

imitateur servile, parce que l'heureuse abondance
du génie italien corrigea le péril de cette position,
ni le dix-huitième ne copia mesquinement la littérature du temps de Louis XIV, parce que les plus
illustres écrivains de cet âge, en Italie, imitèrent de
préférence et de verve les écrivains français qui
avaient le moins imité les anciens, tels que Corneille,
Quinault et Molière.

L'Italie pourtant ne peut prétendre à une place
parmi les nations qui possèdent une littérature vraiment nationale. L'imitation, dans ses grands écrivains, est large et pleine de charmes, mais c'est véritablement de l'imitation. Ce caractère est .ineffa-
çable ; il ne saurait flétrir ; mais, dans l'opinion de
ceux qui pensent que chaque société a toujours la
vocation d'une littérature qui lui soit propre, il assigne à l'Italie moderne l'honneur incomplet du second
rang.

5.—Comparaison entre l'ancienne et la moderne littérature de l'Italie.

Nous savons que l'Italie ancienne elle-même, privée d'inspiration littéraire nationale, emprunta d'un
peuple étranger ses modèles et ses guides. Mais comment une si notable différence sépare-t-elle cette
littérature d'autrefois et celle des temps modernes
en Italie? Comment l'imitation des lettres grecques
par les Romains fut-elle grave, majestueuse et timide,
quoique le génie grec eût prodigué le mouvement et
les vives inventions dans ses chefs-d'œuvre, tandis
qu'il y eut tant de variété et de chaleur dans l'imi-

tation des Grecs et des Romains au seizième siècle,
et au dix-huitième tant de variété encore et quelquefois de hardiesse dans l'imitation des Français?

D'abord ce n'était plus le même peuple : le sang
barbare était venu se mêler au vieux sang romain.
La population de l'Italie ne s'était pas renouvelée
seulement par la suite régulière des générations ; les
Italiens modernes naquirent du mélange de plusieurs
peuples qui étaient venus peser par couches successives sur le sol de l'ancienne Rome. L'esprit d'autrefois est une monnaie dont le titre est presque effacé.

Mais, lors même que le peuple primitif eût duré
jusqu'à nous, le changement des institutions et des
croyances ; la dynastie religieuse substituée à la
toute-puissance politique ; le protectorat de quelques
familles éparses, au lieu du pouvoir central d'un
sénat ou d'un empereur ; de petites guerres civiles
entre des Etats de quelques lieues de tour, favorisant
les ambitions du dehors, et finissant plus d'une fois
par la servitude au profit d'un souverain étranger ;
tout un ordre moral et politique mis à la place d'un
autre ordre moral et politique : voilà plus de motifs
qu'il n'en faut pour expliquer cette extrême différence entre la littérature italienne et celle des anciens
Romains.

L'habitude des guerres patriotiques, la naissance
tardive du génie des lettres, le caractère d'unité dans
le gouvernement, donnèrent à la littérature romaine,
toute vouée qu'elle fût à l'imitation de la Grèce, je
ne sais quoi de calme et de solennel. Le morcellement de l'Italie en cités rivales, les faveurs de cour

prodiguées aux lettres à Rome, à Florence, à Ferrare, à Mantoue, à Naples et à Milan ; l'impatience
du frein religieux éprouvée par les hommes d'église
qui avaient mission de l'imposer au peuple, rendi-
rent la littérature italienne variée, vive, entrepre-
nante, habile à transformer la routine, neuve dans
l'imitation.

6. — Critique italienne.

La critique eut-elle sa part dans cette impulsion
littéraire ? Au dix-huitième siècle, ce n'est pas douteux ; au seizième, il y a une distinction à faire.

7. — XVIe siècle.

Nous l'avons dit, la critique en Europe, au seizième siècle, fut comme une répétition monotone de
la critique ancienne. Elle risqua peu de conseils nouveaux : elle fut utile cependant, surtout dans les
détails. La critique de mots n'est pas indifférente au
sortir de la barbarie, quand il faut que le style se
forme et dégage la pensée de son enveloppe grossière.
Malheureusement, et malgré les travaux de l'érudition italienne pendant les deux siècles précédents,
toute barbarie n'était pas effacée dans la littérature
de l'Italie ; il en restait des traces jusque dans les
corps savants qui s'élevaient pour répandre la lumière.
Un singulier pédantisme de modestie se prolongeait,
au seizième siècle, dans les académies qu'avait vues
naître le siècle précédent. Les membres de ces réunions littéraires prenaient les noms ridicules d'*en-
flammés*, d'*obscurs*, de *balourds*, et semblaient dérober

ainsi, de gaîté de cœur, la gravité à leurs conseils et l'autorité à leurs arrêts.

8. — XVIIIe siècle.

Au dix-huitième siècle, la critique de détail ne fut pas sans utilité ; on remarque même qu'elle modifia singulièrement la manière de quelques heureux génies, parmi lesquels il faut d'abord citer Alfiéri. La critique de principes se fit jour, et fut cultivée par des hommes que recommandaient déjà ou que devaient illustrer d'autres ouvrages. Sans parler des histoires littéraires fort estimables de Quadrio, d'Andrès, de Bettinelli, de Tiraboschi, où quelques vues littéraires sont présentées à l'occasion des faits et des analyses, nous allons rencontrer plusieurs traités, d'une certaine importance, sur le Beau, l'Éloquence et la Poésie.

9. — Critique de Gravina.

Un homme d'une science profonde, habile jurisconsulte, littérateur et professeur du premier ordre, Gravina, se délassa de ses grands travaux par quelques traités courts et spéciaux sur plusieurs questions littéraires. Nous ne citerons que son petit ouvrage de *la Raison poétique* (della Ragione poetica), élevé et substantiel en même temps. Placé à la fin du dix-septième siècle, stérile pour l'Italie, et au commencement du dix-huitième, avant l'heureuse invasion des lettres françaises, Gravina donna une impulsion généreuse à la poésie, et par conséquent à la littérature de son pays. Il soutint que les tableaux

I.   19

du poète sont l'expression sensible de la nature, et en même temps d'une idée éternelle. Il prétendit que la poésie offre à nos yeux tout ce monde visible, pour nous découvrir l'invisible et le mystérieux. Cette doctrine, toute platonicienne; cette dignité attribuée à la poésie, non plus lettre morte et froide copie, mais vivant symbole et pressentiment de l'Infini, ces grandes idées, jetées dans une société sans verve, qui avait oublié la gloire du Tasse et de l'Arioste, jetées par un homme d'un talent et d'un caractère imposants, durent imprimer un mouvement salutaire. Sous ce rapport, le petit ouvrage de Gravina est un monument littéraire. Un fait plus remarquable et plus positif, c'est que Gravina éleva Métastase, et que Métastase recommença pour les lettres italiennes un siècle nouveau.

10. — Critique de Bettinelli.

Bettinelli, né la même année où Gravina mourut, suivit ou essaya de suivre l'impulsion donnée. Nous dirons tout-à-l'heure quelques mots de son ouvrage sur l'Enthousiasme; ici rappelons seulement ce qu'il dit de la poésie. Il la considère avec justesse comme étroitement liée à la philosophie morale, et de cette pensée, tout incomplète qu'elle doit paraître, peuvent sortir des préceptes variés et féconds. Mais la tournure de son esprit lui faisait chercher cette doctrine platonicienne moins par instinct que par imitation. S'il faut définir la poésie, il la compare à l'éloquence, et la donne pour la *simple et naturelle expression des passions éloquentes par le chant et par un langage mesuré, avec un plus grand plaisir de l'oreille et du cœur. Ce n'est,* dit-il encore, *qu'une éloquence plus difficile et plus efficace.* Assurément il y a des rapports entre l'éloquence et la poésie, mais il n'y a pas identité de nature, et seulement différence de degrés. Ces deux manifestations de la pensée, ces deux expressions de l'homme ou de la nature, ont bien un centre commun, qui est l'esprit humain; mais leurs sources, leurs objets, leurs moyens même, sont essentiellement différents. .

Pour l'éloquence, il la définit : Le pouvoir de toucher et de persuader par la parole. Définition vulgaire qui ne retranche rien à l'idée que les anciens rhéteurs se faisaient de l'éloquence, et qui n'y ajoute rien.

11. — Critique de Césarotti.

Un écrivain plus moderne, le célèbre Césarotti, génie plein de vivacité et d'éclat, qui donna en six mois Ossian à sa patrie, porta des intentions philosophiques dans la critique littéraire. Mais ses opinions nous paraissent plutôt l'expression du vif sentiment de plaisir, ou plutôt de bonheur, qu'il éprouvait à la lecture des chefs-d'œuvre de la littérature française, qu'une tentative propre et originale. Si nous en croyons le savant Ginguené[1], Césarotti, trop rempli des inspirations du barde dont il avait traduit les chants, les porta dans son style, où les ornements celtiques tranchèrent sur le caractère ita-

---

[1] *Biographie universelle,* article CÉSAROTTI.

lien. Ginguené croit que ses brillants défauts contribuèrent à gâter le goût de ses compatriotes. Sa critique un peu aventurière se ressent de tous ses souvenirs. Lui-même retrancha de la collection complète de ses œuvres un *Essai sur l'origine et les progrès de l'art poétique,* où il n'avait pas atteint la hauteur de cet important sujet. Son *Essai sur la philosophie du goût* renferme des idées lumineuses, et d'autres qui sont hasardées. La distinction qu'il établit entre le génie grammatical des langues, essentiellement immuable, et leur génie oratoire, essentiellement variable et progressif comme les idées, les mœurs, les institutions des peuples, nous semble excellente. Mais il trahit le besoin de justifier sa manière d'emprunt et son style exotique dans cette autre assertion, que les écrivains non réputés classiques ne violent le goût que de complicité avec la nation même, et doivent seuls être regardés comme ses légitimes représentants.

Il y a donc plus de prétention au neuf et à l'original dans Césarotti que de réalité en ce genre. De même, Bettinelli, dans son *Traité de l'Enthousiasme,* a cherché, par le choix du sujet, par l'emphase de quelques détails, à faire illusion sur une chaleur qu'il n'avait pas. En général, ce qui manque aux critiques italiens, c'est le naturel, le laisser-aller de l'opinion personnelle et spontanée. Ils semblent tenir à honneur d'imiter des qualités qui leur sont étrangères, et cette manière factice nuit à l'autorité de leur sentiment.

12. — Traité de l'Enthousiasme.

Malgré ce défaut du *Traité de l'Enthousiasme* (si toutefois l'enthousiasme peut être le sujet d'un traité), c'est un estimable ouvrage. On peut reprocher à Bettinelli de s'échauffer mal à propos contre ceux qui, selon lui, ont pris son livre pour l'œuvre d'un fou, parce que tout n'y est pas mesuré à la façon des géomètres. Avec le judicieux critique allemand Grüber, blâmons sa vanité de prétendre qu'on ne puisse parler de l'inspiration sans être inspiré. Mais, en revanche, et en dépit de nos critiques, il restera une doctrine élevée, des observations pleines de sens, trop d'analyse peut-être, mais une analyse savante et ingénieuse de ce qui résiste le plus à toute décomposition.

Laissons de côté le second et le troisième livre, dont l'un est une sorte de biographie littéraire, et l'autre une histoire des variations de l'enthousiasme chez les divers peuples. Le premier livre contient les opinions.

Bettinelli définit l'enthousiasme *une élévation de l'âme qui, en cet état, voit rapidement des choses extraordinaires et merveilleuses, se passionne, et verse dans les autres âmes la passion qu'elle éprouve.*

Cette définition peut convenir à l'enthousiasme lyrique; mais, étendue à l'enthousiasme en général, elle a plusieurs défauts. Il n'est pas toujours vrai que l'enthousiasme montre au génie des choses extraordinaires et merveilleuses; la sympathie qu'il excite dans les autres est un résultat et non pas un élément de sa nature, et ne peut faire partie de sa définition. Ce qui reste juste, c'est la double circonstance d'une élévation de l'âme, et d'une émotion, sinon d'une passion, éprouvée. Point d'enthousiasme en effet qui n'affranchisse en quelque sorte des liens terrestres, ou du moins qui ne dispose au sacrifice. Mais aussi point d'enthousiasme de sang-froid, pas même celui qui a pour principe la pensée religieuse la plus pure. Une émotion noble et sainte, mais une émotion enfin, l'accompagne même lorsqu'il tend vers le ciel.

Les principes de cette faculté, ajoute Bettinelli, sont enveloppés de mystère. Aussi se contente-t-il de la donner pour une affaire d'imagination et de sentiment. Il ne sent pas qu'une raison calme et haute peut juger aussi l'enthousiasme, parce que tous les mystères de notre nature ne sont pas dans la sensibilité et dans l'imagination.

Plus loin, avec Bacon, il soutient que l'imagination est la source unique de l'enthousiasme, et nous montre l'âme *se retirant des tableaux ordinaires et familiers des objets visibles, qui la troublent et la distraient, pour assister au spectacle des images intérieures, que réveillent son attention et une contemplation plus profonde.* Mais demandons-lui de nouveau si l'âme, rentrant en elle-même, n'y rencontre en effet que des images?

Bettinelli a fait un ouvrage plus recommandable encore que le *Traité de l'Enthousiasme.* La littérature italienne doit peut-être à ses leçons le poète Monti.

13 — Critique du chevalier d'Azara.

Nous ne pouvons passer tout-à-fait sous silence le chevalier d'Azara, Espagnol de naissance, mais qui resta en Italie pendant la plus grande partie de sa vie, et écrivit plusieurs de ses ouvrages en italien. Protecteur des lettres et des arts, ami de Winckelmann, de Raphaël Mengs, de Canova, et d'autres artistes ou écrivains illustres, il mérita de voir son nom classé parmi ces grands noms. La critique littéraire n'a qu'une faible part à réclamer dans ses ouvrages. Elle doit remarquer seulement comme une singularité que les notes qu'il a mises à la suite des réflexions de Mengs sur le Beau, dans une édition préparée par ses soins, ont pour but d'établir une doctrine entièrement opposée à celle de ce grand artiste. D'Azara nie l'existence du Beau hors de notre esprit, ou, selon l'expression allemande, l'existence objective du Beau. Il n'y voit qu'une abstraction, comme la santé, la maladie; et il le place dans l'union du parfait et de l'agréable. Doctrine vague qui a la prétention d'être précise; réflexions assez légères, à propos d'un morceau dicté, nous le prouverons sans peine, par un instinct bien plus élevé et bien plus sûr.

14. — Critique de Beccaria.

L'admiration pour nos orateurs et pour nos poètes devenue en Italie un principe d'inspiration, la critique littéraire suivit l'entraînement général. Trop factice, elle rendit au moins témoignage de l'influence qu'elle subissait, par ses efforts pour échapper à la froideur et aux scrupules analytiques. Cependant, cette couleur ne fut pas toujours celle de la critique italienne. La philosophie prétendue française de Condillac, qui l'avait importée d'Angleterre, avait aussi passé les Alpes. On en rencontre les traces dans les recherches de Beccaria *sur la nature du style*. Le respectable auteur du *Traité·des délits et des peines* avait d'abord publié ces recherches par articles dans un journal fondé en Italie, à l'imitation du *Spectateur* d'Addison, sous le titre bizarre du *Café*. Elles furent ensuite réunies en corps d'ouvrage. Leur importance nous engage à les analyser.

La seule base légitime de la critique est la psychologie. La psychologie nous montre en nous-mêmes des idées et des sentiments. Ces idées et ces sentiments, en dernière analyse, dérivent de la sensation. Le style, qui est l'expression des sentiments et des idées, exprime par conséquent les sensations qui en sont l'origine. Il est d'autant meilleur qu'il réveille des sensations plus intéressantes et plus nombreuses, et des idées subordonnées entre elles par un principe plus intime d'association.

Telle est, à nu, la doctrine de Beccaria dans cet ouvrage ; doctrine incomplète, mais doctrine philosophique. Le premier principe qu'il pose est sans aucun doute le seul qui puisse faire faire à la critique littéraire de hardis progrès. Il a vu que l'examen des résultats, l'extase sans réflexion en présence des modèles, ne suffisaient pas, et qu'on peut examiner en vertu de quelles lois secrètes, intérieures, les grands écrivains ont été de grands écrivains.

Et ce n'est pas là le seul avantage qu'on puisse retirer des recherches profondes et ingénieuses de Beccaria. S'il est tombé dans l'erreur de Locke et Condillac en plaçant tout l'homme dans la sensation, du moins il a exprimé de ce système étroit appliqué au style toutes les vérités qu'il peut rendre. Sa doctrine est fausse, comme doctrine exclusive ; mais ses idées sont rarement fausses, parce qu'il n'y a pas mensonge par cela seul qu'on ne dit pas toute la vérité.

Beccaria tombe quelquefois dans des observations minutieuses ; il semble vouloir donner le chiffre exact des sensations que doit exciter le style pour être bon. Son observation devient de temps en temps plutôt physiologique que psychologique, et nous lui saurions gré de chercher moins la raison des beautés de style dans l'ébranlement du *sensorium*. Chez lui, l'enthousiasme est réduit à une proportion géométrique, et, en général, dans ses raisonnements, l'effet et la cause sont assez souvent confondus.

Voilà les défauts de sa méthode. En voici maintenant les heureux fruits :

Occupé d'un seul élément de la nature humaine, qui lui fournit un principe unique, l'association des idées, filles de la sensation, Beccaria concentre la force de son esprit sur cette étude spéciale. Tout ce qu'un tel principe peut fournir de qualités au style, et elles sont nombreuses, il les découvre et les met en lumière. Il est hors de doute que la sensation et les idées sensibles, en elles-mêmes et dans leur

liaison, sont une des sources où puise l'homme éloquent ou le poète. Beccaria en ouvre et en facilite
l'accès. Nous pouvons donc nous joindre à lui de
confiance, et reconnaître pour justes les opinions que
nous allons citer.

Il n'est pas bon de tout exprimer par le style. L'attention de l'homme n'étant pas assez forte pour embrasser simultanément plus de trois ou quatre sensations ou idées, il n'aurait qu'une conception confuse
de ce qu'on multiplierait à ses yeux. Il suffit de
suggérer beaucoup de sensations ou d'idées qu'on
n'exprime pas. En vertu du principe d'association,
l'une réveille l'autre, la chaîne se forme sans travail
visible, et la gradation sauve la fatigue.

Il y a d'ailleurs un grand avantage à ne pas tout
exprimer; ce qui est exprimé en acquiert plus de
force, et un important problème est résolu, celui de
produire un plus grand effet dans un temps plus
court.

Les qualités des objets sont permanentes ou pas-
sagères. Les épithètes les plus intéressantes se tirent
ordinairement des qualités de la seconde espèce;
celles de la première fournissent souvent de froides
et inutiles qualifications.

Les mots expriment les idées, comme les idées
expriment les choses. Cette vérité est la clé des figures de style. Examinons si telle idée doit être répétée
et comparée à d'autres idées, si, au contraire, elle
doit être mise en rapport ou en contraste avec une
idée unique, et que la répétition ou le changement des tournures, des mots, et, quand il le

faut, des sons, soit la conséquence de notre étude.

Une idée principale comme centre, des idées accessoires en relations variées avec cette idée principale, telle est la conception de l'esprit, tel est le style. Le talent consiste à bien choisir, à bien grouper ces idées, à faire dominer la principale entre les accessoires, ou à fortifier celle-là par le concours de celles-ci.

L'harmonie est un puissant véhicule qui introduit les idées dans l'esprit par une sorte d'action mécanique. « Plus la succession des sons est harmonieuse et sonore, plus les paroles roulent avec variété et avec charme, et plus aussi est considérable la quantité de ces paroles qui entrent dans notre âme et y font entrer des idées sans calme et sans repos. »

Ce n'est pas seulement avec les idées accessoires destinées à l'énonciation d'une vérité que le style est en rapport. Il doit aussi être examiné dans ses rela-tions avec les sentiments destinés à exciter en nous une sensation de plaisir ou de peine, c'est-à-dire avec les passions.

Or, une passion est une impression toujours subsistante de notre sensibilité toute appliquée à un seul objet. On peut la définir encore un désir tellement associé dans notre âme à tout le reste de nos idées, qu'au moindre contact de l'une d'entre elles il se réveille et se rallume. Si donc elle n'est qu'un désir constamment réveillé et ranimé par la meilleure partie des idées que reçoit l'homme passionné, il est clair que les idées accessoires du style passionné seront celles qui réveilleront le plus communément et le plus facilement ce genre de désirs.

Le propre des passions est d'accroître par degrés leur violence. La chaîne des idées accessoires dont se compose surtout le style devra être croissante et graduelle dans le style passionné.

En second lieu, on s'attache aux passions en proportion même des souffrances qu'elles causent. On n'admet aucune autre combinaison d'idées que celle qui se rattache à l'idée principale dont on est occupé. Il faut donc que le style passionné dirige tous les accessoires de sorte qu'ils réveillent l'idée principale, comme celle-ci les réveille eux-mêmes, soit ensemble, soit isolément.

Toutes les passions se tiennent. Aussi, pour les exprimer, doit-on emprunter les idées accessoires aux passions inférieures et primitives, ou aux sentiments qui accompagnent la passion dominante.

Enfin les passions sont déterminées ou indéterminées dans leur objet. On peut être tourmenté d'ambition en général; on peut ambitionner avec ardeur un poste déterminé. Selon que les passions ont l'un ou l'autre de ces caractères, les ressources du style passionné doivent changer. Dans le premier cas, il doit préférer les circonstances particulières et immédiates qui déterminent la passion, et il n'a pas besoin d'en multiplier le nombre; dans le second cas, il doit grouper le plus grand nombre d'objets et de circonstances extérieures qu'il peut réunir, pour donner un objet palpable à une passion qui n'est pas fixée.

C'est avec cette finesse et cette assurance d'analyse que Beccaria étudie le style dans ses rapports avec la partie sensible de l'esprit humain. Nous

n'avons pas traduit, nous avons résumé sa doctrine.
Il resterait à examiner le style dans ses rapports avec
la raison, avec les lois générales que cette raison comprend et applique ; il resterait à étudier ses caractères lorsqu'il exprime des idées simples et absolues,
telles qu'une agrégation de sensations ne puisse lui
prêter aucun secours. En d'autres termes, il resterait
à compléter par une partie nouvelle, aussi importante que la première, et non aperçue par Beccaria,
ce qu'il a si largement exécuté dans une doctrine
étroite et partielle.

15. — Critique de Visconti.

Terminons cette esquisse de la critique italienne
par quelques mots sur un factum assez bizarre en
faveur de la poésie romantique. Visconti, qui en est
l'auteur, l'inséra en 1818, à Milan, dans le journal
intitulé *le Conciliateur.*

Au milieu de beaucoup de réflexions inutiles ou
confuses, ce petit ouvrage renferme quelques idées
qui ne sont peut-être pas à dédaigner.

Visconti affecte une verve de dépit contre le système classique. Il l'accuse de provoquer, dans des
sujets tout modernes, de serviles imitations de l'antiquité. Il le trouve vieux, et lui prédit qu'il finira
comme la république de Venise. Il y a du moins de
la nouveauté dans cette comparaison.

L'idée dominante de Visconti, c'est que la poésie
doit être le reflet du temps où écrit le poète. Il en
conclut que le classique était nécessairement beau
chez les anciens, mais ne nous convient plus. Ce

qu'il réclame pour nous, c'est le romantique, dont
il voit les sources dans le moyen-âge, l'histoire moderne, le christianisme, les superstitions populaires,
l'héroïsme chevaleresque, les violents combats du
devoir contre la passion, et tant d'autres nuances de
sentiment à-peu-près inconnues aux anciens. Le
vrai et le faux sont mêlés dans ces paradoxes. On
peut contester que la poésie doive être *seulement* le
reflet du temps où écrit le poète. On peut douter que
le romantique soit bien défini par les principes que
l'auteur énumère, et qui ne se rattachent à aucun
centre commun. Du reste, cette question renferme
toutes les autres, et nous aimons mieux essayer de
l'approfondir plus tard que de l'effleurer maintenant.

Visconti établit une distinction assez importante
entre deux instincts primitifs qu'il remarque dans
l'esprit humain : il les nomme la tendance contem-
plative et la tendance pratique. Il rapporte surtout
à la première la poésie romantique, surtout à la
seconde la poésie classique; ce qui ne manquerait
pas de justesse si au mot *pratique* il substituait le mot
idéal sensible. Mais telle n'est pas sa pensée, puisqu'il
rattache à la tendance pratique la médecine et la
physique expérimentale, tandis qu'il fait remonter à
la première les questions d'avenir, d'immortalité, de
souverain bien. Nous croyons qu'il tombe ici dans
une grave erreur, en opposant le classique au romantique, comme le matériel au spirituel. Le matériel
n'est pas toujours étranger à la poésie romantique,
et le classique nous semble bien peu compris quand

on le réduit à n'être que l'expression du mécanisme extérieur.

Néanmoins l'idée de ce mémoire repose sur un besoin réel et généralement senti, celui de secouer plus ou moins le joug de la routine et de s'ouvrir une voie plus nouvelle par des moyens propres et présents[1].

Les phases des opinions littéraires sont notre objet principal dans cet ouvrage, et l'origine de la critique allemande se perd dans la critique anglaise : nous allons donc commencer notre dernière étude par l'Angleterre ; nous nous arrêterons ensuite avec quelque complaisance sur les importants travaux esthétiques de l'Allemagne. Nous serons prêts alors à étudier, en finissant, l'esprit littéraire de la France.

---

[1] Consulter M. Villemain, leçons 14ᵉ et 15ᵉ de 1830.

LIVRE IX.

ANGLETERRE,

DU XVIᵉ AU XIXᵉ SIÈCLE.

1. — Caractère de la littérature anglaise.

Prise dans son ensemble, la littérature anglaise est grave, et donne beaucoup à la pensée. Chez les Anglais, les plus brillants ouvrages de l'imagination sont moins des œuvres de l'art que d'heureux déguisements de la philosophie ; la raison en est dans le caractère national. Mais cette philosophie qui nourrit la prose, et s'infiltre même dans la poésie anglaise, n'a point en général un caractère d'inspiration et de profondeur spirituelle. Soit que les habitudes commerciales aient ramené sans cesse l'Angleterre à des idées toutes positives, soit que des insulaires, circonscrits matériellement par leur position géographique, tendent plus que les autres peuples à se concentrer

1. 20

dans la vie réelle et présente, la littérature de l'Angleterre, dans laquelle nous comprenons sa philosophie propre, se distingue avant tout par l'observation exacte et la fidèle expression de la nature ou de l'esprit.

Les Anglais ont beaucoup imité. Sans parler de l'imitation des Anciens, qui leur est commune avec le reste de l'Europe, à des degrés divers, ils ont puisé dans les littératures de l'Italie, de l'Espagne, de la France, dans les vieux monuments mythologiques de la grande famille du Nord. Il y a cependant une part assez forte d'originalité dans leurs bons ouvrages : c'est que, tout en acceptant des formes de convention, des traditions plus ou moins importantes d'un autre pays ou d'un autre temps, ils observent par eux-mêmes, ils approprient au génie de la vieille Angleterre (*old England*) ces emprunts faits avec indépendance, et avec une sorte d'empire, au génie des autres nations.

Lorsque le poète Chaucer éveilla le sentiment de la poésie parmi ses concitoyens, il leur présenta une imitation des contes de Boccace ; mais cet ouvrage de seconde main, tout souillé qu'il est de barbarie et de pédantisme, est d'un observateur qui n'a besoin que d'un cadre, et d'un poète qui suscitera d'autres poètes.

Vient ensuite l'imitation de la littérature française, qui commençait à poindre sous François Ier. Le madrigal et le sonnet, gauchement façonnés, occupent jusqu'aux grands et aux princes. Henri VIII prenait ce délassement entre deux supplices.

Deux génies, auxquels il ne faut rien comparer, sortent de cette littérature artificielle, ou plutôt ils comprennent les premiers ce que leur temps souffre de grand et de nouveau. Bacon, au milieu des agitations de la réforme et de tous les délires du fanatisme, fait mouvoir d'une main ferme un des plus puissants leviers de la science. Shakspeare, entouré des prestiges d'un règne de femme, quand le mouvement des esprits dure encore et se diversifie par la civilisation et par la gloire, Shakspeare entreprend de peindre l'homme et de révéler, en prodiguant des couleurs souvent fantastiques, les scènes mystérieuses, mais réelles, du cœur humain. Ce grand poète est surtout un grand observateur ; s'il donne tant de vérité à ses caractères, tant de vigueur à ses situations, tant de largeur et de portée à son style, c'est parce qu'il voit au fond des situations, des caractères et du langage qu'il surprend à l'humanité. Sa verve est surtout de la sagacité. Il fait revivre, parce qu'il atteint la vie dans ses plus secrets ressorts. L'inspiration naît d'abord pour lui de la science, et, malgré ses débauches d'imagination, on saisit une réalité solide parmi ses plus capricieux détours.

Spencer suit avec éclat les traces de l'Arioste, tandis que d'autres poètes de la même époque transportent le tumulte de la scène espagnole sur le théâtre naissant de l'Angleterre.

Franchissons rapidement la faible et froide littérature qui languit sous le règne de Jacques Iᵉʳ. Les lettres ne dépendent pas uniquement de l'impulsion du prince qui gouverne ; mais s'il les néglige ou les

détourne de leur voie, elles jettent quelques étincelles, et s'éteignent comme une flamme qu'on dis-
perse ou qu'on oublie d'attiser.

Une guerre civile, un roi immolé sur l'échafaud,
un soldat saisissant le pouvoir suprême, prix de son
hypocrisie et de sa valeur, tous ces terribles jeux de
la fortune retrempent les âmes et le génie des Anglais. Un représentant de cette révolution singulière,
où la foi s'accommodait de l'anarchie, où le chant
des psaumes était un cri de révolte, Milton, homme
religieux et apologiste du régicide, épure au feu de
la poésie ce qu'il avait contracté de souillures parmi
les factions. Il donne à l'Angleterre une épopée chrétienne, création dont la hardiesse rappelle le Dante,
que Milton cependant n'imite pas. Plus exclusivement poète que Shakspeare, il nous déploie avec une
majestueuse abondance tout ce que l'Écriture lui
raconte et tout ce qu'il devine du monde invisible ;
il monte sa lyre avec un égal bonheur au ton de la
vengeance et à celui de l'amour. Savant, rempli du
souvenir d'Homère, de Platon et d'Euripide, la nouveauté de son sujet et la vigueur de son génie le préservent d'être plagiaire.

Une littérature d'abord frivole succède à ces monuments d'une verve hardie, lorsque le puritanisme
vaincu se prosterne aux pieds de Charles II. Néanmoins cette littérature contient des semences de
gloire, et ne répugne ni au goût ni au génie. Les
traits un peu bizarres de l'inspiration anglaise s'a-
doucissent. Dryden, qui les conserve souvent encore dans leur rudesse et leur énergie première, les

flétrit plus d'une fois par un hommage de servilité.

Les Anglais ont reproduit avec succès presque toutes les formes de la pensée : satires, poèmes descriptifs, épîtres, héroïdes, toute cette classe secondaire d'œuvres poétiques a inspiré chez eux d'habiles écrivains. Deux de leurs plus illustres poètes, Dryden et Pope, ont dû à des traductions une partie de leur gloire : Dryden, dernière expression de l'école ancienne ; Pope, chef et type principal de l'école nouvelle, assez semblable à celle que représenta Boileau.

L'imitation française ne fut pas aussi exacte, aussi empressée en Angleterre qu'en Italie. Au milieu même de son enthousiasme, l'Angleterre garde je ne sais quelle conscience du génie national qui ne lui permet pas de s'effacer dans l'imitation. Aussi, peu de temps après Pope, qui avait poli avec art beaucoup d'emprunts faits à l'antiquité et au siècle de Louis XIV, voyons-nous Thompson peindre d'une touche large et animée les grandes scènes de la nature. C'était une réaction d'originalité.

Un genre de littérature singulièrement approprié au génie anglais, c'est l'histoire. Aussi l'Angleterre prononce-t-elle avec un juste orgueil les noms de Hume, de Robertson et de Gibbon. Ces trois hommes, d'inspiration diverse, se ressemblent par la gravité et la solidité. Aucun des trois ne fait prédominer l'éclat du style sur le travail de la pensée. L'histoire éclairée par le scepticisme, la lumière portée dans le chaos féodal, les causes de la grandeur et de la décadence romaine, déduites avec sagacité d'un petit volume de Montesquieu, plagiaire admirable d'une

page de Bossuet, tels sont les titres de ces trois écrivains. D'accord avec leur siècle, qui voulait du raisonnement et n'admettait l'imagination que comme
auxiliaire, en harmonie avec les habitudes sérieuses
de leurs compatriotes, Hume, Robertson et Gibbon
confirment par leur exemple ce caractère de littérature grave et raisonnable que nous attribuons aux
Anglais.

Que sera-ce si nous ouvrons les philosophes anglais et écossais du dix-huitième siècle? Nous ne
trouverons là ni ces conceptions hardies, ces élans
sublimes de Platon, ni même ces abstractions puissantes d'Aristote. Le sage Locke, plus près du second
philosophe que du premier, saisit dans la nature humaine ce qu'elle a de plus extérieur et de plus visible.
Il fonde la philosophie sur la sensation, ou du moins
il pose la première pierre de cette doctrine dont un
Français devait achever l'édifice. Il ne voit qu'une
portion de l'humanité, mais il la voit avec pénétration et avec étendue. Il est étroit, mais il est vrai dans
ces limites. Son erreur commence là où il veut faire
d'une vérité partielle toute la vérité.

Plus tard, l'Écosse oppose une philosophie plus
complète à la philosophie de Locke. Son instrument
n'est pas non plus l'imagination. Elle en redoute les
illusions et les caprices. Reid a reconnu l'insuffisance
de la doctrine anglaise; il a craint que le système de
la sensation ne conduisît au matérialisme : il jette
un regard sur lui-même, et, corrigeant Locke surtout par les faits qu'il ajoute à ses observations, il
popularise le bon sens appliqué à la philosophie.

Même caractère dans Hutcheson, Ferguson, Dugald-Stewart, dans toute l'école écossaise. Point d'éclat, beaucoup de justesse; point de profondeur, beaucoup de raison.

Une gloire donnée à l'Angleterre par ses institutions libres, et qui paraît naturellement échue au génie anglais, c'est l'éloquence politique, l'éloquence des affaires. La France, à qui appartient en Europe toute grande impulsion sociale, a suscité, par son immortelle Assemblée constituante, une subite émulation d'éloquence dans le parlement anglais. C'est à partir de cette époque que des voix puissantes ont ébranlé les voûtes du palais de Westminster : les grands noms de Chatam, de Pitt, de Burke, de Fox, de Sheridan, rappellent tout ce que l'énergie de la parole peut faire pour ou contre la paix et la liberté des peuples. Il est des passages de leurs discours qui eussent entraîné les Athéniens, au siècle de Démosthènes. L'histoire dira plus tard avec orgueil les noms des orateurs contemporains qui ont recueilli et qui font valoir dans le parlement ce redoutable héritage.

2. — Littérature de l'Écosse et de l'Irlande.

Excepté pour ce qui regarde la philosophie, nous n'avons point isolé ni considéré à part l'Écosse et l'Angleterre. Nous n'avons rien dit de l'Irlande. Quant à ce dernier pays, réuni à l'Angleterre depuis le douzième siècle, sa gloire et ses opinions littéraires se confondent avec celles des Anglais. L'Écosse ne fut réunie à l'Angleterre que quatre cents ans plus tard ; mais, avant le seizième siècle, que produisit sa littérature ? quelques chants de bardes, quelques poésies inspirées au bord des lacs, près de la cime des montagnes, des chants guerriers et mélancoliques comme ceux que nous admirons sous le nom d'Ossian. En supposant que Mac-Pherson ait mis beaucoup du sien dans ces graves et pénétrantes poésies, il a certainement profité beaucoup des traditions du pays, des lambeaux de chansons qui circulent parmi les pâtres, des vieilles et rustiques annales calédoniennes. Il a peut-être poli quelques formes, mais l'esprit du temps doit revivre dans ces inspirations si neuves, si introuvables pour les hommes d'aujourd'hui [1].

Notre admiration pour Ossian épuise la littérature propre de l'Écosse. Le reste, mêlé au génie de l'Angleterre, n'a plus rien de national que des noms d'hommes ou de lieux.

3. — Direction actuelle de la littérature anglaise.

Une direction nouvelle et remarquable paraît imprimée de nos jours à la littérature et surtout à la poésie anglaise. Un besoin d'imagination, un dédain de ce qui est trop positif et trop vulgaire, un éloignement de Pope, un retour à Shakspeare, et plus encore peut-être à Milton, voilà l'étrange situation d'une littérature dont le fond est une raison froide et calculatrice. Avec d'autres nuances, et sous des

---

[1] Voyez, dans le vol. 16 du journal *le Catholique*, des analyses savantes et des citations d'anciennes poésies écossaises.

conditions un peu diverses, nous serons frappés du même spectacle en parcourant la littérature française, et ce sera le lieu d'examiner à quoi tient ce singulier ébranlement. Disons seulement ici qu'il nous paraît se rattacher à deux causes principales : la révolution française, et la découverte récente de la littérature allemande par les Français et les Anglais.

4. — Byron.

Parmi beaucoup de littérateurs, et surtout de poètes remarquables, que voit ou que voyait naguère encore briller l'Angleterre, deux surtout s'élèvent par leur génie : Walter-Scott et Byron.

Eh bien ! ce chantre inspiré d'Harold et du Corsaire, cette âme de poète si pleine de verve et d'harmonie, ce rêveur sublime que tourmente le doute, et qui prophétise le néant, que veut-il ? Que représente-t-il aujourd'hui ? C'est la voix d'une philosophie qui meurt, poussée et remplacée par une philosophie moins terrestre. Les accords de Byron sont l'hymne funèbre du dix-huitième siècle, la dernière œuvre du génie poétique qui n'ose se rattacher à Dieu. Le raisonnement a tué la doctrine des sens en Angleterre. Restait à la poésie de s'en séparer avec l'enthousiasme du désespoir. Que d'imagination païenne dans Byron au milieu des ruines de la Grèce ! Quel dédain pour tout ce qui est croyance ou espoir ! Mais aussi, comme l'esprit nouveau, l'esprit de la philosophie qui se prend au ciel, revient sans cesse et malgré lui étourdir son génie, le presse

de combattre, lui coûte des sarcasmes amers, des dépits
éloquents! Il le dédaigne, mais il en est obsédé. Il le
rejette, mais il lui doit sans le savoir ses inspirations
les plus puissantes. La négation de cet esprit même,
le contraste de la doctrine opposée, prouvent qu'invisible ou caché, c'est lui qui est la pensée de ces admirables poésies. La force du poète est dans la lutte,
dans cette lutte même qui témoigne contre lui.

5. — Walter-Scott.

Son rival, romancier inépuisable, savant plein
d'imagination, poète maître de régler sa verve, saisit
moins fortement peut-être, mais laisse des traces
presque aussi durables. Walter-scott, exact comme
un antiquaire, *plus vrai qu'un historien*[1], donne le
mouvement et la vie à ces froides reliques d'un
temps qui n'est plus. Mais il ne fait pas seulement
un merveilleux usage de l'histoire au profit de la
fiction, et de la fiction pour mettre en lumière
l'histoire; il répond aux nouvelles exigences de
l'esprit par cette création toujours reproduite d'une
jeune fille douce, pure, aérienne, qui se rapproche de l'idéal, et pourrait servir de symbole
à la pensée platonicienne, qui étend aujourd'hui ses
conquêtes. La grâce et la chasteté des amours, l'emploi de cette demi-féerie chrétienne qu'il attribue à
des femmes douées de la *seconde vue*, voilà ce qui nous
attache parmi l'intéressante variété de ses concep-

---

[1] Expression de M. Villemain.

tions, ce qui nous pénètre d'une sympathie mystérieuse, fruit d'un retour qu'il n'est plus temps de nier
aux doctrines du spiritualisme.

6. — Critique anglaise.

Mais si les plus récents parmi les grands écrivains
de l'Angleterre se sentent agités de cette nouvelle
inspiration, et, comme les Pythonisses, ne peuvent
secouer le dieu qui les subjugue, un spectacle tout
différent nous frappe, lorsque nous tournons les yeux
vers les critiques anglais. Sauf un bien petit nombre d'exceptions imparfaites, ils appartiennent tous
à l'école d'Aristote, et ici, le génie positif, raisonnable, sans enthousiasme, de cette nation, est encore
bien clairement manifesté.

La question du Beau, et les questions générales de
littérature qu'on y rattache, comme celle du goût
ou de l'imagination, ont occupé un assez grand nombre de ces critiques. Quelques-uns de leurs ouvrages
sont très remarquables, et nous ne pouvons étudier
qu'avec une profonde estime ceux de Blair, de Burke
et de Home. Il suffira de consacrer aux autres quelques détails.

La critique anglaise n'a presque rien produit qui
intéresse la question spéciale de la poésie. Nous ne
parlons pas des œuvres d'analyse, comme l'excellent
traité du docteur Lowth sur la poésie sacrée des
Hébreux, ou de polémique, comme plusieurs écrits
de Warburton.

Comme exposition de doctrines, après Pope, Blair,
et, si l'on veut, Harris, nous ne rencontrons guère

que Brown et Beattie, dont les théories ne nous paraissent pas soutenir un sérieux examen. Et en effet cette question, malgré les grands poètes qui ont honoré l'Angleterre, a dû être plus antipathique qu'une autre à l'esprit littéraire des Anglais, et aux idées de leurs critiques, qui le soutiennent et le reproduisent.

Trois écrivains très-recommandables, Blair encore une fois, Priestley et Campbell, ont traité heureusement la question plus sociale, plus pratique de l'éloquence. Nous ferons connaître leurs opinions, et le profit que la science peut en tirer.

Entre les hommes qui cherchèrent à étendre l'esprit littéraire anglais, et qui donnèrent l'éveil à une critique devenue bien supérieure à la leur, celle de l'Allemagne, nous devons compter Hurd, auteur de dissertations ingénieuses, et surtout Joseph Warton. Contemporain de Pope, qui représentait le genre classique en Angleterre, Warton, par une distinction solide, prouva que, si Pope est un grand poète, il n'est pas le plus grand parmi les poètes anglais. Il reconnut deux espèces de poésie : l'une fondée sur le savoir, la morale et l'élégance ; l'autre qui n'est accessible à aucune étude, à aucun effort de l'art, sans une vocation naturelle. Il sépara nettement le savoir-faire poétique de l'inspiration. Cette critique était prévoyante, et nous avons dû la signaler avant de remonter à l'ordre d'idées qu'il est à propos de nous prescrire.

Fille de Bacon et de Locke, la critique anglaise est de la critique d'observation. La spéculation, même prudente, même appuyée sur les séductions les plus sûres, n'est pas à sa convenance. Cependant, surtout depuis que l'école écossaise, plus hardie ou moins timide d'un degré, a reporté sur une sensibilité abstraite et intérieure ce que l'école anglaise livrait au grossier mécanisme de la sensation, un caractère mixte se trahit dans cette critique un peu incertaine. Mais, dans le mélange, la doctrine des sens domine encore. Ce qu'il y a d'exceptions ne sert de base à aucune importante théorie. Les opinions littéraires des Anglais se ressentent toujours de leur philosophie première.

Les questions littéraires générales, résumées dans la question du Beau, expriment plus fidèlement encore que les théories de poésie ou d'éloquence la pensée de critique qui les soulève. En effet, plus une question littéraire est générale, plus elle se rapproche des questions toutes philosophiques qui touchent à la plus haute généralité. Ainsi, l'esthétique d'un pays sera une réflexion plus immédiate de sa philosophie que son art poétique ou son art oratoire, comme son art poétique ou son art oratoire réfléchiront plus directement sa philosophie que tel traité du poème épique, ou de l'éloquence judiciaire. Plus les questions deviennent particulières, plus elles sont une expression de pensées individuelles, et non de l'esprit littéraire de tous.

7. — Critique de Gibbon.

Dans un petit essai sur l'étude de la littérature, Gibbon énumère trois sources de beauté : l'homme,

la nature et l'art. Il croit que la première fournit les
idées ou les images qui ont le plus de force et de
durée : division ferme, judicieuse, lorsque la première partie est définie exactement. L'homme est
non-seulement esprit et corps, mais sensibilité et
intelligence ; et cette intelligence est le témoin des
lois éternelles qu'elle n'a pas faites, et qu'elle affirme
parce qu'elle les voit. Gibbon ne va pas jusque là
dans cette question ; *l'homme* représente pour lui des
idées un peu vagues et incomplètes. Il proclame que
le premier grand critique fut Aristote, et paraît se
souvenir à peine de Platon.

8. — Critique de Hume.

Nous ne passerons pas sous silence un essai du
célèbre Hume *sur la simplicité et l'ornement dans les
écrits*, quoique ce morceau ne nous fournisse qu'une
observation importante. Nous croyons avec Hume
qu'il est difficile de bien déterminer, de désigner par
une limite fixe le point qui sépare ce qui est défaut
de ce qui est beauté. Le juste milieu, dit Hume,
n'est pas un point unique ; mais une grande latitude
est permise à l'écrivain (nous pourrions ajouter : et à
l'artiste) qui cherche à se préserver des extrêmes.
Ce serait en effet une décourageante pensée que de
se croire toujours pressé entre les bornes de l'art. Il
faut que l'artiste ou l'écrivain jouisse d'une grande
liberté pour produire, et ne soit pas comprimé par un
étroit système, mais retenu par des préceptes largement fondés sur la raison.

9. — Critique d'Addison.

L'ingénieux Addison consacre quelques pages du *Spectateur* aux plaisirs de l'imagination. Il les considère comme un milieu entre les plaisirs des sens et ceux de l'intelligence ; il les réduit à la vue du Grand, du Nouveau et du Beau. L'esprit humain, dit-il, n'aime pas ce qui paraît le restreindre ; et le Grand n'est que l'étendue complète d'une vue saisie comme un seul point. Cette conception est pour l'imagination ce que celle de l'Éternité et de l'Infini est pour l'Intelligence. Homère se distingue par le Grand. Pour le Nouveau, qui nous cause une surprise pleine de charmes, Ovide en est le modèle. Enfin, c'est dans Virgile que nous trouvons une vive image du Beau. Peut-être le Beau n'est-il dans aucune partie de matière plus que dans une autre ; mais il est avéré que certaines modifications nous donnent, sans réflexion antérieure, le sentiment du Beau.

Il y a subtilité et confusion dans cette analyse. Sa transparence n'est pas de la clarté. Il est faux que le sentiment du Beau ne soit qu'un plaisir de l'imagination, qu'il ne nous soit donné que par les combinaisons de la matière, et que la vue seule puisse le saisir. Que dirons-nous donc de la beauté musicale, qui s'adresse à l'ouïe, qui sans doute ne résulte pas uniquement d'une combinaison matérielle, et qui est à-la-fois un plaisir de l'imagination et un charme de l'intelligence ? Et ces secrets de l'âme, ces belles lois que la pensée trouve en elle-même lorsqu'elle

s'approfondit en silence, que leur font la vue et la
matière? Le système des philosophes de cette école,
vif et lumineux sous une face, obscur et éteint sous
une autre, rappelle toujours cet astre qui, selon l'expression d'un poète moderne :

> Réfléchit d'un côté les clartés éternelles,
> Et de l'autre est plongé dans les ombres mortelles.

(LAMARTINE.)

10. — Critique de Gérard.

Gérard, ami du philosophe Reid, a fait un *Essai
sur le Goût*, qui est conforme aux principes de la philosophie écossaise, c'est-à-dire judicieux et timide.
Le goût est pour lui *une espèce de sensation*. Il reconnaît jusqu'à sept classes de sentiments ou de sens
internes, parmi lesquels il range celui du Sublime,
qu'il fonde sur la quantité et la simplicité réunies ;
celui du Beau, qu'il fait reposer sur l'alliance de l'u-
niformité et de la variété ; celui de la Vertu, qui perd
ainsi son titre moral, en prenant un caractère tout
sensible.

11. — Critique de Hutcheson.

Hutcheson [1] professe une doctrine presque semblable, et qui n'a pas beaucoup plus d'étendue. Il
fait voir que nous possédons un sens interne qu'il
définit : « la faculté passive de recevoir les idées de
la beauté à la vue des objets dans lesquels l'unifor-

---

[1] *Inquiry on the original of our ideas of beauty and virtue.*

mité se trouve jointe à la variété [1] ». Il assimile le
sentiment du Beau aux sensations du froid et de la
chaleur. Enfin, il proclame un sens moral, qui perçoit la sensation de vertu, et qu'il donne comme fondement unique au pouvoir de l'orateur, de l'historien, du poète et même de l'artiste.

On sent bien une vérité parmi ces vagues assertions,
et l'écrivain qui s'indigne de lire dans Alciphron
« que toute Beauté en général n'est fondée que sur
l'utilité qu'on découvre ou qu'on imagine dans l'objet où elle se rencontre » n'a réellement aucune
sympathie pour le matérialisme dans la critique;
mais la difficulté est reculée sans être résolue.
Choqué de rapporter aux sens extérieurs et à l'impression matérielle des idées difficiles à puiser au sein
de la matière, Hutcheson s'est payé de mots. Son
sens interne ou moral fait refluer la doctrine de la
sensation vers l'intérieur de l'homme, mais le laisse
encore tout entier sous le joug de la sensibilité. Ce
système du milieu, qui allie des réalités avec des
ombres, a le défaut de trop satisfaire à trop bon
marché. Les idées morales, les vérités intellectuelles,
ne peuvent être utilement comparées aux moyens de
l'art et de la littérature, que lorsqu'on les a montrées
d'abord pures de tout alliage, affranchies de tout
voisinage dangereux.

12. — Critique d'Archibald Alison.

Un sentiment plus juste a dicté le petit ouvrage

[1] Voyez aussi le nº 412 du *Spectateur* d'Addison.

d'Alison [1] sur *le Goût*. Tout en reconnaissant bien
qu'il résulte du Beau une émotion sensible, il la
subordonne à l'aperception même du Beau. Mais,
après avoir entrevu cette vérité, il l'abandonne. L'association des idées lui sert à expliquer le sentiment
du Beau, et ce principe l'égare au point de lui faire
citer des exemples peu philosophiques. Ainsi, la
maison natale est belle, dit-il, en raison des idées
qu'elle réveille. Il est si difficile de scruter le Sublime
et le Beau dans leur essence, qu'il faut savoir gré cependant aux écrivains qui ont touché ce point mystérieux.

13. — Critique de Blair.

Si jamais ouvrage de critique est devenu populaire à juste titre, c'est le Cours de Rhétorique et de
Belles-Lettres de Hugues Blair. Il est parfaitement
approprié à la pratique. Sans doute, aux yeux de
l'observateur qui veut remonter aux derniers principes, Blair sera un écrivain trop élémentaire, et bien
inférieur aux grands critiques allemands. Mais, pour
qui reste sur le terrain de l'application, cherchant
ce que les arts et les lettres ont de principes sensés
et palpables, empruntant à la réflexion sage, persévérante, ce qu'elle donne de réalités, il n'est aucun
traité moderne qui puisse être comparé à celui de
Blair. Un bon sens toujours égal, bon sens élevé et
ferme, en a dicté presque toutes les pages. Blair ne
s'asservit pas à un système; il est aussi indépendant

---

[1] ARCHIBALD ALISON, ON TASTE.

que peut l'être un esprit plus amoureux d'ordre que de liberté. Ses erreurs mêmes sont exposées avec une clarté admirable et une bonne foi pleine de lumière. Dans les généralités, il est très-supérieur à Quintilien; dans les matières spéciales, il l'égale d'ordinaire, et quelquefois il le surpasse. Il a embrassé dans son ouvrage les trois ordres de questions que nous avons posés : le Beau, la Poésie et l'Éloquence. Ne parlons maintenant que du premier.

Blair ne caractérise le Beau que d'une manière indirecte et en l'opposant au Sublime; cependant il pense que l'un et l'autre sont quelquefois près de se confondre, et que le point où l'ombre se joint à la lumière n'est pas plus difficile à distinguer. Nous le voyons encore plus tard hésiter à fixer le terme où l'Eloquence finit et où la Poésie commence. Tant de circonspection n'écarte pas de la vérité, mais n'en hâte pas la découverte.

Parmi les caractères que Blair attribue au Sublime, il fait prédominer celui d'une force extraordinaire. Si nous interprétons ce mot dans le sens moral aussi bien que dans le sens physique, nous avons une remarque un peu vague, mais qui ne manque pas de vérité. Considéré tour-à-tour dans la nature et dans l'art, le Sublime en effet révèle une puissance supérieure à l'homme, ou la plus haute puissance de l'homme même. Dieu dit : *Que la lumière soit, et la lumière fut.* Voilà un exemple du premier cas. *Qu'il mourût!* est un exemple du second.

La faculté qui juge le Beau et le Sublime, le Goût, fournit à Blair d'assez judicieuses réflexions.

Il y trouve deux éléments, l'un intellectuel, l'autre
sensible, et prétend que le goût est à-la-fois *un sens* et
la raison ingénieuse. Ce qui nous paraît vrai, c'est que
les opérations du goût ne sont que celles du jugement
appliquées aux objets de l'esthétique, accomplies
avec une rapidité qui les fait ressembler à l'instinct,
suscitées souvent par des impressions sensibles, et
mêlées d'un plaisir ou d'une peine qui ont aussi leur
siége dans la sensibilité. Multiplier les facultés de
notre âme, en compliquer les éléments, c'est oublier
la simplicité et l'unité de notre nature spirituelle.
C'est même allier les contraires que de réunir sous
un même titre ce qui tient à l'organisation et ce qui
est de la raison. Blair a donc seulement le mérite de
n'être pas exclusif, en ne voyant pas dans le goût
seulement un sens, ou seulement un acte de jugement; mais son analyse nous semble inexacte et timide. Aussi le conduit-elle, malgré la distinction
établie, à définir le goût seulement par ce qu'il y a
reconnu de sensible, et à s'éloigner ainsi par degrés
de la vérité.

Blair a peur d'oublier, d'étendre, de restreindre.
Il évite les erreurs, il ébauche les vérités. Ce qui
manque, c'est le lien et l'unité philosophique, qu'il
n'a pas osé chercher. On n'éprouve pas, en le lisant,
cette utile fatigue que produit la lecture de Baum-
garten, de Bouterweck ou de Kant. Le Cours de
Belles-Lettres de Blair est simplement la perfection
de l'école critique anglaise, c'est-à-dire une œuvre
d'un bon sens large, sans profondeur.

14. — Critique de Home.

Home (lord Kaimes) a tracé avec plus de hardiesse le plan de ses *Éléments de critique*. Cet ouvrage, plus que celui de Blair, est adressé aux penseurs. Non que nous puissions adopter et préconiser un grand nombre de ses idées; elles dérivent d'une source qui ne nous semble pas être celle de la vérité complète, c'est-à-dire de la doctrine des sens. De plus, sa marche est tellement didactique, que ses observations deviennent assez souvent minutieuses. Mais nous y reconnaissons un esprit vraiment philosophique qui pénètre les plus petits détails de la vertu de l'ensemble, et c'est un utile exemple, même pour la critique qui n'aurait que peu de points communs avec celle-là. Home, une fois sa base admise, la jette à une assez grande profondeur. Il observe par lui-même, et, s'il adopte son principe fondamental sur la parole d'autrui, du moins il en déduit, avec une sorte de nouveauté, fruit d'une analyse laborieuse, beaucoup de règles secondaires. Nous le voyons s'étonner avec une joie naïve de ce qu'une illumination soudaine lui a révélé l'application de ses idées à certaines formes de style qu'il ne songeait pas d'abord à y rapporter. Il jouit de cette bonne fortune, qui augmente ses connaissances au profit de ses lecteurs. Plagiaire d'un système, sa marche et ses idées sont à lui.

Il est bien question de poésie et d'éloquence dans les *Éléments de Critique*, mais ces sujets ne sont pas traités spécialement. Home reste dans les généralités,

et les appuie par une foule d'exemples qu'il emprunte de préférence aux poètes. Son dessein, comme
il l'énonce lui-même, est *d'examiner le côté sensible de
la nature humaine, de marquer les objets qui sont naturellement agréables, aussi bien que ceux qui sont naturellement désagréables, et de découvrir par ces moyens les véritables principes des beaux-arts. Je veux,* dit-il encore,
*je veux surtout expliquer la nature de l'homme, considéré
comme un être sensible capable de plaisir et de peine.*
Rien de plus clair. Home fait de l'esthétique, et il la
fonde uniquement sur la sensibilité. C'est une haute
expression philosophique, mais ce n'est ni la seule,
ni la première.

Remonter toujours et exclusivement des faits aux
principes par un enchaînement rigoureux, ne jamais
perdre de vue l'étude de l'homme pour y substituer
des conventions ou des hypothèses, telle est la marche de ce critique sage et fort, qui a de la portée
dans l'analyse, mais qui refuse à la partie purement
intellectuelle de l'homme son rôle dans la génération
des arts libéraux.

C'est aux plaisirs de l'ouïe et de la vue que Home
rapporte les beaux-arts. Ainsi, comme nous l'avons
remarqué à propos d'Addison, plus incomplet encore, ainsi se trouve effacée d'un trait de plume la
moitié de l'intelligence humaine. Qui pourra nier
que l'ouïe et la vue soient les moyens de transmis-
sion, les conditions matérielles des lettres et des
arts? Qui pourra nier encore qu'il résulte une sensation agréable ou désagréable d'une œuvre d'art ou
de littérature? Mais quiconque observe la question

sous plus d'une face conviendra que cette sensation
est un effet et non pas un principe, que ces organes
et leur jeu sont des occasions, des instruments, et
non pas la raison dernière du Beau dans les lettres et
dans les arts.

Si Home nous parle du Beau en soi, il n'entend
pas parler du Beau absolu dans un sens métaphysique, mais du Beau considéré dans un objet sensible
sans relation avec d'autres objets. Il l'oppose au Beau
d'utilité, et soutient qu'un objet qui n'est pas beau
en lui-même peut le paraître en raison de sa destination. Il y a ici confusion manifeste dans les idées.
L'objet considéré comme utile peut attacher et plaire
à ce titre; mais la sensation qu'il fait éprouver n'a
rien de commun avec celle du Beau. Il se peut que
l'idée du Beau s'y rattache, mais elle ne saurait y
être inhérente. L'exemple qu'il cite d'une tour gothique, belle à nos yeux, *seulement parce qu'elle est
propre à défendre contre un ennemi*, nous semble, il faut
le dire, approcher du ridicule. Il n'y a rien dans cet
exemple qui puisse en aucune manière rappeler l'i-
dée du Beau. Une tour gothique, jugée de cette manière, laisserait plutôt une impression de grandeur
et de sublimité; encore sentirions-nous bien que ce
n'est pas elle que nous trouvons sublime, mais le
souvenir qu'elle retrace, et dont elle n'est qu'une
faible occasion.

Pour étudier utilement *les Éléments de Critique,* ne
nous attachons donc qu'à ce qui s'explique sans
effort par la sensibilité. Lorsque Home analyse les
émotions et les passions, celles-ci accompagnées,

celles-là privées de désir, ses aperçus sont pleins de nouveauté, de finesse, surtout de conscience philosophique. C'est un véritable traité ; c'est Aristote détaillé et enrichi. Examine-t-il les hautes questions de l'uniformité et de la variété dans les arts, il mesure avec une justesse parfaite le tempérament qui convient pour l'une et pour l'autre, et démontre que l'expression de l'objet doit être plus ou moins uniforme, plus ou moins variée, selon que les impressions dont il frappe notre âme sont plus uniformes ou plus variées elles-mêmes. Si toute la nature humaine ne se dévoile pas à ses recherches, c'est là du moins, c'est dans ce qu'il en découvre qu'il cherche toujours son point d'appui ; il ne comprend pas une marche différente. Chose étrange ! s'écrie-t-il à propos d'un critique français [1] : *Dans un si long ouvrage ne pas avoir une fois touché cette question, si, et jusqu'à quel point, de telles règles sont d'accord avec la nature de l'homme !*

15. — Critique de Burke.

Le même instinct de philosophe, la même conscience de penseur ont dicté l'ouvrage de Burke, intitulé : *Recherche philosophique sur le Beau et le Sublime.* Ce traité, qui a fait époque dans la critique anglaise, et qui en termine à-peu-près l'histoire, mérite d'être examiné avec quelque détail.

Une grande sagacité en est le trait principal. Disciple de Locke, et imbu de la doctrine qui fait tout

[1] Bossu.

dériver des sens, Burke cependant, ainsi que Home,
observe par lui-même. Il a beaucoup de méthode
sans pédantisme, beaucoup d'idées sans hypothèses,
et, ce qui est plus digne de remarque, une tendance très-élevée, avec des principes tout sensibles.

Dès sa préface, nous trouvons à recueillir cette
pensée, qui nous paraît juste et fine à-la-fois : Lorsqu'on a contemplé les principes naturels, et qu'on
les applique au domaine plus modeste de l'imagination et du sentiment, si l'on communique au goût
une sorte de solidité philosophique, on communique
aussi aux études sévères la grâce et les agréments du
goût, grâce et agréments sans lesquels les plus grandes
découvertes dans ces sciences ont toujours une couleur un peu illibérale. Nous éprouverons, en parcourant les œuvres de la critique allemande, le regret
de ne pas y trouver toujours cette aimable et utile
alliance.

L'introduction de l'ouvrage que nous avons nommé
est consacrée à la question du goût. Selon Burke,
dont nous atteignons d'abord la conclusion, le goût
n'est pas une faculté à part, c'est une action combi-
née. Il se compose : 1° de la perception des plaisirs
primitifs des sens, 2° de la perception des plaisirs
secondaires de l'imagination, 3° de la conclusion de
la faculté qui raisonne. Nous avons exprimé notre
opinion à cet égard. Le principe fondamental de
l'opération du goût, c'est la faculté qui raisonne, ou
plutôt qui juge. Elle ne tire pas une conclusion des
perceptions sensibles, primitives ou secondaires,

parce que ces perceptions ne peuvent constituer les
prémisses d'un raisonnement; mais, éveillée par elles,
la faculté qui juge prononce qu'un objet est ou n'est
pas beau, qu'une idée est ou n'est pas belle. Ce jugement quelquefois se complique d'un raisonnement;
d'autres fois il est instantané, et nous ne pensons
pas avec Burke que ce cas particulier s'explique par
l'habitude. Il y a dans les lettres et dans les arts,
comme dans la morale, un cri de la conscience, un
élan spontané d'une faculté simple : c'est là ce que
nous appelons le goût dans sa première et sa plus.
libre expression.

Comme il nous importe seulement ici de reconnaître les sommités d'une grave et ingénieuse doctrine, nous laisserons les détails, ou neufs ou judicieux, qui sont en grand nombre. Entrons dans le
cœur même de l'ouvrage, et voyons sous quel jour
les questions du Beau et du Sublime se sont présentées à ce noble esprit.

« La curiosité est la première passion de l'homme;
la nouveauté, son premier vœu. La peine, le plaisir,
ne sont pas de purs rapports, comme l'ont pensé
quelques philosophes; ce sont fréquemment des
idées positives, car nous sommes souvent dans un
état d'indifférence où nous n'éprouvons ni peine ni
plaisir : si l'un de ces deux sentiments nous affecte
alors tout-à-coup, ce ne peut être par cessation ou
par privation de l'autre. »

Burke cherche ainsi à donner une base solide à sa
théorie. De là il passe à l'étude des sources de peine
ou de plaisir : ce sont les passions, qu'il divise en

passions relatives à la conservation de l'individu et
en passions sociales. Les premières sont les plus
puissantes : elles ont rapport surtout à la peine et au
danger, et sont une source féconde de Sublime. Les
secondes se divisent elles-mêmes en deux classes,
celles qui regardent l'union des sexes et celles qui
se rapportent à la société en général. La première de
ces deux classes accompagne en nous le sentiment
du Beau ; la seconde se subdivise en sympathie, imitation, ambition. La sympathie, source de peine,
l'est par cela même de Sublime ; mais elle produit
aussi le plaisir. L'imitation, en même temps qu'elle
est le plus rapide moyen d'apprendre, est fertile en
sensations agréables ; enfin, c'est l'ambition qui nous
préserve de tourner dans un même cercle, et qui nous
presse d'entreprendre, parce qu'elle nous élève à nos
propres yeux.

Il est facile de distinguer ce qui manque à ces
principes. Le Sublime semble circonscrit et enfermé
dans les idées de danger et de peine ; le Beau, pri-
mitivement rapporté aux relations des deux sexes,
ne paraît se lier qu'au sentiment de l'amour. Il est
faiblement question du rôle que le jugement est appelé à jouer dans les idées du Beau et du Sublime,
et Burke, contredisant un peu ce qu'il affirmait du
goût en général, nous dit en propres termes : « Je
crains bien que ce ne soit une manie fort commune
dans les recherches de cette espèce d'attribuer la
cause des sentiments qui naissent purement et simplement du mécanisme corporel ou de la disposition
naturelle de nos esprits à certaines conclusions ap-

pliquées par la faculté qui raisonne aux objets qui
nous sont présentés. »

L'analyse détaillée des causes et des effets du Sublime comprend beaucoup de vérités particulières ;
il y manque le lien d'une idée supérieure, que cette
théorie ne pouvait fournir. Ainsi on doit convenir
avec Burke que la crainte, l'obscurité, toute privation générale, comme le vide, la solitude, le silence,
l'idée d'un grand pouvoir, la vaste étendue, l'infini,
produisent le sentiment du Sublime ; mais ce n'est
qu'une suite d'observations, une série de chapitres.
Point de principe unique et fécond. Et cependant,
quel que soit l'objet qui nous donne l'idée du Sublime, n'y a-t-il pas quelque chose d'un et de pareil
dans l'impression que nous éprouvons? Burke se
défend d'étudier la nature du Sublime, et se borne
à examiner quelle est en nous l'origine de cette idée.
Il est parvenu à son but; mais devait-il s'en contenter? Et le lecteur, qui aime à voir essayer la solution des problèmes qu'on lui pose, ne souffre-t-il pas
de se voir jeter sans liaison et sans clé des remarques
souvent admirables comme détails, mais dont l'ensemble reste une énigme?

Burke passe à l'examen du Beau. Il le définit :
la qualité ou *les qualités des corps par lesquelles ils produisent l'amour ou une passion semblable.* Cette définition, seulement physique, nous dispenserait de toute
reflexion. Si nous avons bien fait comprendre nos
idées, on sentira que le Beau, restreint aux qualités
corporelles, est une doctrine bien étroite et bien incomplète à nos yeux.

Ruinant quelques préjugés établis, Burke démontre victorieusement que la proportion n'est pas une cause constante de beauté, et que la convenance des parties avec la fin ne produit pas l'idée du Beau, mais l'idée très-différente de l'Utile ; il est plus faible quand il veut prouver que la perfection ne constitue pas la beauté, et il ne paraît pas attacher à ce mot de perfection un sens bien net et bien précis.

Les causes secondaires du Beau sont ensuite énumérées : c'est la variation graduelle (il cite en exemples le cou d'un cygne et le sein d'une femme), la délicatesse, et quelques autres qualités. Les défauts de la première énumération ressortent davantage encore dans la seconde.

En général, la dernière partie de cet ouvrage, c'est-à-dire le quatrième et le cinquième livre, nous semble contenir plus de vues arbitraires que le commencement. Une analyse presque anatomique, une métaphysique qui s'appuie sur la grammaire, ne sont pas suffisamment rachetées par quelques sages et lumineuses réflexions. Nous pouvons citer celle-ci : *La poésie et la rhétorique ne réussissent pas à faire une description exacte, aussi bien que la peinture : leur mission est de toucher par sympathie plutôt que par imitation, et de déployer la puissance des choses sur l'esprit de celui qui parle ou de ceux qui écoutent, plutôt que de présenter une idée claire des choses en elles-mêmes.* Devant cette manière large et vraie de considérer le principe de l'éloquence et de la poésie tombent les vaines et exclusives théories de l'imitation.

16. — Critique de Pope.

Il faut dire un mot de l'*Essai sur la Critique*, véritable *art poétique* des Anglais. Ce monument du goût d'un jeune homme de vingt ans ne renferme pas beaucoup d'idées neuves, et toutes les idées n'en sont pas justes; mais un certain air d'indépendance y circule, quoique dans un espace trop étroit. Pope, satirique jusque dans ses préceptes, se moque d'une correction froide, qui nous endort, sans que nous trouvions la force de la blâmer : il décoche ses épigrammes contre ceux qui ne sont touchés que des mots ou des sons, et font bon marché de la pensée; il compare les mots à des feuilles, dont la multiplicité étouffe les fruits. A ses yeux une doctrine exclusive est une doctrine fausse, et on a tort de n'approuver que ce qui est nouveau ou ancien, ce qui vient du nord ou du midi : le soleil de l'inspiration luit et luira pour tous. Quelle est cependant la première pensée, quelle est la conclusion de cette large et libre théorie? c'est que, pour imiter la nature, il faut imiter les Anciens; que des exemples empruntés aux Anciens sont nécessaires pour justifier même l'audace, quand elle s'écarte avec raison des règles vulgaires; qu'Aristote doit présider à l'intelligence, puisqu'il a compris la nature; enfin que les critiques assez raisonnables pour relever l'empire des Anciens dans les lettres anglaises ont rétabli en Angleterre les lois fondamentales de l'esprit humain.

17. — Critique de Harris.

C'est encore sur ces théories étroites que repose la doctrine d'un écrivain qui rendit des services réels à la science grammaticale, et qui ne fut pas sans influence sur la critique de son pays. Dans son *Dialogue sur la peinture, la poésie et la musique*, Harris donne à ces trois formes de la pensée la base commune de l'imagination. Il s'applique à prouver la supériorité de la poésie sur la musique et la peinture, question moins importante qu'elle ne paraît l'être, et qui peut conduire aux idées fausses par les distinctions subtiles et la partialité. Dans les idées de Harris, nous comprenons cet axiôme, que l'imitation musicale est bien inférieure à l'imitation pittoresque. Il a raison s'il veut dire seulement que la représentation matérielle des objets est du ressort de la peinture bien plutôt que de la musique. Mais nous devons ajouter que les analogies musicales avec les idées de l'esprit et les sentiments de l'âme nous paraissent bien plus puissantes que les plus hautes imitations pittoresques. Il est vrai que, pour la musique, expression indéfinie par son essence, nous avons à peine le droit de prononcer le mot d'imitation, et que, par conséquent, il n'y a ici nulle comparaison à établir.

18. — Critique de Beattie.

L'essai sur la poésie et sur la musique, considérées dans les affections de l'âme, par Beattie, est fondé aussi sur le principe de l'imitation. Seulement

Beattie, disciple de Gérard, qui partageait les idées de Reid, adoucit un peu la crudité de cette doctrine. Il ne dit pas, comme Batteux, que l'imitation est le principe exclusif de la littérature et des beaux-arts ; mais que tout le plaisir causé par les arts et les lettres se rapporte au principe de l'imitation de la belle nature ; encore excepte-t-il la musique du nombre des arts établis sur cette base. Ce n'est donc pas dans leur essence qu'il considère la littérature et les beaux-arts, c'est dans l'impression qu'ils font sur l'esprit humain.

Parmi beaucoup de conseils utiles, quoique sans nouveauté, nous distinguons cette idée, que les compositions poétiques doivent être modelées sur la plus haute perfection probable que le sujet puisse comporter. Comme Beattie ajoute « que la poésie peut être conforme soit à la nature réelle, soit à la nature un peu différente de la réalité », il éclaire et complète par là sa pensée. La poésie conforme à la nature réelle se rapporte directement à l'imitation, et la plus haute perfection probable, ou l'*idéal* qu'elle doit atteindre, semble d'abord un mot vide de sens. La réflexion n'en juge pas ainsi, et reconnaît, dans la copie poétique la plus fidèle de la réalité, une direction vers l'idéal qui ennoblit cette réalité, même vile, même hideuse. Ces vers classiques :

> Il n'est point de serpent ni de monstre odieux
> Qui, par l'art imité, ne puisse plaire aux yeux,

ne sont donc pas vrais dans le sens vulgaire, que l'imitation est toujours agréable, mais dans le sens plus

scientifique, qu'il n'est point d'imitation, même
fidèle, qui n'implique un choix, et que l'idée seule
du choix épure et agrandit l'imitation.

Quant à la poésie *conforme à la nature un peu différente de la réalité*, elle aspire ouvertement à l'*idéal*.
La plus haute perfection probable du sujet qu'elle
adopte, ou *son idée*, est de l'essence même de la
poésie. Ajoutons que là est véritablement l'œuvre
poétique, quand on la retient dans les limites de la
nature sensible. Elle risque de demeurer triviale en-
deçà de l'idéal, et de se flétrir dans la sécheresse métaphysique, si elle s'élance au-delà.

19. — Opinion de Blair sur la poésie.

Blair repousse la théorie exclusive de l'imitation
poétique, et observe, avec beaucoup de raison, que
la prose aussi peut imiter. Il est moins heureux dans
sa définition de la poésie, qu'il appelle « le langage
de la passion ou de l'imagination animée; langage
presque toujours assujetti à une mesure régulière ».
La première moitié de cette définition confond l'éloquence et la poésie : aussi ne devons-nous pas être
surpris d'entendre Blair déclarer après Cicéron [1],
« qu'il est extrêmement difficile de déterminer
l'exacte limite où l'éloquence finit et où la poésie
commence ». « Les vers et la prose, dit-il encore, se
touchent quelquefois et se mêlent comme l'ombre et
la lumière » : pensée qui rend un peu moins vague
la seconde partie de la définition.

---

[1] *Orator.*

I.

Cette question de la limite où l'éloquence finit et où la poésie commence est en effet très-difficile à résoudre. Blair prétend qu'elle est frivole. N'est-ce pas une erreur? De ce que la solution de ce problème est dans les profondeurs de l'âme, s'ensuit-il qu'on dédaigne justement de l'y chercher? Elle est importante, et comme étude philosophique, et comme propre à jeter du jour sur beaucoup de préceptes, plus ou moins obscurs tant que leur objet est douteux.

Sans traiter longuement ici une matière qui embarrasserait notre marche historique, fixons quelques points importants.

20. — Esquisse de métaphysique poétique et oratoire.

L'esprit de l'homme, un en lui-même, paraît multiple par le jeu simultané ou successif de ses facultés. Ce jeu constitue la vie dans son expression la plus complète.

Parmi nos facultés, il en est qui se prêtent secours, il en est qui se combattent; mais toutes ont cela de commun qu'elles se rapportent à un sujet unique, et se résolvent dans la conscience de notre identité personnelle.

L'homme est donc à-la-fois un et plusieurs, plusieurs en un, mystère qu'on a justement pris pour terme de comparaison avec un des plus hauts mystères du christianisme.

Chacune de nos facultés doit trouver une expression qui corresponde à l'action qu'elle exerce. Mais il se peut qu'il n'y ait pas autant d'expressions bien distinctes que nous avons de facultés, parce que tou-

tes nos facultés ne sont pas en opposition entre elles,
et que plusieurs sont analogues dans leur action.

La volonté n'est qu'un pouvoir de décider, et ne
peut guère passer à l'expression qu'au moyen du jugement ou de la sensibilité. Elle choisit d'obéir à
l'une ou à l'autre, et l'une et l'autre agit alors, et
peut exprimer son action.

La mémoire est tour-à-tour l'auxiliaire de toutes
nos facultés, et n'a point d'action ni d'expression
exclusive.

Le jugement s'exprime au moyen d'un langage
simple, clair, bien lié, soit dans les lettres, soit dans
les arts.

Pour la sensibilité, il faut distinguer les deux principaux éléments qu'elle renferme: l'un est l'imagination, l'autre est la passion.

Le langage de l'imagination, ce sont les images,
soit reproduites avec vivacité, soit combinées avec
puissance. Le langage de la passion, ce sont les élans
du cœur, les mouvements vifs et précipités.

Ce n'est pas tout. Bien au-dessus de la sensibilité,
au-dessus-même de cette faculté du jugement qui
s'applique aux idées et aux affaires de la vie, réside
en nous une faculté supérieure d'entrevoir et de méditer l'infini. Cette faculté revendique aussi son langage. Il participe des clartés du jugement, des couleurs animées de l'imagination, et y réunit un caractère sérieux et sublime qui lui est propre.

Ce langage est la vraie poésie.

Le langage de la pure imagination est aussi de la
poésie, mais à un degré inférieur.

Le langage de la passion est ce que nous appelons spécialement éloquence. Même dans les ouvrages didactiques, cela seul qui a un caractère de passion est éloquent. Nous ne saurions donner ce titre aux discours diserts et froidement habiles. Ceux-là sont une pure expression du jugement.

Voilà, ce nous semble, les distinctions principales à établir. Mais sortons de la théorie. Prenons en main un discours, une histoire, un poème; prêtons l'oreille à un chef-d'œuvre musical; fixons nos regards sur quelque monument de l'art de Phidias ou d'Apelle. Quelle incertitude! que d'éloquence et de poésie mêlées, tempérées à des degrés divers! C'est une conséquence inévitable de ce jeu simultané des facultés humaines. Il est rare qu'une seule agisse à-la-fois: l'homme animé d'une passion sent aussi en même temps son imagination excitée; celui que transporte le sentiment de l'infini songe en même temps aux relations fugitives qui le rattachent à la vie, et associe par là même à sa haute pensée l'imagination ou la passion. On ne s'abandonne guère au souffle de l'imagination, sans que le jugement, la passion ou l'inspiration, réclament leur part dans son œuvre. Puisqu'il est rare qu'une faculté agisse isolément, comment une des expressions que nous avons reconnues se présenterait-elle souvent isolée? Comment surtout la poésie d'imagination et l'éloquence fondée sur la passion ne se confondraient-elles pas plus d'une fois, puisqu'elles ont toutes deux une raison commune, la partie sensible de l'homme?

La critique a nommé tels ouvrages éloquents, tels

autres poétiques. Ce n'est pas à dire qu'il n'y ait dans celui-ci que de l'éloquence, dans celui-là que de la poésie. Mais la nature des sujets, la manière de les traiter, plus ou moins analogues à l'une des facultés qui sont la source de la poésie ou de l'éloquence, servent à nommer ces ouvrages. Telle poésie est éloquente, telle éloquence est poétique. Ainsi vit, ainsi opère l'esprit humain.

En elles-mêmes cependant, et aux yeux de l'esthétique, la poésie, ou plutôt les deux poésies, sont bien distinctes de l'éloquence. Les préceptes fondamentaux de celle-ci doivent se rapporter à la passion. Les préceptes secondaires, quoique très-importants, intéressent le jugement et l'imagination. Quant aux règles de la poésie, ou elles s'adressent spécialement à l'imagination, ou elles essaient de diriger l'inspiration que la pensée de l'infini fait naître. Mais, dans l'un et l'autre cas, elles ne peuvent faire abstraction constante ou complète du jugement et de la passion. Ce serait donc une critique meurtrière que celle qui voudrait trancher trop vivement le lien entre l'éloquence et la poésie. L'une et l'autre y succomberaient; ce ne serait plus la séparation, mais la mort.

Nous n'avons pas examiné la question de savoir si l'idée de poésie implique l'idée de vers. La seconde de ces idées n'est pas essentiellement comprise dans la première. Car, outre qu'un tableau ou une statue peuvent être poétiques aussi bien qu'une ode ou une épopée, dix lignes de prose renferment quelquefois bien plus de poésie qu'un in-folio en vers.

Néanmoins, les vers conviennent en général à la poésie. Celle qui a pour principe l'imagination recherche un langage musical qui parle aux sens ; la poésie de haute inspiration demande aux vers un écho des ineffables et mystérieuses harmonies.

Telle est, selon notre faiblesse, l'esquisse d'une métaphysique poétique et oratoire. Revenons à l'examen des critiques anglais.

21. — Critique de Brown.

Nous ne citerions pas ici le méthodique et ingénieux Brown, auteur d'un ouvrage surtout historique sur l'origine et les progrès de la poésie, si l'une de ses idées fondamentales ne nous paraissait digne de quelques réflexions.

Rien n'est arbitraire, suivant lui, dans l'origine et dans les progrès de la poésie. Besoin de l'esprit humain, elle se retrouve hors de la société, sous la hutte du sauvage, et, pour en démêler les traces primitives, c'est là qu'il convient de l'observer d'abord. A cette occasion, Brown cite un morceau fort remarquable du P. Lafitau sur les habitudes des Iroquois, des Hurons et d'autres sauvages. Nous voyons là, comme nous pouvons l'entrevoir dans les nuages qui entourent le berceau des anciens peuples, la danse, la musique, la poésie, ne former qu'un seul et même art. C'était de l'harmonie, et toujours de l'harmonie. Les détails que cet écrivain fournit sur les *festins à chanter* des sauvages [1], festins où l'un d'eux chante et

---

[1] Voyez ce morceau, à la fin du volume, lettre R.

danse, et où les autres répondent en chœur et par
gestes correspondants aux siens, où tous les genres
sont ébauchés, mais confondus, l'éloge, la raillerie,
le récit, le dialogue, donnent lieu à de piquants rap-
prochements. L'art, encore un et triple tout ensemble, que les Grecs désignaient sous le nom de musique (μουσική), enseigne à ces sauvages, comme aux
Grecs d'autrefois, la religion, la morale, la politique.
Leurs esprits ne savent pas encore analyser, et le
langage de l'imagination et des sens rend intelligibles
les sévères enseignements de la raison.

Défions-nous cependant de l'intérêt même que
ces détails nous inspirent. Il est bien vrai qu'une
sage critique doit rechercher les sentiments primitifs
du cœur, les idées premières de l'intelligence humaine ; il est vrai aussi que l'observation, appliquée
aux divers degrés de l'échelle sociale, fera naître une
gradation de faits qui peut tourner au profit de l'art.
Mais il règne une telle incertitude sur la question
de l'état sauvage, ou plutôt, il est si vraisemblable
que le sauvage n'est pas l'homme primitif, mais
l'homme dégradé, qu'on ne peut sans scrupule appuyer une étude forte sur une base si chancelante.

L'origine de l'éloquence n'est pas une question
littéraire aussi difficile que celle de la poésie. A la
vérité, elle demande des réflexions psychologiques
non moins attentives; mais les recherches historiques qu'elle pourrait conseiller sont moins épineuses.
Cette difficulté s'explique. L'éloquence est le langage de la passion, et, si la passion se manifeste
même dans l'absence d'une société régulière, c'est

seulement dans l'ordre social qu'elle a réellement
son expression sensible et complète. La poésie, au
contraire, s'accorde avec l'individualité. L'hymne
chanté par l'homme seul dans le désert peut être la
plus poétique des inspirations ; à l'éloquence il faut
des spectacles humains, des hommes à persuader ou
à combattre. Un mot éloquent, un discours éloquent
ressemblent à l'étincelle qui jaillit du choc. La poésie se développe librement, et monte, monte sans
cesse vers le ciel ; l'éloquence s'attache à la terre,
remue la passion par la passion, fait agir l'homme
sur l'homme, et, quoique ses premières racines
soient dans le cœur humain, ses premiers fruits
n'apparaissent qu'aux époques où l'histoire se dégage de son obscurité fabuleuse.

Après tout, cette étude est, il faut le redire, d'un
intérêt secondaire. N'examinons pas comment l'éloquence est née, mais quelles idées on s'est formé de
ce qu'il faut appeler éloquence. C'est maintenant
aux critiques anglais de déposer dans ce procès de la
critique. Dans un pays qui a des institutions libres,
et qui voit s'élever la tribune à côté de la chaire, les
préceptes de l'éloquence semblent devoir emprunter
à l'état politique plus de variété et de grandeur. Les
anciens critiques grecs, et Cicéron chez les Romains,
durent en partie la hauteur de leurs vues au régime
de liberté sous lequel ils vivaient. L'Angleterre, nous
ne dirons pas moins libre, mais libre d'une autre
manière, pouvait comprendre aussi l'éloquence dans
un sens large et étendu. On suit bien dans quelques
théories de ses critiques la trace d'un examen indé-

pendant; mais la philosophie de Locke, secondée par l'esprit positif et spécial des Anglais, a enchaîné ce mouvement. Les rhéteurs de l'Angleterre ont beaucoup d'intentions philosophiques, mais ils ne leur donnent ni assez de portée, ni assez de ressort.

22. — Critique de Priestley.

Notre observation s'applique surtout aux *Leçons de l'art oratoire*, du docteur Priestley. Ce n'est pas un livre de haute critique, et c'est pourtant le livre d'un rhéteur philosophe. Le principe de *l'association des idées*, propre, sans doute, à expliquer beaucoup de choses, explique tout dans la doctrine de cet écrivain, même les notes, si commodes aux modernes, et inconnues aux anciens. Il fait, à cette occasion, un singulier éloge de Bayle, *qui semble, dit-il, avoir composé le texte pour les notes.* Sur la disposition oratoire, les qualités des diverses parties du discours, l'expression ou les tours que telle passion, tel sentiment commandent, le principe adopté par Priestley lui fournit d'heureuses applications. C'est avec goût et avec finesse que, suivant la doctrine du docteur Hartley, il rattache à l'association des idées les plaisirs de l'imagination. Il est bien vrai, comme il le dit, que très-peu des sensations que nous éprouvons sont simples, et que l'analyse y découvre de nombreux éléments. Parle-t-il de la gradation, il fait voir qu'elle repose encore sur sa doctrine, que les détails ainsi pressés se prêtent une force mutuelle, et que, pour l'expression de la pensée, comme pour les œuvres de la nature et du temps, la liaison et la suite sont des conditions vitales.

Quel est donc le défaut essentiel d'un ouvrage où il y a beaucoup plus à recueillir que nous n'avons pu l'indiquer en quelques lignes? d'un ouvrage fondé sur un principe juste, dont les conséquences sont étendues? c'est d'avoir pour source première une étroite philosophie, la philosophie des sens. De là provient que sous le nom d'*idées associées* Priestley n'entend parler que d'idées sensibles. De là aussi des contradictions, comme lorsqu'il place l'origine de tous les plaisirs intellectuels dans des impressions sensibles, après avoir dit que le sublime dans les sciences consiste dans la haute généralité d'un principe fécond.

Du reste, point de minuties pédantesques. Quoiqu'il exige de l'orateur une étude de la logique et de la morale, il se garde bien d'en mettre dogmatiquement les préceptes dans son traité. S'il est d'avis que les lieux communs sont utiles, surtout pour les orateurs de profession, il veut qu'on ne recoure pas superstitieusement à ce secours presque mécanique. La meilleure règle lui paraît dangereuse à suivre, quand on n'admet pas que les circonstances imprévues puissent en modifier l'emploi.

23. — Critique de Campbell.

La *Philosophie de l'art oratoire*, ouvrage d'un écrivain que Blair cite avec estime, et qu'il appelle *l'ingénieux Campbell*, est peu connue en France. Cet oubli est injuste. L'ouvrage du docteur Campbell a un

genre de mérite qui lui est commun avec Priestley,
Home, et avec tous les meilleurs critiques de sa nation. Pour approfondir l'art oratoire, il ne commence
pas à *l'exorde*, ou à *la division des genres;* son point de
départ est l'esprit humain. C'est l'examen de nos facultés et de leur emploi qui lui fait connaître les
principes premiers de l'éloquence. Il étudie l'homme, avant de chercher comment l'homme doit parler, et ne risque pas d'analyser la parole, instrument
vivant de la pensée, comme s'il disséquait un cada-
vre. C'est un philosophe qui enseigne l'éloquence;
c'est donc plus et mieux qu'un rhéteur.

Quant aux vices de doctrine, ils sont moins sail-
lants et moins nombreux chez Campbell que chez
les autres critiques anglais. Il choisit un peu entre
les systèmes; il est timide, mais non pas étroit. Sa
marche, sa direction valent mieux, il faut en convenir, que les résultats où il arrive. Cependant ces résultats même sont raisonnables. Pour les rendre
forts, il eût fallu descendre à une plus grande profondeur.

La philosophie de l'art oratoire est divisée en trois
livres. Le premier roule sur *la nature* et *les fondements*
de l'éloquence; le second sur *les fondements et les propriétés essentielles de l'élocution;* le troisième est consacré à ces qualités de l'élocution qui sont précieuses,
quoiqu'elles ne constituent pas son essence. Il ne
faut pas s'étonner de voir les deux tiers de cet ouvrage occupés par des détails sur l'élocution. C'est,
en effet, nous le répétons, dans un traité sur l'art
oratoire, la seule partie qui admette d'utiles déve-

loppements. Les observations de Campbell sur toutes
les qualités du style sont quelquefois neuves, toujours claires et ingénieuses. Nous remarquons d'intéressants détails sur l'influence de l'usage dans la
formation et l'établissement des langues; sur la *pureté
du style*, qui est, dit l'auteur, la *vérité grammaticale;*
sur la *clarté*, si nécessaire dans la diction, et *l'obscurité*, quelquefois utile pour agir sur l'esprit et l'entraîner; et beaucoup d'autres détails encore. Mais ce
qui mérite surtout d'attirer notre attention, c'est le
premier livre où, avec assez d'étendue, mais sans
diffusion, Campbell pose les principes fondamentaux de l'art oratoire. Voici le résumé rapide de sa
doctrine.

Il s'élève contre ceux qui veulent à tout prix
trouver un principe unique et exclusif, et plier violemment à ce principe tous les faits de la science.
Néanmoins, partageant l'opinion du célèbre Adam
Smith, qui enseignait avec éclat, alors même que
Campbell commençait son ouvrage, il choisit le
principe de la *sympathie*, comme le plus fécond pour
l'orateur. On conçoit, en effet, que Smith se soit
trompé lorsqu'il plaçait dans la *sympathie*, disposition
de l'âme involontaire et mobile, la source de toutes
les vertus, de la force comme de l'humanité, de la
justice comme de la compassion. Mais, dans le domaine de l'éloquence, où il s'agit plus encore peut-
être de remuer le sentiment que de convaincre la
raison, la sympathie doit jouer un grand rôle, et l'é-
tude de ses secrets doit être pour l'orateur une excellente préparation.

Voici comment l'auteur s'exprime lorsqu'il instruit l'orateur de ce qu'il doit faire pour éloigner la défiance et l'antipathie des auditeurs.

« La sympathie des auditeurs pour l'orateur peut être affaiblie par plusieurs raisons, mais surtout par les deux suivantes : une mince opinion de ses talents, et une opinion défavorable de sa moralité. La dernière est la plus préjudiciable des deux. Les hommes, en général, se croiront moins exposés à être trompés par un homme d'une faible intelligence, mais d'une probité sans tache, que par un homme du talent le plus distingué, qui serait en même temps flétri par ses désordres. Les qualités du cœur agissent sur nous avec beaucoup plus de puissance que celles de l'esprit. Bien que cette préférence puisse être appelée à juste titre instinctive et spontanée, puisqu'elle naît librement de la nature même de l'esprit, la raison ou la connaissance des hommes, acquise par l'expérience, loin de l'affaiblir, paraît la fortifier encore. De là est venu cet axiôme commun chez les rhéteurs, que, pour réussir comme orateur, il faut être honnête homme. En effet, être honnête est le seul moyen d'être longtemps réputé honnête, et cette réputation est préalablement nécessaire pour être écouté avec l'attention et l'estime convenables. En conséquence, cet axiôme est fondé sur la nature humaine. Il y a encore d'autres points dans le caractère de l'orateur, qui nuiraient, quoique à un degré plus faible, à l'effet de ses paroles. Telles sont la jeunesse, l'inexpérience des affaires, un premier échec, et d'autres inconvénients de ce genre. »

Ce morceau peut donner une idée de la manière de Campbell. Nous croyons qu'il n'a pas assez approfondi l'axiôme : *Vir bonus, dicendi peritus*, auquel il fait ici allusion. C'est une maxime vraie en général, parce que, selon les paroles de Vauvenargues, *Les grandes pensées* et, par conséquent, beaucoup de pensées éloquentes, *viennent du cœur*. Mais, comme l'éloquence est surtout le langage des passions, ne conçoit-on pas qu'un Catilina ou un Renault, qui n'étaient pas de fort honnêtes gens sans doute, fussent éloquents lorsqu'ils parlaient à leurs complices ?

Campbell établit que l'homme étant esprit et corps, le style doit être sens et expression. C'est une idée que M. de Bonald a exprimée depuis, en termes presque semblables, mais avec plus de précision, dans ses *Mélanges*.

Le cinquième chapitre du premier livre sur les diverses sources d'évidence est un vrai cours de logique, mais d'une logique élevée, claire, qui n'a rien de commun avec la scolastique.

Dans le septième chapitre, Campbell expose de la manière la plus intéressante la méthode qu'il prescrit à l'orateur pour l'étude des hommes en général. Il les lui fait considérer successivement, selon les facultés qu'ils ont reçues, comme *intelligents*, afin qu'il se conforme aux degrés de cette intelligence ; comme doués *d'imagination*, afin qu'il cherche les moyens d'émouvoir cette faculté ; comme doués de *mémoire*, afin qu'il s'attache à l'exactitude de la méthode ; enfin comme doués de *passions*, afin qu'il remue ha-

bilement un si puissant levier. Traduisons le début
de cet excellent chapitre. On verra que les idées,
qui ne sont pas neuves sans doute, sont exprimées en
termes pleins de philosophie et de raison.

« Il faut reconnaître qu'il y a dans notre nature
certains principes qui, interrogés et ménagés comme
il convient, aident puissamment la raison à déterminer la croyance. Cependant on ne peut justement
conclure de cette concession, comme quelques-uns
se sont pressés de le faire, que l'art oratoire se défi-
nirait *l'art de tromper*. Un examen plus attentif mon-
trera que l'emploi de ces auxiliaires est, dans un
grand nombre de cas, tout-à-fait légitime ; je dirai
plus, qu'il est nécessaire, si nous voulons donner à la
raison elle-même l'autorité qui lui est certainement
due. Pour démontrer la vérité considérée en elle-
même, les arguments de la logique sont seuls exigés ;
mais, pour que je sois convaincu par ces arguments,
il faut en outre qu'ils soient compris par moi, qu'ils
attirent mon attention, que je me les rappelle ; et,
pour que je sois persuadé par eux de faire quelque
action, ou de prendre quelque parti, il faut encore
qu'en m'intéressant au sujet, ils puissent faire sur
moi une impression réelle. Il ne s'agit donc pas seulement ici de s'adresser à l'imagination. L'orateur
qui veut réussir doit engager à son service tous ces
différents pouvoirs de l'esprit humain, l'imagination,
la mémoire, les passions. Ces pouvoirs n'usurpent
pas sur la raison, ils ne sont pas même les rivaux de
son autorité ; ils sont pour elle des serviteurs dont le
secours la rend propre à introduire la vérité dans

l'esprit, et à lui procurer un accueil favorable.
Comme tous les serviteurs, ils peuvent être séduits,
se livrer à la subtilité sophistique, sous le masque de
la raison, et quelquefois prêter aveuglément leur ministère à l'introduction du mensonge. Mais ce n'est
pas un motif pour répudier leur secours. La nécessité de les employer est même une loi de notre nature. Nos yeux, nos mains et nos pieds, nous serviront
également à faire le mal et à faire le bien ; mais il
ne serait pas beaucoup plus heureux pour le monde
que tous les hommes fussent estropiés et aveugles.
Les honnêtes gens ne doivent pas refuser de porter
des armes, parce que les assassins et les scélérats en
portent aussi ; c'est plutôt un motif puissant pour ne
pas se les interdire. D'ailleurs, ces pouvoirs de l'esprit humain, dont l'éloquence tire de si grands secours, ne ressemblent pas à l'art de la guerre, ou à
d'autres sciences humaines, parfaitement indifféren-
tes au bien et au mal, et dont l'utilité se mesure
uniquement au bon usage qu'on en fait. Au contraire ces pouvoirs sont, de leur nature, plus amis de
la vérité que du mensonge, et il est plus facile de les
retenir dans le parti de la vertu que dans le parti du
vice. »

24. — Opinion de Blair sur l'Éloquence.

On se demande d'abord pourquoi Blair, étudiant
l'éloquence, commence par s'occuper du style. Cette
méthode est contraire à celle que suivaient les critiques anciens, et à la division simple et juste des matériaux oratoires en invention, disposition, élocution.

Cette marche tient à l'idée incomplète que Blair se forme de l'éloquence. Après avoir épuisé la théorie du style, il arrive à ce qu'il appelle : *Eloquence ou discours publics.* Or, si l'Éloquence est renfermée dans les discours publics, le style, dont le domaine est beaucoup plus vaste, représente une idée plus générale, et l'étude du style, qui s'étend à la littérature entière, devait précéder l'étude de l'éloquence des orateurs.

Blair est donc sous l'influence du préjugé de la critique ancienne à l'égard de l'éloquence, et, parti de ce point, il raisonne avec justesse.

Cependant, un esprit aussi distingué devait entrevoir la vérité, même après l'adoption d'un système d'erreur. Blair reconnaît que l'éloquence peut se trouver partout, et jusque dans une dissertation philosophique, et, sous ce point de vue, il la définit : « L'art de parler de manière à atteindre le but pour lequel on parle. » Ainsi comprise, l'éloquence perd son caractère distinctif.

Blair adopte les trois genres, mais il élève cette abstraction inexacte à une certaine hauteur. La division, sans cesser d'être vague, devient plus philosophique, parce qu'elle semble emprunter quelque réalité à la nature de nos idées, de nos intérêts et de nos passions.

La plupart des règles qu'il établit sont nettes et précises. Rien ne peut être plus utile à ceux qui étudient l'art oratoire que la lecture de ses excellentes observations sur les preuves et le pathétique, sur la composition, sur le langage. Il traite de l'éloquence

I.

de la chaire en homme qui en a pénétré les secrets, et qui s'est inspiré de son expérience comme de sa doctrine. Enfin, c'est un rhéteur plein de sens et de bonne foi, qu'il faut étudier sans se laisser trop séduire à la clarté des idées et à la limpidité du style, qui peut jeter quelquefois dans le doute, plus rarement dans l'erreur, mais qui est si vrai dans les préceptes les plus applicables, qu'on trouverait difficilement pour la pratique un guide plus ferme et plus sûr.

24. — Résumé.

Voilà donc tout ce qu'ont pu faire la critique anglaise et la critique écossaise, au profit de l'art et de la vérité. Soumises, comme les productions du génie, à l'action du caractère national, elles ont à leur tour sanctionné tout ce qu'il inspirait de calculé, de grave et de raisonneur. Elles ont justifié les lenteurs comme une richesse, et se sont montrées indulgentes pour des bizarreries, qui tiennent lieu d'inspiration dans une littérature peu enthousiaste. C'est hors de leur atteinte, et, pour ainsi dire, sans leur congé, que plusieurs Bardes illustres ont touché la lyre, et la gloire de l'originalité personnelle s'est accrue de toute la force d'une contradiction. Loin de nous l'intention de déprécier cette littérature, à laquelle nous laissons entier l'honneur de tant d'ouvrages solides, vraiment philosophiques, et pleins de ressources pour l'application. Études psychologiques et morales, histoire, poésie dans ce qu'elle a de plus analogue à la vie commune, le drame et l'enseignement

de l'art, heureuse et profitable alliance de vérité et
de fiction dans le roman historique ou moral, ce sont
là des titres impérissables aux hommages de la critique. Mais chaque littérature fait son œuvre. L'œuvre de l'ancienne littérature anglaise est achevée, et
ces critiques, ces rhéteurs estimables que nous venons d'analyser, ne nous expliqueraient pas les neuves inspirations d'un Byron et d'un Thomas Moore.
Évidemment il est né chez les Anglais une littérature
nouvelle, dont Milton est pour eux le seul type ancien. Fruit de son siècle, cette littérature entraîne
l'opinion, et par conséquent la critique anglaise à sa
suite. Ce n'est qu'en se plaçant au niveau des découvertes du génie, que cette critique, aujourd'hui
oubliée, pourra ressaisir quelque influence. Jusque
là elle sera condamnée à l'obscurité, tandis que la
critique, en Allemagne, marche de pair avec les plus
hautes conceptions de l'intelligence nationale, et imprime à l'esprit littéraire plus de mouvement peut-
être qu'elle n'en a reçu de lui.

PIÈCES JUSTIFICATIVES.

CHINOIS.

A[1].

Odes.

Dans une corbeille de forme ovale, la jeune femme, nouvellement mariée, recueille les plantes appelées *Kuen*, tandis qu'elle est encore dans la maison paternelle. Sa corbeille n'est pas toute remplie : Ah! dit-elle, il me vient à la pensée, celui que désire mon cœur! Et, en disant cela, elle jette sa corbeille sur le chemin royal.

Elle monte sur le rocher. Mon cheval est fatigué, dit-elle. En attendant, je boirai dans ce vase d'or; mes profonds soucis se noieront dans le vin.

Elle gravit le flanc de la montagne. Le cheval qui me porte, dit-elle, est épuisé, et marche à pas lents. Je vais, en attendant, boire dans cette coupe faite avec art, de la corne du *See*; je tâcherai de soulager la douleur qui me consume sans relâche.

Elle s'efforce d'atteindre le sommet de la colline. Mon cheval est sans force, dit-elle, et mes amis sont malades. Hélas! hélas! Et elle soupire à ces mots.

Ils sont fixés solidement, les rêts destinés à prendre des lièvres. Pendant qu'on les attache à la terre à coups redoublés, c'est plaisir d'entendre le bruit que ce travail cause. Notre prince Kong-Lieou a de braves, de nobles guerriers, qui lui servent de boucliers, de remparts.

Ils sont solides, les piéges dressés pour prendre des lièvres. Sur la route, portout où il se présente quelque issue, des rêts sont tendus. O braves guerriers! ô soldats d'élite! avec quelle joie notre prince s'est acquis de tels défenseurs!

---

[1] Le P. La Charme a traduit le *Chi-King* en latin, et c'est de sa traduction que nous avons extrait ces curieux fragments. L'empereur Chun-Tchi a dit du *Chi-King*, dans une courte préface : « Ce livre est moins l'ouvrage des hommes que les sentiments humains reproduits au vif par la poésie : car c'est du fond de notre nature que ces poèmes semblent tirés »

Des piéges solides pour prendre des lièvres s'étendent au milieu de la forêt. O vaillants guerriers! ô soldats généreux! quelle confiance notre prince a placée dans leurs bras!

———————

Sentez-vous le souffle glacé de l'aquilon? la pluie et la neige tombent en abondance. Mes chers amis, donnons-nous la main et partons. Pas de retard; hâtons-nous, hâtons-nous.

Le vent du nord souffle à grand bruit. La pluie tombe, mêlée de neige. Mes amis, mes chers compagnons, que nos mains se rapprochent, et allons-nous-en. Il n'y a pas de retard, pas de délai possible. Dépêchons-nous, dépêchons-nous.

Nous ne voyons que des renards fauves; nous ne voyons que des corbeaux tout noirs. Mes amis, mes bons amis, donnons-nous la main; montons dans la même voiture. Pas de délai, pas de retard; hâtons-nous; hâtons-nous.

———————

Déjà les grillons se sont glissés au foyer; la fin de l'année est proche. Divertissons-nous, afin que le soleil et la lune ne semblent pas avoir en vain terminé leur cours; mais, au milieu de la joie, que rien ne blesse les lois de la décence. Rien ne doit dégénérer en excès. Souvenons-nous de notre devoir. Le plaisir est doux, mais l'honnêteté doit être sa compagne. L'honnête homme s'impose toujours une réserve attentive.

Déjà le griblon est entré en se glissant au foyer; déjà l'année est près de son terme. C'est maintenant qu'il faut se livrer à la joie, sans attendre que le soleil et la lune soient arrivés au bout de leur carrière. Mais, parmi nos joies, que la modération règne! Ce n'est pas seulement dans l'accomplissement des fonctions qui nous sont confiées, c'est en tout, que nous devons être réservés. Le plaisir est bien doux, mais il doit être inséparable de la décence. L'homme de bien est toujours plein de soins attentifs et scrupuleux.

Déjà le grillon a pénétré dans nos demeures. Déjà les charrues ont cessé de travailler. Si nous négligeons de nous divertir maintenant, le soleil et la lune n'en fourniront pas moins leur course accoutumée. Ayons soin pourtant de nous tenir dans de justes bornes. Même dans la joie, nous ne devons pas perdre de vue les malheurs auxquels nous sommes sujets. Le plaisir est doux, mais il ne doit rien avoir que d'honnête. L'homme de bien ne fait rien avec désordre. En toute occasion, il paraît maître de lui-même.

B.

L'hiver.

Les fougueux aquilons ont enfin franchi la grande muraille, et

soufflent dans nos plaines le froid et les rhumes. Tous les arbres
sont dépouillés, comme notre armée battue et fuyant devant les Tartares. Les petits oiseaux cherchent les maisons, et se cachent sous
les toits. Les campagnes, couvertes de neige, paraissent jonchées de
coton. Aucun sentier ne conduit plus dans la campagne, et les
rivières glacées rendent inutiles nos plus beaux ponts et les soldats
qui les gardent. Où me mettre à l'abri du froid? ma cabane, mal
fermée et mal couverte, a beau être échauffée par un bon feu de
broussailles, leur fumée m'aveugle, et le vent qui la repousse me
pénètre et me transit. Pour peu que le soleil se montre, je vais respirer sa douce chaleur au pied d'un mur; mais, quand il a disparu,
ou est éclipsé par d'épais brouillards, mes membres roidis se refusent à mes mouvements, et c'est une grande entreprise pour moi de
préparer quelques aliments et de les manger. Je me replie sur moi
dans mon lit, sans pouvoir m'échauffer, et le sommeil me persécute
en me fuyant jusqu'au jour. O vieillesse languissante! que tu fais
acheter cher la sagesse et la modération des désirs! mais va, je te
pardonne ma misère. La perte de mon épouse et de tous mes enfants
m'avait rendu la vie douloureuse. Tu m'en dégoûtes, et m'adoucis
les approches de la mort. Je ne tiens plus à ce monde que comme
les feuilles jaunissantes qui ont échappé aux premières gelées. Le
moindre vent les détache et les emporte au loin, pour être foulées
aux pieds et pourrir. Que faut-il pour rompre la trame usée de mes
jours? Mon corps courbé vers la terre, mes sens à demi éteints, ma
langueur, tout m'avertit que j'approche du tombeau. Le chemin qui
m'y conduit se hérisse chaque jour d'épines nouvelles; mais j'en
retirerai au moins l'avantage de ne pas oublier le Tien, comme j'ai
fait tant de fois quand les fleurs du plaisir et de la joie croissaient
sous mes pas. Hélas! comment arrive-t-il que l'illusion nous suive
jusqu'au bord de la fosse? Des enfants à demi nus se jouent sur la
neige, et moi je me persuadais que jamais douzième lune ne vit un
froid si rigoureux. Pourquoi donner le change à mes pensées, et ne
pas convenir que mon grand âge et ma pauvreté me rendent si sensible et m'exagèrent le froid sur lequel je me lamente? Je suis trop
vieux, il n'y a plus moyen d'éviter la défaillance des forces, et les
douleurs qui dévorent le corps. Évitons au moins le mensonge, évitons la lâcheté, et que mes derniers jours, comme ceux du bon Yao,
se passent à bénir le Tien et à purifier mon cœur!

Chanson.

Adieu aux livres, adieu pour jamais. L'État n'a pas besoin de
ma science, et la paix de mon cœur a besoin du travail de mes
bras. Je rougis d'être entretenu plus longtemps par celui d'un père

déjà vieux et cassé. Les espérances de gloire et de fortune qui suffisent à sa tendresse ne suffisent plus à mon amour.

Comment tenir à la pensée que, tandis qu'enfermé avec des livres, je lis, je médite, et, le pinceau à la main, je me mesure avec nos lettrés, ce vieillard, courbé sur une charrue, pousse ses bœufs et affronte avec eux le vent, la pluie, le chaud et le froid, pour assurer mes loisirs!

Qu'aurais-je gagné à mes études, si je n'étais qu'un fils ingrat et dénaturé? Mes enfants, au moins, ne me reprocheront pas que je leur demande des respects et des sentiments que ma conduite désavoue. Si j'ai la douleur de les voir jamais s'oublier avec moi, ce ne sera pas mon mauvais exemple qui les aura séduits.

Encore un an, et le chemin de la fortune s'ouvrait pour moi. Mais un arbre ébranlé tombe au moindre choc. La moindre maladie peut m'enlever mon père du soir au matin, ou du moins le clouer sur un lit par la défaillance et de cruelles douleurs. Que devenir alors, moi qui lui achèterais un jour de santé aux dépens de toute ma vie?

O mensonge! ô illusion! ô erreur de ma jeunesse! Quand je serais en charge, qu'y gagnerait ma piété filiale? Ne faudrait-il pas quitter ce bon père, et aller donner à mon district le soin de mon emploi! Mon épouse même et mes enfants ne sauraient m'y suivre, et je cesserais d'être homme en commençant à être mandarin.

Assez d'autres fourniront à l'envi cette éblouissante carrière. La province regorge de lettrés, et mon vieux père n'a que moi. Rendons-lui travail pour travail, fatigue pour fatigue, secours pour secours. Hélas! je n'ai que trop différé. La piété filiale commande, le soc de la charrue m'attend; adieu mes livres, adieu pour jamais.

Combien de guerriers, de ministres et de savants ont tout quitté pour reprendre la charrue, et sont venus finir leurs jours au village! Leurs souvenirs leur y montraient la sagesse au bout d'un sillon, et la vertu assise à ses côtés. Courons les y chercher: elles feront le charme de ma vie, et me rendront en plaisirs tous mes travaux.

Je n'ai encore vu la nature que dans des mots. Quelle joie de rassasier mes yeux du spectacle toujours nouveau de ses beautés! La fosse que j'aurai creusée, la motte que j'aurai brisée, me révéleront mille singularités que j'ignore; et l'herbe qui se redressera sous mes pieds redressera mes pensées avec elle, et m'en donnera que je n'ai jamais eues.

Le silence du cabinet éclaire l'esprit; mais il amollit tout le corps, refroidit l'âme et en engourdit l'énergie. C'est dans un champ que les Chun, les Yu et les Heou-tsi devinrent de grands hommes. La sueur qui y avait tant de fois mouillé leur front les rendit plus sensibles aux peines du colon et plus zélés pour le soulager.

Si les événements me ramenaient jamais vers les emplois, je saurais par moi-même ce que doit à l'agriculture le ministère public. Il faut avoir été soldat pour commander à la guerre, et colon pour bien gouverner le peuple. Les colléges ne donnent que des docteurs : c'est la solitude du village qui mûrit les hommes d'Etat.

Quoi qu'il en soit, j'aurai vécu en homme qui doit mourir et qui craint le Tien. Qui quitte les livres pour ôter la charrue des mains tremblantes d'un père vieux et épuisé a fait de bonnes études. Qui est bon fils est un bon citoyen. Il faut être l'un et l'autre pour vivre en homme et se survivre. Adieu mes livres ; adieu pour jamais !

C.

Romance.

Tsi-tsi, puis encore tsi-tsi [1],
Mou-lân tisse devant sa porte.
On n'entend pas le bruit de la navette,
On entend seulement les soupirs de la jeune fille.

Jeune fille, à quoi songes-tu ?
Jeune fille, à quoi réfléchis-tu ?
La jeune fille ne songe à rien,
La jeune fille ne réfléchit à rien.

Hier, j'ai vu le livre d'enrôlement ;
L'empereur lève une armée nombreuse.
Le livre d'enrôlement a douze chapitres ;
Dans chaque chapitre, j'ai vu le nom de mon père.
O mon père, vous n'avez point de grand fils !
O Mou-lân, tu n'as point de frère aîné !
Je veux aller au marché, pour acheter une selle et un cheval ;
Je veux, dès ce pas, aller servir pour mon père.

Au marché de l'Orient, elle achète un cheval rapide ;
Au marché de l'Occident, elle achète une selle et une housse,
Au marché du Midi, elle achète une bride ;
Au marché du Nord, elle achète un fouet.

Le matin, elle dit adieu à son père et à sa mère,
Le soir, elle passe la nuit sur les bords du fleuve Jaune.
Elle n'entend plus le père et la mère qui appellent leur fille ;
Elle entend seulement le sourd murmure des eaux du fleuve Jaune.

---

[1] Bruit de la navette, et soupirs de la jeune fille, suivant le commentateur.

Le matin, elle part, et dit adieu au fleuve Jaune ;
Le soir, elle arrive à la source de la rivière Noire ;
Elle n'entend plus le père et la mère qui appellent leur fille.
Elle entend seulement les sauvages cavaliers du Yen-Chan.
« J'ai parcouru dix mille milles en combattant ;
J'ai franchi, avec la vitesse de l'oiseau, les montagnes et les défilés ;
Le vent du nord apportait à mon oreille le son de la clochette
     nocturne [1] ;
La lune répandait sur mes vêtements de fer sa froide et morne clarté :
Le général est mort après cent combats.
Le brave guerrier revient après dix ans d'absence.
A son retour, il va voir l'empereur.
L'empereur est assis sur son trône ;
Tantôt il accorde une des douze dignités,
Tantôt il distribue cent ou mille onces d'argent.
L'empereur me demande ce que je désire.
Mou-lân ne veut ni charge ni emploi ;
Prêtez-lui un de ces chameaux qui font mille milles en un jour,
Pour qu'il ramène un enfant sous le toit paternel »

Dès que le père et la mère ont appris le retour de leur fille,
Ils sortent de la ville et vont au-devant d'elle.
Dès que les sœurs cadettes ont appris le retour de leur sœur aînée,
Elles quittent leur chambre, parées des plus riches atours.
Dès que le jeune frère apprend le retour de sa sœur,
Il court aiguiser un couteau pour tuer un mouton.

« Ma mère m'ouvre le pavillon de l'orient,
Et me fait reposer sur un siége placé à l'occident ;
Elle m'ôte mon costume guerrier,
Et me revêt de mes anciens habits ;
Mes sœurs, arrêtées devant la porte,
Ajustent leur brillante coiffure,
Et, à l'aide du miroir, enlacent des fleurs d'or dans leurs cheveux. »

Mou-lân sort de sa chambre et va voir ses compagnons d'armes ;
Ses compagnons d'armes sont frappés de stupeur.
Pendant douze ans elle a marché dans leurs rangs,
Et ils ne se sont pas aperçus que Mou-lân fût une fille.
On reconnaît le lièvre parce qu'il trébuche en courant ;
On reconnaît sa compagne à ses yeux effarés ;
Mais quand ils trottent côte à côte,
Qui pourrait distinguer leur sexe ?

_____

[1] Des gardes de nuit.

D.

Analyse d'un petit volume Thsou-Hioming-King

(LE CLAIR MIROIR DE L'ÉTUDIANT.)

La première partie du travail consiste à *fendre, ouvrir* le sujet proposé. « Ouvrir le sens au sujet, de la même manière qu'on ouvre, en le brisant, un objet matériel, pour voir ce qu'il renferme. » A cet effet, il est nécessaire de bien observer (en supposant que l'on ait un chapitre à ouvrir) sur quel paragraphe de ce chapitre, sur quelle phrase de ce paragraphe, et sur quel mot de cette phrase on doit insister de préférence, saisir ensuite ce qu'il y a d'essentiel dans l'idée première, et l'*ouvrir*. Cette opération, par laquelle on *entre en matière*, doit être concise et non diffuse, élégante et non vulgaire ; elle doit aller droit au but, et non pas se répandre comme un fleuve débordé.

Il y a différents modes d'entrer en matière. 1° On peut annoncer le sujet *explicitement ;* 2° *implicitement,* comme au moyen d'une allusion ; 3° par la citation du texte pris dans son entier ; 4° par la citation partielle du même texte ; 5° on peut présenter d'abord l'idée principale et appeler ensuite l'attention sur le mot du sujet proposé ; 6° on peut procéder d'une manière inverse, c'est-à-dire commencer par attaquer la *surface* ou l'enveloppe verbale du sujet, et ensuite s'emparer du fond ou de l'idée principale ; 7° on peut poser d'abord la question, puis la résoudre ; 8° enfin, on peut présenter la solution de la question comme un théorème, et ensuite le démontrer. Ces règles et les suivantes se nomment Kiaié.

2° La deuxième partie du travail consiste à *reprendre* son sujet, c'est-à-dire à revenir sur l'idée qu'on n'a encore exposée qu'imparfaitement, et à l'expliquer.

Quand le début est régulier (tching), c'est-à-dire, quand il présente l'idée principale d'une manière directe, alors la phrase suivante, qui constitue la deuxième partie du travail, doit être oppositive ou inverse dans la forme. Si au contraire on a débuté sous une forme oppositive, il faut présenter la même idée dans la deuxième phrase, sous la forme régulière et directe, etc.

3° La troisième partie est le *commencement de la discussion* du sujet proposé. C'est ici que le Wen-Tchang, ou la composition proprement dite, entre en carrière, et qu'il faut entamer la discussion de son sujet avec assez d'art et de précision pour que celui qui n'a encore lu qu'une phrase voie aussitôt de quoi il s'agit. Il faut cependant alors user de réserve et prendre bien garde de tout dire dès l'abord ; mais il en faut dire assez, et seulement assez pour que le lecteur saisisse la tendance de l'ouvrage. C'est d'après ce principe qu'on exige que, dans les mémoires adressés à l'empereur, une ou deux lignes, écrites au commencement, expriment l'objet général du mémoire.

4° Vient ensuite la *ramification* ou *division*. Le premier mot indique que la division dont il s'agit ici est une distinction de choses connexes dont il ne faut pas rompre l'enchaînement. Cette quatrième partie s'appelle la grande clé du Wen-Tchang. Elle lie naturellement la discussion préliminaire dont nous venons de parler à la discussion plus complète qui lui succède. Lorsque cette ramification est bien conçue, elle est exempte à la fois d'*incohérence* et d'*identité*.

5° La *transition* est la partie de la composition par laquelle l'écrivain passe d'une idée à une autre Dans tous les sujets qui présentent deux faces différentes, il faut quelques mots pour passer de la considération de la première à celle de la seconde.

6° La *division centrale* est la partie consacrée à la discussion régulière et directe du sujet considéré dans la forme. Cette discussion doit procéder sur deux *colonnes*, c'est-à-dire sous une forme symétrique ou antithétique. Les doubles *colonnes*, ou le parallélisme requis dans le Wen-Tchang, sont appelées par les Chinois *le nerf du style*. Si le sujet se divise naturellement en deux idées, chacune d'elles constituera une *colonne*. S'il n'en renferme qu'une, la double considération du *fond* et de la *forme* servira de base aux deux *colonnes*. Les rhéteurs chinois disent qu'une *colonne* cachée vaut mieux qu'une *colonne* apparente.

Les méthodes d'amplification indiquées par notre auteur sont de diverses espèces. La première consiste à *emprunter une chemise*, c'est-à-dire à revêtir son sujet d'une idée qui s'y rapporte exactement. La seconde méthode est celle de la *réflexion mutuelle;* elle consiste à rapprocher d'un sujet donné un autre sujet qui jette du jour sur le premier en même temps qu'il en reçoit. Une troisième méthode est de suivre dans ses conséquences la proposition inverse de celle que l'on veut établir, pour rentrer ensuite dans celle-ci. Il y en a encore d'autres que je passe sous silence.

7° La *conclusion* doit offrir le développement de la dernière partie du jugement exprimé dans la *division centrale*. On peut conclure la discussion de plusieurs manières, soit en tirant une demi-conséquence de ce qu'on a précédemment établi, soit en faisant voir toute la portée de son sujet, soit en excitant l'admiration, soit en résumant la discussion première, soit en appelant les faits à l'appui du raisonnement ou le raisonnement à l'appui des faits, soit en rapprochant la proposition directe de la proposition inverse, soit en combinant toutes les idées de la thèse, soit en les complétant, soit enfin en préparant ce qui va suivre. Dans tous les cas, et quel que soit le parti qu'on prenne, il faut prendre garde de se répéter.

8° La dernière partie du travail s'appelle en chinois *le nœud de la composition*. Elle se compose d'un petit nombre de phrases, que l'on peut comparer à des cordons servant à rassembler les différentes parties du sujet, pour en former un tout et les nouer ensemble.

Telles sont les huit parties qui se rapportent à la composition.

M. Fresnel ajoute qu'on peut les réduire à quatre, ki-kou, l'exorde ; — tchoung-kou, la division centrale ; — mo-kou, la conclusion ou morceau final ; — kie-kou, le nœud. — Les compositions où l'on n'a pas égard à ces divisions se nomment san-tso ou san-touan. Elles ne renferment que l'exorde, la discussion du sujet et la conclusion.

E.

HINDOU.

Divers portraits de belles femmes.

— Où donc Vidhata a-t-il pu prendre la matière qui a servi pour créer un si beau visage? Il a pris une portion de ce qu'il y a de plus brillant dans la lune pour former ces traits enchanteurs. En veut-on la preuve? qu'on regarde les vides que la lune présente à nos yeux.

— Ses yeux ressemblent au nénuphar épanoui, son visage à la lune dans son plein, ses bras à la tige charmante du Lotos, ses cheveux flottants aux ombres épaisses de la nuit.

— Cette jeune beauté est un archer véritable. Ses sourcils forment l'arc, la ligne de ses yeux la corde, et son regard la flèche. Qui cherche-t-elle à blesser? mon cœur sauvage.

— Tes yeux ont été formés du bleu nénuphar, ton visage du Lotos, tes dents des fleurs du jasmin nouvellement éclos, tes lèvres des premiers bourgeons qui rougissent au printemps. La blonde teinte du champa s'est répandue sur tout ton corps. Pourquoi donc Vidhata a-t-il créé ton cœur insensible comme une pierre?

F.

Pantùn Malais.

Vous êtes un bambou vigoureux, et moi un fragile rameau; allons cependant, aiguisons nos armes. Vous valez dix adversaires, et moi je n'en vaux que neuf; allons cependant, luttons de sarcasme poétique.

La grenade se partage en tranches nombreuses ; mais, dans toutes, la graine est rouge également Ne donnez pas une injuste préférence à une race d'hommes ; car, chez tous, le sang est également rouge.

Entre tous les fruits du mango de Patane, un seul fruit mûr n'est rien pour un cerf. Vous êtes musulman, et je suis chrétien ; mais chacun de nous doit avoir la charge de ses fautes.

Ne secouez pas la tige du riz ; si vous secouez cette tige, elle est perdue ; ne cédez pas à un penchant de la jeunesse ; si vous y cédez, vous êtes perdu vous-même.

La feuille jaune du bétel de Patane, la fraîche noix du bétel de Malacca, une jeune fille chrétienne, blanche et pâle, mènent à une ruine complète et assurée.

Sayer Malais.

Quand ma bien-aimée regarde par sa fenêtre, l'œil scintillant comme une étoile, et lançant des rayons qui brillent d'une vive lueur, son frère aîné[1] ne peut supporter son éclat. La couleur de ses joues est celle du fruit rouge de mango ; son cou est droit et gracieux, et l'ombre y forme des nuances, lorsqu'elle le met en mouvement : ses traits sont ceux d'une statue ou d'une figure de théâtre ; son front ressemble à la lune nouvelle à son premier jour ; je vois ses beaux sourcils arqués ; ses charmes m'inspirent un amour insatiable, et il y a longtemps que je l'ai choisie pour ma bien-aimée. Elle porte un anneau où sont enchâssées des pierres précieuses de Ceylan ; ses ongles allongés brillent comme la lumière, et sont transparents comme une rangée de perles ; sa taille est svelte et élégante, son cou a le poli d'une belle statue ; elle s'exprime avec éloquence ; ses lèvres ressemblent au bois d'un rouge éclatant ; et ce n'est pas l'art, c'est la nature elle-même qui lui donne cette parure. Ses dents sont noircies par la poudre de Baya. Toute gracieuse, déliée, majestueuse comme une reine, sa chevelure est ornée de fleurs de Séraja ; ses traits charmants sont d'une régularité parfaite. Souvent mon âme est près de s'envoler, et aspire à s'élancer par mes yeux, incapable de revenir à son calme naturel.

Chanson Bugis.

UN AMANT PARTANT POUR COMBATTRE.
(à sa maîtresse.)

O doux objet de mes plus secrètes affections, ne te livre pas trop facilement au chagrin, quelles que soient les nouvelles qui arrivent de la bataille, jusqu'à ce que tu voies mon noble fer arraché de ma ceinture ; mais alors pleure sur ma mort. Ma boîte de bétel renferme trois défenses, auxquelles on doit se conformer ; elles sont enveloppées dans les plis mêmes de la feuille de bétel : ne pas parler au

---

[1] Le Soleil.

moment de l'action; ne pas rester lâchement dans sa tente; ne pas se cacher quand on s'approche de l'ennemi.

Le prince de Bénarès.

(Tiré du poème Ko-Khan.)

Bénarès était un pays beau et vaste, habité par une race d'hommes supérieure à toute autre, voisine ou éloignée, et qui était riche de toutes les félicités. Bénarès était, à tous égards, une admirable contrée; elle renfermait tout ce qui est désirable; car dans ce royaume dominait la pratique de la générosité et la fidélité aux devoirs de la religion. Le cœur du prince était si noble qu'il employait en dons de bienfaisance la totalité de son revenu. Exempt de toute pensée d'égoïsme, son âme était simple et pure comme la pointe d'une flèche. Affranchi de toute inclination perverse, il était franc et n'était jamais double dans son langage. Plein de tendresse pour tous ses parents, qui le chérissaient; inébranlable comme la poutre qui soutient le toit d'un édifice, personne ne pouvait prévenir ni faire changer sa résolution. Jamais il ne s'éloignait du sentiment de la sincérité; son cœur était sans replis, sa conduite restait irréprochable, et son âme à l'abri des passions haineuses. Sous son règne point de violence; lui même il réprimait ses propres désirs. Tel était son caractère.

Incapable d'une action méchante, il rendait tout son peuple heureux, et ne négligeait aucun des dix commandements dans la pratique d'une bienfaisance universelle. Tel un banc de sable s'élève dans une île perdue au sein de la mer, et, quand le vaisseau fait naufrage, offre un refuge assuré et salutaire aux matelots. C'est ainsi qu'il secourait ses sujets, lorsqu'ils s'engloutissaient dans l'infortune; c'est ainsi que ceux qui frissonnaient sous la main glacée du malheur se ranimaient à l'approche des rayons de son pouvoir généreux. Il portait dans sa conduite toute la prudence du serpent. Son palais avait l'éclat d'une montagne d'or. En sa présence un ennemi n'eût pas osé paraître. Il avait l'esprit fixé sur une seule pensée, et il entendait célébrer au loin son nom. Tel était ce grand prince, que toutes les races humaines, d'une couleur noire ou blanche, répandues dans dix mille régions, vivaient sous son empire au sein de la joie et du bonheur!

G.

PERSAN.

Odes d'Hafiz.

Oh! que ta beauté est gracieuse! chaque lieu emprunte du charme à ta présence. Ton suave et mol abandon épanouit mon cœur. Tu es douce comme la feuille de la rose nouvelle, tu es tout entière pleine d'attraits, comme le cyprès du jardin éternel. Ta réserve et ta vivacité me ravissent : ta joue s'embellit d'un premier duvet ; l'éclat de tes yeux couronnés de sourcils brillants, et l'élégance de ta taille élancée appellent l'amour. Mon œil est comme un parterre de rose, où tu dessines mille riantes couleurs. Mon cœur se parfume à l'odeur de jasmin qu'exhalent les boucles de tes cheveux. Dans la route de l'amour, on ne peut fuir le torrent de la douleur ; mais ta tendresse me fait sourire à ma peine. Je me meurs à tes yeux, mais tes joues si fraîches tournent en joie mes amers déplaisirs. Quand je te cherche au désert, je suis de toutes parts environné de périls ; mais cet Hafiz, dont le cœur est si faible, quand il court à ta rencontre s'avance calme et courageux.

———◦⋄◦———

Esclave, apporte une coupe pleine de vin ; apporte une ou deux coupes pleines d'un vin pur. Le remède aux chagrins de l'amour, c'est le vin ; c'est le soutien des jeunes gens et des vieillards ; apporte à boire. Verse-nous de ce feu liquide, de ce feu qui coule comme l'eau ; apporte à boire. La rose passe, eh bien ! d'un visage riant, dis : Je veux un vin pur comme l'essence de la rose ; apporte à boire. Le doux murmure du rossignol s'éteint, eh bien, il faut le remplacer par le doux murmure des bouteilles. Que les vicissitudes humaines ne te contristent pas ; à toi les accords de la lyre ! c'est seulement, hélas ! pendant le sommeil que je puis me voir dans les bras de celle que j'aime ; qu'un vin salutaire me procure le sommeil ! Apporte à boire. Et si je suis enivré, comment remédier à l'ivresse ? Encore une coupe, pour que je perde tous mes sens ; apporte à boire. Encore, encore une coupe pour Hafiz ; que ce soit mal, ou que je mérite des éloges, apporte à boire.

———◦⋄◦———

C'est maintenant qu'il faut boire d'un vin savoureux ; voici l'odeur du musc qui s'exhale des montagnes. Tous les jardins se peuplent de roses ; tous les coteaux se garnissent de tulipes et d'hyacinthes.

Dans un jardin charmant, le rossignol fait entendre sa plainte mélodieuse ; à ses accents plaintifs la rose s'éveille. L'ombre de la nuit plaît au rossignol ; mais la pluie et le vent retiennent la rose captive. Voyez un souffle violent descendre des nuages, et dites-moi ce qui cause la tristesse du rossignol. Mais le voici qui s'élance joyeux du bocage ; le bec entr'ouvert, il s'est posé sur la rose.

Qui peut savoir ce que le rossignol dit à la rose, et ce qu'il cher—

che sous ses feuilles odorantes? Écoutez, voici le matin, le rossignol
va chanter.

H.

Morceau de poésie arabe.

Je passe sur le sommet des rocs escarpés, où les autruches errent;
et les génies, de concert avec les esprits des montagnes, font entendre leurs cris perçants.

Et quand l'obscure nuit couvre le désert d'une obscurité semblable à celle des nuages de Sigum, je continue ma course, tandis que
mes compagnons dorment avec leurs corps recourbés comme la
plante khirah.

Je vais en avant, quoique les ténèbres soient comme un vaste
océan, je marche au travers d'une hurlante et aride solitude,

Dans laquelle le guide perd son sentier, l'enroué hibou fait entendre son triste cri, et le voyageur que surprend la nuit est saisi de
crainte.

Je monte un chameau qui ressemble à une jeune autruche volant
vers l'humide plaine.

Je le pousse en avant, et il se jette de côté comme l'oiseau catha,
et ses derniers pas surpassent en rapidité sa première course;

Il s'élance sur les rochers pointus, dont les bords paraissent autant de javelines acérées, et fixées dans une montagne dure et
stérile.

I.

Extrait de Lafitau.

Le jour de la fête, on prépare de bonne heure le festin dans une
cabane de conseil, et l'on y dispose toutes choses pour l'assemblée.
Cependant un crieur public parcourt le village à diverses fois, pour
avertir que la chaudière est pendue dans une telle cabane.

Les particuliers et les chefs même y entrent, portant chacun avec
soi leur gamelle ou leur petite chaudière. Il ne paraît pas qu'il y
ait entre eux aucune distinction de rang, si ce n'est que les anciens
occupent les nattes les plus avancées. Les femmes iroquoises n'as-
sistent point, que je sache, à ces sortes de festins, et n'y sont point
invitées. Les enfants et les jeunes gens qui ne sont point encore agrégés
au corps des guerriers montent sur les échafauds qui règnent au-dessus
des nattes, ou bien au-dessus de la cabane même, pour voir par le
trou par où la fumée s'exhale.

Pendant que l'assemblée se forme, celui qui fait le festin, ou
bien celui au nom de qui on le fait, chante seul, — c'est comme
pour entretenir la compagnie de choses qui conviennent au sujet

I. 24

qui les assemble. La plupart de ces chansons roulent sur les fables du temps, sur les faits héroïques de la nation, et elles sont en vieux style, mais si vieux, qu'ils y disent souvent bien des choses qu'ils n'entendent et ne comprennent point. Ce chantre a souvent un assesseur qui le relève lorsqu'il est fatigué, car ils chantent de toutes leurs forces.

Alors l'orateur ouvre la séance, en demandant, comme par forme, si tous les invités sont présents. Il nomme ensuite celui qui fait le festin ; il déclare le sujet pour lequel il le fait, et entre dans le dernier détail de tout ce qui est dans la chaudière ; à chaque chose qu'il nomme, tout le cœur répond par des *oh! oh!* qui sont des cris d'approbation.

L'orateur rend ensuite raison de ce dont il faut que le public soit instruit, car ces *festins à chanter* se faisant pour toutes les actions importantes qui regardent le village ou la nation, c'est là proprement le temps des affaires publiques de quelque nature qu'elles puissent être, comme de relever un nom, d'entendre les ambassadeurs, de répondre à leurs colliers, de chanter la guerre, etc.

Dès que l'orateur a cessé de parler, quelquefois on se met à manger avant de chanter, pour avoir meilleur courage ; quelquefois on chante avant de manger ; et, si le festin doit durer toute la journée, une partie de la chaudière se vide le matin ; l'autre se réserve pour le soir, et, dans l'entre-deux, l'on chante et l'on danse.

Le maître du festin n'y touche point ; il se donne seulement la peine de faire servir ou sert lui-même, nommant tout haut le morceau qu'il présente à un chacun. Les meilleurs morceaux se donnent par préférence à ceux qu'on veut distinguer.

Après le repas, le maître du festin commence l'*athonront* ou la pyrrhique, laquelle est particulière aux hommes. Ils se relèvent dans cet exercice, en commençant par les plus considérables, et continuent ainsi en descendant jusqu'aux plus jeunes : ils ont cette civilité les uns pour les autres, et cette attention, que chacun attend qu'un autre plus digne que lui entre en lice, et prenne le pas.

Les anciens et les plus considérables ne font assez souvent autre chose que de se lever à leur place, et se contentent, en chantant, de faire quelques inflexions de la tête, des épaules et des genoux, pour soutenir leur chant ; les autres, un peu moins graves, font quelques pas, et se promènent le long de la cabane, autour des feux. Chacun a sa chanson particulière, c'est-à-dire un air, auquel il ajoute fort peu de paroles, qu'il répète tant qu'il veut ; j'ai remarqué même qu'ils retranchent quelques syllabes des mots, comme si c'étaient des vers ou des paroles mesurées, mais sans rime.

Celui qui veut danser commence en se levant de dessus sa natte, et tout le monde lui répond par un cri général d'approbation. A mesure qu'il passe devant un feu, ceux qui sont assis sur les nattes des deux côtés répondent en suivant la cadence par un mouvement de la tête, et en tirant du fond de leurs gosiers et de leurs poitrines des *hé hé* continuels, qu'ils redoublent, en certains endroits où la mesure le demande, avec une justesse si grande, qu'ils ne s'y trompent jamais, et une finesse d'oreille si particulière, que les Français les plus stylés à leurs usages n'ont jamais pu y atteindre. Quand il passe à un second feu, ceux du premier reprennent haleine ; ceux des feux éloignés se reposent aussi, mais la cadence est toujours soutenue par ceux devant qui il s'arrête. La chanson finit par un *hé*, ou par un *éhoué* de tout le chœur, qui est comme un second cri d'approbation.

Les jeunes gens ont leurs chansons plus vives et les mouvements plus forts, ce qui convient mieux à leur âge. Quand la danse est bien animée, ils se mettent à danser deux et trois ensemble, chacun à son feu, et ce mélange ne cause point de confusion.

Parmi ces danses, quelques-unes ne sont qu'une manière simple et noble de marcher à l'ennemi, et d'affronter le danger avec fierté et gaîté.

Une seconde espèce, mais toujours dans le même genre, est celle des *pantomimes*, qui consiste à représenter une action de la manière dont elle s'est passée, ou telle qu'ils l'imaginent. Plusieurs de ceux qui ont vécu parmi les Iroquois m'ont assuré que souvent, après qu'un chef de guerre a exposé, à son retour, tout ce qui s'est passé dans son expédition, et dans les combats qu'il a livrés ou soutenus contre les ennemis, sans en omettre aucune circonstance, alors tous ceux qui sont présents à ce récit se lèvent tout d'un coup pour danser, et représentent ses actions avec beaucoup de vivacité, comme s'ils y avaient assisté, sans néanmoins s'y être préparés et sans avoir concerté ensemble.

Dans leurs chansons, ils louent non-seulement leurs dieux et leurs héros, mais ils se louent encore eux-mêmes, ne s'épargnant pas les louanges et les prodiguant à ceux des assistants qu'ils croient les mériter. Celui qui est ainsi loué répond par un cri de remercîment, dès qu'il s'entend nommer.

Ils se raillent encore plus volontiers, et ils y réussissent à merveille.

Celui qui danse prend alors celui à qui il en veut par la main et le met hors de rang, au milieu de l'assemblée ; à quoi celui-ci obéit sans résistance.

Cependant, le danseur continue à chanter, et, soit en chantant, soit en s'interrompant, il lâche de temps en temps quelques traits de satire contre le patient, qui l'écoute sans rien dire. A chaque bon mot, s'élèvent de grands éclats de rire de toute la galerie, qui animent ce petit jeu, et qui obligent souvent le patient à faire le plongeon, en enveloppant sa tête dans sa couverture.

Ils ont une autre espèce de danse à laquelle le chœur prend part, et qui est commune aux hommes et aux femmes. Comme elle est très-différente des précédentes, on n'en fait pas usage dans les *festins à danser*.

Les jongleurs l'ordonnent souvent comme un acte de religion, pour la guérison des malades, et elle est du ressort de la divination ; elle est aussi un pur exercice de divertissement, qui se pratique dans les fêtes et les solennités du village. En voici à peu près l'ordre :

On envoie avertir de bonne heure dans les cabanes pour cette cérémonie, et chaque cabane députe quelques personnes, soit hommes, soit femmes, qui se parent de tous leurs atours, pour y aller jouer leur rôle. Tous se rendent à l'heure marquée, dont on est averti par le crieur public, ou dans une cabane de conseil, ou bien dans une place préparée pour cet effet. Au milieu de la place ou de la cabane, on dresse un petit échafaud, et l'on met un petit banc pour les chantres qui doivent animer la danse. L'un tient en main le tambour, l'autre le rhombe ou la tortue. Tandis que ceux-là chantent et accompagnent leur chant du son de ces instruments, lequel est fortifié par les spectateurs, qui frappent avec de petits bâtons sur des chaudières ou des écorces qu'ils ont devant eux; ceux qui dansent forment une espèce de danse, mais sans se tenir par les mains les uns les autres, ainsi qu'on le pratique en Europe. Chacun d'eux fait diverses figures de pieds et de mains, comme il lui plaît, et, quoique tous les mouvements soient absolument différents, selon la bizarrerie et le caprice de leur imagination, aucun cependant ne perd la cadence. Ceux qui savent le mieux varier leurs postures et se donner plus d'action sont censés danser mieux que les autres. La danse est composée de plusieurs reprises, dont chacune dure jusqu'à perte d'haleine, et, après un instant de repos, ils en recommencent une autre. Rien n'est plus vif que tous ces mouvements; dans le moment, ils sont tous en sueur; on dirait à les voir, que c'est une foule de furieux et de frénétiques. Ce qui doit encore plus les fatiguer, c'est qu'ils suivent de la voix aussi bien que de l'action la voix des chantres et les instruments par des *hé hé* continuels, mais un peu moins fort que ceux de l'*athonront*, jusqu'à la fin de chaque reprise, laquelle est toujours terminée par un *oueh* général plus élevé et qui est comme un cri d'approbation, ce semble, de ce que la reprise a bien réussi.

Quoique dans cet article je n'aie parlé proprement que des nations iroquoises et huronnes, je puis dire néanmoins que j'ai dépeint en même temps toutes les nations barbares de l'Amérique, quant à ce qu'il y a d'essentiel et de principal; car, bien qu'il paraisse y avoir une grande différence entre l'état monarchique et l'oligarchique, c'est pourtant partout le même esprit de gouvernement, le même génie pour les affaires, la même méthode pour les traiter, le même usage pour les assemblées secrètes et solennelles, le même caractère dans leurs festins, dans leurs danses et dans leurs divertissements.

La musique et la danse des Américains ont quelque chose de fort barbare qui révolte d'abord, et dont on ne peut guère même se former une idée, sans en avoir eu le spectacle ; on s'y accoutume néanmoins peu-à-peu dans la suite, et on y assiste volontiers. Pour eux, ils aiment ces sortes de fêtes à la fureur, et ils les font durer des journées et des nuits entières, et leurs *hé hé* font tant de bruit qu'ils font trembler tout le village.

J.

Traité de Plotin sur le Beau.

I. Le Beau affecte particulièrement le sens de la vue : cependant l'oreille le perçoit aussi, soit dans la composition du discours, soit dans les divers genres de musique : car des chants et des rhythmes sont également beaux. Actuellement, si nous nous élevons du domaine des sensations à une sphère supérieure, nous retrouverons également le Beau dans les sentiments, les pratiques, les habitudes de la vie, enfin dans les sciences et dans les différentes vertus. Existe-t-il des beautés d'un ordre supérieur ? c'est ce qui ressortira de notre sujet. Or, quel est le principe en vertu duquel les corps nous semblent beaux, le principe qui fait que notre oreille est agréablement frappée de certains accords qu'elle affectionne comme beaux ? Enfin, quelle est la source des beautés purement psychologiques ? La beauté dérive-t-elle d'un principe unique, immuable et commun à la variété infinie des êtres, ou bien admettrons-nous tel principe de beauté pour un corps, tel autre pour un autre ? Quels sont ces principes, s'ils sont divers ? Quel est ce principe, s'il est unique ?

L'évidence nous avertit d'abord qu'il y a des êtres, les êtres corporels, par exemple, chez lesquels la beauté est accidentelle et n'est point inhérente à l'essence de son sujet ; elle nous apprend aussi qu'il y a des êtres absolument beaux de leur beauté propre, par exemple, la vertu. Les mêmes corps, en effet, nous paraissent tantôt beaux, tantôt difformes : car être corps, être beau, sont deux propriétés bien distinctes. Quel est donc le principe présent dans les corps ? Voilà le premier problème à résoudre. Quel est dans un être cet aimant qui attire, qui entraîne, qui attache la vue de ceux qui l'aperçoivent, enfin, qui rend sa contemplation si attrayante ? Une fois cette question résolue, nous partirons de là comme d'un point d'appui, pour examiner successivement tous les autres. Presque tous les philosophes prétendent que c'est l'heureuse combinaison des parties entre elles et par rapport à l'ensemble, qui, mariée à la grâce

du coloris, constitue la beauté, quand elle se manifeste à la vue :
à les entendre, l'homme et tous les êtres de la nature seront beaux,
s'ils sont formés suivant des proportions exactes et uniformes. Mais
alors ces philosophes admettront nécessairement que le simple ne
saurait être beau, qu'il n'y a de beau que le composé ; enfin, que le
composé est nécessairement beau. Les parties isolées n'auront par
elles-mêmes aucune beauté ; elles ne seront belles que par leur relation avec l'ensemble, et cependant un ensemble ne saurait être beau,
si toutes ses parties ne sont également belles ; le Beau ne saurait résulter d'un assemblage de parties difformes ; mais il faut que la
beauté se répande sur toutes les parties de l'ensemble. Suivant cette
même doctrine, les couleurs qui sont belles, la lumière du soleil,
par exemple, ces couleurs simples et qui n'empruntent point leur
beauté à l'harmonie de leurs combinaisons, resteraient forcément en
dehors du Beau. Mais alors comment l'or est-il beau ? comment
les feux scintillants de la nuit, comment les astres sont-ils beaux à
contempler ? Il faudrait admettre encore que les sons simples cesse-
ront d'être beaux, et pourtant chacun des sons qui composent un
concert harmonieux restera beau, lors même qu'il sera complètement isolé. Ce n'est pas tout ; tandis que les mêmes proportions
subsisteront encore, la même figure pourra sembler tantôt belle,
tantôt hideuse et difforme. Comment alors ne pas reconnaître que,
dans un objet bien proportionné, la proportion et la beauté qui s'y
localisent sont distinctes, et que la proportion emprunte sa beauté
d'un principe spécial ? Maintenant, pour passer à un autre ordre
d'idées, on ne saurait soutenir que la beauté dans les sentiments et
dans le langage dépende de la proportion : car, je le demande,
comment concevoir la proportion dans les sentiments, dans les lois,
dans les études et dans les sciences ? Enfin, comment admettre que
les contemplations soient belles par symétrie ? Et ne serait-il point
absurde de dire que la beauté découle de la proportion, quand cette
proportion se retrouve dans ce qu'il y a de plus contraire à la
beauté ? Prétendre, par exemple, que la sagesse est une simplicité
où bien que la justice est une naïveté généreuse, ne sont-ce pas là
deux propositions parfaitement semblables et analogues ? La beauté
essentielle de l'âme, c'est la vertu, beauté plus vraie que toutes celles
que nous avons nommées. Or, comment la vertu serait-elle propor-
tionnelle, puisqu'on n'y retrouve pas la proportion de la grandeur
ni du nombre ? L'âme est divisée en nombreuses facultés : qui
pourra déterminer le rapport précis et constant dans lequel devra
s'opérer la fusion de ces diverses facultés, de ces diverses contemplations ? Quelle serait en dernier lieu la beauté de l'intelligence en
elle-même ?

II. Revenons sur nos pas et parlons de la beauté dans les corps. Il y a d'abord une beauté sensible au premier aspect : l'âme semble la percevoir d'une vue spontanée, la proclamer, l'accueillir ou plutôt la reconnaitre, enfin s'identifier presque avec elle. Mais, qu'elle rencontre un objet difforme, elle recule, elle le répudie, elle s'en sépare, dans la crainte de s'y associer. Nous expliquons ce phénomène, en disant que l'âme, étant telle qu'elle est, c'est-à-dire d'une espèce supérieure à tous les autres êtres, sitôt qu'elle aperçoit au dehors un être identique ou du moins analogue à son essence, se réjouit et s'extasie; qu'elle rapproche cet être de sa propre nature, qu'elle se replie sur elle-même et sur son essence intime. Quelle est donc cette assimilation possible entre les faits de l'âme et les faits extérieurs? car s'il y a similitude, il faut bien l'accepter. Comment les uns et les autres sont-ils beaux? Nous soutenons que les derniers reçoivent leur beauté de leur participation à la forme des premiers. Tant qu'un objet informe, quoique fait pour recevoir la forme et la beauté, restera dépourvu de forme et de proportion, il sera hideux et en dehors de l'action de la loi divine. Tout ce qui sera complétement informe sera complétement hideux : nous appellerons de même tout ce que la forme et la proportion ne sauraient maîtriser complétement, la matière ne pouvant revêtir dans toutes leurs perfections les formes de la beauté. Ainsi donc, c'est la forme qui se superpose à ces diverses parties, qui les met en ordre, les ramène à l'unité, et en réalise l'harmonie. Puisque la forme est une, il faut bien que l'objet qui la reçoit soit amené à l'unité, autant que celle-ci peut entrer dans un objet composé de plusieurs parties. La propriété distinctive de la beauté, c'est de réunir en un seul faisceau des parties disjointes, et de se communiquer à-la-fois et aux parties et au tout. Quand elle rencontre un ensemble composé de parties parfaitement adaptées, elle se répand également dans cet ensemble, et voilà pourquoi elle se communique tantôt à un édifice entier dans toutes ses parties, tantôt à une seule pierre, soit qu'elle résulte de l'art, soit qu'elle dérive de la nature. C'est ainsi que la beauté des substances corporelles dépend de leur affinité avec l'essence divine.

III. La beauté est perçue par une faculté de l'âme toute spéciale, éminemment capable de discerner ce qui la concerne, lorsque d'ailleurs les autres facultés de l'âme concourent à ce jugement; mais souvent même elle suffit pour prononcer : comparant les objets au type antérieur qu'elle recèle en elle-même, et prenant ce type comme une règle du Beau, elle s'appuie sur cette base pour porter son jugement. Mais par quel procédé parvient-on à saisir ce lien des êtres corporels avec les êtres incorporels, et comment se fait-il que l'architecte, après avoir comparé l'édifice qu'il vient d'achever avec l'image qu'il s'en était tracée dans l'âme, prononce que cet édifice est beau? N'est-ce point parce que la forme extérieure, les pierres

une fois retranchées, n'est pas autre chose que la forme intérieure et
primitive, répandue, il est vrai, sur la matière brute et inerte,
mais toujours une, quoiqu'elle se produise dans les objets composés ?
quand la sensation distingue dans les corps la forme qui maîtrise et
enchaîne l'élément opposé et informe, quand elle aperçoit une
forme belle et saillante enveloppant d'autres formes, c'est l'âme
qui réunit en un faisceau toutes ces formes séparées, qui les rapproche, qui les confronte avec la forme indivise et préexistante qu'elle
possède en elle-même, enfin qui prononce leur analogie, leur identité, leur sympathie, avec ce type intérieur. C'est ainsi que l'homme
de bien, apercevant dans le jeune homme les traits de la vertu, en
est agréablement frappé, parce que ces traits ont des consonnances
avec le type réel de la vertu qu'il possède au fond du cœur. C'est
ainsi que la beauté du coloris, simple dans sa forme, maîtrisera
complétement le principe ténébreux de la matière, par la présence
de la lumière, élément incorporel, et qui n'est réellement qu'un esprit, une figure. Voilà encore pourquoi le feu est supérieur en
beauté à tous les autres corps : c'est que sa forme est d'un ordre in-
finiment plus élevé ; d'abord, comme élément, il est le plus subtil
de tous les corps et celui de tous qui se rapproche le plus des êtres
incorporels ; ensuite il est le seul qui rejette tous les autres corps,
tandis que ceux-ci le recèlent ; tous admettent la chaleur, lui ne
saurait admettre le froid : de tous il est le premier qui possède la
couleur, et tous les autres ne sont colorés que de sa flamme ; il brille,
il étincelle, comme un type de lumière. Mais si la forme ne peut
maîtriser la matière, et que celle-ci n'offre qu'une teinte décolorée,
la beauté ne surgira plus là où la lumière ne brille point de toute
sa splendeur. Ce sont ces harmonies invisibles qui rendent perceptibles les harmonies de la voix ; ce sont elles qui communiquent à
l'esprit l'intelligence du Beau, en lui représentant l'unité dans la
diversité. D'où il résulte que les harmonies sensibles peuvent être
calculées, non pas sous tous les rapports, mais en tant qu'elles se
plient à la réalisation d'une forme qui maîtrise la matière. Mais
c'est trop nous arrêter à ces beautés physiques, qui ressemblent à
des ombres fantastiques glissant sur la matière et ravissant notre
admiration par le charme qu'elles y répandent.

IV. Il faut remonter plus haut, il faut nous occuper de ces beautés d'un ordre supérieur qu'il n'est pas donné aux sens d'apercevoir, mais que l'âme distingue et proclame sans leur intermédiaire ;
il faut abandonner les sens dans leur sphère inférieure. De même
qu'il nous aurait été impossible de percevoir et de désigner les
beautés corporelles, si déjà nous ne les avions connues comme telles
par une perception antérieure, et que notre position eût été semblable à celle des aveugles de naissance ; de même aussi nous serions

dans l'impossibilité de raisonner sur la beauté des sentiments, de la science, et d'une foule d'objets de même nature, si nous ne les possédions déjà pertinemment auparavant. Nous ne parlerions point non plus de la vertu, si nous n'avions contemplé combien est belle l'image de la justice et de la tempérance, si nous ne savions pas que jamais la beauté du levant ou du couchant ne saurait en approcher. Ce n'est pas tout ; nous ne les apercevons que de la manière dont l'esprit les aperçoit : en les voyant, nous sommes ravis et vivement émus ; nous éprouvons une admiration bien autrement forte que pour les beautés matérielles, parce que nous saisissons déjà la beauté véritable : car telles sont les impressions que l'âme subit nécessairement à la vue de tout ce qui est beau : l'enthousiasme, l'extase, le désir, l'amour, un saisissement plein de volupté. Oui, voilà ce que doivent éprouver, ce qu'éprouvent en effet, même pour les beautés non perceptibles, toutes les âmes, pour ainsi dire, mais surtout celles qui sont les plus aimantes. Au reste, il en est de même aussi pour les beautés corporelles, tous les hommes y sont sensibles, mais non point au même degré, et les plus vivement impressionnés sont ceux-là même qu'on désigne sous le titre d'amants.

V. Mais nous avons à nous occuper présentement des sentiments d'amour que l'on éprouve pour les beautés incorporelles. Quelles sensations nous font éprouver des affections morales, des mœurs bien réglées, des habitudes honnêtes, des actes et des sentiments vertueux, en un mot l'aspect de toutes les vertus parées de leur éclat ! que n'éprouvons-nous point surtout, quand nous possédons au fond de nous-mêmes la conscience de notre beauté intérieure ! Combien nous désirons nous détacher de la substance corporelle, pour nous concentrer dans la vie intime ! C'est là aussi ce qu'éprouvent de véritables amants. Et cet objet qui nous fait tressaillir, quel est-il ? ce n'est point une forme, une couleur, une grandeur quelconque. C'est l'âme, dont l'essence, dont la sagesse est incolore ; c'est la splendeur de toutes les vertus, quand nous découvrons dans nous-mêmes ou bien dans autrui la grandeur d'âme et la justice, la sagesse pure, inflexible, au front majestueux, une gravité, une pudeur inaltérable, intrépide, exempte de passions ; enfin, par-dessus tout, le vif reflet d'une intelligence céleste. Mais quand nous sommes ravis d'admiration et d'amour pour tous ces objets, pour quelle raison les proclamons-nous beaux ? car ils le sont, ils le paraissent, et celui qui les aperçoit ne peut s'empêcher de déclarer qu'ils sont tels par leur essence nécessaire. Or, quel est le caractère de cette essence ? la beauté ! Mais cette réponse est loin de satisfaire notre raison ; la raison voudrait connaître quelle est la nature de ces êtres qui ont la propriété de rendre l'âme aimable, d'où provient cette auréole qui couronne pour ainsi dire toutes les vertus. Raisonnons par les contraires, et faisons contraster avec la beauté de l'âme toutes les turpitudes qui la salissent. Peut-être alors, connaissant ce que c'est que le hideux, et quel en est le principe, pourrons-nous déduire de cette comparaison ce que c'est que le Beau dont nous cherchons la nature. Une âme hideuse, c'est une âme injuste, désordonnée, en proie à une multitude de désirs déréglés, toujours tremblante par lâcheté, envieuse par bassesse, ravalant toutes ses pensées vers les objets terrestres et misérables ; une âme complètement dépravée, plongée dans les voluptés impures, n'ayant d'autre vie que la vie matérielle des impressions du corps, quelles qu'elles soient, enfin une âme qui savoure délicieusement l'ignominie. N'expliquerons-nous point un pareil état, en disant que la turpitude elle-même, se masquant des traits de la Beauté, est venue s'attacher à l'âme, qu'elle l'a altérée, abrutie, souillée de toute espèce de désordres, rendue incapable d'avoir ni vie ni sensations épurées, réduite enfin à une existence abjecte, infectée par le mal, empoisonnée par des germes de mort, ne distinguant plus rien de ce que l'âme doit contempler, incapable de rester seule avec elle-même, entraînée comme elle l'est vers le monde extérieur et vers les ténèbres des objets terrestres? L'âme, ainsi défigurée, entraînée par un penchant irrésistible vers toutes les jouissances sensuelles, absorbée dans son mélange avec le corps, se plongeant dans le commerce de la matière et s'identifiant avec elle, l'âme, dis-je, finit par perdre entièrement sa nature originelle anéantie dans ce mélange funeste. Tel un homme tombé dans un bourbier fangeux ne présenterait plus à l'œil sa beauté primitive, effacée sous l'empreinte de la boue qui l'a souillé. La laideur, chez cet homme, n'est évidemment que l'addition d'une substance étrangère : veut-il recouvrer sa beauté originelle, redevenir ce qu'il était auparavant, il lui faudra laver, essuyer ces souillures. Ainsi nous avions raison d'avancer que l'âme devient hideuse par ses rapports, par son commerce, son mélange avec le corps. La laideur de l'âme, c'est de n'être ni pure, ni vraie; comme pour l'or, d'être rempli de parcelles terreuses. Qu'on les retranche, l'or demeuré seul et isolé de tout le reste, ramené à sa nature simple et identique, recouvre immédiatement toute sa beauté. De même aussi l'âme, détachée des désirs du corps avec lequel elle s'était trop identifiée, ne subissant plus toutes ses impressions, effaçant toutes les souillures que ses habitudes corporelles lui avaient fait contracter, et demeurant isolée, se délivre complétement de toutes les turpitudes dont ses rapports avec une nature différente l'avaient empoisonnée.

VI. Ainsi, comme l'a proclamé la voix de la sagesse antique, le courage, la sagesse, toutes les vertus, et jusqu'à la pensée elle-même ne sont qu'une purification. Voilà pourquoi la doctrine des mystères nous apprend que l'homme qui n'aura point été purifié sera précipité dans l'enfer, au fond d'un bourbier, parce que tout ce qui est impur et pervers se complaît dans la fange. Tels nous voyons les pourceaux immondes se vautrer avec délices dans un bourbier infect. En quoi ferions-nous consister en effet sa véritable sagesse, si ce n'est à ne point s'attacher aux joies corporelles, à les fuir comme immondes et incompatibles avec un être pur? Le courage consiste à ne point craindre le trépas; et comme le trépas n'est point autre chose que la séparation de l'âme avec le corps, celui qui aspire à se détacher du corps n'appréhende point cette séparation. La grandeur d'âme, n'est-ce pas le mépris des choses d'ici-bas? et la pensée n'est-elle pas l'intelligence se détachant de tout ce qu'elle a de terrestre, et élevant l'âme jusqu'aux objets célestes? L'âme ainsi purifiée devient une figure, un verbe, un être incorporel, une intelligence, une émanation de la divinité, principe de Beauté et la source de tous les êtres qui ont des rapports avec le Beau. On voit donc que l'âme ramenée à l'intelligence accroîtra chaque jour sa beauté, d'où il suit que l'intelligence et tout ce qui vient d'elle constitue sa beauté propre et spéciale; alors, en effet, l'âme est essentiellement isolée. C'est pourquoi l'on a raison de dire que, pour l'Ame, le Bien et le Beau, c'est de se rendre semblable à la Divinité, d'où dérive le Beau, et à laquelle se rattache l'existence de tous les autres êtres. Que dis-je? Beauté, Etre, sont deux termes synonymes, car tout ce qui est opposé à l'Etre est hideux! le hideux est le germe de tout mal, si bien que le Bon et le Beau, le Bien et la Beauté sont exactement la même chose, et c'est ainsi que la même identité se retrouve entre le Bon et le Beau, entre le Mal et le Hideux. Nous placerons donc en première ligne la Beauté identique avec le Bien, et d'où dérive l'Intelligence qui est belle, puis l'Ame belle par l'intelligence avec tout ce que produit l'Ame, qui se revêt de Beauté et dans ses actes et dans ses sentiments; enfin les Beautés corporelles, qui sont elles-mêmes enfantées par l'Ame; car l'Ame est chose divine, elle est une émanation de la Beauté, et partout où elle se répand, partout où elle exerce son empire, elle communique à tous les êtres toute la beauté que comporte leur essence.

VII. Il faut donc actuellement remonter jusqu'aux sources du bien auquel toute Ame aspire; car, si nous les découvrons, nous aurons résolu notre problème, et nous connaîtrons la nature du Beau. D'abord le Bon est désirable pour lui-même, et tous nos désirs tendent vers sa possession. Mais, afin d'y arriver, il faut nous élever vers les Êtres d'un ordre supérieur, nous tourner sans cesse vers eux, et nous dépouiller de cette enveloppe grossière que nous avions revêtue en nous traînant sur les objets matériels. Il en sera de nous comme de ceux qui veulent approcher des sacrifices les plus saints

et les plus mystérieux. Il faut qu'ils se purifient, qu'ils rejettent
leurs vêtements, qu'ils s'avancent absolument nus; que, dans leur
ascension sublime, passant au-delà de tout ce qui n'est pas Dieu, ils
se trouvent face à face avec la Divinité seule, vraie, simple, pure,
de laquelle tout dépend, qui fixe tous les regards, qui donne à tout
l'existence, la vie, la pensée; car la Divinité est le foyer de l'Être
et de l'intelligence. Qu'un homme reconnaisse ainsi la divinité au
dedans de lui-même : de quels transports d'amour ne sera-t il point
ravi! Avec quelle violence n'aspirera-t-il point à se confondre avec
elle! quel étonnement et en même temps quelle allégresse! car si
ceux même qui ne l'ont point encore aperçue soupirent après le moment de la voir comme après le souverain Bien, celui qui la contemple est enchanté, comme de l'aspect de la Beauté souveraine; il
est frappé d'étonnement et de plaisir, et plongé dans une extase qui
n'a rien de douloureux : il aime d'un amour véritable, il se rit de
tous les autres feux, de tous les autres transports; il repousse tout ce
qu'auparavant il idolâtrait comme des beautés. Tels sont les transports de ceux qui rencontrent sur leur chemin les formes des Dieux
ou des Génies, et pour qui l'aspect des beautés corporelles n'a plus
d'attraits. Imaginons l'impression que doit faire sur un simple mortel la vue du Beau en soi, du Beau pur, du Beau par excellence,
du Beau qui ne tient ni à la chair ni au corps, qui ne se rattache ni
au ciel ni à la terre! car ce sont toutes choses contingentes et en
dehors de l'unité : ce ne sont point des principes, mais elles découlent d'un principe. Si donc un homme aperçoit cet Être divin qui,
en dispensant ses attributs à tous les autres êtres, n'en perd aucun
et n'emprunte rien à une cause étrangère, si cet homme se repose
dans la contemplation de cet être, qu'il s'en réjouisse, qu'il s'en
rapproche comme d'un modèle, aura-t-il besoin encore d'emprunter
ailleurs sa beauté? Cet être souverainement beau, le premier élément
de la beauté, a le privilége de rendre beaux et aimables tous ceux
qui l'aiment : le but unique, le but suprême vers lequel doivent
tendre nos âmes, c'est de ne pas être déshéritées de la plus excellente
des contemplations, de cette contemplation dont la jouissance enivre
l'Ame de plaisir, et dont la privation fait le malheur de ceux qui ne
peuvent l'atteindre; car celui-là n'est point malheureux qui ne possède ni beautés corporelles, ni puissance, ni honneurs, ni royauté;
mais celui-là seul qui se voit exclu de la possession de ce Bien suprême, au prix duquel on devrait fouler aux pieds tous les sceptres
et tous les empires de la terre, de la mer et du ciel lui-même, de ce
Bien après lequel il soupire vainement et pour lequel il a sacrifié sans
fruit tous les autres avantages.

VIII. Quel est donc le moyen, le mode, l'organe par lequel on
peut apercevoir cette beauté ineffable, cette beauté enfermée pour

ainsi dire dans le fond d'un sanctuaire, et qui n'apparaît jamais au
dehors, tremblant d'être souillée par les regards des profanes? Ah!
qu'il avance hardiment, qu'il pénètre au fond de ce sanctuaire, celui
qui peut s'abstenir de tout regard terrestre et ne jamais tourner les
yeux vers ces substances corporelles qu'il avait idolâtrées. Que, s'il
rencontre et s'il aperçoit des beautés terrestres, il ne se laisse plus
séduire par leurs attraits, bien convaincu que ces beautés sont des
images, des vestiges, des ombres; qu'il se tourne tout entier vers la
Beauté, qui en est le type original. Car je suppose qu'un mortel s'é-
lançât pour saisir ces beautés, comme si elles étaient réelles, tandis
qu'elles ressemblent à ces formes mobiles reflétées par les eaux et
dont un apologue ingénieux dit que l'insensé qui voulut les saisir
disparut entraîné par le courant; je suppose qu'il s'attachât exclusivement à la poursuite de ces beautés, sans que rien pût guérir son
aveuglement : un tel homme ne plongerait-il point, je ne dis pas
son corps, mais son âme dans ces profondeurs ténébreuses abhorrées
de l'intelligence? Croupissant au fond des enfers dans le même
aveuglement, il y resterait à jamais enveloppé des mêmes ténèbres
qui l'offusquaient sur la terre. Oh! c'est ici que nous avons le droit
de nous écrier : Fuyons, fuyons dans notre chère patrie! Mais comment fuir? comment échapper? se demande Ulysse dans cette admirable allégorie qui nous le représente essayant à tout prix de se soustraire à l'empire magique de Circé ou de Calypso, sans que le plaisir
des yeux et le spectacle des beautés corporelles puissent le retenir
sur ces bords enchantés. Notre patrie, notre père à nous sont aux
lieux que nous avons désertés; mais quelle route nous y ramènera?
mais comment fuir? Nos pieds sont impuissants pour nous diriger
dans notre fuite, ils ne sauraient que nous transporter d'un coin de
la terre dans un autre : ce ne sont point des navires qu'il nous faut,
ni des chars emportés par de rapides coursiers : laissons de côté ces
inutiles secours; au lieu d'ouvrir les yeux, fermons-les pour leur
substituer en quelque sorte une vue toute différente, et pour éveiller
en nous cet organe que tous possèdent, mais dont si peu connaissent
l'usage.

IX. Mais comment s'opère cette vision intérieure? L'organe ne
peut contempler tout d'abord les beautés trop éclatantes. Il faut
donc habituer notre âme à contempler en premier lieu les sentiments
moraux, puis les œuvres empreintes de beauté, non point ces œuvres
produites par les arts, mais accomplies par ce qu'on appelle les gens
de bien; ensuite, il faudra contempler l'âme de ceux qui les accom-
plissent. Mais par quel moyen découvriras-tu la beauté d'une âme
vertueuse? Rentre en toi-même, examine-toi avec attention, et si
après cet examen tu ne trouves point encore en toi le caractère de la
beauté, fais à ton égard ce que l'artiste fait pour la statue qu'il veut

perfectionner. L'artiste retranche, enlève, polit, épure sans relâche, jusqu'à ce qu'il ait imprimé à sa statue tous les traits de la beauté. Imite-le, retranche de ton âme tout ce qui est superflu, redresse tout ce qui n'est point droit, purifie et rends brillant tout ce qui est ténébreux; enfin, ne cesse point d'embellir et de perfectionner ton image, jusqu'à ce que la lumière étincelante de la vertu en jaillisse sous tes yeux, et que tu voies ta sagesse ferme et inébranlable au sein d'une pureté sainte et incorruptible. Si tu deviens tel que je le dis, si tes regards sont fermés à tout autre spectacle, si tu habites pur avec toi-même, si nul obstacle ne contrarie tes désirs ni tes efforts, si tu ne renfermes plus aucune substance hétérogène, si tu n'es plus absolument qu'une véritable lumière, qui ne peut ni se comparer à aucune mesure, ni se réduire à des limites étroites, ni s'accroître par un développement de grandeur progressive, incommensurable de tout point, comme étant au-dessus de toute mesure, de toute quantité; si tu te reconnais enfin conforme au modèle que je viens de tracer, si tu n'es plus qu'un pur regard, plein de confiance en toi et n'ayant plus besoin de guide, regarde par toi-même : car c'est seulement alors que l'œil peut contempler le Beau dans son immensité. Mais si ton organe est vicié par le mal et qu'il n'ait point été purifié; si, dépourvu d'énergie, il ne peut supporter un spectacle trop brillant, il ne distinguera rien, quand même un autre te montrerait un spectacle qui naturellement tomberait sous tes sens; il faut donc, avant d'employer cet organe, le rendre analogue et semblable à l'objet qu'il doit contempler. Jamais l'œil n'eût aperçu le soleil, s'il n'avait pris d'abord la forme du soleil, et l'âme ne discernerait point le Beau, si d'abord elle ne devenait belle. Que chacun de nous devienne beau et semblable à Dieu, s'il veut apercevoir le Beau et contempler la Divinité. Il s'élèvera d'abord à l'Intelligence, et, contemplant de ce point de vue toutes les formes qui sont belles, il proclamera que cette beauté réside dans les idées. C'est par elle en effet que tous les êtres sont beaux, puisqu'elles sont le produit et l'essence de l'Intelligence. Au-dessus de celle-ci, il rencontrera l'essence même du Bon, d'où rayonnent sans cesse des émanations du Beau, si bien que, à vrai dire, la beauté se trouve placée au degré le plus éminent. Néanmoins, si l'on veut établir encore une distinction entre les faits de l'Intelligence, on pourra dire que la beauté intellectuelle est le monde des idées, et que le Bon, placé au-dessus d'elle, est lui-même la source et le principe de la beauté; ou bien même le Bon et le Beau seront placés au premier degré; mais le Beau restera toujours subordonné au Bon.

K.

Hermogène.

IMPROVISATION SIMULÉE.

(Méthode, chap. XVII.)

Quand l'orateur feindra-t-il qu'il improvise? Il y a trois genres
de causes oratoires. Dans le délibératif, on doit convenir hautement
qu'on s'est préparé. En effet, celui qui consulte n'aime pas qu'on
vienne lui donner pour avis la première idée qui se présente. Il
faut au contraire que l'on avoue qu'on a considéré et médité le sujet.
Écoutons Démosthènes. Les circonstances, disait-il, n'exigeaient pas
seulement un homme dévoué à vos intérêts et qui eût de la fortune,
mais un homme qui eût repris à l'origine la connaissance des affaires en question. C'est là en effet ce que doit avoir l'homme qui
donne un conseil, la connaissance exacte des affaires. Dans le judiciaire, tout en arrivant préparé, faites semblant d'improviser, à
l'exemple de tous les anciens orateurs. Tous, après avoir écrit leur
plaidoierie, s'arrangent de manière à paraître parler d'abondance.
Pourquoi? Parce que l'orateur est suspect au juge, qui craint d'être
trompé et entraîné par le talent oratoire. C'est donc l'affaire d'un
habile avocat de paraître improviser, pour conserver la chance d'é-
mouvoir le juge. Les exordes, au barreau, semblent offerts par la
circonstance, et ils ont été depuis longtemps médités, ainsi que les
différents points qu'on a l'air de se proposer tout-à-coup. Dans le
démonstratif, rien n'empêche qu'on ne se serve des deux méthodes,
soit de l'aveu d'une préparation, soit de l'improvisation simulée.

De la Définition.

(Invention, livre III, chapitre XIII.)

La définition et la définition contraire, le syllogisme et la
réfutation du syllogisme, ce sont quatre mots, mais, en réalité,
deux choses. Celui, en effet, qui possède la définition possède en
même temps le syllogisme. Il peut adapter l'une et l'autre aux
mêmes arguments. Celui qui possède la définition contraire
possède en même temps la réfutation du syllogisme. Il peut aussi
adapter l'une et l'autre aux mêmes arguments. Nous avons ima-
giné un artifice admirable pour empêcher qu'il n'y ait aucune
confusion dans le discours, aucun embarras pour la pensée, ainsi
que pour le raisonnement. L'artifice consiste en ce que celui qui établit une définition, et celui qui oppose à celle-là la définition con-

traire, doivent tous deux exprimer les circonstances qui précèdent
communément. Celui qui pose la définition procède ainsi : Cela aurait dû se faire avant la chose en question, et cela ne s'est pas fait.
En revanche, celui qui pose la définition contraire dira : Cela devait
se faire avant la chose en question ; cela s'est fait. Voilà des détails
qui font partie des antécédents de l'affaire. Par exemple, un fou a
tué un tyran ; revenu à la raison, il demande sa récompense. Quelqu'un s'y oppose et dit : Ce n'est pas ce qu'on appelle tuer un tyran.
Oui, c'est bien là tuer un tyran, répond l'autre. Il fallait monter à
la citadelle, j'y suis monté ; il fallait tuer, j'ai immolé. Telles sont
les circonstances antérieures. Celui qui établit la définition dira :
Celui qui devait tuer un tyran avait d'abord besoin de délibérer. Tu
étais fou ; ainsi tu n'as pu délibérer, puisque cela n'appartient qu'aux
hommes sains d'esprit ; il a donc manqué quelque chose aux circonstances qui ont dû précéder l'action ; elle ne peut alors s'appeler
le meurtre d'un tyran. Il fallait que le meurtrier d'un tyran sût ce
qu'il faisait ; tu ne le savais pas. Le syllogisme peut s'établir aussi
à l'aide des conséquences de l'affaire. Par exemple : Il importe peu
que je fusse fou ou de sens rassis. Ce qui serait arrivé si j'eusse été
dans mon bon sens, et que j'eusse commis ce meurtre, est arrivé en
effet. Il fallait exterminer le tyran, il est exterminé. Il fallait que
le peuple fût libre, il est libre. Il fallait qu'il n'y eût plus personne
dans la citadelle, il n'y a plus personne.

D'un autre côté, celui qui a le syllogisme à réfuter se servira
aussi des conséquences de l'action ; s'il y en a quelqu'une qui ne soit
pas réalisée, il argumentera ainsi : La différence est grande. Ce
qui serait arrivé si tu avais été de sens rassis en commettant le meurtre, n'est pas arrivé, parce que tu étais fou lorsque tu l'as commis.
Le meurtrier raisonnable d'un tyran est aussitôt l'objet d'honneurs
publics ; mais toi, après le meurtre, tu as été confié, pour être guéri,
aux médecins et aux astrologues. Ces moyens ont une force égale ;
les circonstances décident de celui qu'on doit préférer.

L.

Elle était si sage et si pure dans toutes ses actions et dans tous ses
discours, que je croirais l'offenser en priant Dieu de la recevoir dans
son saint paradis. Ah ! si je soupire, si je gémis, ce n'est pas que je
craigne que Dieu ne lui ait accordé le repos de la glorieuse félicité ;
à mon avis, sans elle, il manquerait, au paradis même une sorte
de perfection de grâce ; aussi, je ne doute pas que Dieu ne l'ait placée
au milieu même de sa gloire, et quand je pleure, ce n'est que parce
que je suis séparé d'elle.

(BONIFACE CALVO.)

Élégie amoureuse.

Le sujet de mes chants sera pénible et douloureux. Hélas ! j'ai à me plaindre de celui dont je suis la tendre amie ; je l'aime plus que chose qui soit au monde ; mais auprès de lui, rien ne me sert, ni merci, ni courtoisie, ni ma beauté, ni mon mérite, ni mon esprit. Je suis trompée, je suis trahie, comme si j'avais commis quelque faute envers lui.

Ce qui du moins me console, c'est que je ne vous manquai jamais en rien, ô cher ami, dans aucune circonstance ! Je vous ai toujours aimé, je vous aime encore plus que Seguis n'aime Valence ; oui, je me complais à penser que je vous surpasse en tendresse, ô cher ami ! comme vous me surpassez en brillantes qualités. Mais quoi ! vos discours et vos manières sont sévères envers moi, tandis que toutes les autres personnes trouvent en vous tant de bonté et de politesse !

Oh ! combien je suis étonnée, cher ami, que vous affectiez envers moi cette sévérité ; pourrais-je n'en être pas affligée ? Non, il n'est pas juste qu'une autre dame m'enlève votre cœur, quelles que soient pour vous ses bontés ou ses manières. Ah ! souvenez-vous du commencement de notre amour ; Dieu me garde que la cause d'une rupture vienne de moi !

Le grand mérite que vous avez, la haute puissance qui vous entoure, me rassurent ; je sais bien qu'aucune dame de ces contrées, ou des contrées lointaines, si elle veut aimer, fait, en vous préférant, le choix le plus honorable : mais, ô cher ami, vous vous connaissez en amour, vous savez quelle est la femme la plus sincère ou la plus tendre ; souvenez-vous de nos accords !

Je devrais compter sur mon mérite et sur mon rang, sur ma beauté, encore plus sur mon tendre attachement ; aussi je vous adresse, cher ami, aux lieux où vous êtes, cette chanson, messagère et interprète d'amour ; oui, mon beau, mon aimable ami, je veux connaître pourquoi vous me traitez d'une manière si dure, si barbare ? est-ce l'effet de la haine ? est-ce l'effet de l'orgueil ?

Je recommande à mon message de vous faire souvenir combien l'orgueil et la dureté deviennent quelquefois nuisibles.

(Comtesse de Die.)

Sirvente,

(Traduit mot à mot par M. Raynouard).

Bien me plaît le doux temps de printemps
    Qui fait feuilles et fleurs venir ;

Et plaît à moi quand j'entends la réjouissance
Des oiseaux qui font retentir
Leur chant par le bocage ;
Et plaît à moi quand je vois sur les prés
Tentes et pavillons plantés ;
Et plaît à moi en mon cœur,
Quand je vois par les campagnes rangés
Cavaliers avec chevaux armés.

Et il me plaît quand les coureurs
Font les gens et les troupeaux fuir ;
Et il me plaît quand je vois après eux
Beaucoup de soldats ensemble gronder ;
Et j'ai grande allégresse,
Quand je vois forts châteaux assiégés
Et murs crouler et déracinés,
Et que je vois l'armée sur le rivage
Qui est tout à l'entour clos de fossés
Avec des palissades de forts pieux fermés.

Également me plaît de bon seigneur
Quand il est le premier à l'attaque,
Avec cheval armé, sans crainte ;
Vû qu'ainsi il fait les siens enhardis
Avec vaillante prouesse ;
Et quand il est au camp entré,
Chacun doit être empressé,
Et suivre lui de gré,
Car nul homme n'est rien prisé
Jusqu'à ce qu'il a maints coups reçus et donnés.

Lances et épées, heaumes de couleur,
Ecus percer et dégarnir
Nous verrons à l'entrée du combat,
Et maints vaisseaux ensemble frapper,
D'où iront à l'aventure
Chevaux des morts et des blessés ;
Et lorsque le combat sera mêlé,
Qu'aucun homme de haut parage
Ne pense qu'à fendre têtes et bras,
Vû que mieux vaut mort que vif vaincu.

Je vous dis que tant ne m'a saveur
Manger ni boire ni dormir,
Comme quand j'entends crier : à eux !
Des deux parts ; et que j'entends hennir

Chevaux démontés par la forêt,
Et que j'entends crier : Aidez! aidez!
Et que je vois tomber dans les fossés
    Petits et grands sur l'herbe,
Et que je vois les morts qui par les flancs
    Ont les tronçons outre–passés.

    Barons, mettez en gage
    Châteaux et villages et cités,
Avant que chacun ne vous guerroyez.

    Papiol [1], de bonne grâce
Vers Oui et Non [2] t'en va promptement,
    Dis-lui que trop ils sont en paix.

                    (BERTRAND DE BORN.)

M.

Edda.

LE DIEU THOR ET LE GÉANT SKRYMNER.

Comme la nuit s'approchait, ils cherchèrent de tous côtés un endroit où ils pussent se reposer, et ils trouvèrent enfin dans les ténèbres la maison d'un certain géant dont la porte était aussi large qu'un des côtés. Ce fut là qu'ils passèrent la nuit ; mais, comme elle était à peu près à moitié passée, ils sentirent un grand tremblement de terre qui secouait violemment toute la maison. Thor, se levant, appela ses compagnons pour chercher avec lui quelque asile ; ils trouvèrent à main droite une chambre voisine dans laquelle ils entrèrent. Mais Thor, se tenant à la porte, pendant que les autres, frappés de crainte, se cachaient au fond de leurs retraites, s'arma de sa massue pour se défendre à tout événement. Cependant on entendait un terrible bruit, et, le matin étant venu, Thor sortit et aperçut près de lui un homme qui était prodigieusement grand, ronflait de toutes ses forces, et Thor comprit que c'était-là le bruit qu'il avait entendu pendant la nuit. Aussitôt il prit sa vaillante ceinture qui a le pouvoir d'accroître ses forces ; mais le géant s'étant réveillé, Thor, effrayé, n'osa lui lancer sa massue, et se contenta de lui demander son nom. Je m'appelle Skrymner, répond l'autre ; pour moi, je n'ai pas besoin de te demander si tu es le dieu Thor, et si tu ne m'as pas pris mon gant? En même temps il étendit la main pour le reprendre, et

---

[1] Nom du jongleur de Bertrand de Born.
[2] Richard Cœur-de-Lion.

Thor s'aperçut que cette maison où ils avaient passé la nuit était ce gant même, et la chambre un des doigts du gant. Là-dessus Skrymner lui demanda s'il ne voyageait pas en compagnie ; à quoi Thor ayant répondu qu'oui, le géant prit sa valise et en tira de quoi manger. Thor en ayant été faire autant avec ses compagnons, Skrymner voulut joindre ensemble les deux valises, et, les mettant sur son épaule, il commença à marcher à grands pas. Le soir, quand ils furent arrivés, le géant s'alla coucher sous un chêne, montrant à Thor le lieu où il voulait dormir; et lui disant de prendre à manger dans la valise. En même temps il se mit à ronfler fortement ; mais Thor, ayant voulu ouvrir la valise, chose incroyable ! ne put jamais défaire un seul nœud : aussi, prenant de dépit sa massue, il la lance dans la tête du géant. Celui-ci, s'éveillant, demande quelle feuille lui est tombée sur la tête, et qu'est-ce que cela peut être ? Thor fait semblant de vouloir aller dormir sous un autre chêne; comme il était environ minuit, ce dieu, entendant ronfler de nouveau Skrymner, prend sa massue et la lui enfonce par derrière dans la tête. Le géant s'éveille et demande à Thor s'il lui est tombé quelque grain de poussière sur la tête, et pourquoi il ne dort pas? Thor répond qu'il va s'endormir; mais, un moment après, résolu de porter à son ennemi un troisième coup, il recueille toutes ses forces, et lui lance sa massue dans la joue avec tant de violence, qu'elle s'y enfonce jusqu'au manche. Skrymner, se réveillant, porte la main à sa joue, disant : Y a-t-il des oiseaux perchés sur cet arbre? il me semble qu'il est tombé une plume sur moi. Puis il ajoute : Pourquoi veilles-tu, Thor? je crois qu'il est temps de nous lever et de nous habiller. Vous n'avez pas beaucoup de chemin à faire encore pour arriver à la ville qu'on nomme Utgard ; je vous ai entendu vous dire à l'oreille les uns aux autres, que j'étais d'une bien grande taille, mais vous en verrez là de bien plus grands que moi. C'est pourquoi je vous conseille, quand vous y serez arrivés, de ne pas trop vous vanter, car on ne souffre pas volontiers dans cet endroit-là de petits hommes comme vous ; je crois même que ce que vous auriez de mieux à faire serait de vous en retourner; cependant, si vous persistez dans votre résolution, prenez votre route à l'orient; pour moi, mon chemin me mène au nord. Là-dessus il mit sa valise sur son dos et entra dans une forêt. On n'a pas entendu dire que le dieu Thor lui ait souhaité bon voyage.....

Mort d'Odin.

Le géant Rymer arrive d'orient, porté sur un char ; la mer s'enfle ; le grand serpent se roule dans les eaux avec fureur, et soulève la mer : l'aigle dévore en criant les corps ; le vaisseau des Dieux est mis à flot.

L'armée des mauvais génies arrive d'orient sur ce vaisseau. C'est Loke qui les conduit. Leurs troupes furieuses marchent escortées du loup Fenris ; Loke paraît avec eux.

Surtur (le noir prince des génies du feu) sort du midi, entouré de flammes ; les épées des Dieux sont rayonnantes comme le soleil. Les rochers ébranlés vont tomber ; les géantes errent éplorées, les hommes suivent en foule les sentiers de la mort : le ciel est fendu.

Nouvelle douleur pour la déesse qui défend Odin. Odin s'avance contre Fenris, le dieu Frey contre Surtur ; bientôt l'époux de Frigga est abattu.

Vidar, l'illustre fils d'Odin, court venger la mort de son père. Il attaque le monstre, auteur du meurtre, ce monstre né d'un géant. et de son épée il lui perce le cœur.

Le soleil se noircit, la mer inonde la terre, les brillantes étoiles s'évanouissent, le feu exerce sa rage, les âges tendent à leur fin, la flamme s'étend et s'élève jusqu'au ciel.

Héla.

Héla fut précipitée dans le *Niflheim* (les enfers), où on lui donna le gouvernement de neuf mondes, pour qu'elle y distribue des logements à ceux qui lui sont envoyés, c'est-à-dire à tous ceux qui meurent de maladie ou de vieillesse. Elle possède dans ce lieu de vastes appartements fort bien construits, et défendus par de grandes grilles. Sa salle est *la douleur,* sa table *la famine,* son couteau *la faim,* son valet *le retard,* sa servante *la lenteur,* sa porte *le précipice,* son vestibule *la langueur,* son lit *la maigreur* et *la maladie,* sa tente *la malédiction :* la moitié de son corps est bleue, l'autre moitié est revêtue de la peau et de la couleur humaine. Elle a un regard effrayant, ce qui fait qu'on peut aisément la reconnaître.

Chant.

Je sais chanter un poème que la femme du roi ne sait pas, ni le fils d'aucun homme ; il s'appelle le Secours ; il chasse les querelles, les maladies, la tristesse.

J'en sais un que les fils des hommes doivent chanter s'ils veulent devenir habiles médecins.

J'en sais un par lequel j'émousse et j'enchante les armes de mes ennemis, et je rends inutiles leurs artifices.

J'en sais un que je n'ai qu'à chanter, lorsque les hommes m'ont chargé de liens; car, dès que je chante, mes liens tombent en pièces, et je me promène librement.

J'en sais un qui est utile à tous les hommes, car, aussitôt que la haine vient à s'enflammer entre les fils des hommes, je l'apaise au moment que je le chante.

J'en sais un dont la vertu est telle, que, si je suis surpris par la tempête, je fais taire le vent et je rends la paix à l'air.

Harald le Vaillant.

Mes navires ont fait le tour de la Sicile. C'est alors que nous étions brillants et magnifiques : mon vaisseau brun chargé d'hommes voguait rapidement au gré de mes désirs ; occupé de combats, je croyais naviguer toujours ainsi : cependant une fille de Russie me méprise.

Je me suis battu dans ma jeunesse avec les peuples de Drontheim. Ils avaient des troupes supérieures en nombre : ce fut un terrible combat; je laissai leur jeune roi mort sur le champ de bataille : cependant une fille de Russie me méprise.

Un jour nous n'étions que seize dans un vaisseau ; une tempête s'élève et enfle la mer; elle remplit le vaisseau chargé, mais nous le vidâmes en diligence : j'espérais déjà un heureux succès : cependant une fille de Russie me méprise.

Je sais faire huit exercices : je combats vaillamment; je me tiens fermement à cheval ; je suis accoutumé à nager ; je sais courir en patins ; je lance le javelot ; je m'entends à ramer; cependant une fille de Russie me méprise.

Peut-elle nier, cette jeune et belle fille, que ce jour où, posté près de la ville dans le pays du midi, je livrai un combat, je me sois servi courageusement de mes armes, et que j'aie laissé après moi des monuments durables de mes exploits? cependant une fille de Russie me méprise.

Je suis né dans le haut pays de Norwège, là où les habitants manient si bien les arcs; mais j'ai préféré de conduire mes vaisseaux, l'effroi des paysans, parmi les écueils de la mer, et loin du séjour des hommes ; j'ai parcouru les mers avec ces vaisseaux : cependant une fille de Russie me méprise.

N.

Extrait du Nibelungen.

« Divers bruits s'élevaient sur le Rhin : sur le Rhin, disait-on, il y a plus d'une fille ; Gunther, le roi puissant, voulut en obtenir une, et le désir s'accrut dans le cœur du héros. — Une reine avait

son empire sur la mer ; de l'aveu commun, elle n'eut pas de sembla -
ble : elle était d'une beauté démesurée ; puissante était la force de
ses membres ; elle défiait au javelot les rapides guerriers qui bri-
guaient son amour. — Elle lançait au loin la pierre, et la ramassait
d'un seul bond. Celui qui la priait d'amour devait sans pâlir vaincre
à trois jeux la noble femme : vaincu dans une joute, il payait de sa
tête. — Mille fois elle était sortie vierge de ces combats. Sur le Rhin,
un héros bien fait l'apprit, qui tourna tous ses pensers vers la belle
femme ; avec lui les héros payèrent de leur tête. — Un jour le roi
était assis avec ses hommes ; ils agitaient de quelle femme leur maître
pourrait faire son épouse et la reine d'un beau pays. — Le chef du
Rhin dit alors : Je veux descendre jusqu'à la mer, jusqu'à Brunhild,
quoi qu'il m'arrive ; pour son amour je veux risquer ma vie, et la
perdrai si elle n'est ma femme. — Et moi, je vous en détournerai,
dit Sigfried. Cette reine a des mœurs si barbares ! qui prétend à son
amour joue gros jeu ; et je vous donne sur ce voyage un avis franc
et sincère. — Jamais, dit le roi Gunther, femme ne fut si forte et si
hardie ; je voudrais de mes mains dompter son corps dans la lutte.
— Doucement, vous ne connaissez pas sa force. — Fussiez vous
quatre, vous ne sortiriez pas sains et saufs de sa terrible colère ; re-
noncez à votre envie, je vous le conseille en ami, et, si vous ne voulez point mourir, ne courez pas, pour son amour, une chance si affreuse. — Quelle que soit sa force, je ne renonce pas à mon voyage ;
allons chez Brunhild, quoi qu'il m'arrive : pour sa beauté prodigieuse on doit tout oser, et, quoi que Dieu me réserve, suivez-moi
sur le Rhin. »

0.

PIRAMIS VERITATIS

Mundus rationalis.

Mundus irrationalis.

DEUS.

ANGELUS.

HOMO.

APEX MENTIS.

RATIOCINATIO.

IMAGINATIO.

PASSIONES.

SENSUS.

EXTERNA.

COELORUM NATURA

ANIMALIA.

VEGETABILIA.

MIXTA PERFECTA.

MIXTA IMPERFECTA.

MATERIA PRIMA.

NIHIL.

ESSE.

VIVERE.

SENTIRE.

IMAGINARI.

INTELLIGERE.

SCALA NATURÆ.

Attendat serió verus amator sapientiæ hujus piramidis fabricam, eam multis lateribus constantem imaginetur, supremum gradum unitate Dei coronatum, infimum materiæ tenebris, nihiloque vicinum, lineas seu gradus xv, rerum quæ in illis continentur *seriem et commissuras* : mox agnoscet *omnia ex uno*, *ex omnibus unum*, viam ascensûs et descensûs eamdem, rerum compositionem et resolutionem, methodum sintheticam et analiticam facillimam : inter philosophorum sectas opinionum diversitatem reverà esse, contrarietatem nullam.

P.

Russe.

Dans le fort situé près de la rivière Lybed, vit Rognéda, fille de Rogwold. C'est là que Wladimir l'a envoyée, lorsqu'il l'éloigna de sa cour. Elle ne porte plus le nom de Rognéda, mais celui de *Gorislawa, gloire dans le désespoir*. Son infortune la rend célèbre. Son père et ses frères ont succombé. Son époux la répudie. Elle vit dans la douleur.

« Un jour le knjâs Wladimir était à la chasse : il s'écarta de ses compagnons, et atteignit les rivages du Lybed. La tour solitaire de Rognéda frappa ses regards, et, désirant goûter le repos, il lança son coursier vers la demeure de la femme abandonnée. Dès qu'elle aperçut, du haut de la tour, l'hôte si rare qui venait vers sa demeure, elle se hâta de descendre pour recevoir son époux. Elle conduit vers lui son fils Isjaslaw, enfant plein de grâces. Depuis longues années le plaisir n'a pas brillé dans ses yeux, que le bonheur fait étinceler de nouveau ; mais Wladimir, souverain si affable, si doux pour les autres, s'avance vers elle d'un air sombre et glacé. — Son cœur est-il aliéné à jamais ? — D'une voix de maître impérieux, il ordonne que la nourriture et le lit de repos soient préparés, et daigne à peine jeter un regard sur la zarine.

« Pauvre zarine ! ta joie s'est changée en douleur amère. Oui, ton nom, c'est Gorislawa. Cependant elle cache avec soin le chagrin profond dont elle est dévorée. Elle court, elle apprête elle-même le repas ; elle le sert de ses propres mains. Jamais femme de plus noble naissance ne rendit de pareils soins. Wladimir, cet astre majestueux et doux, ressemble aujourd'hui à un ciel chargé d'orages. Sombre, concentré, il ne fait aucune attention aux nobles services de Rognéda. Le repas s'achève, il s'endort et ne regarde pas son épouse.

« Le cœur d'une zarine peut se briser aussi, lorsqu'un chagrin trop violent l'accable. Dans son humiliation profonde, des torrents de pleurs s'échappent des yeux de l'infortunée. Son affreuse destinée apparaît tout entière à ses regards obscurcis par les larmes. Tous ses chagrins occupent son esprit et le remplissent. La mort prématurée de ses frères pénètre son âme d'une amertume cruelle. L'ombre de son père lui apparaît sanglante, le crâne ouvert, livrant passage à un fleuve de sang. Ses sens s'égarent, le désespoir brûle son sein. Dans son cœur germe une pensée de sang. Son ange l'abandonne ; le démon s'empare d'elle.

« Un meurtre est-il résolu ? le poignard est bientôt trouvé. Déjà brille sur le front du knjâs l'instrument obscur du meurtre, tenu par la main délicate de la zarine. Elle hésite, ses mains ne sont pas faites au meurtre; ses pensées n'y sont point accoutumées; ballottées par ses agitations secrètes, elle voit Wladimir ouvrir doucement les yeux. Il s'éveille, aperçoit la pointe de fer, s'élance, et dans sa colère : « Crime infernal! serpent maudit! c'est donc ton époux, ton zar, ton maître que tu veux égorger dans son sommeil! Non, jamais personne n'osera plus se livrer au repos. Qui a pu te pousser à une telle action? Parle! réponds! »

« Elle se tait; ses yeux restent fixes; ses lèvres ne laissent echapper aucun son. Malheureuse zarine! ton crime est découvert; ton désespoir se cache; ton cœur oppressé par le chagrin reste muet : l'orgueil t'ordonne le silence. Oui, ton nom, c'est Gorislawa.

« Wladimir le knjàs jette sur elle un œil sévère. Il est zar, époux et juge. Le crime est évident, la peine doit le suivre; mais la coupable est zarine. « Oui, s'écrie Wladimir, profondément agité, il faut que je juge, il faut que je punisse. Je ne puis livrer à des mains obscures un tel sacrifice. Ce sera moi qui donnerai la mort. Qu'elle expire en zarine.

« Femme! apprête-toi à la mort : prie celui qui délivre du péché; demande-lui le pardon de ton crime, et fais connaître ta volonté dernière. Ensuite revêts-toi de toute ta splendeur; apparais éclatante comme une zarine. Orne-toi de tes bijoux, que la soie te couvre, et attends ma sentence. » Rognéda s'incline humblement, et, toujours silencieuse, quitte l'appartement d'un pas chancelant et faible.

« Dans le fort qui s'élève sur les rives du Lybed, dans la chambre ornée d'or, se trouve Rognéda, assise sur les coussins tissus d'or, brillante et belle comme la jeune fiancée, ornée de riches habits. Mais celui qu'attend la jeune fiancée, ce n'est pas un jeune homme plein d'amour et de gaîté, c'est la mort, la mort qui la convie à la dernière fête. Son lit nuptial est le cercueil. O pauvre fiancée de la Mort, ton nom est bien Gorislawa!

« A travers les salles s'avance Wladimir, zar et juge à l'inflexible regard. Il marche vers le lieu où l'attend la fiancée de la Mort; il entre, il est prêt à achever son terrible office. Elle est assise et immobile, le regard fixe et baissé, l'infortunée Rognéda!

« Isjaslaw, l'enfant plein de grâce, a accompagné sa mère, curieux d'admirer ses habits, les plus beaux qu'il ait jamais vus. Il se tient près d'elle en silence, et la voit qui pleure. Alors il se tient tranquille dans un coin de la salle. Le regard menaçant, l'épée nue, le zar approche de la zarine. L'enfant s'élance entre les deux époux : « Mon père, s'écrie-t-il, ne pense pas que tu sois seul dans ce lieu et que tu puisses tuer ainsi ma mère. Si tu veux me la prendre, ah! commence donc alors par m'arracher la vie! »

« Devant les paroles de l'enfant, toute la sévérité du juge s'évanouit. Le knjâs sent son cœur frappé d'un attendrissement soudain, aux cris de douleur du jeune garçon. « Ah! mon cher enfant, s'écrie-t-il, je ne croyais pas que tu fusses ici. Que le crime et le châtiment soient également oubliés! Que ta mère vive, qu'elle chérisse ton père!

« Ce fut vers Polotsk, ancien empire du père de Rognéda, que le knjâs, suivant les conseils de ses bojars, envoya son épouse, accompagnée de son enfant Isjaslaw. Il lui donna tout ce territoire, et l'enfant grandit et devint un knjâs courageux et sage, un bojar à l'épée puissante. »

Q.

Le Mont Olympe.

L'Olympe et le Kissaros, ces deux montagnes, se querellent : — L'Olympe alors se tourne et dit au Kissaros : — « Ne dispute point avec moi, ô Kissaros, toi foulé par les pieds des Turks. — Je suis ce vieil Olympe, par le monde si renommé : — J'ai quarante-deux sommets, soixante-deux sources ; — et à chaque source sa bannière ; à chaque branche d'arbre son klephte. — Et sur ma (plus) haute cime un aigle s'est perché, — tenant dans sa serre une tête de brave : — « O tête! qu'as-tu fait, pour être (ainsi) traitée? » — « Mange, oiseau, (repais-toi de) ma jeunesse; repais-toi de ma bravoure : — Ton aile (en) deviendra (grande) d'une aune, et ta serre d'un empan. — Je fus Armatole à Louros et à Xéroméros. — Et douze ans Klephte sur l'Olympe et dans la Khasia : — J'ai tué soixante Agas, et brûlé leurs villages :—Pour les autres que j'ai laissés sur la place, Albanais ou Turks, — ils sont (trop) nombreux, oiseau; ils ne se comptent pas. — Mais (à la fin) est aussi venu mon tour de tomber dans le combat. »

Le refus de Charon.

Pourquoi sont noires les montagnes? pourquoi sont-elles tristes? —Serait-ce que le vent les tourmente? serait-ce que la pluie les bat? —Ce n'est point que le vent les tourmente ; ce n'est point que la pluie les batte. — C'est que Charon (les) passe avec les morts. — Il fait aller les jeunes gens, devant, les vieillards derrière, — et les tendres petits enfants rangés de file sur sa selle, — les vieillards (le) prient, et les jeunes gens le supplient : — « O Charon, fais halte près de quelque village; au bord de quelque fraîche fontaine :—Les vieillards boiront; les jeunes gens joueront au disque ; — et les tout petits enfants cueilleront des fleurs. »—« Je ne fais halte près d'aucun village, au bord d'aucune fraîche fontaine : — Les mères (qui) viendraient chercher de l'eau reconnaîtraient leurs enfants ; — les maris et les femmes se reconnaîtraient, et il ne serait plus possible de les séparer. »

FIN DU TOME PREMIER.

TABLE DES MATIÈRES

CONTENUES DANS LE PREMIER VOLUME.

LIVRE IV.

LIVRE V.

LIVRE VI.

LIVRE VII.

LIVRE VIII.

LIVRE IX.

FIN DE LA TABLE DU PREMIER VOLUME.

Imprimé en France
FROC020955220120
23239FR00015B/179/P

9 782329 363349